英倫玫瑰（繁體字版）

LOVE IN ENGLAND (A NOVEL IN TRADITIONAL CHINESE CHARACTERS)

B杜

British Library Cataloguing-in-Publication Data. A CIP catalogue record for this book is available from the British Library.

ISBN 978-1-913080-15-0 (ebook)
ISBN 978-1-913080-14-3 (print)

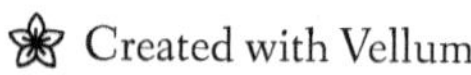 Created with Vellum

For my daughter

第一章/我們在英倫

"媽咪，我要遲到了。"艾米喊著。

"妳的紅蘿蔔還没吃。"我說

"給波波吃，它肚子餓。"

波波是艾米養的兔子。

"波波有自己的紅蘿蔔，這個......"我用叉子指著她的盤中物，"是妳的。"

艾米嘟著嘴，轉頭找救兵，喬面無表情地要她聽媽媽的話。

没了救兵，女兒只好抓起紅蘿蔔啃了起來。

"Honey，妳的刀叉呢？"我說。

"好啦！"她不情願地拿起刀叉，切塊、入嘴。

艾米今年五歲，剛入小學，聖保羅私校很重視餐桌禮儀，每週都有禮儀課，她學得很好，只是偶爾還是會"回歸本性"。

"夫人，還要點兒咖啡嗎？"翠西拿著一壺咖啡問我。

"不了，給我橙汁。"

她轉身問喬，喬說給他來點兒。

翠西小心翼翼地倒了黑咖啡在喬的WEDGWOOD咖啡杯裏，我們家的瓷器都是這個牌子，它的歷史可以追溯到1759年，以質地細膩、色彩豐富著稱。

"貝，待會兒我載艾米去學校，今天妳有什麼節目？"喬問。

我答上午有法語課，下午練瑜伽，還有，得到Piers Atkisnon那裏試禮帽，這週末有馬賽。

"報上說'星星之眼'是這季的大熱門，奪冠機會很大。"他邊說邊翻了一頁泰晤士報。

"星星之眼"是隻六歲大的純血馬，由阿拉伯馬、西班牙馬及加洛韋馬雜交而成，是世界上速度最快、身體結構最好的馬種之一。

"爹地，我們的馬兒如果贏了，會有禮物嗎？"艾米問。

"會有很多很多錢。"

"多到能買棉花糖嗎？"

"呵呵！比那個多得多，能買十個棉花糖。"喬伸出十個手指頭。

我不禁和他相視而笑。

如果你以爲這樣全家和樂的畫面經常有，那就錯了，不久前，我們還兩地分居呢！這得從六年前開始說起......

在一個春暖花開的季節裏，我和喬風塵僕僕地從澳大利亚搬來英國，住了一晚香格里拉酒店，隔天酒店司機便載我們到離倫敦四個小時遠的大農莊，最近的鄰居與我們相距五十多公里。

"我以爲我們會住在倫敦市區。"我說，心裏很是失望。

"貝，這裏空氣清新、鳥語花香，是最好的養胎之處，妳不希望我們的小寶貝住在有空氣污染和噪音污染的地方吧？！"

"可是……這裏好安靜，鄰居又遠，買個東西多不方便。"

喬要我放心，家裏的傭人會把家事都做得妥妥貼貼的，不勞我費心，至於鄰居……不來往也沒關係，過些日子，他會把爸媽接來和我做伴。

"真的？"

"當然是真的。"

有了爸媽的陪伴，我多少不那麼寂寞了，只是喬的工作在倫敦，他只能週末回來陪我。

"我也想每天見到妳，可是……這樣吧！等妳生完小東西，我們一起回倫敦，嗯？"

說是生產完回倫敦，但時間一到他又有話說，這個那個的理由編派，我也因適應了鄉間生活，無可無不可地接受繼續分隔兩地，直到艾米要上小學，我們才不得不搬回倫敦，和喬一起。

～

"媽咪，老師問我小提琴用學校的還是自購？"艾米問。

車內的女兒穿著灰黑色外套和深藍色及膝學生裙，腳上套著被翠西擦得發亮的黑色小牛皮皮鞋。

"告訴老師，媽咪會買。"

"買一個像Dorothy的琴。"她趴在車窗口興奮地說。

我答比那個更好。

"Great."女兒滿意地和我揮揮手。

車子很快開出停車場。

~

和Mlle Martin上完一對一的法語課，我上Bean Coffee
喝了杯熱巧克力，又吃了個馬芬當午餐。

在咖啡店裏，兩個中國來的大男生用不流利的英語問我大笨
鐘怎麼走？我馬上用流利的普通話指點他們。男孩們很訝異
我會說普通話，其中一個男生甚至跟我要手機號，我晃一晃
無名指上的婚戒說：“抱歉，結婚了。”

“天哪！妳看起來就像個大學女生，這麼快就名花有主了？
告訴我是哪個幸運兒，我馬上謀殺他。”那男生憤憤不平。

我笑而不語。

走出Bean Coffee，我想起艾米需要一把小提琴，1/8尺寸的，
於是信步走到聖彼得廣場，那裏有多家樂器行，我得趕緊在
瑜伽課之前把這件事辦妥，因爲還得去試禮帽。

“Good afternoon，madam.”樂器行的老男孩對我說。

“Good afternoon.”我回禮。

他接著問我需要什麼幫助，濃重的倫敦口音聽起來很滑稽，
嘴巴像含著一粒小球。

我告訴他，我想要一把1/8尺寸的小提琴，魚鱗雲杉做的。

他說看來我懂小提琴，那麼得找把好的給我，於是佝僂著背
往店後走去，留下一個店面給我。

我無聊地翻看店中的樂譜和樂器輔助器，那張海報就在角落
的牆面上與我打上照面。

“**Lin Nan Piano Solo Performance**”斗大的字映入眼簾。

畫面中的他身著白色燕尾服，眼光犀利但神情冷漠，短俏的
鬢髮貼在他瘦削的臉頰上。

老人的聲音忽然在我背後響起，他告訴我海報上的鋼琴家是顆新星，正在做世界巡迴演出，這裏是倒數第二站，票不好買，只有兩場，問我要不要？

我很快答Yes,兩場的票都要。

老人對我的大手筆很是驚奇，因爲我買的是最前排正中，價格不是普通的昂貴。

“Thanks！”我拿了票想走。

“Wait，your violin......”

哎！竟然忘了重要的事。

我調好音，隨意拉起巴赫的《G弦上的詠嘆調》......

老人感嘆音樂的美麗，問我是不是小提琴家？我否認。

他答真可惜，然後指指天上,說我有上帝給的天份。

我低下頭去，感覺很氣餒。

他接著問我小提琴是買給誰的？我答給我的女兒。

“She must be an angel.”他說她一定是天使，一個我永遠也不會否定的答案。

向老人告別後，我右手提著琴盒，左手拿著演奏會入場券，快步走向中央大街，因爲那裏的瑜伽課已經開始了。

第二章/對不起

我趴在床上，喬還在答答答地打著電腦，他的身上有古龍水的香氣。

"妳先睡，今天我得把郵件發出去。"他說。

我不睏，看喬忙公事也挺有趣的，他能連續工作好幾個小時而不自知。

此時敲門聲響起，輕輕的。

"進來。"我坐直身子。

"媽咪，"艾米轉開門把，"我可以跟妳睡嗎？"

"可以。""不可以。"我和喬同時給出不一樣的答案。

最後由我提出折中方案，在喬結束工作前，她可以暫時跟我睡。

艾米高興地跳上床，手裏拿著一本厚厚銅版紙印刷的精裝本故事書。

"媽咪，唸書給我聽。"她把書遞給我。

我當然沒拒絕，艾米隨即鑽進我胸口，期待她的睡前故事。

"寶馬王子，"我先唸出書名，"從前從前有一個王子，他叫寶馬王子，他有一匹白馬……"

原以爲這又是一個王子與公主圓滿大結局的故事，沒想到完全錯了，這個寶馬王子是個Gay，外表是男孩子，內心卻是女孩子……

"什麼亂七八糟的故事？！"喬憤而把書搶過去扔在地上，"這書是給孩子讀的嗎？"

艾米嚇得抱緊我。

"有話好好說，你嚇到孩子了。"我撫著艾米的背安慰她。

"阿四！"喬把筆記本電腦往床頭櫃上一擱，站起來喊著保姆的名字。

∽

喬在房門口面斥保姆買不合適的童書給艾米，她嚇得像隻小老鼠。

阿四是個有五名孩子的廣東婦女，一家八口擠在Elephant Castle 區的地下室裏。面試時我不是沒猶豫過，但當一身寒磣的她提及若再找不到工作，房東就要趕人到大街上，包括她七十歲的老母親時，我一時心軟，將她留下來。

"現在把艾米帶走，晚上不許她上我們夫妻房間。"喬氣呼呼地說。

阿四低著頭進來，將艾米從床上抱起。我的寶貝兒邊哭邊伸手要我抱，最終還是被無情地給帶走。

"你這樣對艾米，不怕她心裏有陰影？況且她沒做錯什麼。"

“她已經連續好幾天和我們擠一張床，她應該學著獨立。”喬答。

我說艾米還只是個孩子，何況他生氣不是爲了這個。

他反問我不爲這個，爲的是哪個？

我索性不語，翻身假寐。

喬見我不說話也上了床，那晚他發郵件發到凌晨。

隔天一早艾米晨浴完，我主動接替保姆的工作，幫她綁辮子。

女兒有一頭黑褐色的及肩長髮，髮質偏細，我要幫她綁上麻花辮，繫上粉紅色蝴蝶結。

“爹地爲什麼生氣？”艾米忽然問。

我回答喬工作忙，有時心情會不好，不是真的生氣。

“好了，綁好了，喜歡嗎？”我繫上最後一個蝴蝶結説。

艾米對著鏡子左右擺頭，然後滿意地點點頭。

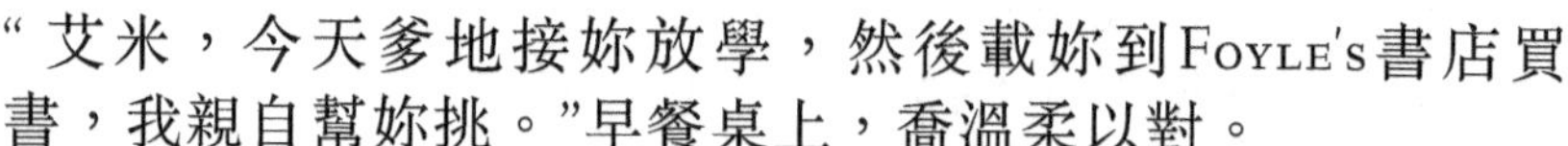

“艾米，今天爹地接妳放學，然後載妳到FOYLE's書店買書，我親自幫妳挑。”早餐桌上，喬溫柔以對。

“真的？”女兒笑開了臉，“我喜歡王子和公主的故事。”

“那麼就買好多好多王子和公主的故事書……媽咪要不要一起去？”喬不忘邀請我。

“我……不去，今晚有香奈兒時裝發表會，我和Kristen約了去。”

Kristen是WR英國分公司總裁的老婆，是個幹練的猶太人。

"那好，"他面向女兒，"看來我只能和艾米約會。"

"呵呵……爹地和我約會……"

"不可以嗎？"喬反問。

"可以，"艾米點頭，"別忘了送我花。"

～

今晚沒有時裝發表會，也沒有Kristen，我走向皇家艾伯特演奏廳……

夜幕低垂，盛裝的男女從四面八方湧入，一時商賈蜂擁、冠蓋雲集。我穿著Romona Keveza的紅色曳地長裙，隨著人群走進演奏廳。

林男晚了五分鐘才上台，他仍是一身白，非常自信地走向台上正中的白色三角琴。他的手撫著琴鍵數秒鐘，似在醞釀情緒，深呼吸一口氣後，林男按下第一個琴鍵。

今晚是舒伯特之夜，曲目偏向夜曲，在經過白天的喧囂後，靜謐而神秘的曲子正撫慰著一顆顆浮蕩、不安定的心。

多年不見，他的琴藝更精進了，少了花俏，多了沈穩。

兩個小時的演奏讓聽眾如癡如醉，安可聲不絕於耳，林男光是謝場就出來謝了五次，最後不得不彈奏卡農的短曲《眼淚》，大家才放過他，魚貫而散。

我沒去找他，提不起勇氣。

～

"發表會上有什麼新貨？"我一上床，喬便膩了上來。

我答也就那樣，換湯不換藥。

「今天我幫艾米買了五十本書，書店老闆說會派員工送貨，明天到。」

我「嗯」了一聲，表示知道了。

「今天用的是什麼洗髮水？」喬聞著我的髮問。

「Alterna，你在比佛利山莊幫我買的。」

喬又低頭聞我胸口，問我用的是什麼沐浴露？

「卡玫爾，你在巴黎買的。」

然後喬的手開始不安份，他解開我浴袍的繫帶，人也爬了上來……

「喬……喬……Stop……Stop……」

他不聽我的，將手移向我的小腹：「噓～妳會喜歡的，讓我來……」

「你聾了嗎？I said stop！」我邊咆哮邊用力推開他。

喬很錯愕，問我怎麼了？

我不忍看他受傷的神情，解釋今天心情不對，Sorry。

「沒事，」喬回到他的床位，「我也有事要忙。」

他拿起電腦很認真地打起字，答答答……答答……

約莫十分鐘後，我問他為什麼總有那麼多事要忙？他答有五千多名員工指望他。

「我……」

「什麼？」喬停止打字。

「沒什麼，你繼續。」我翻身背對他。

喬不知是什麼時候停止工作的，半夜當我睜開眼時，他仰頭半躺著，被褥上放著他的電腦。

我把電腦拿開，動作輕柔地扶他躺下。

“對不起。”我親吻他臉頰。

他迷迷糊糊嘟嚷兩句，轉身沈沈睡去……

第三章/六年後再見

我又來到皇家艾伯特演奏廳，這次我穿上藍色雪紡紗圓領襯衫配白色綁腳褲，腳登Jimmy Choo的金色高跟鞋。

臨出門前，翠西問我今晚幾點開飯？

我答和平常一樣，她招呼先生和小姐用餐即可，今晚我有約。

翠西仍然鍥而不捨：" 先生若問起夫人上哪兒，我該如何回答？"

" 就說……"我想了想，"Louis Vuitton有個新包發表會。"

林男仍是一身白，只是脖子上的白領結和昨晚的不一樣。

今晚是肖邦和貝多芬之夜，除了浪漫，還多了哀傷……

我捧著紅玫瑰，爲接下來的獻花動作躊躇不已。

" 再不獻花，林男就要下台了。"我告訴自己，但腳步卻邁不開。

終於幕簾拉上，人群離去，我捧著花坐在座位上，獨自一人，落寞、後悔……

一位花白老人走了過來，他問我是不是想送花給林男？

" Yes, but……it's too late."我很懊惱。

老人說不晚, 林男還在化妝間，沒走。

" May I give him these flowers face to face ？"我滿懷希望地問。

他答不行，除非……我答應不把化妝間的東西打亂。

" No，I won't. I promise."我興奮地說。

化妝間的門没關，我輕敲兩聲。

" Enough. Leave me alone."他要我別煩他，這讓我進退兩難。

林男大概也察覺到氛圍有異，他轉過頭來。

" Hi."我努力擠出笑臉。

他看見我，愣了一下，但很快鎮定下來：" 這裏不是粉絲能進來的地方。"

" 噢……好……我知道了……"我把花擺在化妝台上，" 花我擱這裏，今晚……今晚的演出很精彩。"

是時候離開了，我低頭轉身。

" 貝貝～"

" 是。"我回望他。

" 妳長高了。"

“穿高跟鞋的緣故。”

林男走了過來，此時的他和我等高。

“妳化妝了。”他說。

我答演奏廳是重要場合，當然得化妝。

“妳還噴了香水。”

“ Secret Wish.”

“ What？”

我解釋那是Anna Sui的新產品，給少女用的淡香水。

林男凝視著我，時間彷彿停止了。

“六年了，六年不見，妳好嗎？”他問。

“好，你好嗎？”

林男沒回答我的問話，反而說起ZL音樂學院每年都替我保留入學資格，但他一直讀到碩士，我還是沒來。

“我......我得照顧女兒。”

提到女兒，林男的眼中閃過一絲痛苦：“我聽說了，女兒......女兒長得像妳嗎？”

“一點點兒，她比較像......像你哥。”

說到喬，我們兩人都沈默了。

“我哥好嗎？”還是他先開口。

“他很好......你們沒聯繫嗎？”

林男搖頭表示自從他哥搶走他心愛的女人，他便不想再和那人說話。

“林男～”

"我也不想和妳說話，結婚前夕妳告訴我，不要破壞妳的幸福，別去參加婚禮，我……想死的心都有。"

我懵了，什麼時候我這麼不近人情？

林男說我發了短信給他，後來他想再聯繫就聯繫不上了，莫非我忘了？

我搖搖頭，心裏怕得要死，現在我知道那個遺失的手機是怎麼回事了。

"婚禮我還是去了，但被餐廳保安架著離開，我邊走邊喊妳的名，妳好似聽不見。"

我想起來了，婚禮進行當中的確曾有過騷動，但很快平息，婚禮策劃人還跟我們比了個OK的手勢。

原來……原來林男不是刻意躲我，而是喬……

"貝貝，妳在發抖？"

"没……是的，這裏有點兒冷。"我答。

林男把他的白色燕尾服脫下，披在我身上："這演奏廳的冷氣好像不要錢似的，不過台上倒是熱得要命，十幾個燈光打下來，雞蛋都能烤熟。"

我噗嗤一笑，說他太誇張了，不過台上的確比台下熱，我知道。

"貝貝～"

"嗯？"

"妳幸福嗎？"

我望著林男，說不出話來。

"爲什麼不回答我？"他問。

該怎麼回答？我應該是幸福的，有大房子、有傭人、有漂亮乖巧的女兒、有疼我愛我的老公，可是……爲什麼我一看到林男的演奏會海報，所謂的幸福卻離我越來越遠？

"貝貝，妳……"

"林男，我……"

"扣、扣、"

我和林男不約而同望向聲音出處。

"It's time to close."老人催促我們離開。

於是林男牽起我的手走出化妝間。

我和林男約好明天去諾維奇，一個離倫敦三個小時車程遠的古城市，或許他也怕在倫敦市區與喬相遇。

"我後天一早飛紐約，那是巡迴演奏的最後一站，所以明天妳一定要來。"他叮囑我。

然而人算不如天算，隔天一早，艾米在餐桌上說她不舒服，不想喝牛奶，我以爲她又藉故不喝，很是生氣，她只好皺起眉頭喝下。不到五秒鐘的時間，她突然"喔"的一聲，把喝下的牛奶全吐了出來，伴隨著橙紅色的液體，酸臭的味道頓時彌漫開來。看此情景，我慌了手腳，還是喬機警，他衝過來抱起女兒，口中喊著："貝貝，打電話給家庭醫生；翠西，把車鑰匙拿來！"

我邊撥打電話邊跳上車，我們一家三口在上班高峰期擠在車陣裏，神色慌張地奔向診所。

醫生說是感冒引起的腸胃不適，吃過藥後，記得讓病人多喝開水、多休息。

回家後，我留在房間內陪女兒，喬逗留了幾分鐘，終因有公事要忙，很不捨地離開了。

面對病快快的女兒，我一方面心疼，一方面也內疚沒及早注意到她的異樣，直到艾米終於入睡，我才想起林男，趕緊打電話給他。

電話中的他很是失望。

"要不，你來我家。"我試探性地問。

他斷然拒絕，反而問我能出來嗎？就一下下，他在我家附近的BG Hotel等我。

我轉頭望向艾米，她睡得正沈，應該兩、三個小時都不會醒來。

"好的，我來。"掛上手機，我順手把它擱在艾米的書桌上。

第四章/變臉

林男說他在1818房等我。

到了十八層，我依著門牌指示來到他的房間外，還沒敲門，門便咿呀地被打開。

"貝貝～"林男一身休閒地撫著門板看我。

"我遲到了。"我說。

"沒關係，請進。"

進到房內，林男服侍我將外套脫下。

"怎麼知道我來了？"我問。

"因爲我一直豎起耳朵聽，有人在電梯口遲疑了一下才走過來，可見來者不是新入住便是訪客。"

"你的耳朵真靈敏。"

我坐了下來，這是套洛可可風的歐式沙發，盡顯宮廷的古典遺風，但坐起來不是很舒適。

"好耳力是音樂人的必備條件。"林男邊說邊遞給我一杯透明液體。

我呷了一口，讚歎很甘甜，問他從哪兒買來的？

"超市買的，南非的果香白葡萄酒，知道妳會喜歡。"他搖晃一下手中的酒杯，"終於妳也到了喝酒的年紀。"

記得上次和林男喝酒時，我還未成年，因貪杯，多喝了日本梅酒，沒想到因此還鬧了笑話，拉著Maggie跳起奇怪的舞。

"Maggie還在林家工作嗎？"我問。

他答不清楚，好久沒和父親聯繫了，聽說去年娶了一個，天津來的。

雖然有些訝異，但又不覺得唐突，畢竟逝者已矣，活著的人還是要繼續。

"我現在是孤兒了。"他自棄地說。

"你不是，你還有父親及……哥哥。"

"貝貝，"林男放下酒杯，"早在我媽去逝，妳和我哥結婚後，我就孑然一身，我把所有的精力、時間都放在我的鋼琴事業上，那才是我唯一的家人和精神寄托。"

我說我了解。

"不，妳不了解，妳……永遠也無法了解。告訴我，在分開的日子裏，妳可曾想我？"他問。

我想他嗎？當我懷孕走在樹林裏，當我聽到艾米初啼聲的那一刻，當我做著家常菜，當我撫著小提琴，當我回吻喬，當我……是的，我無時無刻不在想他。

"偶爾，我偶爾會想起你。"我答。

林男輕嘆一聲說原來他自做多情，他可是無時無刻不在想我。

“林男～”我轉頭看他。

“嗯？”

“如果……如果我說我也無時無刻不在想你，你會不會……會不會少愛我一些？”

林男看著我好一會兒後，忽然將我拉起：“讓我來告訴妳，我有多愛妳。”

～

“妳不需要那麼早離開。”林男從床上坐起。

“不行，艾米還病著。”我邊說邊去拉A字裙的拉鏈。

“讓我來。”林男下床走到我身後幫忙。

我道謝，轉身去拿包。

“等等，”林男從後環抱我，“讓我抱抱，好愛好愛妳，怎麼辦？”

林男問我怎麼辦？問得幼稚，卻感動我。

“做完最後一站演出，你有什麼計劃？”我問。

“AMI答應幫我製作CD, 這個得花好幾個月的時間，還有，我想回校繼續攻讀博士學位。”

我說他好忙啊！

“貝貝～”他終於放開我，“妳能來美國當我的助理嗎？不……不對，太大材小用了，妳應該繼續深造，不拉琴太可惜了。”

雖然不確定的因素很多，但我還是說讓我考慮一下。

“別忘了我在美國等妳。”他深情款款地對我說。

~

我一進家門就發覺氣氛不對，阿四拿著冰袋看也不看我一眼，逕自走向艾米的房間；翠西則不同，她走上前來質問我，樣子很著急。

"夫人，您去哪裏了？先生遍尋您不著。"

"先生？他回來了？"我的心跳上喉頭。

"兩小時前我聽到艾米小姐在哭，進到房內，發現她的小臉紅通通的，摸摸她額頭，燙手得很。我喚您，您不在，打您手機，才發現您把手機落在家裏了，我只好打給先生，先生一回來就帶小姐去醫生那兒。"

我問先生人呢？她答在小姐房內。

雖然內心不安，我還是直奔過去，一推開房門，喬對我說："我得走了，公司一堆事情等著我處理。"

"路上小心。"

"嗯！"

他走了，看得出心情不佳。

我也好不到哪裏去，心神不寧地餵艾米吃藥，又幫她在關節處擦了酒精，然後把冰袋枕在她腦後。

"媽，嘴巴苦。"女兒說。

我問她想吃冰淇淋嗎？她無力地點點頭。

然而美味的冰淇淋一送到，艾米卻只吃兩口便不吃了，即便那是她最喜歡的Häagen-Dazs.

"Honey，媽咪在這裏陪妳，妳好好睡一覺。"

"這次妳會不會跑掉？"

我再三保證不會，她才放心地闔上眼。

～

我上了床，即使故意發出聲響，喬仍然一聲不吭，他從吃晚飯起就一直板著臉孔。

"艾米好多了，燒退了，還吃了半碗粥。"我找話說。

"嗯！"他的眼睛沒離開電腦屏幕。

"電費漲了，垃圾處理費也漲了，市政府發來通知。"我繼續找話。

"嗯！"他依舊紋風不動。

我問他怎麼了？

"怎麼了？妳問我怎麼了？小孩生著病，妳不在家照顧她，上哪兒去了？"

喬的脾氣還是爆發了。

我答我去辦事，他問辦什麼事？

"艾米學校的事，說了你也不清楚。"

"妳倒是說說看。"他直挺挺地看著我。

"艾米……艾米……"

糟糕！學校能有什麼事？

"47932817645"喬給了我一串數字。

"What?"

"妳接了這支手機號就出門，他是誰？"

喬竟然翻看我手機，太令人生氣了！

"你怎麼可以……"

" 妳還是没告訴我他是誰，別說他是學校老師。"喬漲紅了臉。

"如果你是這種態度，那我不說了。"我起身。

"去哪兒？"

我答去跟艾米睡。

"哪兒也別想去，"他跳下床，將我一把摜在床上，" 没說清楚，今晚跟妳没完！"

喬像換了個人似的，我心裏打起鼓來。

第五章/懺悔

"那人是誰？"喬斥問我。

"你能小聲點兒嗎？艾米和傭人們會聽見。"

喬很詫異此刻的我還在乎別人能不能聽見，但聲音小了許多："告訴我，那個人是誰？"

我答一個......朋友。

"朋友？什麼樣的朋友會讓妳把生病的女兒丟在家裏？"

"是......"我的腦筋快速轉動，"是Kristen，她......她看上一件衣服，找我當參謀，當時艾米睡了，我想應該不會那麼快醒過來，所以......"

"是Kristen，竟然是Kristen......"喬喃喃自語。

"没錯，是Kristen，"我趕緊打鐵趁熱，"喬，對不起，我知道錯了，原諒我吧！"

他完全不理會我，起身翻找他的手機。

“不對，”他眼光犀利地掃向我，“Kristen的手機號不是這個。”

糟了！

“那……那是因爲她的手機沒電了，臨時跟服裝店店員借的。”我隨口胡扯。

喬望了一眼牆上掛鐘後說時間晚了，明天他會跟Kristen求證，現在把手機交給他。

“爲什麼？”我問。

“怕妳和Kristen串供。”

我只能無奈交出手機。

~

爲了核實我真的没說謊，喬寧願等到上午九點再出門，並且眼光時時跟隨我，深怕一個不留神，我會用座機或傭人們的手機“通風報信”，這讓我如坐針氈。

等九點一到……

“Hi. This is Joe. May I speak to Kristen？”

這通電話只講了三分鐘，喬滿意地掛上電話。

“貝，”他走過來擁抱我，“對不起，我太緊張了，Kristen承認昨天邀妳出去，她很抱歉不知道艾米生病，否則不會抓著妳不放。”

“早告訴過你是Kristen約我出去的。”我故意怪嗔。

“好了，水落石出了，能原諒我嗎？”他問。

我當然點頭。

“愛妳！”他給我深深一吻，然後拿著車鑰匙出門。

喬前腳剛走，我後腳趕緊撥打Kristen的手機號，她一聽是我的聲音，馬上快速而簡潔地打發我：一、我欠她一頓飯。二、下不爲例。

Kristen有靈活的頭腦及殺無赦的口才，所以被我選來當擋箭牌，而最最重要的一點是……我無意間發現她有個地下情人，兩人暗渡陳倉好一陣子了。

我相信Kristen不會出賣我。

～

日子又回到尋常的軌道，給艾米講床前故事、檢查她的功課、學法語、練瑜伽、看馬賽、參加派對、上高級餐廳，然後購物、購物、再購物……

喬的錢多得讓我花不完，他又經常玩浪漫，時不時給我驚喜，而且一次大過一次，當寶馬i8開進我家車庫時，我已經沒有感覺了，但仍故作驚喜："多漂亮的車啊！"

"喜歡嗎？"喬問。

"嗯！喜歡。"

"那麼，今晚……"他在我耳邊低語，我頓時沒了興致。

自從"Kristen"事件後，喬的不安全感與日俱增，頻繁的房事也讓我身心俱疲。

"你是不是……是不是該和心理醫生談談？"我盡量把話說得雲淡風輕。

此時的喬完事後正抽著煙，他的煙癮越來越大。

"心理醫生？爲什麼？"

"正常人……不，一般人……一般人不需要天天來。"

他把煙頭往煙灰缸一按，轉頭直挺挺地注視我："妳不喜歡？"

我答不是不喜歡，而是有點兒吃不消。

他仰頭注視天花板好一會兒後，說："好，我知道了。"

喬果真一連好幾天沒踫我，讓我更堅信夫妻間"溝通"的重要性，直到……

"艾米吵著要你講床前故事。"我進到房間，踫巧撞見喬一臉慌張地把某件東西藏在身後。

"怎麼了？你手上是什麼東西？"我問。

喬搖頭答没什麼。

"給我看。"我把手伸到他身後。

他倒退一步："貝貝，真的没什麼。"

"没什麼就讓我看。"

"別看。"他說，一臉愧疚。

顯然有事不對勁，我遂轉爲強悍，拽下他的手臂，攤開他的手心，赫然發現那是一條內褲，我的。

"喬～"我驚訝到說不出話來。

"貝貝，不是妳想的那樣，我只是……只是想聞聞妳的味道。"

"你病了，得看醫生。"我憂心忡忡。

"我没病，誰說我有病？"他揚起聲，"想跟自己的老婆親熱算有病？別笑掉大家的牙！"

喬像隻受傷的獅子，對著我呲牙裂嘴，還把過錯推到我身上，說有病的人是我，我若想看心理醫生，他不反對，但別拉他去，他是公司的執行官，不能有一丁點兒的把柄落到對手手裏……

我還想說服，喬卻說他得唸床前故事去，轉身就走。

~

我和喬之間開始出現嫌隙，從一個小洞變成大洞。由於我的"不配合"，喬現在夜夜笙歌，身上經常帶著酒氣和女人廉價的香水味。

"喬，我們得談談。"我迎上前去。

"明天再談，我累了。"他的嘴巴冒出Whiskey的味道。

"你昨天說今天談。"

"昨天的我怎……怎麼知道今天累……不累？"他耍起賴。

我痛苦極了，以前的他好好的……

喬答以前的他是好好的，都是我不好，害他成現在這副模樣。

"我不好？我哪裏不好？"

"要說是吧？！妳……妳給我仔細聽好。"

他半醉著，開始含糊不清地指責我，我越聽，身體越冒冷汗，原來喬老早以前就發現我和林男約會過（他後來打通那個我口中服裝店店員的手機號，聽出是他弟的聲音，又大費周章地把附近酒店的住宿名單全查了個遍，終於找到我失蹤幾小時的去處）。

"妳……妳以爲一個小小的……小小的Kristen就能騙得了我？太……太小看我了。"他說。

我的心被撕成碎片，尤其聽到他給我好多好多錢，給我買好多好多禮物，以爲我就會回到他身邊時，驟然淚下。

"喬，我……我不是故意的，我没想傷害你，對……對不起……原諒我……"我泣不成聲。

可惜喬已沈沈睡去，聽不到我的哭聲與懺悔。

第六章/家道中落

"早，Honey."喬親吻艾米的髮，然後轉身親吻我臉頰，"早，貝貝。"

一身筆挺的他在餐桌上坐了下來。

"爹地，你的領帶是灰色的。"艾米說。

喬低頭看他的領帶，問有什麼不對嗎？

"媽媽不喜歡灰色。"

"是嗎？"喬轉頭看我，"妳不喜歡灰色？"

我承認那顏色有點兒死氣沈沈的感覺。

"告訴爹地，媽咪喜歡什麼顏色？"喬問女兒。

"媽咪喜歡粉紅色。"

他用眼光尋問我，我不置可否，用刀子劃開荷包蛋，濃稠的蛋液溢了出來。

我沒想到艾米無意的一句話，讓喬下班後帶回來不只一打的粉紅色領帶，並且把衣帽間所有的灰色衣物全一股腦地扔地上。

"你不需要這樣。"我倚著門說。

"這些衣服已經穿了有一陣子了，是時候換換新。我没繫過粉紅色領帶，今天試過後，發現還滿適合我的。"喬說。

我蹲下身，把一件灰色條紋Polo衫拾起："'星星之眼'奪冠時，你穿著這件衣服與馬兒合影。"

喬把衣服接過去，注視一會兒後，承認的確是這件。

"別扔吧！怪可惜的。"

喬嚴肅地對我說，不管是衣服、"星星之眼"、還是什麼價值連城的東西，在他眼裏通通比不上家庭珍貴。他從來不擔心有一天會没錢，没錢再掙就有，但他會擔心這個家分崩離析，那是他最不願見到的。

"喬，"我走過去調整一下他的領帶，" 我答應你，不再......不再三心二意。"

"真的？妳真的答應？"他的眼中閃著光芒。

"嗯！有你和艾米，我感到幸福。"我輕輕地說。

喬突然懷疑：" 是不是......是不是昨晚我說了什麼？當時我喝醉了，迷迷糊糊中好像說了不該說的話。"

我答没有，昨晚他什麼都没說，回家一倒頭就睡，喚都喚不醒。

看喬還在努力回想的樣子，我感到心酸。

"瞧你，一身汗臭，該洗洗了，我幫你搓背。"我故意發出高昂的聲音，並且主動去拉喬的手，我們一起走向洗澡間......

～

我是真心想和過去告別，我指的是林男，所以當他的郵件如雪片般飛來，我斷然關了原來的郵箱，不僅如此，手機號、QQ、Line、Facebook……所有現代的聯繫方式全被我換新，只剩下最後一個……

"喬，我們能換房住嗎？"我問

"爲什麼？"

"門僮看人的樣子很討厭。"

我們住的"HD公園1號"是高檔公寓，樓底入口處二十四小時都有門僮站崗，對我們住戶畢恭畢敬的，但難掩盎得魯撒克遜民族的自豪，一個個驕傲得很。

"我也注意到了，我會跟經理反應，妳不用擔心。"喬又低頭看他的財經雜誌《Economist》.

"不只這樣，我也不喜歡這個區，什麼東西都貴，上餐廳吃個飯，小費低於10英鎊還會招來白眼……"

喬笑了，問我什麼時候開始節儉了？何況我給小費向來大方。

"我……我喜歡Kristen住的公寓。"

提到Kristen，我突然有些心虛。

"這樣啊～其實她住的公寓還沒有我們的好，既然妳喜歡，我不反對，只是有個要求，別讓艾米轉學，她還那麼小，一下子把她喜歡的老師和同學全換新，有些殘忍。"

"好的，沒問題。"我高興地抱著他的脖子親吻。

"別留下吻痕啊！明天得上班。"喬叮囑。

我仍然在他的肩胛骨上留下一個指甲蓋大小的吻痕，讓他帶著愛的印記回公司。

～

賴音如說想換換工作環境，英國成了首選之地，我這個表嫂當然敞開雙手歡迎。

"爲什麼妳把郵箱、手機號、QQ、Line……通通給關了？要不是後來我聯繫上大表哥，恐怕這輩子都難再見。"她一上車就抱怨。

"對不起，因爲前陣子有無聊份子騷擾我，索性全關了。"我邊答邊把寶馬i8駛離機場。

"英國冷多了，澳大利亞現在熱得不得了。"她撫著裸露的手臂說。

賴音如剛從南半球的夏天過來，身上短袖一件，當然覺得冷。我把後座的羊毛披肩扔給她，她馬上裹在身。

"明天載妳去Harrods百貨採購，今天就穿我的衣服過冬吧！"

"還好我變瘦了，否則塞不進妳的衣服裏。"

這是真話，在機場接機時，若不是她喊我，我恐怕認不出她來。

"怎麼減的肥？"我問。

"管住嘴、邁開腿唄！剛開始真的好痛苦，後來大家說我瘦下來變漂亮了，爲了不讓人失望，就一路堅持下來，没想到瘦了、變漂亮了，還是會失戀，害我好幾個月吃不下飯，結果就成了現在這副模樣了。"

我說"失之東隅，收之桑榆"，相信她會在英國找到她的Mr.Right.

"但願如此。"

賴音如把自己縮在披肩裏，冷得發抖，即使我已把車內暖氣開到最大。

～

艾米好喜歡她的表姑，放學後粘著她不放；賴音如也喜歡上她的表侄女，幫她綁辮子、說故事，還和她一起畫畫，喚她“艾米公主”，把艾米哄得很開心。

“我早該學妳，十八歲就把自己給嫁了，現在就會有個像艾米一樣既漂亮又可愛的女兒。”賴音如羨慕地說。

這個時候，艾米和喬都已入睡，賴音如因爲時差還沒倒過來，拉著我通宵夜聊。其實我也累了，但爲了不拂她的意，只好讓翠西泡了壺茶，兩人就著燭光促膝長談。

“那時也是不得已，妳知道的。”我有些感傷。

當年我徘徊在喬和林男兩兄弟之間，痛苦得不得了，一次醉酒，我和喬有了肌膚之親，更沒料到因此中了大獎。我的父母很生氣也很失望，嚷著不要我這個丟臉的女兒，那段日子，現在想起來都怕。

“可不是每個人都有這等好運氣，妳是上輩子燒好香，這輩子才能嫁給我表哥。”

喬的好，我婚後才真正感受到，他不只對我和孩子好，對我的父母更是鞍前馬後、有求必應。現在爸媽早已不再反對他，反而有時待他比待我好，讓我頗爲吃醋。

“喬的确无可挑剔。”

“妳是同學間嫁得最好的，這次我來英國，出發前還問薛佳琪有沒有什麼話要我帶到？她說祝妳和妳的完美老公幸福快樂！”

我低下頭去，感覺難受極了。

看我精神鬱鬱，賴音如忍不住問我和薛佳琪到底怎麼了？辦喜酒時我沒邀彭妙珍、薛佳仁，她可以理解，但我連薛佳琪也沒請就有點兒說不過去，畢竟她跟我走得那麼近。

“我都邀請了啊！”我犯迷糊。

"没，妳的確没邀請他們，薛佳琪背後把妳罵慘了，說妳見色忘友、過河拆橋。"

我 不 知 道 這 是 怎 麼 回 事 ？ 當 年 我 把 邀 請 名 單 交 給喬，難道……

賴音如答算了吧！都過去那麼久了，還問我要不要看薛佳仁和彭妙珍小孩的照片？

我點頭，然後一個蹣跚學步的小男孩照片出現在賴音如的手機上。

"要不是傑夫比艾米小，我一定游說兩家結娃娃親。"她說。

"傑夫比艾米小？"

"對，他剛過兩歲生日。"

那麼六年前彭妙珍爲什麼苦苦哀求我離開薛佳仁？難道後來流産了？

我的思緒因此飄向老遠。

坦白說，即使彭妙珍不求我，我也不可能和薛佳仁走到一起，他更像是哥哥，而不是我的終身伴侶。還有，我不過是教授的女兒，彭家官大勢大，薛家也是土豪一枚，怎麼看都"門當戶對"，我没理由不成全。

"告訴妳，妳離開澳大利亞不久，中國開始抓貪官，彭妙珍的父親也被鎖定，躲在家裏好一陣子，更讓人錯愕的是，薛佳仁竟在這個時候提離婚，雖然樹倒猢猻散，但也太現實了，彭妙珍因此鬧自殺。"

"什麼？！"我驚叫出聲。

"別激動，她没死，薛佳仁又回來了，現在兩夫妻在中國城開了家粵菜館，賣叉燒、油雞什麼的，我去吃過，味道還不錯。"

我問起兩家目前的經濟狀況，賴音如答彭家現在一貧如洗，人倒沒事了，有時還見彭父、薛父兩老人一起喝早茶。

"那就好。"我鬆了一口氣。

"說了妳可能不信，彭家的貪污就是薛佳仁給告發的，他氣彭妙珍把妳逼走，更氣自己被包辦婚姻，反正最後兩個富豪之家都沒落了。最不平的就是薛佳琪，直罵他哥是笨蛋！把好好的家給毀了。"

"我沒想到薛佳仁會做玉石俱焚的事，真出乎意料。"

"最出乎意料的事還在後頭，當年反對妳的薛父患上帕金森病，妳猜現在是誰在照顧他？竟然是他的親家，那個昔日政壇的當紅炸子雞。"賴音如嘆了一口氣，"那些阿諛奉承的人早不來往，見面能點個頭算不錯的了。"

"門前冷落車馬稀"，這不正是薛彭兩家目前的寫照嗎？

我唏噓不已。

第七章/痛苦而快樂著⋯⋯

Harrods百貨是倫敦最著名的高檔百貨公司，從品牌到建築，完全體現出傳統的英倫風範和皇家氣息。它創始於1834年，佔地4.5英畝，是世界上最大的百貨公司。

我依約和賴音如來到這個名聞遐邇的購物殿堂。

"哇！"賴音如睜大眼睛，"逛一次Harrods，別的百貨公司都相形失色了。"

"好是好，只是外國人的骨架大，樣式又偏古板，不對亞洲年輕人的口味。"我說。

果真逛一圈下來，賴音如除了買一件S尺寸的呢大衣和一件XS的白襯衫外，其他都敬謝不敏。價錢貴當然也是原因之一，尤其現在不是打折季，光兩件衣服就要價近一千英鎊，可以買一張往返澳洲的飛機票了。

"等我找到工作、賺到錢再來逛，現在真心花不起。"她有感而發。

我告訴她，即使本地人也鮮少上Harrods（打折季除外），因為太貴了。話說回來，貴雖貴，但它的衣服不花俏，頗迎合英國人的品味，所以我還是推薦這裏。

"估且相信妳，我可是花了不少銀子買來的。"她揚起那個墨綠底金色字的購物袋說。

～

我把車鑰匙交給賴音如，她的澳大利亞駕照可以在英國使用三個月，超過三個月才需要駕考。

於是她每天風塵僕僕地駕著喬的路虎往返倫敦各大寫字樓，誓在最短時間內找到稱心如意的工作；我則開著我的寶馬i8，做一個豪門少奶奶每天該做的、貌似繁忙卻没有任何實質意義的事，把一天的時間都塞得滿滿的，好忘記……該忘記的。

這一天合該有事，當我經過音樂行時，雖然心裏告誡自己"別進去"，但我還是推開那扇古銅色的大門。

" Good afternoon, madam."一位年輕店員對我頷首。

" Good afternoon."

" What can I do for you ？"

我說我想買張鋼琴CD, 問他有什麼好建議？

" Madam, this way, please."那店員走到角落，我也跟著過去。

他告訴我，想聽甜膩的，就聽Richard Clayderman；想聽氣韻恢宏的，就聽Shura Cherkasky；想聽清澈華麗的，就聽Tamas Vasary；想聽柔美詩意的，就聽Paul Baduraskoda；想聽……

" Do you know music ？"我問。

年輕男孩答他畢業於ZL音樂學院，在找到樂團的工作前，先在這兒打工。

聽到那所音樂學院的大名，我的小小心湖被吹皺了一池春水，進一步問他的母校可有什麼傑出的鋼琴家？……噢!當然除了他之外。

" Of course except me."那男孩笑了。

然後他告訴我ZL音樂學院人才濟濟，隨便一抓都是響噹噹的人物，若要他推薦……

" I recommend Eric Rubo, Elizabeth Mcgovern and Lin Nan."他從一堆CD當中挑出三張。

我把第三張取下。

男孩開始喋喋不休地介紹林男是新興的青年鋼琴家，演奏氣勢雄偉、層次清晰，善於把握作品的風格與內涵，表現出內在的哲理性，若要說有別於其他鋼琴家，那就是……痛苦而快樂著。

痛苦而快樂著？

男孩答這很難道分明，林男的音樂就是有辦法讓人聽了之後，一邊痛苦一邊又快樂著。

於是我買下那張既痛苦又快樂的CD。

~

我把CD放入車內 Player 裏，然後沿著泰晤士河緩慢開去。

鋼琴聲陪著我從格魯吉亞街道南下，經過霍克斯莫爾教堂、倫敦塔、英格蘭銀行、西敏寺、白金漢宮……最後停在Savoy酒店的停車場內。

我熄了火，趴在駕駛盤上痛哭不已。噢！林男，我是如此如此地想念著你，你讓我痛苦而快樂著，痛苦而快樂著……

~

"今天都忙些什麼？"喬問我。

"没忙什麼，早上畫油畫，下午到Ammar Basheir那裏試晚禮服，他還問起你，說你好久没上那兒買禮服了。"

Ammar Basheir是英國有名的時裝設計師，作品以前衛、大膽著稱。他的精品晚禮服店就座落於西倫敦，店內用一系列黃燦燦的金屬屏做裝飾，站在建築外部，你可以看到店內金光閃閃，好不懾人心魄！

"我不喜歡 Ammar Basheir 的風格，我喜歡AustinReed。"喬說。

AustiReed是由裁縫店發展出來的一個經典品牌，以設計高雅、做工精細聞名，深受英國王室的喜愛。

"我知道，但總不能告訴Ammar你不喜歡他的作品吧？！所以我推說你忙。"

我摘下耳環，正在梳妝台前卸妝，喬則脫下工作服，赤裸著身體走向浴室，浴室的門開著。

"試完禮服，妳還去了哪裏？"喬揚起聲問。

"没去哪裏，我還得接艾米放學呢！"

没錯，我說謊了，因爲不願平静的生活再起波瀾。

"能幫我搓背嗎？"喬又問。

"好的。"

走進浴室，喬的身體正泡在浴缸裏，缸內到處都是白色泡泡，他隨手抓起一把扔向我，快樂得像個孩子似的。

賴音如和我一起做SPA，我告訴她，我買了林男的CD。

"妳這是在玩火。"她表情嚴肅地說。

“或許吧！飛蛾撲火時不也痛苦而快樂著？”

“痛苦而快樂著？”她皺起眉頭。

於是我把樂器行男孩的點評告訴她，她取笑只有學藝術的人才會說出這種前後矛盾卻寓意深遠的話。

“聽林男的音樂，的確讓我痛苦而快樂著。”我認同男孩的說法。

“我也是，見證妳的愛情故事，我……痛苦而快樂著。”

“少氣我！”我用力推她一把。

賴音如學的是會計，但在諾大的倫敦竟然找不到口中“稱心如意”的工作。

“沒道理，會計的工作很好找的。”我邊說邊切開德國香腸。

“妳沒聽懂，我說的是‘稱心如意’，若要吃不飽、餓不死，工作倒好找。”她扯下裸麥麵包的一角塞進嘴裏。

喬說要真找不到，就來他的公司吧！

“真的？”賴音如興奮非常，“表哥，我愛死你了！”

她不顧禮儀，起身給了喬一個長長的吻。

“呵呵……表姑親爹地，羞羞。”艾米笑說。

“我不只要親妳爹地，還要親妳和媽咪。”

於是我和艾米都得到賴音如的感激之吻。

“記住，在公司我是妳的上司，所以別動不動就提妳的特殊背景，那只會招來麻煩。”喬提醒。

“知道啦！我沒那麼笨，給自己貼上標籤。”她高興地宣誓，

"從現在起，我要努力工作，把自己當成自食其力的灰姑娘，然後痛苦而快樂地活著。"

聽她這麼一說，我的心喀噔了一下。

"妳說的有語病，人怎麼可能既痛苦又快樂？"喬笑問。

"就有，林男……"

"我弟怎麼了？"

賴音如見闖下大禍，吐了吐舌頭："哎呀！我跟牙醫今早約好了洗牙，瞧！都這個點了，我還在這兒蘑菇。"

她把桌上的咖啡一飲而盡，然後匆匆離開是非地。

闖禍精一走，我和喬各懷心事，尷尷尬尬地繼續用餐，只有艾米不知情，還在絮絮叨叨地說著學校瑣事，然後自顧自地傻笑起來……

第八章/突發事件

和往常一樣，艾米三點半放學，我在三點十分左右抵達學校停車場。下了車，我看見Michelle一身臃腫地走過來，她是Jenny的母親，Jenny和艾米經常玩在一起。

" Hi, Michelle. You are early today."我跟她打招呼，說她今天來早了。

Michelle 答因爲媽媽們的閒聊會提早結束的緣故。

" Oh. I am so sorry."我開著玩笑。

" Isn't it just ？ "

然後我們一起往一年級的教室走去。

" What a handsome man!"Michelle突然讚嘆。

我順著她的眼光望過去，驚到不行，那人竟然是……林男。

他的頭上戴著一頂深藍色針織帽，只露出些許毛髮，身著藏青色長大衣，配上藍灰色亞麻布長褲，腳上登的是黑色牛津鞋，還好脖子上的羊絨圍巾是紅色的，否則像是從冷色調畫册裏走出來的人物，陰森陰森的。

" Beatrix, do you know him ？"大概我看得入迷了，Michelle好奇一問。

我趕緊把目光收回，回答不認識，同時祈禱林男別發現我。

" He is coming."Michelle向我低語。

噢！老天。

"Hi."林男向我們打招呼。

"Hi."Michelle微笑，" It's a nice day."

"Yes, it is."

林男和Michelle竟然聊上了，雖然任誰都看得出天氣不太好，冷得讓人直打哆嗦。

"Mummy ！"Jenny跑了過來。

Michelle牽起她的手，很抱歉地表示他們得先走了，因爲女兒有鋼琴課，而鋼琴老師是吸血鬼，一個小時要價八十英鎊。

我和林男都尷尬地笑了笑。

臨走前，Michelle問起林男的小孩叫什麼名字？

" Her name is Amy, grade ı."他答。

Michelle很驚訝林男的孩子也叫艾米，遂問：" Is she in ıK? "

林男答是，她這才滿意地走人。

" 你不應該這麼說，很容易穿幫的。"Michelle離開後，我忍不住抱怨。

" 無所謂，反正我不會再來這所學校，今天來是爲了問一個人爲什麼不理我？"

我困難地嚥下一口口水：" 停止吧！我......我有家庭了。"

林男很憤怒,他說這句話我三個月前獻花給他時就該強調,始作俑者是我,讓他越陷越深的人也是我。

"很抱歉,有時……情不自禁。"

"那麼意思是妳現在恢復理智,想一腳把我踢開?"他揚起聲。

"不,不是……是,是的。"

"哈!"林男冷笑,"謝謝妳的誠實,我……受益匪淺。"

"媽咪~"艾米老遠喚我,並且向我奔來。

我趕緊打發林男走,怕女兒回家說嘴。

"我住在上次那家酒店,老地方,妳知道的,明天早上十點。"林男識趣地在艾米來到前轉身離去。

"媽咪,今天的拼寫我全寫對了。"她炫耀著。

"真的?艾米好棒。"我擠出笑容。

她隨後問我離去的那個人是誰?我答是媽咪的老朋友。

"老朋友?有多老?一百歲?"

孩子的童言童語有時真讓人哭笑不得。

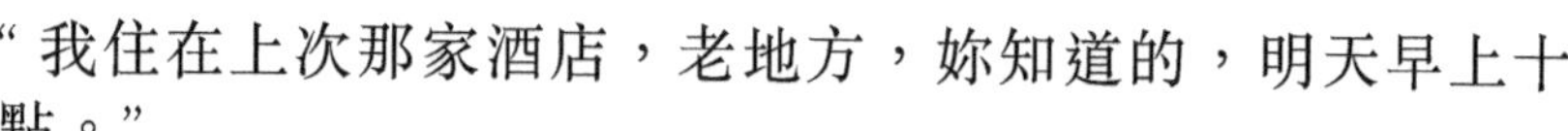

"我住在上次那家酒店,老地方,妳知道的,明天早上十點。"

林男的話一直在我耳邊回蕩,久久不去。

"媽咪,妳說好不好玩?"艾米問。

"什麼?"真糟糕,我又出神了。

"我說 Jimmy 以為現在還有恐龍,恐龍老早就絕跡了,真是笨蛋!"

"嗯! 是絕跡了。"

我顯得興味索然，於是艾米轉向她父親，問如果恐龍現在還活著，它幾歲？

" 大概......幾億歲，意思是很老很老了。"喬正吃著他的牛肉派。

"很老了？像媽咪的老朋友一樣老？"艾米問。

"老朋友？"

"對啊！今天媽咪來接我，遇到她的老朋友。"

艾米果然說嘴了，這次喬的眼光對準我。

" 咳！以前認識的朋友。"我低下頭切派，同時轉話題，"艾米，快吃，今天的派被翠西烤得恰到好處，外酥內軟的。"

然而喬的強迫症還是發作了，他要艾米告訴他，媽咪的老朋友長什麼樣？

" 他......跟媽咪一樣高，瘦瘦的。"

" 他？"

" 嗯！是男生。"

完了。

" 貝貝，妳的老朋友是男生？"喬質問我。

" 嗯！以前在瑜珈班上認識的，也不算太熟，"我再次對艾米發話，"艾米，趕緊吃，今天怎麼這麼多話？吃完還得練習小提琴呢！"

喬不再發問，但投射過來的眼光讓人很不舒服。

因艾米的"告狀"，我決定不去見林男，把車子開到健身房，想藉著身體的出汗，忘掉所有的煩心事。

離開健身房後，我轉戰美容院做臉。美容師看我精神不好，游說我做指壓，整套做下來，時間剛好趕上接艾米放學。

"媽咪～"艾米奔向我。

"寶貝兒，今天的課上得怎樣？"我問。

"老師說我的泥巴塑得好，但……數學錯了一題，沒有滿分。"艾米嘟著嘴，很懊惱的樣子。

我安慰她沒關係，下次留心點兒……

"貝貝～"林男在背後喚我。

我怔了一下，趕緊牽起女兒的手想開溜。

"貝貝，"林男抓住我的手臂，"我們得談談。"

"沒什麼好談的。"我冷漠以對。

"媽咪，他就是昨天的老朋友。"女兒稚嫩的聲音響起。

林男大方承認他是我的老朋友，問艾米能否去玩鞦韆？讓兩個老朋友講講話。

女兒望向我，我對她點點頭，她便豪爽地答"可以"，然後跑向鞦韆，和幾個等父母來接的孩子玩在一起。

"妳不應該和艾米說話，孩子很會說嘴，昨天喬起疑了。"我說。

"這就是妳爽約的原因？"

"也是，也不是，我答應過喬，不再三心二意。"

"那麼……妳跟我是玩玩的？呵！連家也搬了，做得可真絕！"

我說我也很痛苦，我能給他什麼？什麼也給不了。

"我什麼都不要，"他握緊我的手，"只要妳在我身邊，什麼都對了。"

林男的一席話讓我又動搖了，不，不可以，這是個危險信號，我得把腦中的脫韁野馬往回拉......

"媽咪，嗚嗚嗚......"聽到艾米的哭聲，我轉向聲音出處。

我的小寶貝坐在沙地上哭泣，左手摀住額頭，右手向我伸過來，我趕緊飛奔過去。

"艾米，怎麼了？"我蹲下身。

"我從鞦韆上跌下來，頭好痛。"

我將她的左手輕輕拿開，看見一個兩公分的傷口，血直往下滴，我的心揪了起來。

"快，送醫院。"林男喊。

他抱起艾米，我跑在前頭。

第九章/別走，我的愛人

艾米的額頭上敷著白色紗布，左手手掌有擦傷。

"艾米，妳能原諒媽咪嗎？媽咪光顧著講話，沒有看好妳。"我心懷愧疚，想著可別留下疤痕啊！

"沒事了，媽咪，我現在不疼了。"

透過後照鏡，我看見艾米對我笑了笑。

"林……我在哪裏放你下去？"我問林男。

"老地方。"

於是我把車開向BG Hotel.

臨下車前，林男轉頭問艾米："妳有沒有秘密？"

"秘密？"

"嗯！就是不想讓別人知道的事。"

女兒想了一下答有。

"那是妳一個人的秘密嗎？"林男問。

"是。"

"想不想有三個人的秘密？"

"三個人？"艾米比出三個手指頭。

"是的，三個人，妳、我還有妳媽咪。"

"好呀！"她笑顏逐開，"我要，我要。"

"那好，聽著，別把今天我和妳媽咪見面的事告訴別人。"

"爹地也不行嗎？"

"不行。"

"翠西呢？"

"不行。"

"Jenny呢？"

"不行。"

"波波呢？它是兔子，不會說話。"

"也不行。"

艾米頓時洩了氣。

林男只好使出"利誘"招數，他說如果艾米答應保守秘密，她可以得到一份禮物。

"真的？"艾米又有了生氣，"那我要宴會芭比。"

"沒問題。"

林男和艾米打勾勾，於是我們三人有了共同的秘密。

～

"艾米的傷是怎麼回事？"喬上了床。

“她說了，自己玩鞦韆時摔傷的。”我把眼光放在時裝雜誌上，並且裝作很投入的樣子。

“聽說是放學時摔的，妳不在場？”

我答當時和Jenny的媽聊了一下，她問我咕咾肉的作法，没想到一個不留神，艾米就摔了。

“妳得留心點兒，她還那麼小。”喬皺起眉頭。

“知道了，她摔傷，我也很難過。”

喬輕輕地把我的時裝雜誌拿開，嘴巴湊了上來：“今天是安全期？”

“不知道。”

於是喬翻身打開床頭櫃，我知道他去拿什麼。

“艾米今天額頭破了個洞，我没心情。”我說。

“不是敷藥了？妳得講講道理。”

此時的喬騎在我身上，我轉頭看著窗口。

“窗簾没拉上。”我提醒。

“這裏是二十層，没人會看見。”

喬邊說邊把他的睡袍脫了往地上一扔，我看見他的眼神流露出貪婪，索性閉上眼。

～

我在BG Hotel的停車場停了有一刻鐘。

管理員躊躇了一下，還是走過來問我是否住宿？

“I am a visitor 。”我答。

他遂請我到前台登記，我不得不下車。

~

前台那個好熱情的日本姑娘說住宿人已經在房間裏等我了，1226房，她帶我過去。

" Thanks! " 我鬆了一口氣。

日本姑娘的前襟上別了個名牌，她叫Suzumi。

叫鈴美的姑娘邊走邊問我林男是不是鋼琴家？得到肯定的答覆後，她說他的演奏會在日本一票難求，順便請我轉達對林男的仰慕之情

" OK. I will."

到了電梯口，日本姑娘用房卡往感應器上一刷，門開了，我走了進去，就在門關上的那一煞那，我瞧見她向我鞠了個九十度大禮，真是受用。

" 扣、扣、"我輕敲。

没人開門，我又多敲了兩下，還是没人，我擡頭再次確認房間號，没錯啊！是1226房。

當我還在狐疑當中，門突然打開了，林男身穿酒店浴袍，頭髮還是濕的。

" 這麼巧，我正洗澡妳就來，進來吧！"他說。

我走了進去，發現他的房間升級了，帶客廳。

林男表示是前台的日本姑娘免費幫他升級的。

" 噢！我遇見了，她讓我把話帶到，說她很仰慕你。"我說。

林男對粉絲不感興趣，他拍拍沙發，示意我坐下，我遲疑了一會兒，還是走過去。

" 艾米好嗎？"他問。

我答很好，傷口没發炎。

“我哥……我哥有說什麼嗎？”

“目前沒發現異樣。”

“那就好。”

我們有短暫的沈默。

“最近有演出嗎？”我問。

“沒有。從去年年初到現在，我馬不停蹄地遊走各大城市，身體和心理都極度透支，所以跟經紀人說想休息一陣子。”

“什麼時候回去？”

“不知道，妳什麼時候答應和我一起回ZL音樂學院，我就什麼時候回去，我是代替學校來要人的。”

林男竟然還有心情說笑？！

我答再等等吧！艾米才剛上小學不久。

他輕笑：“妳以爲學校會毫無期限地爲妳保留入學資格？今年秋季妳再說No, 就永遠跟ZL告別了。”

“什麼？！真的？”

“當然是真的，再怎麼天賦異稟，落了六年，妳以爲上帝還會繼續眷顧妳？”

林男話中帶刺，讓我很不悅。

“抱歉，話直了點，但唯有這樣，才能徹底喚醒妳。”

我沈默了許久，想著事業和家庭要如何兼顧？

他要我別想了，想太多，哪兒也去不了。

“可是……”

“妳把艾米帶上，我幫她在美國找個好學校。”他說。

“你知道這不是最困難的部份。”

“我當然知道，最困難的是妳不敢承認妳愛我。”

我不明白林男的自信從何而來，但我不願在舊有的問題上一再打轉，何況此行的目的是爲了攤牌。

“我來酒店是爲了告訴你，我想要一段穩定而正常的感情，而這正是我現在擁有的。很抱歉我曾經優柔寡斷過，讓你誤會了。”話說完，我的心噗通噗通地跳。

“穩定而正常？呵！原來我的感情不穩定、不正常，呵……呵呵呵……”他仰天大笑,“祝妳的感情永遠穩定而正常。”

“林男～”

“不送。”他下逐客令。

我只好站起來走向房門。

“等等，”林男喊住我，然後從角落拿起一個玩具反斗城的購物袋,“給艾米的宴會芭比，對孩子不能食言。”

我接過袋子，向他道謝。

“不必，就算是我送給侄女的禮物吧！”

“男，我……”

“別說了，愛一個人不容易，要放手更難，我之所以放手，是因爲愛妳至深，我……祝妳幸福！”

聽他這麼一說，我不爭氣的眼淚掉了下來。如果一個人可以分成兩半該有多好，就不至於有顧此失彼的遺憾。

“再見了，林男，再見……再見……”我在他的耳邊低語。

第十章/禁足

我讓翠西到儲藏室把我的小提琴拿來，琴盒的表面已被翠西擦拭過，但仍看得出歲月的痕跡。

拉開拉鏈，我把琴拿出來，撫著琴身，我拔弄了一、兩聲琴弦，它就像我的舊情人，訴說著對我的思念。

"又拉琴了？"一曲罷了，喬在我身後鼓掌。

"嗯！好久沒拉，弦都生鏽了，我打算明天上樂器行買新弦。"

"妳是不是想親自教艾米拉琴？"

我答不，古代易子而教不是沒有道理，況且學音樂多少得有天賦及堅定的意志，這條路太辛苦了，我不想強迫艾米。

看喬一副不解的模樣，我告訴他今年秋天我再不向ZL音樂學院報到，將永遠喪失入學資格。

"可是我不一定能調到美國，妳知道的，山姆大叔身強體壯，再幹個十年都沒問題。"

Sam是現今IM美國總公司的首席執行官。

我告訴他，若真不行，我先過去。

"妳走了，我和艾米怎麼辦？"喬問。

這真是個問題，我也陷入兩難。

"貝，能不去嗎？英國也有很好的音樂學校，妳想和大師上一對一，或者灌CD、開演奏會，這都不成問題，我能幫妳。"

"不，我要ZL音樂學院。"我很堅決。

他看著我良久後，說："好，我支持妳，妳的夢想也很重要。"

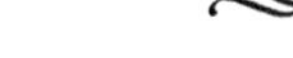

我買來新弦，裝上沒兩天，一個碧空如洗的午後，翠西敲開我練琴的房間，說有客人，是喬請來的DEALER。

"Dealer"這個字作很多解，用在樂器上指的是"琴販子"，他們不拉琴，不做琴，甚至不愛琴，但具備敏銳的鑒賞能力，所做的事情就是用很低的價格把琴買走，然後高價賣出。

我走進客廳，那個紅光滿面且衣著考究的法國人馬上站起來跟我道午安，一口英語很流利。

"Good afternoon."我回禮。

來者叫Arsène，他依著喬的指示帶來三把名琴，個個來歷都不小，分別爲Stradivari、Amati以及Guarneri.

他將三把琴的材質、年份、曾經的歷史都做了詳細介紹，獨缺價錢。

我問起，他呵呵笑，說喬已經放話，只要我看中，價錢不是問題。

" Joe is a smart guy. I worry I can't get good commission."Arsène巧舌如簧。

我告訴他，我還没想好，需要和先生商量一下。

"你不需要買那麼貴的琴給我，原來的琴我用得很順手。"我對喬說。

"工欲善其事，必先利其器，好的小提琴演奏家都有把好琴。"他答。

"太……太貴了。"

雖然Arsène没告訴我價錢，但我知道那必定能買下倫敦市中心的一間豪華公寓。

"別擔心，給妳用的，我一點兒也不手軟，況且我是商人，不做虧本交易，好的琴值得投資，過幾年再售出還是有賺。"

在喬的鼓勵下，我選了那把Stradivari。

" GOOD CHOICE."ARSÈNE說，順便提及這把琴是從一個帕金森患者手中購得。

聽完，我的心喀噔了一下，薛佳仁的父親也有一把Stradivari。

我小心地問這位前擁有者住哪裏？Arsène毫不遲疑地答"澳大利亞"，他甚至知道老人賣琴是爲了給自己的孩子開一家中國餐館，叫什麼來著？……噢！金鳳，金色鳳凰的意思。餐廳開幕時，他還去吃過，西檸雞和炒麵做得不錯。

原來薛佳仁開的中國餐館叫"金鳳"。

"I am going. Don't forget to introduce me some good customers."

琴販子走前還不忘要我替他介紹顧客，看來他賣了個好價錢。

~

這真是把好琴，以前很難達到的高音，它毫不費力就爬上去，無一絲勉強。

白天我緊鑼密鼓地練琴，到了晚上就想淨空自己，不再踫琴。

到了我這個年紀，技術有了，缺的是沈靜，有時適當地放空，情感會更豐富有層次。

走出"琴房"，喬、艾米、賴音如正在客廳裏，電視開著，BBC頻道。

"看些什麼？"我坐了下來。

"財經新聞，"喬摟著我，"練完琴了？"

我答是。

"貝貝，妳真的想回ZL？"賴音如問，她正趴在地毯上和艾米玩過家家。

"嗯! 再不去就沒機會了。"

賴音如說我這叫"瞎折騰"，都已經是豪門少奶奶了，還擠在年輕人中爭得頭破血流, 有意思嗎？

"別這麼說妳表嫂，人因夢想而偉大，無關乎錢。"喬站在我這邊。

賴音如聳聳肩說我們有錢任性，她不管了，然後抓起大白

（迪士尼動畫片《超能陸戰隊》中體型白胖的充氣機器人）
對著艾米：“說，愛不愛我？”

艾米也抓起她的宴會芭比，答：“不愛，你還没幫我按摩呢！”

他們兩人高興地玩起“角色扮演”遊戲。

我倚在喬的胸口，閉上雙眼小憩。

迷迷糊糊當中，我聽到大白和宴會芭比的對話~

大白：我對妳這麼好，妳得把妳的秘密通通告訴我。

宴會芭比：不行，秘密就是不想讓別人知道的事，我不能告訴你。

大白：可是妳說愛我，愛我就該和我分享秘密，不是嗎？

宴會芭比：好啦好啦! 我告訴你……有一次考拼寫，我偷看Jordan的卷子。

大白：還有呢？

宴會芭比：没有了。

大白：妳說謊，妳一定還有秘密。

宴會芭比：是有啦! 可是我已經答應叔叔不告訴任何人媽咪和他見面的事。

大白：叔叔？

宴會芭比：嗯! 他說要和媽咪講話，讓我自己玩鞦韆，然後我就摔下來，是那個叔叔抱我上醫院……

完了，我猛力睜開眼，看見喬鐵青著一張臉，我害怕死了。

他拿起遙控器將電視關了，轉頭對我說：「看來，我們得談談。」

賴音如也發現苗頭不對，趕緊拉艾米到房間打遊戲。

「好呀！我們玩小象曲棍球。」女兒高興地答，不知道自己已經闖下大禍。

喬粗魯地押我回主臥室。

「那個叔叔是誰？」他的眼睛充滿血絲，問話發出嘶嘶的聲音，讓人聯想起眼鏡蛇。

「他……他……他……」我半趴在床上，一時找不到適當的人選。

「妳有沒有良心？我對妳還不夠好？」喬一把抓住我前襟，「只要那個人擊個掌，妳就像個哈巴狗似地粘上去，妳當我是空氣？能睜一隻眼閉一隻眼看你倆在我眼皮底下搞曖昧？」

我請他相信，我已經跟林男說清楚了，他……他不會再來找我了。

「相信妳？誰相信誰就是笨蛋……噢！」喬一副恍然大悟的樣子，「我想起來了，好端端的，妳怎麼就想去美國？原來是爲了他……」

我拼命搖頭否認，眼淚也掉了下來。

「虧我還買那麼貴的琴給妳，甚至說要支持妳的夢想，什麼狗屁夢想？全是謊言。從現在起妳被禁足，哪兒也別想去！」

「喬，」我撲倒在他跟前，「我錯了，原諒我，我答應你不再和林男見面，I promise.」

他說他再也不相信我的廉價承諾，然後大聲喚來翠西，要她把這間房的房門給鎖上，除了送餐外，沒他的允許，誰都不准開門！

"好的，先生。"

喬氣沖沖走後，翠西果真找來鑰匙把門給鎖了。

"開門呀！開開門。"我拍打著門，但無人應答。

這個家，喬就是國王，他的命令如磐石般堅固。

我絕望地趴在床上，泣不成聲。

第十一章／祝妳幸福

我已經被禁足三天，除了幾口水，翠西送來的食物，我一口都沒吃。

"夫人，您這樣是不行的，會生病。"翠西苦口婆心地勸說。

"別管我，讓我死了算了。"我擁緊被子，萬念俱灰。

"您死了，先生怎麼辦？還有，小姐怎麼辦？"

我已經不確定喬是否還在乎我死活，但翠西提到女兒……噢！我的小心肝。

"艾米……她還好嗎？"我問。

翠西答小姐哭著找媽媽，被喬喝斥後安靜許多，現在是賴音如在照顧她……

"還有，賴小姐要您忍耐幾天，等先生氣消了，一切還會和從前一樣。"翠西幫著傳話。

是嗎？還會和從前一樣？

"我知道是我不好，喬不原諒我，情有可原。"我的眼眶溢滿淚水。

"先生不會不原諒妳，他只是還在生氣，妳被關的這幾天，他每天都問妳怎麼了？吃了没？"

聽翠西這麼一說，我的淚水成串掉下來。

她嘆了一口氣："哎！本來我想勸您吃飯，看樣子還是別吃了，人總是同情弱者，何況先生又這麼愛您。"

我不知道翠西是怎麼說的，反正晚餐時間喬親自給我送飯。

"妳想餓死自己嗎？"喬把盛食物的托盤放在床頭櫃上。

我背對他說餓死好，餓死了，他不用看了心煩。

"艾米哭著找媽媽。"喬無奈地說。

聽他提起女兒，我從床上坐起，藉力使力："我說了，I am sorry and I mean it."

喬反問我聽過《狼來了》的故事没？

我沈默了，我的確是那個時時喊著"狼來了"的淘氣孩子。

"如果妳真的承認錯誤，那麼當著我的面和我弟劃清界線。"

喬拿出那個原先被我遺留在琴房內的手機。

"我……"

"怎麼？還三心二意？"喬投來犀利的眼光。

我無奈接過手機，哆嗦地按了林男的號碼，心中暗自祈禱他別接。

"喂，貝貝。"林男還是接了，並且通過來電顯示，知道是我。

"我……"

喬緊挨著我，想聽我們的談話內容，讓我益發緊張。

"什麼？聽不見。"林男說。

"我……打算回ZL音樂學院。"

"太好了，我等妳。"他高興地答。

噢！不，不是這樣的，我要他別等我，他彈他的琴，我拉我的琴，咱們互不相干。

"貝貝，妳怎麼了？"

"没什麼，只是想告訴你別再來找我，你讓我……讓我覺得噁心！"我匆匆掛上手機。

喬顯得開心極了，他親吻我的髮："Good girl. Welcome home！"

我卻痛徹心扉。

"貝貝，妳這是在發洩嗎？買那麼多東西！"賴音如嚇壞了。

我和她又回到Harrods百貨，此時依舊不是打折季，我卻出手闊綽，信用卡一次又一次地刷，賬單一張又一張地簽，買的衣服、鞋、包……可以開一家小型的服飾店。

"走，吃海鮮去！"

交待完Harrods送貨後，我拉她到地下一層，那裏有個生鮮美食區。

看完昂貴的菜單，賴音如表情嚴肅地說她還沒拿到這個月的工資，要我先代墊餐費。

"少囉嗦！放心大膽地點，我請客。"

"什麼事讓妳這麼心煩？拿錢出氣也沒那個誰了。"賴音如邊問邊把生蠔一溜煙吸進肚裏去。

我用叉子攪拌蝦沙拉，有一搭沒一搭地答沒什麼，例假來前的狂躁症。

"好奢侈的狂躁症啊！還好表哥的錢包麥克麥克，不然怎麼禁得起妳每月發作一次？"

我沈默了一會兒後，問她有沒有講錯話，真想搧自己幾耳光的時候？

"怎麼沒有？我經常講錯話，道歉得了。"

"我太傷對方，道歉恐怕不被接受。"

"那麼送禮物給他，拿人的手短。"

我深知林男不缺物質，禮物起不了作用。

賴音如見我面有難色，提出另一個方案："拉琴給他聽吧！妳不是挺會拉的？人家說音樂就是語言，說不出來的話就用音樂來表達。"

這是幾個小時的鬱悶以來，我第一次發現曙光，嘴角有了笑意。

"對了，妳跟誰講錯話？"賴音如隨口一問。

"跟……翠西。"

"妳跟翠西講錯話？"賴音如揚起聲，一副難以置信的樣子。

～

我把賴音如的手機拿起又放下，放下又拿起，狂躁得不得了。

之所以跟人借手機是因爲：一、我不確定林男還會接聽我電話。二、喬犯疑心病，我的手機已經不安全了。

我看著那個銀色iphone 6良久，彷彿跟它有仇似的，最後還是決定一搏。

鈴聲響了很久，就在我快要放棄時……

" Hello."林男的聲音響起。

我拿起Stradivari，深呼吸一口氣後拉起《D大調卡農》，這是一首極度淒美哀傷的曲子，背後有個動人的故事：Barbara暗戀鋼琴老師Pachelbel，Pachelbel雖感受到，但因Barbara是個不認真學習的學生，他故意壓抑自己的情感，對她若即若離。後來Pachelbel被徵召打仗，在戰場上他不斷想念Barbara，這才發現自己愛她至深……Barbara癡心地等待愛人歸來，但她的愛慕者爲贏得芳心，謊稱Pachelbel已戰死，絕望的Barbara選擇自殺。戰後Pachelbel回到家鄉，知道真相後大哭一場，寫下《D大調卡農》。

這原是一首鋼琴曲子，林男不會不知道它的故事。

拉完曲子，我停了幾秒鐘才有勇氣去拿手機，那一端卻出奇的安靜。

"……妳在等待我的掌聲嗎？"林男問，聲音冷漠。

"不，我在等待被原諒。"

然後我把艾米洩密，自己被喬禁足以及在壓力下不得不與他劃清界限一一道出。

林男很無奈，他說我不能老是這樣，一而再、再而三地拒絕他，然後又乞求原諒，他的心沒那麼堅強……

我繼續擺低姿態，很誠心誠意的。

“好，我接受妳的道歉。”

“還是朋友？”

“還是朋友，只是……不再是親密朋友，我……我有了伴侶，她是我的助理。”

聽到林男有了伴侶，我的心像自由落體般急速往下掉。

“Congratulations！”我的聲音發乾。

“謝謝，也祝妳家庭美滿幸福！”他答。

掛上手機，我欲哭無淚，原來傷心難過到了極點是哭不出來的。

“哈……哈哈哈……林男有了伴侶，他有伴侶了，我該高興，不是嗎？”我像個傻子似地自言自語起來。

第十二章/大事不妙

我收拾起被割成碎片的心，把精力和時間花在小提琴的練習上，沒日沒夜。

"我們的鄰居已經投訴好幾次了，妳練琴的時間過長。"喬說。

"羅馬不是一天造成的，要怎麼收獲先得怎麼栽。"我悶著頭扒飯，今天的廚子難得煮了中國菜。

"媽咪，妳好久沒看我的功課，也沒唸床前故事給我聽。"艾米抱怨。

喬趁機教育我，說我本末倒置了，我的身份首先是母親、妻子，然後才是事業。

我放下碗筷，直挺挺地看著他，說他貶低女性；喬也山雨欲來，說我走火入魔，連自己的應盡義務也沒做到。

賴音如趕緊滅火："表哥，別怪貝貝，ZL音樂學院要貝貝參加面試和演奏，隔了六年，學校想知道她還能不能拉琴。"

喬的不豫稍有緩解，問我考試是視頻方式嗎？我答不是，
Dr. Hall 約了我兩個月後見面。

"兩個月？那還有很多時間練習，急什麼？"賴音
如首先發難。

我解釋準備的曲子我都拉過，但想把感覺找回來可不是件容
易的事。

喬思考了一會兒後，果斷做出決定：一、明天請人將我的琴
房做加強隔音處理。二、這兩個月賴音如幫艾米看功課。
三、他講床前故事。四、阿四負責接艾米放學。

我感動得說不出話來。

"我無條件支持妳的夢想。"喬補上一句。

賴音如羨慕地說我一定是上輩子燒好香，這輩子才能嫁
給她表哥。

没錯，喬是個無可挑剔的好老公，太完美了，以致總讓我相
形見絀。

喬請了小提琴大師來家裏給我上一對一，包括Chrysler
、Shlomo以及Pinchas Zukerman。

天知道他動用了多少關係和銀子，在我看來，有錢不一定
請得動。

經過大師的指點，我的琴藝果然精進不少。

這一天，我剛拉完Rachmaninoff寫的《帕格尼尼主題狂想
曲》，喬没敲門就進來。

"我在外面把整首曲子都聽完了，貝貝，妳的音樂震撼了
我。的確，讓妳待在家裏等於埋沒天才。"

"我没你說的那麼好。"被自己的老公讚美，我還是有些羞澀。

《帕格尼尼主題狂想曲》創作於1934年，取材於帕格尼尼的小提琴隨想曲，作曲家Rachmaninoff對其中第24首的音樂主題展開24個變奏，我拉的是第18個變奏，曲調純樸抒情，曲風優美無比，曾被電影《似曾相識》選爲背景音樂。

"我原本以爲娶了個美麗的女人，原來還娶了個國寶。"喬繼續給糖吃。

"快別這麼說，給大師聽到了，要貽笑大方的。"

"笑就笑吧！反正没人比我幸運。對了，妳還要拉多久？今晚我請山姆大叔吃飯，他指名要見我那漂亮又多才多藝的老婆。"

我問什麼時候？喬舉起腕上的百達翡麗，說我還有三十分鐘。

這麼快？！我趕緊放下手中的琴，直奔衣帽間。

"得給總公司老大留下一個好印象才行。"我心想，同時把香奈兒套裝取下。

喬訂的"肥鴨餐廳"位於倫敦西邊伯克郡的布雷小鎮，是一間充滿英國鄉村風味的創意菜餐廳，曾在2005年被英國餐廳雜誌評選爲世界第一，後因人事變動，明星主廚離去，但它依舊是大家心目中最有名的英式經典餐廳。

我和喬準時在七點鐘抵達，一踏進餐廳大門，長得如同時裝模特兒的服務生便引領我們來到預定的餐桌。

" Would you like a drink before your meal?"服務生問我們要不要先來點兒餐前酒？

喬果斷地點了Calvados及Crème de cassis。

"今晚嚐嚐法國南部的餐前酒。"他說。

我對接下來的會面感到緊張與不安，喝什麼酒？隨便。

就在我們淺嚐法國風味之際，Sam和他的女伴來了。

" Ha-Ha……We are late."Sam和喬大力握手，然後在他耳邊低語，"I can't help. It's American time."

我看見喬尷尬地笑了笑，我也勉強虛應一下。

" You must be Joe's beautiful wife."山姆轉向我，給了我一個貼面吻。

通過Sam的介紹，我們因此知道他身邊那個冷若冰霜的女子是他的第二任老婆。

山姆大叔打哈哈地表示男人總要犯一次錯，才知道自己喜歡什麼樣的女人……

可惜他的故作幽默換不來老婆的半點兒笑容，她的面部表情冷得掐得出水來。

席間，喬和山姆天南地北地閒聊，反觀我和冰山卻一直說不上話，她老是心不在焉的，我只好轉而讚美她今天的妝容和服飾，可惜她依舊是一副女王姿態。

沒多久，餐廳的小提琴手走向我們這一桌，拉的是Tchaikovsky的《憂鬱小夜曲》。

在外行人眼中，他拉得實在不錯，但若要內行人來點評，他只能算樂工。

" I heard you are a violinist."山姆挑起眉梢問。

我趕緊表示自己胡亂拉的。

山姆大叔說有沒有胡亂拉，馬上見分曉，然後轉身用一張紫色票子換來一把琴。

我實在不喜歡被趕鴨子上架，但Sam是喬的頂頭上司，我不得不賣這個面子，可是該拉什麼好呢？

此時冰山美人開口了，她說來首肖邦吧！音樂家像他那樣長得好看的不多見。

肖邦是鋼琴詩人，那麼就拉有音樂抒情詩美譽的《升C小調圓舞曲》吧！它的旋律很美卻隱藏一股說不出的哀愁……

一曲罷了，我贏得滿堂彩。

山姆大叔不僅大力鼓掌，還給了我一長聲的曖昧口哨。

我紅著臉把琴還給人家，同時希望餐廳老闆別炒了他，畢竟那一點兒出場費，如何苛求品質？

" Sam loves the girl with beauty and talent. You are done。"那座冰山突然開口說山姆大叔愛美貌與才華集於一身的女子，而我……完蛋了。

" Darling, what are you talking about? Don't scare Beatrix."山姆好脾氣地要自己的老婆別嚇到我。

冰雪女王默默吃著佳餚。没再說危險的話

我喝了含金箔的素甲魚蛋湯，吃了雞肝凍、松露烤麵包以及佐了甘草醬的鮭魚，等到一大盤新鮮海產刺身上了桌，我的肚子已經呈飽和狀態。

不行，我得上趟廁所。

當我從那個極富宜家色彩的女廁走出來時，踫巧撞見Sam在男廁外抽雪茄。

" I can't help. I'm addicted."他笑說没辦法,自己有煙癮。

我答喬偶爾也抽，他抽綠色萬寶路。

Sam說抽那玩意兒多沒意思，還是抽雪茄帶勁。

我聳聳肩不置可否，正想回座時，他喚住我："Beatrix，can we talk? Only you and me."

他一臉嚴肅，我有了不妙的感覺。

第十三章／晚安，喬

Sam 問我知不知道他爲什麼大老遠從美國飛來？該不會以爲他是來吃英國菜的吧？

我答不知道，大概是爲了公事吧？！

" That's right." 他吐了一口白煙，" I come here to convey the intention of the board of directors."

傳達董事會的意向？什麼意向？

我捂住口鼻，咳嗽了兩聲，因爲雪茄味實在太濃了。

"Sorry."他用力吸了最後一口，然後把它按進垃圾桶上方的滅煙沙內，同時暗示我得熟悉一下這個味道，因爲他的前任和現任都愛極了雪茄的辣味。

我冷冷地答我喜歡萬寶路的薄荷味，喬抽這個。

"Ha-Ha. Every man has his hobby-horse."山姆大叔賣弄起美國諺語，意即"各有所好"。

我告訴他公事上的事我不懂，他應該和喬談。

" Of course I can talk with Joe, but that means there is no room for consultation. I am thinking ......"他的手指在我的肩上畫圈圈，" if I talk with his beautiful wife, it might be better."

" What do you mean ? "我後退一步，避開他的魔掌。

山姆收起他的輕佻, 告訴我喬不僅做錯了決定，害公司損失一大筆錢，而且挪用公款，雖然一個星期後就補上，但仍被眼尖的財務給抓個正著，董事會認爲他已經不適合再擔任英國執行官一職。

喬挪用公款？不可能，我拒絕相信。

Sam 說這是毫無爭議的事，三月五號喬拿走了五百五十萬英鎊，三月十三號還上。

三月五號？

我努力回想......那不是法國人Arsène把琴交給我的那一天？我驚訝到心都快跳出來，但仍故作鎮定地表示商場上做錯決定乃兵家常事，喬幫公司賺錢的時候，他們怎麼不說？至於挪用公款......他不是還上了？

Sam聽完哈哈大笑，他說我真風趣，難道不知道一個錯誤的決定足以讓一家公司死無葬身之地？至於還錢......喬的確是還上了，但由此可看出一個人的品格，他不認爲董事會會推崇這樣的人品？

我一時辭窮。

Sam要我別擔心，他回去後可以將大事化小，小事化無......

說完，他掏出一張紙條遞給我，約我明天下午四點詳談，然後先行一步回到座位。

我看了一眼紙條，像是臨時寫上的，字跡潦草。

" Flat 2005, No 2, unit 6,Knight bridge area, London."我默唸，然後隨手塞進香奈兒的小腳連體褲口袋內。

～

那張紙條像個火球燙著我的大腿。

"貝貝，妳怎麼了？從餐廳廁所回來後一直沈默不語。"我們回家後，喬邊脫衣服邊問。

"没什麼，吃多了胃不舒服。"我答。

喬說床頭櫃有胃藥，並且往那個方向走去，我趕緊阻止他，說自己好多了。

"妳得好好照顧身體，連Sam都說妳太瘦，風一吹就吹跑了……我看得出來他喜歡妳，尤其他看妳拉琴的樣子，簡直就像看到公司股價蹭蹭蹭地往上衝，興奮得很。"

喬若知道Sam在廁所外對我的調情與威脅，恐怕會拿刀與他撕殺。

"我累了。"我邊說邊上床。

喬也跟著上床，卻是興奮非常。

"貝，總公司有意擴大英國業務，原來辦公的地方太小也太偏，計劃搬到騎士橋區，那裏更大、更豪華，妳就等著看妳老公大展拳腳吧！"

這麼說，山姆大叔的英國行不簡單，喬是否能通過考核至關重要。

～

站在摩天大樓外，我可以想見喬未來的辦公室會有多氣派。

上到二十層，電梯門一打開，眼前的景象和我的想像截然不同，到處是塵灰和裝修材料，工人們進進出出，好不熱鬧。

我終於在落地窗前找到Sam，他正和一位設計師模樣的人討論圖紙。

"You are here, Beatrix."山姆擡起頭說。

我不發一語，假裝環顧四周。

"Well, everybody can leave now. See you tomorrow morning."Sam下逐客令。

那個戴眼鏡的設計師對我點了個頭後，帶領一幫虎背熊腰離去。

當大門蹑的一聲關上時，我覺得自己好似被丟入荒島，偏偏除了我之外，還有一隻虎視眈眈的猛獸……

Sam說這就是新辦公樓，問我喜歡不？

"I don't care."我還是一臉冰霜。

"I hope Joe is as calm as you."他答希望喬和我一樣淡定。

任誰都聽得出他話中有話，我不知他的葫蘆裏賣什麼藥，只能靜觀其變。

Sam在堆起來有半人高的木材上坐了下來，開始高談闊論，不外商場如戰場，必須把握機會趨吉避凶，話鋒一轉，他說起一個新職位的搶奪是非常慘烈的，任何負面消息都是硬傷，如果有人因爲醜聞而離開，以後想在IT業立足難上加難，因爲這個圈子聲氣相通……

"What do you mean? Could you jump to the conclusion?"我已經失去耐心，要求他直接講重點。

那人遂不再繞圈子，直白地表示喬從此鯉魚躍龍門還是一蹶不振，全憑他的一句話。

我試著游説，提到喬非常看重他的事業，連週末也加班，他的努力，明眼人一定看得見……

Sam一副無賴相,說光他一個人看見有什麼用？得董事會認可才行。

我們彼此對望，還是我先開口：" What do you want ？ "

他答喬的辦公室裏有一張大辦公桌，今天剛搬來，可能不會很舒服，但他一向不拘泥於固定型式……

我下意識地環顧整個辦公區，有扇梨花門特別礙眼。

" Correct."山姆先行一步。

我的內心不斷掙扎。

" Are you coming? Honey."他撫著門問。

我終於把緊握的拳頭鬆開，低著頭走過去，扣扣扣的高跟鞋聲聽起來很刺耳。

我們正用著餐，手機聲忽然響起，喬離座接聽。

" Yes.Yes. That's too great. I will do my best."

我喝著奶油濃湯，心裏堵得慌。

" Guess what?"喬掛上手機回位，很是興奮，" 我現在是歐盟國IM的執行官了！"

" 表哥，恭喜了，請客請客。"賴音如高興地說。

" 對，爹地請客，我要吃炸雞。"艾米跟著起鬨。

賴音如趕緊制止：" 艾米，妳開什麼玩笑? 妳爹地就要賺好多好多的錢，妳竟然想吃五英鎊的炸雞 ？！再怎麼著也得吃Criterion Grill 的法國菜或者Kettners 的意大利菜，你說是不是？表哥。"

這次賴音如把眼光落在喬身上。

"當然，當然，隨便你們，想吃什麼就吃什麼，我請客。"喬的聲音像浸過威士忌，超乎平常的High，"過去幾個月總有一些不利我的消息傳出，我很高興山姆大叔最後選了我，而不是慕尼黑的那個德國佬。"

"哼！德國佬怎麼比得上我表哥？"賴音如轉向我，"貝貝，妳怎麼不說話？妳老公就要飛黃騰達了。"

我勉強擠出笑容恭喜他。

"貝貝，"喬面向我，"我總覺得是妳給我帶來的好運氣，也許Sam就是因爲妳才提拔我。"

"胡說！"我忽然大起聲，餐桌上的三個人一起望向我，我才驚覺自己失態了，"我……我的意思是……一切都是你努力的結果，跟我一點兒關係也沒有。"

賴音如笑出聲來，說我太小題大作了，一定是考試壓力太大，讓我成了驚弓之鳥，如果我想購物減減壓，她可以陪我去。

"不了，我還想多練練琴。"我答。

當天晚上，我破例拉到凌晨，把自己累到虛脫爲止。

上床時，喬已經睡下。我挨著他躺下，耳朵貼在他的胸口上，手環著他腰際，沒有任何時刻比現在讓我們的心更靠近。

"晚安，喬。"我終於閉上雙眼。

第十四章/金鳳餐廳

喬說Sam明天飛回紐約，今晚想和我們夫妻共進晚餐。

我不認爲經過那次可恥的交易後，我還能心平氣和地與Sam面對面，於是推說頭疼，躲在棉被裏懺悔。

喬很擔心，問我是否確定不去看醫生。

"我睡個覺就沒事。"我答。

他還想說什麼，我把頭深深埋進被裏，一副拒絕交談的模樣，他只好拍拍屁股走人。

喬走後，我從棉被裏露出兩隻眼睛，直瞪著天花板發呆，翠西喊了幾次要我吃飯，我理都不理。

"嘟嘟......嘟嘟嘟......"

"Hello."我拿起手機。

"Sweetheart，do you have a headache?" 那個噁心的聲音響起。

我皺起眉頭問喬在哪裏？

Sam答喬正與他那美麗的妻子把酒言歡，他藉口上廁所，打個電話問候我。

" Thanks! "

雖然厭惡，但他畢竟是喬的上司，我不想做得太絕。

没想到我的"退一步"換來他的得寸進尺，他問我昨天疼嗎？也許下次他該輕一點兒……

" Enough，don't call me again！"我果斷掛上手機，屈辱和氣憤油然而生。

真是人渣！爲什麼……爲什麼越下流的人職位越高？我氣得全身發抖。

" 嘟嘟……嘟嘟嘟……"

他竟然還有臉打來？我歇斯底里地對著手機一陣吼叫。

" 貝貝～"手機那端傳來母親的聲音。

我嚇壞了。

母親問我怎麼回事？我答剛才有無聊份子打電話騷擾我。

" 都是些什麼人哪？不學好！"母親一副老師的口吻。

澳洲和英國有九個小時的時差，現在是澳洲的清晨，母親爲什麼選在這時候打電話給我？

" 媽，有事嗎？"我問。

" 貝貝，妳爸……"媽哽咽了。

爸怎麼了？

當天晚上我買了飛澳洲布里斯本的機票。

" 貝貝，我這邊的事一處理完就過去,妳別心急。"喬說。

"好的。"我心神不寧地答。

母親說父親突發腦血栓，已經送進手術室。我一路憂心忡忡，下了飛機便直奔醫院。

"媽，爸怎樣了？"我著急問。

"醫生說他有大面積腦水腫現象，已經做了開顱減壓手術，現在在觀察室裏。"

我接著問手術結果如何？她答目前看來順利，但擔心會有後遺症。

"貝貝，妳說妳爸若中風，他這輩子不就完了？"

"不會的，爸一定會好起來。"我安慰母親。

爸終於在第二天下午醒過來。

"爸，您覺得怎樣？"我問。

"累，很累。"他答。

我還想說什麼，被華裔醫生搶了先："柯先生，你動動右手……很好……再動動左手……眼睛看上……看下……我這樣按有感覺嗎？……你住哪裏？……幾歲？……妻子叫什麼名字？……五加八等於多少？……"

等醫生做完一系列的測試，我們被告知病患無大礙，這讓懸著的心終於放下。

"後期還是要注意會不會有併發症，像是肺部感染、上呼吸道出血、壓瘡等，同時也要控制血壓及定期做檢查，平日小心飲食、不抽煙、少飲酒……"醫生耳提面命，我和母親點頭如搗蒜。

醫生走後，父親對母親說："到鬼門關走了一回，害妳受驚了。"

"還說，下次再這麼嚇我，小心我不要你了。"

看父母有興致打情罵俏，我藉口買水果離開病房。

～

我給喬打越洋電話，告訴他父親挺過來了。

"妳確定不要我過去？"他問。

"當然。"

喬剛接了新任務，工作量和壓力倍增，我盡量不去煩他。

他問我什麼時候回來？我答一個星期左右，因爲想藉機多陪陪父母。

"應該的，請幫我轉達問候之意。"他說。

"没問題。"

掛上手機，我忽然想到中國城走走，順便採買一下食材，母親没空逛超市。

～

布里斯本的中國城不僅是商場，同時也是遊覽勝地。每逢週末，街中心的涼亭便成了公開表演的舞台，舉凡中國的武術、菲律賓的舞蹈、澳洲土著的表演、街頭藝人的默劇……不一而足。

我走走看看，很是愜意，突然前方一道金光閃過，我不由自主地眯上眼，待睜眼再看，發現不遠處有兩隻巨大的金色鳳凰攀在紅色廊柱上，門楣有個斗大的銀色招牌-金鳳餐廳。

這就是薛佳仁開的餐廳？我放緩了腳步。

當我正躊躇著該不該進去打聲招呼，一輛載滿蔬果的三輪車突然緊急刹車，就停在餐廳側門。

"喂！出來拿東西。"車伕對著裏面吆喝。

一位廚師模樣的人走出來，數落他幾句，車伕不高興，兩人當街吵了起來。

爭吵聲引來一個瘦高個兒，他跟著廚師一起指責車伕，車伕見自己勢單力薄，扭頭騎車走了。

"下次別用這個人，太沒時間觀念，都11點了才送貨，我們怎麼來得及準備？"瘦高個兒說。

廚師唯唯稱是。

如果瘦高個兒跟著廚師返回廚房，一切都會不一樣，但他從口袋掏出煙來吸上一口，猛的一回頭，他看到我了。

"……Hi,你好嗎？"我乾澀地說。

薛佳仁沒馬上回答我，反而摸摸他的頭髮，扯扯他的衣褲，很窘迫的樣子。

"對不起，嚇到你了。"我說。

"沒有的事，妳剛剛問我什麼？……噢！我好嗎？……好，我很好。"他終於開口了。

"聽說你開了家中國餐廳，我過來看看。"我替自己的突然出現做出解釋。

他有些氣餒地表示餐廳已經開了好幾個月，還是沒什麼人氣。

"都是這樣的，萬事起頭難。"我打起精神，"能試試你家的菜嗎？"

"當然，請進。"

薛佳仁熄了煙，帶我從前門進入。

中國餐廳離不開很多中國元素，一個關公像正對著大門口，到處張燈結彩，大廳內散落著唐桌唐椅加上紅桌布，男侍者穿黑色唐衫，女侍者穿大紅旗袍，空氣中回蕩著鄧麗君甜美的歌聲......

我注意到收銀台後有個胖胖的收銀員，她正低著頭不知寫些什麼。

薛佳仁領我到挨著窗戶的位子上，那裏採光好。

"喝點什麼？龍井？鐵觀音？菊花？"他問。

"給我菊花茶吧！降火氣。"我答。

澳洲的昆士蘭省四季如夏，從初春的英國來到這兒難免上火。

薛佳仁像個侍應生似地招呼我，給我倒茶水，又遞上燙金的菜單。我翻了翻，果然如賴音如所說是家粵菜館，價格小貴。

依著老闆的推薦，我點了叉燒、芥蘭牛肉、鹹魚雞粒炒飯、海鮮豆腐煲以及髮菜牛丸湯。

由於正逢飯點，餐廳陸續有客人進來。

薛佳仁過來了幾次，問我叉燒夠不夠入味？牛肉夠不夠嫩？湯夠不夠鮮？我一一給予肯定，同時告訴他不用特意招呼我，他這才自顧自地忙去。

我的胃口一向不大，很快便飽了，轉身請侍應生幫忙打包，順便買單。

"五十五元。"侍應生給我賬單。

我把六十元放在小碟子裏，薛佳仁一個箭步上前："今天我請客。"

"不成，哪有讓你請的道理?"我說。

沒想到薛佳仁鐵了心，無論如何都不肯收我錢，就在拉扯之際，那個胖胖的收銀員走過來把錢收走。

"要是朋友來你都請，餐廳如何賺錢？"她說。

"妙珍，貝貝不一樣。"

"沒什麼不一樣。"她拋下一句，果斷走回櫃台。

薛佳仁雙手叉腰，一副無可奈何的樣子，我趕緊換話題，說他家的飯菜真好吃，我很少打包食物，但今天一定得帶回去給爸媽嚐嚐，我媽還記得他煮的菜，到現在還讚不絕口……

"那個……今天的菜不是我煮的。"他很尷尬。

"老闆手藝好，廚子還會差嗎？"我對他笑了笑。

拿上打包好的剩菜剩飯，薛佳仁一直陪我走到大街上。

"回去吧！"我說。

"貝貝，"他像個犯錯的小孩，"我是不是讓妳失望了？"

"沒，"我輕笑，"沒的事。"

薛佳仁接著表示餐廳很忙，他一星期做足七天，沒空去我那兒，問我能否明早九點來？彭妙珍十一點上班。

"何必呢？你明知她是個醋罈子。"我擔起憂來。

"所以才要妳早點兒來，妳一定要來，我有話對妳說。"

此時一位男侍應生小跑步過來："老闆，老闆娘說要跟你對賬。"

"知道了。"他顯得不耐煩。

"你老婆叫你，回去吧！明天……明天我來。"

薛佳仁陰霾的臉終於有了曙光："一定！"

他笑著和我揮手道別，我卻有股想哭的衝動，那個曾經壯志凌雲的少年呀！今何在？

第十五章/要不是妳……

隔天早上我依約來到金鳳餐廳，老遠就看到薛佳仁站在店門口抽煙，樣子很急躁。他瞧見我，慌忙將煙往地上一扔，小跑步過來：“貝貝，妳來了。”

“等很久了？”

“沒，剛到，走，我帶妳去喝早茶。”

他牽起我的手，被我甩開，他是有婦之夫，我是有夫之婦，還是得講分寸。

面對我的拒絕，他怔了一下，但沒說什麼。

他帶我來到這家名爲錦江的早茶店，離金鳳餐廳也就五分鐘的步行距離，在二樓，人聲鼎沸，還好不用等位。

薛佳仁熟門熟路地點了幾樣港式點心及一盅茶。

待侍應生走後，我問金鳳餐廳爲什麼不賣早茶？

他答點心師傅難找，再說，賣早茶的多是老字號，很難競爭。

我咬了一口奶黃包，鬆軟香甜的奶黃餡流了出來，不禁喊道：「太好吃了！」

薛佳仁說這家的點心師傅是從香港重金禮聘過來的，三代都是做這個。

我舉目四望，早茶店現在已經座無虛席了。

「餐廳能做到這樣，算成功了。」我說。

「嗯！這是我的目標，現在金鳳做午餐、晚餐和宵夜，從早上十一點做到凌晨一點，全年無休。」

「真是太辛苦了。」

「的確，做餐廳就是累，妙珍已經哭過好幾回。」

薛佳仁提到老婆，我們都沈默了。

「彭妙珍以前挺瘦的。」還是我先發話。

說真的，我沒想到彭妙珍會發胖到這種程度！薛佳仁也是，一下子老了十歲，只是那雙狡點的眼睛還在，否則我要認不出來了。

「她患上甲狀腺亢進症，吃藥吃的，虛胖。」他解釋。

哎！真不知說什麼好。

薛佳仁大概也覺得冷場，他夾了根雞爪到我盤裏要我吃，我沒動筷，轉了話題：「聽賴音如說，你兒子兩歲了，很可愛，叫……傑夫，是嗎？」

「嗯！他現在是我們全家的寶，也是希望所在，如果不是因爲他……」

薛佳仁開始傾訴這六年來的點滴，說他不該因爲彭妙珍對他好及雙方家長樂見其成而妥協、說他如何想念我、說他如何憎恨彭妙珍將我逼走、說他在彭家一點兒地位也没有，跟上門女婿無異……任性的他後來搜集了大量受賄證據，一舉把岳父告到中央，緊接著提出離婚。彭妙珍受不了這接二連三的打擊，服藥自殺了，後來雖搶救過來，但他去意已堅。

"是什麼讓你改變主意？"我問。

"醫生說彭妙珍有了身孕，我和她父親進去看她時，她竟然趴在窗口，一半身子在外面。岳父見狀當場跪下，跪我，知道不？他說他女兒若往外跳，他也跟著跳，三條人命哪！妳說我能怎麼辦？"他顯得無奈，"看在他已是耄耋老人又悉心照顧我患病父親的份上，我只能選擇原諒，不然能怎樣？人生啊！也不過爾爾。"

原諒憎恨的人是最難做到的，我說他做了件偉大的事。

"我不偉大，即使結了婚，我對妳依然……我是不是太差勁了？"他問。

"不，"我對他微笑，"你給了我最大程度的讚美，謝謝！"

越近中午，中國城也越加活躍，我聽到早茶店外車子頻繁出入的聲音。

"回去吧！金鳳也要開始忙了。"我說。

"那麼……我們再聯繫？"薛佳仁滿懷期待地問。

"不了，到此為止。"我拍拍他的手，他懂的。

和薛佳仁道別後，我走過轉角的一家房地產仲介公司，佇足看了一會兒貼在窗上的房地產廣告，從店裏面扣扣扣地走出來一位摩登女郎。

"沿河的別墅升值快，五房三廳二衛，附泳池及網球場，佔地1.2公頃。"

“多少錢？”我隨口一問。

“兩百萬，價錢還可以談。”

我伸直了身子，想著要不要給爸媽買一棟？

“貝貝～”那女子突然喊出聲。

我轉頭一看，竟然是薛佳琪，太令人驚訝了。

“快進店裏，讓我好好替妳這位貴婦介紹幾棟好房子。”

她笑盈盈地迎我進店，容不得我說不。

坐下後，昔日好友完全就是一副職業麗人的姿態，從頭到尾都在講房子，對我這位老同學兼曾經的閨蜜無一絲問候。

“怎麼，現在看？我有鑰匙。”她問。

看我多所猶豫，她接著說：“妳待在澳大利亚的時間長不長？若不長，得趕緊下決定。”

我無可無不可地接受這個意外的邀約。

“這家好，屋主職務調動，想盡快脫手，價錢好談。”薛佳琪把窗戶都打開，好讓新鮮空氣進來。

這已是今天的第四家。

她介紹的都是兩百萬元以上的豪宅，這不在我的計劃內，我不得不表明自己只想買一百萬元以下的房。

“這跟妳的身份不符，誰不知妳老公身家過億？”

也許說者無意，但話傳到耳中還是讓人覺得不舒服。

“錢是喬掙的，我不事生產。”

“不事生產不是事，有辦法抓住男人才是真功夫，可惜我覺悟得太晚。”

這下子我聽出來了，薛佳琪是有意惹我惱怒。

"妳說的對，能抓住男人才是真功夫，有人有這本事，有人沒有，強求不來。"

她很輕蔑地反問我有什麼真本事？不過是褲帶鬆了點兒，没什麼好顯擺！

"我褲帶鬆？"我氣到不行，"我褲帶鬆還有人要，不像某人，脫光了還無人理睬。"

"柯貝貝妳……"薛佳琪瞪大眼睛，一副想把我給殺了的模樣。

"就這樣了，妳介紹的房子我都不滿意，我走了。"我轉身。

她憤而把手中資料扔向我，正中我後背。

"要不是妳，我哥不會密告薛家，我們也不會落入這樣困窘的田地；要不是妳，我不會看盡千帆皆不是，到現在還孤單一人。妳早知道我喜歡喬……非常非常的喜歡。"

我當然知道薛佳琪喜歡喬，她還曾找我出謀劃策過。

"抱歉，我……"

"別說了，妳走吧！就當我們從未相識，"她喃喃自語，"這個月再没業績，老闆要我走路，也就那樣了，不會再壞。"

說完，薛佳琪打開落地窗，逕自走向花園，佇立一會兒後，她突然縱身躍入泳池，快速游了起來，彷彿正參加百米世錦賽。

第十六章／可憐我吧！

我問喬可以買棟房嗎？那麼下次回澳大利亞時，就不用跟父母擠在那個小屋了。

喬答只要我喜歡，有什麼不可以？於是我買下那棟五房三廳二衛。

“這是鑰匙，買賣手續雖然還没完成，但妳老公已經把錢滙入賣方律師賬戶裏，按規定我可以先給鑰匙，所以房子現在等於是妳的了。”薛佳琪說。

“謝謝！”我收下鑰匙。

“對了，原屋主把傢俱全留下來，妳若不喜歡，我馬上讓人搬走。”

我答房子是買給爸媽的，要不要傢俱，由他們決定。

“那麼妳爸媽原來的房賣不賣？我有客戶想買那個區。”薛佳琪生意人的嘴臉馬上顯露出來。

“不，那裏有我童年到大的回憶，我不讓賣。”我堅定地答。

她聳聳肩說反正我有她的手機號，若改變主意，隨時通知她。

說完，她拿起包走人。

我望著手中的鑰匙愣了好一會兒，最後決定上新房看看。

打開我新購的物業，裏面已經被打掃得一塵不染，空氣中彌漫著清潔劑的味道，我趕忙將所有的窗戶都打開。

"明天就回英國了，希望爸媽會喜歡這裏。"我心想。

這是一棟以黑白色為主調的兩層建築，簡單中帶著高雅，很符合父母的品味。當然，後院的大花園加分不少，我相信母親會發揮她的園藝專長，讓各色花朵爭相怒放。

"嘟......嘟嘟嘟......"手機響了，竟然是薛佳仁打來的，我按下接聽鍵。

"我妹中午來金鳳用餐，我才知道妳買了房且明天走。妳在哪裏？我現在就去找妳。"他説。

噢！不，別見面。

我找了個藉口回絕，不想在回英國前又攤上麻煩事。

躺在花園的躺椅上，伴著噴泉發出的涓涓流水聲，我正半夢半醒著，是急促的敲門聲打破平靜。

"貝貝，妳開門，我知道妳在裏面。"

怎麼又是薛佳仁？我感到心煩。

門開後，我問他到底想怎樣？他有老婆，我有丈夫，我們還各自有了小孩，條條繩索老早將我們五花大綁。

"我知道，本來不想來的，但越告訴自己別來就越想來，想到妳這一去，不知何年何月才能再相見，我痛苦地想死掉。貝貝，就算可憐可憐我吧！我過得豬狗不如。"

我問他想要什麼？一個擁抱還是一個吻？他答兩者都要。

薛佳仁很貪心，但我還是施捨了，沒想到我們彼此理解錯誤，當我意識到不對勁時，薛佳仁已經是匹脫韁野馬，再也拉不回來了。

我把房子的鑰匙交給母親，交待幾句後便坐上出租車往機場的方向去。

坐在英航的頭等艙內，我告訴空服員別叫醒我，然後把毯子拉高蓋住頭部，打算這十幾個小時的航程就這麼睡死過去。

迷迷糊糊中，我又回到那張黑白相間的大床上，薛佳仁從我的身體抽離，我把床單拉扯過來遮住裸露的身體。

"貝貝，我愛妳。"他心滿意足地說。

我用力閉上雙眼，把自己恨得牙癢癢的，爲什麼老把事情搞複雜？真是個宇宙無敵大傻瓜！

從廣播聲中，我知道飛機即將抵達倫敦。

"喬會來接機嗎？"望著窗外的燈光旖旎，我喃喃自語起來。

"媽咪～"

一走出關口，我就聽到艾米可愛的聲音，遂加緊腳步向她奔去。

"哎呦！我的小寶貝！"我將她抱起，"又重了，媽咪都快抱不動妳這隻小豬！"

"我才不是小豬，我是公主，爹地說的。"

我轉頭給喬一個吻。

"回來了，就等著妳回來，走！拿行李去。"

今天喬穿著白綠橫條紋的高爾夫球衫加墨綠色西褲，腳登白色高爾夫球鞋，頭髮梳成復古大背頭，裸露的胳膊粗壯，胸肌突出，在在散發出成熟男性的魅力。和他一比，我彷彿是根清新的小黃瓜，蒼白而無力。

"今天打高爾夫球？"我問。

"嗯！不可避免的應酬，妳去嗎？Kristen和她老公也會去。"

聽說Kristen也會去，我頓時失了興致。

"不了，我得練琴，時間不多了。"我說。

"隨妳。"

喬戴上黑超，我們一家三口往停車場的方向走去。

第十七章/ANGELA

我披星戴月地練了兩個星期的琴，又臨時惡補了樂理及音樂史，終於到了上飛機的時刻。

"貝，實在抱歉，答應陪妳去美國，臨時卻有個重要會議，所以……"喬一臉歉意。

"没事，我一個人也可以。"我安慰他。

喬知道我將飛林男的母校，如臨大敵，一早就讓秘書訂了酒店和兩個人的機票。

撇開一個鋼琴家每天塞得滿滿的行程不說，想在諾大的校園裏和某個特定的人相遇，猶如中彩票，況且林男已經有了伴侶，還是他的助理，我要如何避開戀人助理的監督和林男見上一面？

綜合以上幾點，我認爲喬多慮了，但没說反對的話，因爲我越阻止，他越覺得其中有鬼，没想到最後打退堂鼓的是他，我得隻身前往。

~

" PLEASE COME IN."DR. HALL低沈的聲音從門後傳來。

我轉開門把，那位滿頭銀髮的老先生就坐在大辦公桌後講電話。

" Hold on，"他捂住話筒，指著沙發，輕聲對我說,"Please sit down."

我找了個正對著他的位子坐下，然後把小提琴盒放在茶几旁的地毯上。

Dr.Hall對電話那頭說室內四重奏的排練在下週，但這不妨礙對方使用排練室，因爲他們會在下午四點前結束……

爲了快速結束談話，他特別提到面試的學生已經到了，是從英國來的Beatrix。

Dr.Hall掛上電話後，毫無意外地向我道歉，接著又把排練室不合理的時間安排數落一遍。

" You need to book the room 3 months ago, otherwise it has no chance to use it."

" Isn't it just ?"我附合。

Dr.Hall是個像爺爺般的老好人，他先詢問我晚了六年才來報到的原因，我給出"結婚生子"的答案，他沒有吃驚，也沒有打破砂鍋問到底，讓我心生感激。話鋒一轉，他問起我最喜歡的小提琴曲及演奏家，我早有準備，所以回答得行雲流水。

" Well, which song are you playing today?" 他問。

終於到了Show Time 的時候，我答《貝多芬D大調小提琴協奏曲》。

這是貝多芬唯一的一部小提琴協奏曲，旋律柔美、格調高雅，完成於1806年。這一年，貝多芬愛上他的學生Ressa，有感而發寫下了充滿詩意的樂章。

我才拉完第一樂章，老先生便喊停，他問我什麼是"愛情"？

"What？"我怔住了。

"I said......what is love?"教授重複剛才的問題。

我答愛情就是想和對方死生契闊。

"Did you show it？"他問。

"I......"我臉紅了，"I will try."

Dr.Hall 要我想像自己是貝多芬，愛Ressa又說不出口。眾所周知，貝多芬拙於言辭，他的情愫只能表現在音樂上。

"I got it."

我重新拿起小提琴，第二樂章是小廣板（一種寬廣的抒情），有了教授的提示，我果然拉得順手多了。

第三樂章是快板的回旋曲，這個跳躍的主題充滿歡樂的情緒。我想像貝多芬的愛情終見曙光，他那雀躍的心情......

終於拉完最後一個音，我也像跑完馬拉松似地鬆了一口氣。放下小提琴，擡頭正好看到教授衝著我微笑，我知道自己通過了。

他走過來和我握手："Good girl. Welcome to The ZL School."

我按捺住激動的心情，微微一頷首："Thank you，Dr.Hall."

走出辦公室，我忍不住掏出手機，想告訴喬這個天大的好消息......

"通過了嗎？"林男閣上《Music Loving》雜誌，擡頭望著我。

我太驚訝了。

"我不是來找妳的，我和Dr.Hall有約，"他看了一眼牆上掛鐘,"還有十分鐘。"

"好……好巧啊！在這裏遇見你。"我有些不知所措。

他没接話，反而問我想打電話給誰？喬嗎？

"……嗯!"

"真好，快樂的事有人跟妳分享。"

"你……難道沒有？"

他冷冷地答没有，這世上没有值得他留戀的人。

"我以爲至少有助理可以跟你分享。"

"助理？"林男想了一下，"噢！是，是的，她可以跟我分享……妳什麼時候回英國？"

我答明天晚上的飛機。

"那麼今晚妳可以來看我排練，我和紐約愛樂樂團合作，後天有正式演出，估計現在買不到票了。"

"我能進去嗎？"

林男要我今晚七點整在林肯中心演奏廳正門等，他會請人帶我進去……

此時Dr.Hall的門打開了。

" Lin Nan, how come you are here？I thought it will be Angela."

林男答Angela有事，所以他親自過來了。

Dr.Hall也注意到我，他問我爲什麼還没走？是不是有事？

" Nothing. I am going now. See you."

我真走了。

～

英倫玫瑰（繁體字版）

我準時在七點鐘抵達林肯中心 AVERY FISHER 廳正門，一些工作人員正搬著重物進進出出。

作爲紐約古典音樂界的靈魂所在，林肯中心是所有藝術家憧憬的舞台，同時也是全世界最大的藝術會場，有3棟劇院，分別是：紐約州劇院、大都會歌劇院以及 Avery Fisher 音樂廳。

“ Hi, are you Beatrix ？ ”一個瘦小的女子向我走來。

“ Yes，are you......”

“ 我叫 Angela，是林男的助理，他讓我帶妳進去看彩排。”

這就是林男的伴侶？我刻意多看她兩眼。

“ 我從小在美國長大，所以普通話到現在還是說不好，加上身材乾瘦，常被誤會是第三世界國家的人。”

老天！她誤會了。

“ 抱歉，我沒別的意思，我......我自己的普通話也說得不好，因爲從小在澳大利亞長大。”我吶吶地說。

“ 哈哈！開玩笑的，妳怎麼就當真了？”接著她轉爲嚴肅，“妳知道保護自己的最佳方式是什麼？就是學會自嘲，先自嘲，別人就傷不到你。”

“ 好法子！”我說。

Angela 打開音樂廳大門，我走了進去。

“ 林男的普通話說得很好，他沒教妳嗎？”我問。

以這個作開場白其實很無聊（跟英國人習慣從天氣問起一樣），但我一時找不到其他的話題。

“ 沒有，也許認識的時間還不夠長。”

她緊接著自我介紹，說自己不過是印刷工人的女兒，讀的還是兩年制的社區大學，也沒什麼特別的天賦，能走到現在，全靠上帝幫忙……

她果然又用"自嘲"的方式來來保護自己。

"但我打算和林男天長地久，希望有朝一日我的廣東腔能變成他的北京腔。"

呃……這是在宣示主權嗎？

"對了，林男愛吃上海熏魚，我現在天天做給他吃。"她又添上一筆。

林男愛吃上海熏魚嗎？我記不起來了。即便他真愛吃，我也做不了，因爲我是"君子遠庖廚"。

"恭喜他有好口福。"我說。

"聽說妳的小提琴拉得很好。"她邊走邊問。

我哪敢在人才濟濟的紐約承認自己的琴拉得好？那不啻在關公面前舞大刀。

Angela回我如果她的父親也是大學教授，或許現在的她也會是個音樂家，而不是什麼音樂助理……

她的"自嘲"開始讓我覺得厭煩，像大好晴天突然飄來一朵烏雲……

她帶我走向觀衆席第三排正中的位子，因爲前排有人在錄音及錄影。

"妳需要茶或咖啡嗎？"她問。

"不，謝謝妳。"

"不用客氣。"

Angela走後，我把目光擺在舞台上，樂團已經各就各位，調音聲此起彼落。沒多久，林男走了出來。由於不是正式演出，他的服裝很休閒，Polo衫加亞麻布夏褲，腳上是英倫風軟底鞋。

兩個小時的演出讓我享受了無以倫比的音樂饗宴，林男每次都能予人驚喜，值得喝彩！

彩排完畢，林男和第一小提琴首席握了握手，再和指揮交談幾句，然後從舞台上一躍而下，往我的方向走來。

“Well，”他張開雙手，高興地說，“彈完了。”

我給了他熱烈的掌聲，他鞠躬表示感謝，然後問我有沒有看到他的助理？我答有，是她帶我進來的。

“她很聰明、勤快，是個好幫手。”林男說。

“你這樣形容你的伴侶嗎？”

“噢！她……她還很會燒菜，衣服也洗得乾淨。”

怎麼聽著像是家務助理？讓我想起了上海熏魚。

“林男，”Angela小跑步過來，“房東說明天早上派人來修水龍頭！”

“知道了，妳快走吧！”林男眼睛看著我，話卻是對Angela說。

“爐灶上正溫著皮蛋瘦肉粥，現在回去吃剛好。”她仍不死心。

“我說知道了，”林男轉過頭去，很不耐煩地問，“能讓我和貝貝說會兒話嗎？”

Angela雖走了，但停在不遠處，兩隻眼睛直盯著我們瞧，讓人如坐針氈。

為了不節外生枝，我催林男回去。他答不回去，天天吃粥吃膩了，就想吃點兒別的，讓我陪他。

我看了一眼Angela, 不覺得這是個好提議。

"妳來不來無所謂，我反正是要吃的。"他賭氣地先走一步。

我考慮了一會兒，還是跟上。

第十八章/紐約，紐約

林男帶我來到林肯中心附近的Altanic Grill海鮮餐廳用餐。

"會發現這家餐廳純屬偶然，某天我突然很想吃海鮮，但那些有名的店早已客滿，僅Altanic Grill尚有位子。根據羊群效應，凡24小時之內能訂到位的餐廳，我都不抱幻想，結果出乎意料，Altanic Grill的確了得，非常不錯。"林男說。

"近十點了，現在恐怕關門了。"

"別擔心，Altanic Grill 的老闆喜歡我的音樂。"林男對我眨眨眼，非常俏皮。

粉絲效應果然可怕，Altanic Grill不僅爲我們將營業時間往後延，還送來一盤新菜式讓我們嚐新。

說話帶有濃重西班牙口音的老闆稍後過來介紹這道新菜式的作法，原來是將扇貝和魚放進檸檬中醃製（被酸味浸泡過的海鮮表面會有些熟，但裏面卻是生的），這和加熱有異曲同工之妙，卻比烤製或水煮更能保持嫩度，吃起來有刺身的感覺，作爲前菜非常開胃、爽口。

" Thank you. Your dishes never let me down."林男說他家的菜從未讓他失望過。

" That's my pleasure."老闆俯首，並且表示他一早就買好林男演奏會的門票，到時他、Jenny和孩子們都會去。

林男提醒他演奏會結束後到後台找他，他會幫Steven簽名。

" That's great. He is learning piano grade 5 at moment and needs your encouragement."

" No problem."

老闆對我們做了個"請用"的動作後離去。

趁着林男在喝西紅柿芝士濃湯，我仔細觀察整個餐廳，發現這裏的桌椅設置挺多元化，既有兩人、四人、六人沙發座，還可以拼出10人長座，即使一個人來也不用擔心，沿著吧台有的是座位。

再看裝潢，燈光是溫暖的、照片是泛黃的、相框是黑白的、留聲機是古董的、輕音樂是優雅的、地板是陳舊的、天花板是挑高的……讓人一下子跌入五〇年代。

林男說我的懷舊情懷正在滋長，可惜他吃東西向來不吃裝潢，只對好吃的感興趣。

我切下表皮焦香酥脆，內裏鮮嫩的三文魚塊納入口中，點頭表示理解。

當我們正大啖美食時，我忽然想起一個人。

" Angela是不是一個人吃著皮蛋瘦肉粥？"我大煞風景地問，因爲想探一探林男的態度。

" 我根本不關心她是不是一個人吃粥。"

這不是伴侶間該有的表現，難道……

林男冷冷地答只有當事人才有權介入，我遂噤聲，没想到接下來他卻主動交代兩人的關係。

"Angela是我的粉絲，追隨我多年，她很熱情，但我一直不溫不火。有一天她把書店的工作辭了，從西岸飛到東岸，她約我吃飯，一頓飯下來，她得到助理的工作。"林男停頓了一下，"我給了她鑰匙，說她可以搬過來和我一起住，但不能干涉我交朋友。如果十年內我沒找到合適的人，也許會給她一紙婚約；如果找到了，那對不起，只能辜負她了。"

我說這很不厚道，他把一個女人的青春活活給拖住了。

"但她答應了，她可以不答應的……反正我想結婚的對象嫁給別人了，對我而言，其餘的女人都一樣。"

聽他這麼一說，我突然沒了胃口。

"放心，我不會再打擾妳，妳可以繼續保有妳溫暖而幸福的家。"他刺我一下，讓我更確信傷他至深。

我說想看看真實的紐約，於是林男帶我來到 TC 酒吧.

一進酒吧我就後悔，到處烏煙瘴氣，空氣中還有大麻的氣味。我看見一個女的，頭髮像雞冠，腿上束著一條破了洞的牛仔褲，上身套了件很薄的白襯衣，裏面的黑色胸罩呼之欲出。再看臉龐，紅的紅，白的白，加上誇張的金色眼線及黑嘴唇，整個人感覺很怪異。

"What are you looking at?"她對我咆哮，我趕緊收回目光。

好不容易擠到吧台前，林男叫了長島冰茶，我要了藍色夏威夷。

"所有的雞尾酒名稱都是有含義的，譬如我手中的長島冰茶就有示愛的意思。"他說。

"那這個呢？"我舉起手中藍得像海洋的液體問。

"藍色夏威夷代表期盼與愛人共度假期。"

是嗎？我在期待一場愛之旅？

此時一張亞裔臉孔硬擠了上來，嚷著要這要那，把酒保耍得團團轉。

"嘿！你不是林男嗎？那個彈鋼琴的小白臉。"

"No, I am not."林男馬上否認。

"Come on. We are Chinese."他和林男勾肩搭背，裸露的臂膀上有天使紋身，"My name is Abbas."

叫Abbas的小子拉我們去和他的朋友見面，只因他們也是搞音樂的，我們勉為其難地答應了，然而一坐下就發現桌上除了幾瓶酒和散落的瓜果外，還有少許白色粉末，頓時知道這是怎樣的聚會，不免瑟瑟發抖。

"我來介紹，這是Ryan、Dick、、Luke, 我們都是重金屬樂隊的成員，剛在中國城做完表演。"

閒談中我知道Ryan是主唱，在座幾位是他的隊員。

"別以為彈鋼琴就比較高尚，不過裝模作樣而已，表達不出年輕人的心聲。"Ryan挑釁地說，接著對空噴出一縷大白煙，我下意識捂住口鼻。

"音樂無國界，也無高低之分。"林男答。

"你聽著，哪天出了名、有了錢，我要把林肯中心包下來，讓你們這些高傲動物彈琴給我聽，彈個三天三夜！"

"沒錯！"、"彈死他們！"、"看還高傲不？"......

只有Abbas還算理性，他提醒大家冷靜冷靜。

此時一個左側眉毛有個眉釘的小伙子問林男："喂！老兄，你該不會以為我們是低等動物吧？！"

"當然不會，"林男笑了，"只是我以為你們包下林肯中心是為了唱出年輕人的心聲，而不是為了看高傲動物表演。"

"在那個僵硬的演奏廳唱歌？Fuck! 那是侮辱我們的音樂。我們的音樂是平民的，是大眾的，是在鄉野、公園、海邊……才能體現出它的價值。"Ryan繼續大放厥詞。

"那好，我期待你們出名的那一天，"林男看著我，"貝貝，妳不是想看紐約夜景？"

"是的，"我站起身，"紐約的夜景是出了名的好看，再不看就天亮了。和各位聊天真有意思，請繼續你們的談話。"

在他們驚詫的表情注視下，我和林男很有默契地離開TC酒吧。

"這就是紐約，形形色色的人都有。"林男仰望天空有感而發。

"誰說不是？剛才很怕那群人一個不高興就動起粗來。"

"是有可能，所以我才趕快拉妳走。"

我把目光投向夜幕下的紐約，此時的建築物都被灑上金粉，那些白天不起眼的燈飾，夜晚卻有流光溢彩的效果，在人來人往的喧囂中頑強地表現自我。

林男看我對光影感興趣，問我想不想到洛克菲勒大廈的樓頂露台觀看紐約的天際線？

"不，我累了，而且喬的手機一整天都處於關機狀態，我有些擔心，想回去查看有無留言。"

"那好，我陪妳回酒店。"

第十九章/苦澀的滋味

一踏入四季酒店，我便往前台走去。

" Excuse me. Are there any messages for Beatrix? "我問。

" Please wait for a moment, madam."

一分鐘過後，那個笑容可掬的服務人員回答沒有我的留言，但是林先生已於兩小時前入住。

林先生？我太驚訝了，請她再次確認。

" That's right."服務人員最後給予肯定的答覆。

離開前台，我的心亂糟糟的。

"呵！"林男苦笑，"這就是我哥，殺得人措手不及。"

"男～"我輕喚他。

"知道了，我走了，新學期見！"他握緊我的手後馬上放開。

"再見，路上小心。"

"一定再見。"他比了個勝利手勢。

我刷開酒店房門走了進去，喬正躺在床上看電視。

“你來了。”我說。

他看了一眼床頭櫃上的鬧鐘，主動報時：“凌晨一點零五分。”

“我……我去看紐約夜景。”我把包放下，順便踢掉高跟鞋。

“我開完會就飛過來，以為我們可以共進晚餐。”

“你沒說，我打了你一天的手機。”我冷冷地答。

他問考試通過了沒？我嗯了一聲，赤腳走向浴室。喬的突襲讓我心情鬱悶，我需要做個長長的泡澡。

在大浴缸裏放滿水，順便灑上玫瑰沐浴露，白色的泡沫便像雨後春筍般一個個從水底鑽了出來。我把整個身體浸入泡沫內幾秒鐘後再探出頭來，我喜歡玫瑰的香氣，從頭到腳。

“貝貝～”喬也脫了衣服進到浴缸裏，“好久沒和妳共浴了。”

“我累了。”我不帶感情地說。

“妳什麼都不用做。”

喬撫著我的腰，我閉上了眼睛。

我和喬在玫瑰的香氣中醒來。

“早！”喬吻了我臉頰。

“嗯……你好早啊！”我睡眼惺忪地看著他。

“想帶妳去吃早餐。”

我答不餓，一杯黑咖啡就能打發。

喬游說我Jane的早餐不一樣，很多人大老遠來紐約就爲了吃他家的早餐。

"啊～好想睡啊！再讓我多睡幾分鐘。"我把頭埋進被子裏。

"看來妳需要來點兒刺激的。"

他開始給我搔癢癢。

"別......呵呵......好啦！......Stop......我投降......I mean it......I swear......"

晨浴完，我和喬手牽手離開酒店。

清晨的紐約顯得很慵懶，橘紅色的晨光斜斜地打下來，有種末日到來的異樣感覺。當顏色轉換成橙黃色光芒時，車聲、人聲也開始鼎沸，城市慢慢甦醒了。

"不會吧？！這麼早就排隊？"我驚歎。

此時Jane的綠色遮陽棚外已經開始排起隊伍。

"所以要妳早點兒過來，再晚，隊伍會排到下一個路口。"喬說。

我們約莫等了一刻鐘，服務員才出來喚我們進去。

我拿著菜單，遲遲無法下決定。

"試試他家的班尼迪克蛋，很特別。"

"那好，"我闔上菜單，"你幫我點。"

喬點了一大壺英式早餐茶、兩杯鮮榨果汁及班尼迪克蛋，傳統的給我，Jane特色的給他。

茶和果汁先上，十多分鐘後，我們的早餐也送上來了。

傳統的班尼迪克蛋是用英式鬆餅爲底，上面平鋪著軟嫩的溫泉蛋，配上香酥的加拿大培根肉還有蛋黃醬；Jane特色班尼迪克蛋則是除了餅和蛋外，又加上蟹餅和菠菜。

我拿起叉子將蛋戳破，蛋液即刻傾瀉而下，流過培根肉再流入鬆餅，蛋、餅、肉的絕佳組合輕撫著我舌尖，潤滑著我的每一寸味蕾，忍不住再喝上一口醇香四溢的早餐茶，啊！這樣一頓早餐讓我心情大好，如沐春風。

"Jane的早餐是不是值得妳早起？"喬問。

"嗯！"我用力點頭，"如果艾米也在這兒就好了，她挺愛吃蛋的。對了，你確定翠西會好好照顧她？"

"當然，她是個負責任的管家。"喬信心滿滿地答。

～

喬說回程是晚班機，問我這一整天想做什麼？

"我想到處走走。"

"不想購物？"

"不，購物也很累人的。"

喬笑笑，他大概以為女人天生愛購物。

～

我們來到中央公園，那裏有個小湖，年輕的情侶們在波光粼粼中蕩槳，船側有野鴨作伴。

我和喬沒去划槳，反而在湖邊草地上坐了下來，一邊看著太陽穿過樹葉所留下的斑駁影子，一邊聊著瑣事。

"昨天的面試官有沒有刁難妳？"喬問。

"沒有，他像爺爺一樣慈祥。"

"考完試妳做了什麼？"

111

“到處逛逛。”

“逛到凌晨一點？”

噢！不，這是在開庭審大會？

“嗯！”

“一個人？”

“……嗯！”

“妳有沒有……”

“如果你想問我有沒有遇到林男？……没有，我没遇到他，你不知道鋼琴家的行程排得滿滿的嗎？”

喬看著湖面沈默一會兒，最後向我道歉，說他太神經質了。

“没事，”我把頭枕在他肩上，“別想太多。”

你若問我爲什麼要說謊，我也答不上來。我當然知道誠實的可貴，也不享受說謊帶來的快感，但……我在意說話對象的感受，如果說實話會傷了對方，我寧願選擇說謊。

～

中午我和喬來到布魯克林橋下的 RIVER CAFE，這家餐館在東河邊的泊船上，船窗外就是曼哈頓下城的風景。我很想坐在靠窗的位子上，一邊吃飯一邊看河景，但靠窗口的位子很難訂到，提前一個月訂都不一定有，何況我們是臨時上船的客人。

没能坐在靠窗的位子上雖然很遺憾，但一個人55美元的套餐還是彌補了缺憾，它包括前菜、主菜和甜點。前菜有果木熏製的三文魚和牛塔塔，主菜有阿米什雞、大龍蝦和西冷牛排，餐後點心是杏仁蛋糕，用的是磨碎的帶皮杏仁。

“好吃嗎？”喬問我。

"你選的當然好吃。"

"我記得妳不愛吃杏仁。"

"人的口味是會變的。"

喬盯住我一會兒，說了句風馬牛不相及的話："我不喜歡美國人，他們比較輕浮。"

"沒錯，我也不喜歡。"

"貝貝妳……"

"什麼？"

"沒什麼，"喬的神情有些落寞，"起風了，有點兒冷，小心著涼。"

雖然夏風吹進船艙裏很舒服，但我還是同意有點兒冷。

離開River Cafe, 我拉喬去逛大都會博物館，不知爲什麼，他一直心不在焉，讓我也索然無味，決定提早打道回府。

又是頭等艙，我已經不知道"非頭等艙"是什麼樣子了。

空服員推著小車過來問我要什麼酒？我答長島冰茶。

喬要了香檳。

"我弟喜歡喝長島冰茶。"喬搖晃著香檳說。

"沒錯，我們在TC酒吧時……"

糟糕! 說溜嘴了。

"TC酒吧？"

"那個……"

"貝貝，別說謊了，妳說謊後總是特別遷就我。"他舉起香檳，微笑著說，"Cheers！"。

我心神不寧地喝了一口長島冰茶，意外發現它竟如此苦澀，以前爲什麼沒發覺？我轉頭看喬，喬也正看著我手中的長島冰茶出神，他皺了一下眉頭，彷彿跟它有仇似的。

第二十章/誘人的起司蛋糕

回倫敦後，喬馬上投入工作，比以前更忙。也難怪，以前他只要負責英國業務，現在整個歐盟國都歸他管，忙是肯定的。

"夫人，先生說今晚不回來吃飯。"翠西說。

"知道了。"

我正和艾米一起在電腦上收集以P開頭的動物圖片，老師說下禮拜輪到她上台報告。

"Bird."艾米高興地點擊一張畫眉鳥的圖片。

"Sweet，Bird 是B開頭，不是P。"

艾米失望地把圖片重新放回盒子裏。

"夫人～"

"什麼事？"我擡起頭。

翠西說喬最近很少在家吃飯。

"嗯！他工作忙。"

"我也很少見到爹地。"艾米抱怨。

"自從您和先生從美國回來，先生……不一樣了。"翠西的神情有異且話中有話。

我要女兒自己試著找找，媽咪先跟翠西講會兒話……

"噢！快點兒回來。"艾米邊看電腦屏幕邊答。

我把翠西帶到琴房，那裏隔音效果好。

"夫人，我不該說這個，這是你們夫妻間的事。"

"別怕，妳說的話在我這裏是安全的。"我給她吃定心丸。

於是翠西吞吞吐吐地說喬送洗的衣服袖口上有口紅印……

"那……也許是我的。"雖然我非常的"不確定"。

"我也想過這個可能性，但……但是……"

"沒關係，妳說。"我的心跳得很快，但仍故做鎮定。

翠西說上週六晚她和男友去蘇活區的酒吧玩，出來時，她看到喬把一個站街女郎載走，那女的在他們進酒吧前就已在路邊騷首弄姿很久了。

從萊斯特廣場向北步行約20分鐘，即是倫敦著名的蘇荷區。早期的蘇荷區是倫敦的紅燈區，最近幾年由於緊挨著的Mayfair快速發展起來，下班後的白領多會聚集在此喝酒、談天、跳舞，蘇活區的夜生活不再只是嫖客和妓女間的交易，反而變得豐富多彩起來。

"妳……確定？"我問。

"是的，我看到先生的車牌號了。"

當翠西給了肯定的答案後，我像洩了氣的皮球。

"我知道了，謝謝妳，翠西。"我困難地嚥下苦果。

她一走，我已打算和喬長談。

從美國回來後，喬便不再踫我，即使我有意挑逗，他也興趣缺缺，加上頻繁的晚歸（有時甚至徹夜未歸）……我不是沒感覺，只是自欺欺人地把它歸究於新工作的繁忙和壓力所致。

～

艾米睡著後，我洗了個香噴噴的澡，換上 Victoria's Secret 的紅色睡衣躺在床上假寐，姿態撩人。

喬進房後，站在門口好一會兒才向我走來，我心中小鹿亂撞。

誰知他竟是把棉被拉過來往我裸露的地方蓋去。

完了，完了，他不再對我感"性趣"了。

我的心跌落至谷底。

隔天一早……

"爹地，你昨天沒和我們一起吃晚餐，翠西煮了你愛吃的魚。"艾米說。

"對不起，爹地忙。"

我低著頭吃炒蛋，悶不吭聲。

"貝貝，最近忙些什麼？"喬像做例行公事般問起。

"瞎忙，幫艾米看功課及講床前故事。"

"很好，我最近忙，沒空講床前故事。"

我放下刀叉，半開玩笑半認真地說："我得跟 Sam 抱怨，你的工作量太大了。"

喬答沒辦法，家裏開銷大，他不賺錢誰賺？

"等我從學校畢業，也能賺錢。"

“當然，”喬放下刀叉，“只是賺的錢恐怕無法負擔妳目前的生活。”

我像是被人搧了兩耳光。

~

喬載艾米上學，我一個人待在家裏難受死了，被人圈養的金絲雀大概就是這種感覺。

我決定不讓負面情緒繼續困擾我。

拿上車鑰匙，我把車開上攝政街，沿途經過匹卡德利廣場，沒看到吸引人的東西，轉個彎，我來到牛津街，那裏有許多商店，走的是以年輕人爲銷售對象的休閒風，可惜依舊沒能讓我下車。

我掉轉頭，將車子開向唐寧街，這是白廳大街上其中的一條橫街，短而窄，是以17世紀英國外交家唐寧爵士的名字命名（有名的唐寧街10號便是英國首相官邸），可惜我已過了觀光客事事好奇的階段，首相官邸我呼嘯而過。

“該去哪裏？”我心想。

冷不防我已來到騎士橋區，喬的辦公大樓就近在咫尺，我把車開到地下停車場。

“貝貝，What?”賴音如接了手機。

“妳表哥在幹嘛？”

“等等，”賴音如大概去偵察，半天才回來，“他在辦公室和某個重要人物講話，怎麼，妳找他有事？”

“没事，妳能出來一下嗎？”

賴音如答她現在在上班，月底了，忙得要死，別想害她丟工作……

“那算了。”我很洩氣。

“等等，再過一個小時是午餐時間，我想吃岷江餐廳的炸醬麵，它在Kensington花園酒店的頂層。”

由於賴音如說餐廳上菜慢且她只有一個小時的用餐時間，不由分說，我先上餐廳把菜都點上。

“貝貝～”賴音如向我奔來，“餓死我了，剛挨了主管罵，我需要美食撫慰我受傷的心靈。”

她把炸醬麵、北京烤鴨、鐵板牛肉，白灼蝦、清炒蒜苗全掃進肚裏後，問我可不可以吃甜點？我點了點頭，於是她讓服務員給她來一盅木瓜燉奶。

我說我以爲她在減肥，她答她是在減肥，不過那是晚上的事，晚上六點以後她不進食，只喝水。

“如果晚上有約會呢？”我問。

“這個比較麻煩，如果那天有約會，中午就不吃。”

“夠辛苦的了。”

“誰讓減肥是女人一輩子的事業？如果時間能回到中國唐朝該有多好？那時的女人以豐腴爲美，我想吃啥就能吃啥。”

我說如果回到唐朝我就慘了，因爲我吃不胖。

“没事，我表哥喜歡瘦子。對了，妳今天找表哥有事？”

“没什麽重要的事，只是喬最近怪怪的，我想知道公司是否運營正常？”

賴音如答公司一切正常，盈利狀況呈曲線上揚，不過……

“不過什麽？”

她猶豫了一下才説，原來警衛抱怨喬待在公司的時間過長，有幾次甚至在沙發上睡著直至第二天早上，害他没辦法睡懶覺……

没想到喬爲了公事鞠躬盡瘁。

"可是……有個人也加班到很晚，是銷售部經理沙麗小姐。"

沙麗小姐？

賴音如介紹此人是中日混血兒，父親是東京大學教授，母親是粵劇演員。她繼承了母親的美貌和日本人的彬彬有禮，做事盡責、仔細，很得喬的器重。

"那也沒什麼，賣力的員工誰不喜歡？"

"我沒說有什麼，我只說沙麗小姐美麗又有教養，而且還單身，是辦公室的宅男女神，活脫脫就是塊誘人的起司蛋糕。這塊蛋糕每天在表哥面前晃啊晃，尤其下班後，諾大的辦公室就只剩一男一女……當然，如果不把那個礙眼的值班警衛算進去的話。"

我吃著鐵板牛肉，口中索然無味。

賴音如繼續向我捅刀："貝貝，妳在家待久了，不知道外面的世界人心險惡，雖然表哥已經結婚，但他身上的光環依舊亮眼，妳以爲他永遠是柳下惠？"

"我不認爲他是柳下惠，但他現在不蹧我了。"

"果真，"賴音如擊打桌子，顯得義憤填膺，"他和沙麗一定有鬼。"

和站街女比，沙麗正常多了，正因如此，我不得不防，因爲這類人不會滿足於偷吃，而是一鍋端走。

送走賴音如，我打給翠西，她說喬已通知她今晚有約，不回來吃，我的心又往下沈了幾公分。

"翠西，晚上我也有約，妳去接艾米，盯著她寫功課，我回去講床前故事給她聽。"

翠西在手機那頭嘀嘀咕咕，我已掛上手機。

第二十一章/沙麗小姐

我打手機給喬，佯稱自己正在外面購物，問他能否一起吃晚餐？

"抱歉，今天很忙，沒空，妳能找朋友陪妳吃嗎？"他說。

"沒問題。"我故意發出高昂的聲音，藉以掩蓋低落的情緒。

戴上黑超，我來到一層中庭的咖啡座，特別挑了個能瞄準電梯口的位子坐下。

" What do you want to drink ？"那個有一對清亮眼睛的男服務員問我。

" Mocha."

沒多久咖啡送上來，我的眼光卻落在咖啡杯下壓著的粉紅色紙條，上面寫著："I still have 2 hours till I finish the work. Would you like to have dinner together? I know a good place."

我擡起頭來，那個男孩笑得一臉燦爛。

哎！都怪自己有洗臉時取下戒指的習慣，估計我那枚無以倫比的粉戒正躺在浴室的洗手台上。

我告訴他，如果兩小時後我老公還沒來接我的話，我不介意和他一起用餐。

那男孩的笑容僵住了，趕緊向我道歉，我要他別介意，他給了我最大程度的讚美。

在我叫了第三杯摩卡的時候，那男孩歉然地表示再過十分鐘店就打佯了，問我還需要些什麼？

真不敢相信時間過得這麼快，我向他點了起司蛋糕片，他問要加奶油嗎？

" Yes, please."我答。

當蛋糕呈上來時，我笑了，那男孩用奶油在上面擠了朵白玫瑰。

" That's for you, madam."他說。

" Thanks."

男孩接著說他本來想送我粉紅玫瑰，但店裏只有白色奶油。

我告訴他沒關係，我喜歡白玫瑰，白玫瑰代表純潔之愛，在這個紛擾的社會裏，我極需一股清流。

咖啡店關門了，整棟大樓的上班族也散得差不多，我依舊沒看見喬的身影。

大廳警衛已經看了我好幾眼，我有點兒害怕會被強制驅離，還好此時喬下樓來，我正想迎上前去......

" Joe, when is the appointment?"

“ 8 o'clock. We still have time to make it.”喬答。

那個貌似日本人的女子想必就是沙麗小姐，但她怎麼可以喚我老公“Joe”？他好歹是她的頂頭上司（聽說日本人很講究上下級關係，看來不盡然）。

待喬和沙麗小姐走出旋轉門，我才匆匆跟上。

過馬路時，我看見喬扶了身旁的她一下，雖然只是短短的幾秒鐘，卻讓我醋性大發。

我沒有“任性”很久，因爲那兩人走進Apex Temple Court 酒店，我加快了腳步。

這家豪華酒店位於倫敦歷史悠久的法律寺區，就在繁忙的艦隊街旁。

喬和那女的走進酒店的附設餐廳內，我看見沙麗小姐坐在原本應屬於我的位子上和一個高大的男人談笑風生，講的還是德語，反倒他的女伴和喬說著英語（喬不會說德語）。

我站在餐廳外，透過玻璃窗往內看，一時沒了主意，難道我打算站在這兒等到他們都酒足飯飽後？

我又做了件蠢事，在酒店大堂的咖啡座喝今天的第四杯摩卡，這次位置對準餐廳出入口。

德國人吃起飯來，那叫個“沒完沒了”，一頓飯吃了足足四個小時。

當喬和沙麗小姐送走客人回到大堂時，我趕緊把時裝雜誌高高舉起，好遮住整張臉。

“ 11 點半了。”沙麗小姐看了一眼腕錶，講的還是普通話，字正腔圓的。

“ 沒想到這麼晚了。”

“是很晚，你打電話給你太太了嗎？”

“我告訴她今天會很忙。”

“累嗎？”

“很累。”

沙麗小姐答她也很累，聽說累的時候泡個澡很舒服，她知道這家酒店有大浴缸……

不用看沙麗小姐的臉龐，我也能想像此刻的她一定是春情蕩漾。這樣的調情誰能躲得過？何況對方還是個有內涵的知性美女。

很快喬便走向前台訂了個房，兩人依偎著上樓。

我很想衝上前阻止那對男女，但……

“喬有什麼錯？我自己也有筆糊塗賬。”我替他說話，不知為什麼，心裏酸酸的。

那一天直到清晨五點，喬才躡手躡腳地上床，他的身上有Elemis洗浴用品的香氣。

我閉上眼睛，假裝好眠。

喬坐看了我好一會兒後，俯身吻了我，我隨即翻身趴在他的小腹上。

“貝貝～”

“回來了？”

“嗯！”

“今天是我的安全期。”我說。

"早上五點，我累了......"

我不管喬說什麼，扒開他的褲襠。

"貝貝～"

"噓～,你什麼都不用做，讓我來......"我呢喃著。

喬沒有拒絕。

第二十二章／黑絲襪

我讓賴音如給沙麗小姐傳個話，說我中午在隔壁大樓的中庭咖啡廳等她。

"貝貝，怎麼了？"賴音如嗅出不尋常的味道。

"没什麼，清理門戶。"我恨恨地説。

"小心啊！她是塊Tough Cookie. "

她要我小心來者是個狠角色，但我可是喬明媒正娶的妻，更何況艾米是他的心頭肉，想跟我鬥？哼！滾一邊去！

我跟沙麗約12:10，她就有膽12:40才姍姍來遲。

"抱歉，下午有會議，我在路口買了個熱狗吃。妳知道的，咖啡廳只賣三明治和甜點，兩樣都没有飽足感。"她摘下黑超説。

我很冷淡地請她入座。

"我一點鐘上班。"她加了一句。

What? 遲到毫無愧疚感，還想限定談話時間，是可忍孰不可忍，我立刻下馬威：“喬是我老公。”

“喬是我上司，替他賣命是我的職責。”

“喬是妳叫的？我以為日本人很能區分上下級關係。”

“喬允許我這麼叫他，畢竟我和他的關係不一般。”

關係不一般？我問她什麼意思？

“我愛他，他也愛我。我知道他結婚了，但我願意等，等他把不合理的婚姻結束掉。”

不合理的婚姻？什麼叫做“不合理的婚姻”？我還是喬的太太，她竟然忝不知恥地承認兩人早已暗渡陳倉。

“說這句話時，妳照過鏡子沒？”我問。

“蒼蠅不叮無縫的蛋，如果不是你們的婚姻先出現問題，我如何插足？老實說，我也不願是妳，但我愛喬沒有錯，錯在沒能及早認識他。”

怎麼所有的小三都是一副“受難者”的姿態？

“愛沒錯，插足也沒錯，錯在原配排在了隊伍前面，這就是妳的邏輯？”

“你們的婚姻早擠進了三個人，這對喬很不公平。”

“所以妳也想參與進來，四個人就合理了，是不是？”我揚起聲好掩蓋自己的難堪。

顯然她對我的情史有一定的了解，是誰提供的情報？不言而喻，我頓時矮了半截。

“請降低聲量，這裏是公共場所。”她面無表情地說。

我嚥了好幾口口水才把怒氣壓下去。

“聽著，我對妳義無反顧的精神致上最崇高的敬意，但喬愛我也愛我們這個家，更愛艾米，我擔心妳的付出將會是竹籃子打水一場空。”

她慢條斯理地答：“喬有我家的鑰匙，這意味著什麼？我希望妳退出，這樣最簡單，妳和喬都能得到解脫。”

我再一次被擊倒，事情比我想像的還要嚴重。

“呵呵！小三勸退原配？這世界是不是瘋了？”

“妳一時無法接受我能理解，”她戴上黑超，站起身來，”下星期喬要飛美國開年會，妳有的是時間考慮你們婚姻的未來。”

她走了，苗條的身材和黑絲襪在我腦海中留下難以磨滅的記憶。

待人走遠，我轉頭看了一眼隔壁大樓，喬正在那兒……和黑絲襪一起。

“喬，難道我讓你如此失望？”我對著大樓喃喃發問。

和沙麗小姐不歡而散後，我特別待到下午五點，等賴音如下班，好拉她嘮嗑。

“好可怕的女人啊！竟敢叫妳退出？！”賴音如吐了吐舌頭。

“妳說她的底氣從何而來？”

“也許因爲她父親是東京大學的教授吧！”

“不可能，我父親也是教授，賺的錢並不多，權力也沒那麼大。”

賴音如說教授也許賺的不多，但她家的松本家族在日本可是響叮噹，企業橫跨全球，不僅涉足IT業，還包括影視、地產、保險和服裝。

“難怪她年紀輕輕就當上銷售部的經理。”我有“酸葡萄”心理。

“妳又錯了，沙麗小姐雖然看著年輕，但其實三十好幾了，牛津大學畢業後又在劍橋大學讀博……”

我要她別說了，在學業上我一敗塗地。

“知道就好，人家見多識廣，不像妳……”賴音如毫不客氣地落井下石。

“我得回家了，免得艾米老說看不見媽咪。”

艾米並沒有抱怨，但我沒勇氣再聽情敵的光榮史及面對攀比之下黯然失色的自己，所以早早結束談話。

今天的喬意外準時下班，還給了我一大束紅玫瑰。

“祝妳青春永駐！”他給了我一個吻。

“今天不是我生日。”

“爲什麼非得生日才能送花？這段時間我太忙，忽視妳了。”

喬溫暖的話語比神仙妙丹還管用，我頓時從挫敗中站了起來。

“馬上吃飯了，我讓翠西準備香檳，我們喝兩杯。”我捧著花說。

“貝貝～”

“什麼？”

喬凝視著我，似有千言萬語，但……

“沒什麼，我先洗個澡，一身汗臭。”他說。

“好的，我幫你放洗澡水。”

我邊放洗澡水邊把紅玫瑰放進水晶花瓶裏。

這是頓溫馨的晚餐，翠西還拿來很久沒用的燭台，點上了幾根白蠟燭。

"嘻嘻！我們點蠟燭吃飯。"艾米說。

"不好嗎？"喬問。

"好，很像在過節。"

艾米說的没錯，此時桌上擺滿佳肴美酒，喬和顏悅色，我心情大好，艾米則笑得像朵花，我們林家的確像在過節。

我洗了個澡,香噴噴地上床,喬正在讀他的報表。

"我們應該有個協議，在床上不許辦公，只許......"我把手往下探去。

"貝貝～"喬抓住我的手，"我們談談。"

我有些尷尬，但仍配合著說："好呀！談什麼？"

"那個......妳什麼時候去美國?"

"十月開學，但我想早點兒過去。"

"這麼說還有兩、三個月，時間不多了。"

的確，時間不多了。

喬問我艾米怎麼辦？

"我的課業會很忙，恐怕很難照顧到她，再說了，她喜歡這裏的老師和同學。"

"所以妳打算把她丟給翠西照顧？"

"我當然知道艾米需要媽媽，但我分身乏術。"

說到這兒，我的確不是個好母親……

我還在自責，那一廂卻一記重磅打得我頭昏眼花。

"沙麗說……妳今天找她談話了。"

"沙麗……沙麗跟你說的？"我忽然覺得口乾舌燥。

"……嗯！貝貝～"

"什麼都別說了，"我抱緊他的身軀，"我原諒你，我已經原諒你了，讓我們重新開始。"

喬將我從他身上拔起，說不是原不原諒的問題，冰凍三尺，非一日之寒，我們……我們需要彼此冷靜一下。

冷靜一下？我問這是什麼意思？

"下禮拜我去美國開年會，年會只有三天，但我打算在那裏待一個月。一個月過後，如果我們彼此還有牽掛，表示還能繼續走下去。"

"如果沒有牽掛呢？"

"如果沒有牽掛，那就……那就讓我們彼此祝福吧！艾米跟著我，妳去實現妳的夢想。"

不，這不是我要的。

我改打"親情牌"，說艾米會哭著找媽媽。

他冷漠地答："妳依舊是她的母親。"

現在我完全了解喬的意思，說白了，這不過是分手前的緩兵之計罷了。

我努力壓抑即將奪眶而出的眼淚，驕傲地說："好，就照你說的。"

喬釋然，說我果然通情達理。

天知道我多想耍賴、多想不通情達理，可惜尊嚴在作祟，我放不下身段求他。

"能問你個問題嗎？"

"妳問。"

我問他是不是一個人飛美國？他答是。

"知道了。"我躺回床上，心中五味雜陳。

喬熄了燈，跟我道晚安。

我没回應，翻了個身背對他。

第二十三章/任性之旅

"媽咪，爲什麼今天是妳載我去學校？"艾米坐在BMWi8後座問。

我告訴她喬去美國開會了，所以從現在起由我送她上學。

"爹地去開會？去多久？"

"一個月。"

"好久啊！希望他回來的時候不會忘了我是誰。"

是啊！我也希望喬回來後不會忘了"我"是誰。

送走艾米，我躺回床上，哪兒也不想去，兩隻眼睛瞪著天花板發呆。

以前上帝總是眷顧我，即使有小插曲，很快便化解，但這一次奇跡卻沒有發生，在我和沙麗小姐的博奕中，喬明顯被她拉了過去……

"嘟……嘟嘟……"

我趕緊抓起手機，神色緊張地答："Hello."

"Guess what?"

我以爲是喬打來的，結果是賴音如，頓時洩了氣，有氣無力地問有什麼事？

"表哥去美國了……"

"廢話！我能不知道嗎？"

"沙麗小姐也跟著不見，聽說是休年假了，哪有那麼巧的事？"

沙麗小姐也不見了？喬不是說……我還能信他嗎？

賴音如說現在公司上下都在談論這件事，洋人也喜歡八卦的。

"知道了，還有事嗎？"我的心情down到谷底。

"沒事……噢！我聽說彭妙珍病了，而且病得不輕，現在基本以醫院爲家了。"

這麼嚴重？我要她說仔細點兒。

"彭妙珍這一病，最辛苦的莫過於薛家兄妹。薛佳琪現在也在餐廳幫忙，只有週末才去Open Home, 一根蠟燭兩頭燒的結果，才二十幾歲就有了白頭髮，憔悴得不成樣。"

"那傑夫和兩老……"

"他家請了保姆和鐘點工。"

我還在爲自己的處境唏噓不已，没想到有人比我更慘……

"貝貝，妳能去看看薛佳琪嗎？畢竟你們曾經那麼親近，就差共用一把牙刷。"

如果她說的是彭妙珍，我恐怕會拒絶，畢竟兩人的交情很一般，但她說的是我以前最好的朋友，我陷入兩難。

"我考慮考慮。"我答。

掛上電話，我的思緒已飄向兩萬公里外的澳大利亞……

艾米掛上手機稚氣地說喬在迪士尼樂園幫她買了一個好大的泰迪熊，以致於還得多買個機位才能回家。

"爹地有沒有說什麼時候回家？"

"沒有，我再打給他問問。"

" 不用了，"我捂住她的手機，" 爹地……爹地有沒有問起我？"

她皺起眉頭，似在回想："好像……好像沒有。"

喬像是鐵了心腸，他給艾米打電話、給翠西打電話、給阿四打電話、給賴音如打電話、給艾米的老師打電話、給……也許他還給樓下的門房打電話，就是不打給我。

想起昨天去學校接艾米，老師對我說下禮拜就放暑假了，喬特別交待把艾米放進"禮儀夏令營"裏。

一聽說夏令營在古堡裏舉辦，離倫敦有三個小時遠，我立馬不同意。

" But Mr.Lin said you are going away soon."

糟糕！果真如此，但……我真不想在最後的倒計時裏又跟艾米分離。

" No, Amy will be with me this summer holiday."我斬釘截鐵地對老師說。

我在床上翻來覆去總睡不好覺，在喬面前，我一直是受寵的公主，一向都是他追著我跑，受他忽視還是頭一回。

"不行，我得問問他這個'禮儀夏令營'到底是怎麼回事？"我從床上坐起，一通電話打到美國，也不管兩國之間的時差問題。

電話響了兩聲後，喬接了。

"那個……老師說你要把艾米放在夏令營裏。"

"嗯！"

"她……她還那麼小，我不想要她離家那麼遠。"

"妳不久就要上紐約，我又忙，與其把她留在家裏，倒不如讓她參加活動。"

我還想說什麼，電話中傳來女子模糊的說話聲。

" OK, coming."喬小聲對那人說，然後轉向我，" 貝，我有個晚餐約會。"

"跟沙麗小姐嗎？"我困難地問。

他遲疑了一會兒："貝貝～"

"好了，知道了。"我匆匆掛上電話，感覺心已死。

"夫人，您確定這是個好的決定？"翠西憂心忡忡地問。

"放心，我帶艾米回澳大利亞看她的外公外婆。"

"可是學校還沒放暑假……"

我說待會兒打個電話給學校得了。

"那先生……"

“先生若問起，由我承擔，不勞妳費心！”我沒好氣地答。

這僕人是怎麼回事？竟管起我來，一個個全站到喬那邊去了。

“媽咪，Tony說今天要給我螢光貼紙。”坐在頭等艙裏，艾米還在爲她的不用上學大惑不解。

“寶貝兒，到了澳大利亞，媽咪給妳買好多好多漂亮的螢光貼紙。”

“可是Tony看不見我會著急，老師也是。”

“乖，媽咪已經告訴老師了，妳不用擔心。”我轉移話題，“待會兒就能看到外公外婆，開心不？”

艾米答開心，然後轉頭看艙窗外，那兒白雲朵朵。

安撫好艾米的情緒，我跟空服員要了畫板、牛奶和小餅乾，以防她無聊及肚子餓，然後戴上眼罩小憩。

昨晚我一夜未眠，想起喬正和沙麗小姐在一起，我把腸子都悔青了。

喬有什麼錯？他一直在委屈求全，如果我能早點兒在乎他，也許他就不會被外面的誘惑給迷住。現在說什麼都太晚了，是我拱手把他送給了沙麗，一個有才有貌，還能在事業上助他一臂之力的女人，我憑什麼留住他？

也許這就是報應，林男有了Angela，喬有了沙麗，而我……什麼都沒有。呵呵！夠諷刺的了，我原本坐在金山銀山之上抱怨自己擁有太多，轉眼間卻一貧如洗，什麼都沒能抓住，難道這就是上帝給我的懲罰？

我摘下眼罩，捂住臉，怕自己淚流成河。

"媽咪，妳是不是想吐？"艾米問。

"是的，媽咪不太舒服。"

她遞過來一個嘔吐袋，安慰我："没事的，馬上就到家。"

是啊！就要到家了，我要倒在父母的懷裏痛快地大哭一場……

第二十四章/傻子

"艾米，想死外婆了。"媽一把將艾米抱起，親個不停。

"怎麼這時候回來？喬呢？"爸問。

爸已經從學校退休，靠著退休金，他和媽也能過上恬淡舒適的生活。

"喬出差了，"我放下行李，"再過一個多月我就要上ZL音樂學院報到，所以帶艾米過來看看您們。"

母親抱怨我不提早通知她，現在冰箱裏什麼好菜也没有，待會兒還得上超市買......

"別忙了，我們上館子吃。"我說。

媽不同意，她說館子裏的菜又油又不衛生，哪有家裏煮得好？

爸笑說媽現在除了照顧花園裏的花花草草外，就是鑽研吃的，她還想出本書教人怎麼做菜呢！

"那好，真出書了，我第一個買。"我說。

三個大人哄堂大笑，除了艾米......

"外婆，我口渴。"艾米在媽耳中小聲地說。

"走，咱們到廚房去，外婆榨果汁給妳喝。"媽轉頭問我，"貝貝，想喝什麼？"

"不了，我想先休息一下。"

爸說我和艾米就住在走廊盡頭的那一間，我打電話回來後，媽打掃過了。

"好，行李我待會兒整理，現在我真需要躺一下。"

我逕自走向房間。

沒想到喬當晚就打越洋電話過來，語氣很急躁。

"艾米的課還沒上完。"他說。

"一年級的課不重要，而且也不差那幾天。"

"妳難道就不能等到她放暑假？"

我答突然想爸媽了，而且艾米也好久沒看到外公外婆，更何況不久之後我將有遠行，就想在走之前一家人聚聚。

喬沈默了一會兒後，祝我們玩得開心！

雖然想繼續高傲下去，但還是忍不住喚了他的名："喬～"

"什麼？"

"你這幾天開心嗎？"

"我......尚可。"

"你還是決定待滿一個月？"

喬在電話那頭多所猶豫，我的心墜入無底深淵。

"沒事，隨便問問的，艾米很喜歡澳大利亞，還說不想回英國了......沒事，妳就和沙麗小姐好好的，我很好，真的，沒事，呵呵！真沒事。"我已經語無倫次了。

"貝貝～"

"什麼？"我滿懷希望地問。

"好好照顧艾米，替我親吻她。"

"......好的。"

掛上手機，我已泣不成聲，原來......原來男人變起心來，十匹馬也追不回。柯貝貝呀柯貝貝，妳造的什麼孽？

艾米說想吃意大利麵，媽說中國城有一家BRAVO意大利餐廳，菜做得挺好的，於是我們祖孫三代浩浩蕩蕩地往那裏去。

在服務員的推薦下，我們點了牛肝菌湯、醃春雞配時蔬、西冷牛排、酒香芝士餅等，當然還有艾米喜歡的蕃茄肉末意大利麵。

酒足飯飽後，艾米吵著要去海洋世界，我對那些從小玩到大的遊樂園早已敬謝不敏，沒做過多討論，便決定由爸媽帶著艾米去玩，我留在中國城。

"我們把車開走了，待會兒妳怎麼回去？"爸問。

"沒事，你還怕我回不了家？"我笑問。

艾米跟我吻別後跟著外公外婆走了，看他們走遠，我想起澳洲行的目的。

我在金鳳餐廳外待了一會兒，現在已過了中午用餐時間，有幾個廚師模樣的人蹲在餐廳門口抽煙，我正躊躇著要不要進去，薛佳仁走出來大聲喝斥那幾人："要抽煙別在門

口抽，多難看！”

一干人馬被他轟走後，他轉過頭來，不出意料，他看到我了。

“妳……什麼時候來的？”他有些尷尬地問，大概因爲被我瞧見他罵人的樣子。

“剛到。”

“進來吧！下午兩點到五點是餐廳休息時間。”他做了個“請進”的動作。

∾

“艾米，噢！我女兒說想吃意大利麵，所以……”我替自己的突然出現做出解釋。

“你們上哪家吃？”他邊問邊幫我斟上大麥茶。

“我媽說BRAVO好吃。”

“BRAVO的確做得不錯，門庭若市。”

我問他金鳳餐廳現在的生意如何？他答還行，就是累。

他的頭髮有些凌亂，臉上泛著油光，似乎真的很勞累。

“聽說你太太病了。”我問。

薛佳仁眉頭深鎖地答彭妙珍病了好一陣子，怕是好不了了，也許該請個風水師傅看看，這些日子太不順了。

我安慰他別擔心，一切都會好的。

“謝謝，妳……過得好嗎？”

我笑笑答很好。

“妳一向不善於說謊，何必從現在開始？”

“我……是很好啊！”我硬撐著。

他轉而問我喬是不是跟著一起回來？我答他去美國出差了。

"一個人去美國？"

忽然覺得傷口被灑上鹽，我選擇沈默。

"妳老公對妳不忠？"

我看著眼前人，一字一句慢慢地吐出："聽著，喬-一-個-人-去-美-國-出-差。"

他似乎聽不見我說的，繼續問："那女的和喬發展到什麼程度？"

"我說了，喬-一-個-人……"

"貝貝，別擔心，妳的秘密在我這裏是安全的。"

午後的陽光斜斜地打進來，薛佳仁穿著一身唐衫，額頭和眼角有了皺紋，頭髮稀疏，有早禿的跡象，他……變醜了，但我卻像看到親人般，對他交起心來。

"她叫沙麗，是喬的下屬，現在他們兩人在美國。"

"多久了？"

"你是問他們兩人在一起多久了？這個我不知道。"

"喬愛她？"

我還是答不知道。

"妳愛喬？"

薛佳仁的一席話把我問住了，我愛喬嗎？雖然只是短短分開了數日，我卻天天想著他。

"我應該是愛他的，他是我丈夫。"我低下頭，很落寞地說。

沒想到薛佳仁不苟同，呵呵呵地笑了起來："我也應該愛著妙珍，她是我老婆，但……我真沒愛上她，不管過去、現在還是未來。對我而言，她是傑夫的母親，如此而已。"

這算什麼？我和薛佳仁坐下來像怨夫怨婦般地批評彼此的另一半？

薛佳仁說那行，不批評他們，我們自我反省，他先說他的。他不該為了家族的期望和不愛的人結婚，更不該為了道義勉強維持貌合神離的婚姻，還他媽地生下一個孩子，現在連脫身的機會也沒有了。

說完，他看著我："現在換妳了。"

"我……我不該結了婚還三心二意。"

"還有呢？"

"沒有了。"

" Come on. 妳沒玩過真心話大冒險嗎？妳太沒膽量也不夠誠實。"

雖無一句醜話卻激怒我了，同時我也想看看薛佳仁在聽到我的不堪後，臉上會是什麼表情，所以一口氣把我幹過的醜事全給交待了。

"妳和喬的弟弟……"

"是的。"

"妳還和喬的上司……"

"沒錯。"

"在辦公室？"

"我相信你沒耳聾。"

"哇！妳真是唐朝豪放女，那為什麼跟我……"薛佳仁忽然住嘴。

"跟你怎麼了？不夠豪放？"

“不是的，”他有些灰頭土臉，“算我說錯話，對不起。”

“不用道歉，你現在總算看清我了，我不是那種穿著白衣的純情牧羊女，說穿了就是從這張床滾到那張床的婊子，喬會找別的女人是我疚由自取，不值得同情，你心裏大概就是這樣想的吧？！”

不知爲什麼，在薛佳仁面前貶低自己，讓我有一種快感。

“不是。”他說。

“肯定是。”

“我說了不是。”

“你只是嘴巴說說而已，心裏肯定那樣想。”

誰知薛佳仁二話不說，把茶壺蓋打開，將右手掌伸進壺內，老天，那是滾燙的開水哪！

“你有病是不是？”我趕忙把茶壺拿開，放到隔壁桌上，“讓我看看你的手。”

“没事。”薛佳仁把手伸進自己的褲兜裏，堅持不讓我看。

“You are silly.”我目光對準他，帶氣說。

“我高興。”

“傻子！”

“傻子愛婊子。”

我知道他在說笑，但聽在耳裏怪怪的。

彼此沈默了一會兒後，我說想去看她。

“誰？……噢！她，爲什麼？”

我還在想該怎麼回答，薛佳仁搶先一步：“我來安排。”

第二十五章/蠶食鯨吞

"這就是艾米," 薛佳仁蹲下身,"長得像妳,小美人一個。"

我催促艾米喊人。

"叔叔。"艾米小聲喊了一聲,然後躲到我身後。

我解釋她還害羞著。

"没事,大了就好。"他站起身對我身後的女兒說,"艾米,我帶妳去找弟弟玩好嗎?他叫傑夫,兩歲多。"

"他在那裏?"艾米探出頭問。

"他在車上,和保姆一起,"薛佳仁答,然後轉身向我,"我帶艾米過去,妳進去看妙珍,她說想和妳單獨談談。"

我看著薛佳仁把艾米帶走,艾米還回頭望著我,很不確定的樣子。我笑著和她揮手,她才依依不捨地走了。

彭妙珍躺在病床上,她的頭髮依舊烏黑,但瘦得可以,兩

手臂比竹竿還要細，膚色呈暗黃色，兩頰深陷，只有那雙大眼睛還精神著，閃著昔日的氣勢和輝煌。

“妳的氣色不錯。”我說。

彭妙珍苦笑，似乎不苟同，但仍禮貌性地說：“坐。”

我找了把椅子坐下。

“怎麼回來了？”她問。

“這個秋季我就要上ZL報到，臨行前帶孩子回來轉轉。”

“就是未婚先孕的那一個？”

彭妙珍損人的功力仍在，一句話就能噎死人。

我答没錯，也是因爲艾米，我耽擱了六年才上大學，但我不後悔生下她，她是我的天使。

“真好，生了個天使，嫁了個鑽石男，我們班上嫁得最好的就是妳。”

奇怪，明明是讚美的話，怎麼到了彭妙珍嘴裏就變了味？

“求仁得仁，妳也不錯，嫁給薛佳仁，也有了可愛的孩子。”

彭妙珍的臉上盡是輕蔑的神情：“我是求仁得仁嫁給了心目中的男神，但妳……妳爲什麼夜夜都來和我們擠？一張床擠三個人，妳知道那是什麼滋味嗎？”

“欲加之罪，何患無辭？”

“別裝一副清純樣，妳和我老公上床了，我知道。就在幾個月前的下午，他無端消失兩、三個小時，回來還吹著口哨。”

我咬咬下嘴唇，彭妙珍的確觀察入微，我無話可說。

“其實即使你們沒有真槍實彈，我們的婚姻也早已名存實亡，薛佳仁只是把我當成一個擺飾，從來就沒正眼瞧過我，那就更不用說我曾經胖到不想照鏡子，或者瘦到成了現在餓死鬼的模樣。”

我說她太極端了，如果薛佳仁對這個家沒有一絲情感，早甩擔子走了，但他選擇留下來，可見對她還是有依戀。

“他的依戀是因為傑夫，傑夫是他的寶貝，當然，也許還有道義上的責任，但絕對不是因為我。”彭妙珍捂住臉，“有時我覺得他恨我，恨得想掐死我。因為我，他失去了妳；因為我，他的演員夢破滅了；因為我，他得守住一個生意不上不下的餐廳，加上上有老，下有小，我還生著病……”

“別想太多，妳的病會好的。”

“會好？哼！”彭妙珍一把扯下頂上的髮，“看看這是什麼？一個大光頭，我在做化療。醫生、護士總說我會好，但我清楚得很，那不過是把有限的時間拉長幾個月，好讓我繼續苟延殘喘，明白不？”

我嚇得目瞪口呆。

“為什麼？妳說為什麼是我？雖然我不是最善良的，但也不見得是最邪惡的，上帝為什麼懲罰我？該懲罰的人多了去，為什麼是我？為什麼是我？”彭妙珍早已泣不成聲。

我趕緊安慰她，說事情一定會有轉機，有什麼需要幫忙的，我一定幫！

“有，有妳能幫的，”她急急地說，“拜托離開薛佳仁，離得越遠越好。即使我死了，也不要你倆在一起，他可以再娶，但對象一定不能是妳，如果他娶了妳，代表我之前的努力全白費，是個徹頭徹尾的失敗者。貝貝，妳能答應我嗎？妳已經擁有太多，別再和我搶，我擁有的也只有這些了。”

我從病房裏渾渾噩噩地走出來，到了停車場，沒看到薛佳

仁，是保姆過來喊我，我才知道醫院的花園裏有個小型的遊樂場，此時艾米和傑夫正在溜滑梯。

“彭妙珍和妳說什麼？”薛佳仁問。

“没說什麼⋯⋯我不知道你太太病得這麼重。”

薛佳仁答他不敢告訴兩個老人實情，怕他們承受不住，只說餐廳工作忙，妙珍留在那裏過夜⋯⋯

“辛苦了，你這樣困難⋯⋯”

“貝貝，”薛佳仁停了好一會兒，似乎琢磨該如何開口，“彭妙珍還在，我没資格說什麼，既然喬對妳不忠，彭⋯⋯的日子也不多，我希望最終我們能走在一起，我會彌補失去的時光，艾米我也會視如己出。”

我没料到薛佳仁竟選在這個時間點表白。

我謝謝他的擡舉，說自己不過是個帶著拖油瓶的棄婦罷了，不值得他珍視，況且⋯⋯況且我答應他太太了。

“答應什麼？”薛佳仁神色緊張地問。

“答應⋯⋯就那麼回事，你懂的。”

我没想到薛佳仁會如此生氣，他握緊拳頭，漲紅了臉：“可惡！到死她還不讓我好過！”

“不是彭妙珍的錯，而是我覺得我們不合適，你應該找一個能和你胼手胝足的女子，我太養尊處優了。還有，彭妙珍並不在乎你再娶，可見她還是心疼你⋯⋯”

薛佳仁握住我的手，要我別聽她的，生病的人腦筋都不清楚。

我放開他的手：“但我没生病，我的腦筋清楚得很，我⋯⋯我還心繫著喬，即使他可能⋯⋯可能不再愛我。”

喬給艾米打電話，我把手機交給她。喬不知在電話中說了什麼，把艾米逗得很開心。

掛上電話，我問她爹地講了什麼笑話？

"爹地沒講笑話，他說他給我買了漂亮的裙子還有約會芭比。"

"這樣就能讓妳如此開心？真不可思議呀！"

"不是的，我笑是因爲阿姨說她和爹地在路上看到一隻小狗……"

我頓時臉色大變，沒等艾米說完，我揚起聲問："阿姨？什麼阿姨？"

"沙麗阿姨……"

"妳怎麼會認識她？認識多久了？"

大概我的神色過於緊張，嚇到艾米了，她嚎啕大哭起來："我不知道，我什麼都不知道，嗚嗚嗚……"

母親聽到哭聲衝了進來，艾米找到救兵，一頭鑽進老人的懷裏。

"怎麼了？這是。"母親質問我。

"没什麼，心情不好。"

母親責備我再怎麼心情不好也不能拿孩子出氣，她還那麼小。

我也覺得自己過份了些，蹲下身向艾米道歉。

"不要……不要媽咪……要外婆。"女兒嗚咽得厲害。

"妳看看妳，連個孩子也顧不好，"她轉向艾米，"走，外婆給妳講故事，講公主的故事，好不好？"

母親抱走艾米，留我一個人在房內反省。

我是越反省越生氣，沙麗不僅闖入我和喬的生活，還闖入艾米的世界，她是怎麼了？想通殺？可氣的是喬竟然默許，還替她倆搭橋，置我於何地？

是可忍孰不可忍？我一通電話打到美國。

"Hello."竟然是沙麗的聲音。

"喬呢？"

"在洗澡。"

我可以想見那兩人就是一對奸夫淫婦，夜夜笙歌，喬則是"從此君王不早朝"。

"讓喬洗完澡打電話給我！"我沒好氣地說。

"有要緊事嗎？"沙麗問。

媽的，我是喬明媒正娶的妻，有沒有要緊事，還輪得到她過問？

"就說艾米摔破頭了。"我說。

不到三分鐘，喬來電，很著急的樣子。

"我媽正給艾米講故事。"我冷冷地答。

"可是沙麗說……"

我承認說謊，因爲怕他不打電話給我。

"貝貝，妳……"

我不給喬指責我的機會，直接告訴他別把沙麗帶進艾米的世界裏，艾米是我的，我不希望他的情人污染我的天使。

喬酸溜溜地說原來艾米是我的天使，他還以爲我早放棄她了。

"我以爲我們已經就這點達成共識了。"我說。

“我没說不，妳依然可以按照原計劃進行，只是我想讓她們盡快熟稔起來，因爲沙麗將會成爲艾米的家庭教師。”

家庭教師？聽得我火冒三丈，誰同意來著？

喬答是他同意的，沙麗小姐是牛津大學畢業生，又在劍橋大學讀博……

“這就是癥結所在，這樣的高材生怎麼肯屈就當一名小小的家庭教師？”

“沙麗說了，她這輩子最大的願望就是待在家做做薄餅、教教小朋友ABC, 然後接送孩子上下學。”

“待在家？”我氣到不行，“待在家是什麼意思？”

“我安排她住在家裏。”

我總算聽明白了，我前腳去美國，沙麗後腳就會跨進林家，然後蠶食鯨吞地把我苦心經營的堡壘變成她的家。

“No way.”我大喊。

喬不理睬我，說既然艾米沒事，他掛了。

“等等……”不等我說完，手機那端已傳來掛機的聲音。

我氣得甩了手機。

“可惡，太可惡了！”我邊捶打枕頭邊嘶吼。

我不知道事情爲什麼會變成這樣？才剛發現一個小火苗，轉眼間就成了熊熊烈火，將我燒得面目全非。

“喬，你回來，我要你回來。”我趴在枕頭上痛哭失聲。

第二十六章/藉口

賴音如說薛佳琪在金鳳餐廳幫忙，只有週末才做Open Home。

今天是週六，趁著吃早點的當口，我隨手翻開華文報的廣告，知道她在母校附近的高級住宅區賣房。

我邊吃母親做的饅頭夾蛋邊決定待會兒銀行辦完事就去找她。

~

"這屋幾房？售價多少？"我下車走向前。

薛佳琪叉腰看了我好一會兒："怎麼，想買？"

"問問。"

"問問就不用了，已經賣了大半年也沒賣掉，都是一些問問的顧客，沒誠心買。"

我答不應該呀！這區很好。

“是很好，但隔壁鄰居搗亂，在自己的屋頂上放了好幾個骷髏頭，院子裏還養雞，整天咕咕咕叫個不停，加上賣家不願降價，簡直是Mission Impossible。”

我問能進去看看嗎？她聳聳肩，陰陽怪氣地說反正現在没客人。

這是棟兩層樓的花園洋房，客廳入口處有個寬敞的螺旋樓梯直達樓上，兩個廚房、一個吧台、三個廳、五個房，有土耳其浴室和桑拿。屋後是兩英畝的草坪，面河處有個游泳池及私人碼頭。

“不錯，比我跟妳買的房好多了。”

“這能比嗎？價錢差三倍，妳要是願付同樣的錢，我鐵定能幫妳找到更好的。”薛佳琪像吃了火藥似的，句句帶刺。

我沈下臉：“老朋友了，所以過來看看妳，看樣子是我自作多情，妳並不樂意見到我，那我走了，祝妳早日拿到傭金。”

“走吧！通通都走，樹倒猢猻散，人生也不過爾爾。”她低頭撫摸著擺放在廚房流理台上的小玩偶，“餐廳生意不好，我們一直在花過去存的錢，彭妙珍病著，她又不願上公立醫院排隊，私立醫院光一天的住院費就夠我們賣上兩百碗炒麵，加上我爸還得做復健，若不是我哥硬撐著，這個家早倒了。”

看昔日好友處於困境，我也感傷，忽然想起她家的那把琴......

“妳爸那把Stradivari賣了多少錢？”我問。

“妳怎麼知道我爸把琴賣了？”

我不敢說她家的琴正在我家，只好講些無關痛癢的話：“我知道你們不會賣房，畢竟一大家子要住，所以......”

薛佳琪承認琴的確賣了，還講了個數字，我倒吸一口氣，没想到琴販子從中獲利過半，簡直是吸血鬼！

“ 我們原以爲賣了琴能解決大部份的問題，但是……不瞞妳說，餐廳是租來的，每月的租金高得嚇人，我們只是努力在維持一個没落貴族的顏面，實際上早已金玉其表，敗絮其中。”

我不知該如何安慰她，還好此時有客人走進來，是個好看的中年男士。

“ Hi, Paul. Long time no see.”薛佳琪馬上精神起來。

“ Good morning.”那男的向我們道早安。

我見說的差不多，是該道別的時候，遂悄悄走人。

艾米說她想弟弟了，我問薛佳仁能帶艾米上他家玩嗎？他答求之不得，但是餐廳忙，他走不開。

“ 没關係，只要有人開門就行。”我說。

是保姆開的門，艾米一進去就喊著：“ 傑夫，傑夫……”

那兩歲孩童聞聲走過來，一路“米、米、米”地喊個不停。

我笑看兩小孩，忽然聽到蒼老的聲音從背後傳來：“貝，貝，貝……”

我轉過頭去，一個老得不能再老的老人正坐在輪椅上，是薛父。

“ 薛爸爸好。”我喊了聲。

“ 貝，貝，貝……”他指著我，手指在顫抖。

“ 你好嗎？”我問。

可惜薛父還是“貝，貝，貝……”地喊著。

“這已經不錯了，他通常只會咿咿呀呀。”

坐在薛爸爸旁邊的男人開口，想必他就是彭妙珍的父親。以前只是在電視或報章雜誌上看過，真正面對面還是頭一遭。

“彭……彭爸爸好。”我有些羞澀地和他打招呼。

“好，好，佳仁打電話回來說妳是妙珍的朋友，坐，家裏亂。”

眼前的這位老人，臉上爬滿皺紋，眼角還有大片老人斑。他的手上拿著碗，正給薛父餵食，和我印象當中那個叱吒風雲的政壇紅人有所出入。

此時薛爸爸咳嗽了兩聲，彭父趕緊放下碗勺，站起身來拍打他後背。

“好點了嗎？”彭爸爸問。

薛父果然咿咿呀呀起來，讓人不知所云。

“媽咪，我可以到傑夫房間玩樂高嗎？”艾米問。

“好的。”我微笑。

保姆把兩小孩帶走。

“我來餵薛爸爸吧！”我挨著輪椅坐下。

“妳問他要不要妳餵？”彭爸爸用下巴指指那位耄耋老人。

我拿起碗舀了一小匙，很有耐心地說：“來，薛爸爸，吃一口。”

沒想到薛父把臉撇向一旁，理都不理我，讓我好生尷尬。

“還是我來吧！”彭爸爸把碗接過去，“他現在就只想折騰我。”

我站起身來，五味雜陳地看著眼前這兩位老人。如果不是知道他們過往的恩怨，真要爲他們雷打不動的情誼所感動。

我正和兩小孩堆砌著城堡，薛佳仁一聲不響地走了進來。

"餐廳不是正忙著？"我邊問邊把城堡的窗戶裝上。

"我回來拿個東西就走。"

我問拿到了沒？他答没找到，是公司印章，財務急著要。

聽說是急事，我趕忙對艾米說："妳和弟弟乖乖在這裏玩，媽咪幫傑夫的爸爸找東西，馬上回來。"

薛佳仁說印章在書房裏。

"印章長什麼樣？多大？"我邊翻箱倒櫃邊問。

"有姆指般粗，金色，四方印。"他答。

"姆指……金色……四方……"我唸唸有詞，眼睛開始掃過房間的每個角落。

"哈！在這兒。"我喊，然後伸手過去。

印章就在書桌上，茶杯的旁邊，我正納悶薛佳仁爲什麼找不到，他卻把手蓋住我拿著印章的手，然後上前吻我的髮。

"找印章只是藉口？"我邊問邊翻開印章底座。

"找印章只是藉口。"他把我的身子扳過去，"自從上次……我等很久了。"

"佳仁……"

"噓～什麼都別說。"

他粗魯地把我抱上桌："來吧！唐朝豪放女。"

也許說者無意，但聽在耳中卻很不是滋味，讓我想起喬上司那雙邪惡的眼睛。

"不。"我掙扎著要下來，卻被薛佳仁孔而有力的臂膀給壓倒。

"貝貝，妳等著，我能給妳喬所不能給的。"

"不，你不能。"我喊著，"即使你能給我天上的星星，我愛的依然是喬，不是你。"

不知哭了多久，薛佳仁才將我扶起，幫我整理弄亂的裙子。

"對不起，我一直以爲妳的婚姻是被迫的、是不幸的，加上喬有了情人，我覺得是時候站出來了……"

我答不是他的錯，是我錯了，我擁有太多，却不珍惜……

"別說了，"薛佳仁苦笑，"愛人就是要對方過得好，我……愛妳，所以願意放手。"

"謝謝你！"

我上前想給他一個擁抱，卻被他一把推開："我真得走了，財務急著用章。"

他把章塞進夾克的口袋裏，對我微笑："走了，拜！"

望著他遠去的背影，我感到悲涼，如果不是瞄到印章上刻著"傑夫"二字，我真要以爲財務急著用章呢！

第二十七章/面目全非

轉眼間，我已待在澳大利亞近一個月。這一天，艾米掛上手機後高興地宣佈喬後天回家，而且回家後會給她一個Surprise。

我正在插花，邊把百合插在雛菊的左側邊答：" 噢！讓我猜猜……是泰迪熊？"

艾米說泰迪熊是禮物，她老早就知道，不算驚喜。

" 那麼是芭比娃娃。"

" 也不是，我已經有好幾個芭比了。"

我絞盡腦汁，依舊想不出來。

" 其實我也不知道，所以才叫Surprise。"

" 那麼只好耐心等待囉！"這次我把腎蕨擺在花盆底部，然後去拿火鶴。

" 沙麗阿姨說她也有禮物送我。"

我拿花的手停在半空中，轉頭看她：" 妳說什麼？"

"沙麗阿姨說她會做薄餅給我吃，上面灑上巧克力碎片和果仁，如果我喜歡，她還會再加上一球香草冰淇淋。"

我憤而甩了火鶴，表情嚴肅地對她說："不許吃！那女人的東西都不許吃，聽到没？"

艾米顯然被嚇到了，臉色蒼白地問爲什麼？

"還問爲什麼，因爲有毒。有没有聽過白雪公主的故事？公主吃了後母給的蘋果就一命嗚呼了。妳想死掉嗎？死掉了就看不到爹地和媽咪，也看不到小朋友，更不能玩樂高，所以一定，一定不能吃那女人做的東西，記住了！"

我彎腰撿起地上的火鶴繼續插花，艾米站在邊上直視我，眼睛眨也不眨，彷彿看到了外星人。

我正在打包，母親走進來質問我："妳給艾米灌輸了什麼亂七八糟的東西？我做薄餅給她吃，她竟然問我有没有毒？"

"没什麼，教她保護自己。"我把艾米新買的花裙子放進Samsonite拉桿箱內，再把Victoria's Secret放進內衣專用袋裏，然後轉身找我的Parade腰帶。

母親難以置信我會告訴一個五歲小孩食物裏有毒，還說這是教她保護自己。

"妳五歲時，我可没這麼教妳。"母親補上一句。

"不是這樣的，只是您剛好做了薄餅。"

"薄餅怎麼了？"

想起母親也曾經小三壓境，姑且豁出去，看媽怎麼說。

"怎……怎麼會這樣？這麼好的一個孩子……"

"就知道妳不相信。"

“貝貝，是不是妳犯錯在先？妳好好想想。”

原來媽認爲我是那個“不好”的孩子。

“哎！不管誰先犯錯，反正事情已經這樣了，只能走一步算一步。”我打起太極拳。

母親說我傻，結過婚還有小孩的女人，再嫁困難重重，不像喬，他結再多婚、有再多小孩，只要經濟實力夠，不怕再娶……

“我能怎麼辦？變心的是他。”

“妳就是這樣，搞不清楚狀況，現在小三出現了，妳得好好應對，是把老公拉回來還是將他往外推？”

媽苦口婆心，聽在耳裏卻很煩人，這些道理難道我不懂？

“好，現在我就回去對抗小三。”我順著母親的思路走。

“這就對了，夫妻沒有過不去的坎，妳跟他認個錯，他會原諒妳的。”

“認什麼錯？”

“認……反正妳一定有錯，示弱也是一種武器。”

示弱也是一種武器？虧媽還講得出這麼富含哲理的話。

我思前想後，認錯的前提是喬還愛著我，如果不愛了，就算我弱得癱在地上，他也不會多看我一眼。

我和艾米回倫敦半天後，喬也進門，手上抱著一個半人高的泰迪熊。

“爹地～”艾米高興地飛奔過去。

“Sweet Heart，想爹地了？”喬一把將艾米抱起，現在他的左手抱著艾米，右手抱著泰迪熊。

“想，很想，”艾米親吻喬臉頰，然後轉頭看著她的鄰居，“這是送我的？”

“嗯！它坐了十幾個小時的飛機來看妳，快打聲招呼。”

“Hi, 我是艾米，你叫什麼名字？”艾米問那隻棕色的熊。

“我想它在等妳給它取一個好名字。”喬提醒。

艾米像個大人似地說名字很重要，她得好好想想。

喬將艾米放下，並把玩偶交給她：“妳想想吧！也許它現在想看看它的房間。”

“嗯！那我帶它進去了。”艾米抱著比她還高的熊跌跌撞撞地回房。

我站在客廳一隅，等著喬注意我。

“先生，要茶嗎？”翠西問。

“不用了，到地下停車場把行李拿上來吧！”

喬坐下，長嘆一口氣後，眼光終於落在我身上：“妳要一直站著嗎？”

“旅行愉快嗎？”我趕緊坐在他身旁。

“很愉快，妳呢？澳洲之行如何？”

我答很好，父母還問起他。

“妳沒把我的惡行告訴他們吧？”

“惡行？什麼惡行？”我裝傻。

喬笑說没什麼，問我什麼時候去美國？我答下禮拜。

他沈默了一會兒後說知道了，然後站起身來。

我問他去哪裏？他答洗個澡，因爲待會兒還要出去。

“出去？你才剛到家。”我睜大眼睛。

「明天一早我得開始工作，所以想趁今天再放鬆一下。」

我心想都已經放鬆一個月了，還放鬆？但嘴巴說的是：「那正好，我陪你出去走走，晚上吃你喜歡的法國菜，然後看看夜景……」

「貝貝～」他顯得爲難。

我頓時臉色大變，是她，兩人都已經膩在一起一個月了，還不夠？

喬解釋反正我下禮拜就走……

「所以你們恨不得我馬上消失，好成全你倆，是嗎？」

「貝，妳得講講道理，先棄船逃跑的人是妳。」

我振振有詞地說自己是去完成學業，不是去玩。

「還有呢？」喬問。

「沒有了。」

「妳不說我替妳說，還有去續前緣，因爲我弟在那兒等著妳。」

喬提起林男，我心虛了。

「瞧！妳說不出話來了，所以我們是彼此成全彼此，誰也不欠誰。」

直到他進房關上門，我仍然說不出反駁的話。

這一夜，我在床上輾轉難眠，喬到凌晨一點才進門。

他一躺下，我馬上飛撲過去。

「貝，我累了，饒了我吧！」

「No way，你剛才還在溫柔鄉裏，怎麼現在就不行了？她很淫蕩是不是？我也可以蕩給你看!"

一說完，我馬上把身上睡袍扯下，露出裏面的性感內衣，火紅得刺眼。

"來吧！我會讓你欲仙欲死！"我說，然後在他的胸膛上留下一個吻痕。

"貝，貝貝，停……我說停……"喬用力推開我，"她懷孕了。"

"誰？誰懷孕了？"

"沙麗懷孕了。"

我捂住嘴，嚇得說不出話來。

"我一直想要個男孩。"他解釋。

"你要我也能生，是你……是你說不想讓我太辛苦，有艾米你心滿意足。"我哽咽了。

"人是會變的。"

呵！好個人是會變的，現在喬變得面目全非，我再也認不出來了。

"原來這就是你給艾米的Surprise，讓她當上別人的姐姐！"我翻身躺回去，"你現在想怎樣？"

"沙麗想要明媒正娶。"他答，順便把條件也開出來，"我每個月給妳生活費，學費我也會付，直到妳再婚。珠寶首飾什麼的妳都可以留下，車子也是妳的，想在美國買房也行……任何時候妳都可以回來看艾米。"

原來喬不再顧念我了。

"睡吧！明天還得早起。"他伸手將床頭燈給熄了，翻身背對我。

啊！昔日的溫柔已不見，換來的只有冷漠。

我徹底心碎。

第二十八章/畫中人

"哇！没想到沙麗小姐的動作這麼快，簡直像是乘坐噴射機，完全不給妳反擊的機會。"賴音如吐了吐舌頭說。

是啊！從知道有這麼個人到被三振出局用了短短不到兩個月的時間，加上她還懷了孕……

"也許我們的情報有誤，表哥和她早眉來眼去了。"賴音如說。

不可能，我對這方面很敏感，喬若早有二心，我一定能感覺到。他明顯和我疏遠是從抓到我欺騙他的證據後，也正因如此，讓沙麗有了可乘之機……

"說這些都太晚了，強敵壓境，妳已被打入冷宮。"賴音如的眼睛直盯著電腦，"還好還有個二表哥，否則妳豈不是賠了夫人又折兵？"

還好還有林男？呵呵！林男也有新歡了。

"喬誤會我的紐約之行和林男有不可告人的醜事發生，天知道我們不過是喝了點兒酒、敍了些舊，還意外得知他和助理已經同居了……"

“什麼？！”賴音如擡起頭來，“連二表哥也不要妳了，看來妳真的是四面楚歌。”

聽她這麼一說，我還是没忍住，斗大的淚珠滾落下來。

“老天！妳的淚水真多，”她慌了手腳，“我是不是該去拿個臉盆來接？”

賴音如講了笑話，害我破涕爲笑。

“討厭！”我捶打她，“我應該椎心泣血，卻變成現在的哭笑不得。”

“該哭笑不得的人是我，妳和喬鬧彆扭，結果我被掃地出門了。”

我問這是怎麼回事？

原來沙麗小姐非常重視個人隱私，她希望“家”不包括閒雜人等，所以……

“其實我也没什麼好抱怨的，表哥說一個禮拜 £800 的租金他付了，妳瞧，我現在正在看租房信息，£800 一個星期的確有很多好選擇。”

這麼說大勢已去，沙麗入主林家已是板上釘釘的事，我突然感到悲哀。

賴音如轉而問我喬是否提及離婚？我答沙麗想明媒正娶。

“要我說，妳就死賴著不走，看表哥和沙麗能奈妳何？拖也要拖死他們！”

我也想過這個可能性，放棄自己的理想，老老實實、本本分分做喬背後的女人如何？但我不甘心啊！六年前的我錯過了入學的機會，六年後的我不想再有遺憾。況且喬的猜疑有一大部份來自林男，即使我真的不再三心二意，他仍會拿這件事說事，我已是被黥面的罪犯……

“不了，拖死他們的同時也禁錮了自己，我不想再爲打翻的牛奶哭泣。”

“Well, 這麼說没有挽回的餘地了，”賴音如很感慨，“看來我搬家搬定了。”

林男給我發來數封郵件，說他在彼岸等我。

“ 我租了個更大的屋子，有三個房間，客廳擺下三角琴後顯得小，但是没關係，我們可以在陽光房裏聊天、休息，那裏採光更好。”

“ 今天院子裏飛來了一隻鴿子，我丢了根玉米給它，聽說古時候有飛鴿傳信，好想讓它替我捎封信給妳。”

“ 我每天都在細數還有幾天就能和妳見面，這多少沖淡演奏會帶來的壓力，偷偷告訴妳，每次上台我的腳都會不由自主地打顫。”……

我的眼睛離開郵箱，然後瞪著熟悉的房間發呆，明天……明天我就要搭機飛紐約了。

喬不知道是不是故意的，他說今天上完班直接飛巴黎參加會議，也就是說，等他從巴黎回來，我早已不在家。

也好，省得道別離。

“ 夫人……”翠西輕敲我房門。

“ 進來。”

翠西走了進來，臉色有些許異樣，她說有客人，是沙麗小姐。

好個沙麗小姐，竟敢找上門來，這是攤牌還是下馬威？

"說我不舒服，不想見客。"我揉揉太陽穴，一副頭疼的樣子。

"好的，夫人。"翠西走了。

爲了這次遠行，我買了兩張機票，一張給我，一張給我的小提琴，另外還得替它做特殊包裝，以防氣流不穩所帶來的損壞。我的衣服、包、鞋子很多，不可能全部帶過去，只挑了幾件喜歡的。琴譜很重，所以早先一步空運過去，估計我到校時，譜也跟著到。艾米的事已做了安排，雖然我挺不喜歡沙麗當她的家庭教師，但"天高皇帝遠"，我又能如何？

"夫人……"翠西又來敲我房門。

"頭痛，別煩我！"

"沙麗小姐把咖啡杯全換新了。"翠西在房外囁嚅地答。

什麼?！是可忍孰不可忍，我還是這個家的女主人，她竟然爬到我頭上？

我氣沖沖地打開門，直搗黃龍。

"看！這手工做得多好，我說如果能拿著這杯子喝咖啡，一定是人生一大享受，喬二話不說就買下了。"

沙麗這是在炫耀自己的舉足輕重嗎？

我給了她一記回馬槍："這顏色看著就像好幾年沒刷牙所產生的牙垢，也難怪，近朱則赤，近墨者黑，喬最近的品味的確低了不少。"

沙麗輕笑，手指著瓷杯："這叫黃釉瓷，是顏色釉中的貴族，聽說在中國的古陶瓷藝術中佔有重要的位置，因爲黃色一向是帝王的專用色，不許民間使用。"

我忘了她是牛津、劍橋的高材生，連個杯子也能扯上專業術語。

"聽著，明天我就飛美國，妳愛怎麼折騰就怎麼折騰，今天能讓我清靜清靜嗎？"我下逐客令。

"來，妳坐下，"她突然卸下武裝，拍拍旁邊的位子，語氣轉爲溫柔，"妳和畫中人長得很像。"

"畫中人？"

"穿芭蕾舞裙那一幅，妳不知道嗎？就擺在喬的辦公室裏。"

自從和Sam在喬的辦公桌上翻雲覆雨後，我便不再踏足那個骯髒地，當然更無從知道喬是什麼時候把那幅畫帶到倫敦的。

"那不是我，只是跟我很像的某個人罷了。"

"喬可不這麼想，他認爲妳是上帝派來解救他的天使。"

聽她這麼一說，我的思緒飄回到澳大利亞……

踩著嘎嘎作響的木地板，我們彎身進到這個我勉強能站直而喬得駝著背的閣樓裏。光線很暗，因爲窗戶只有一個書包大小。

"這是儲藏室嗎？"我捂住口鼻問。

喬沒回答我的話，蹲下身翻找東西。

"找到了！"他興奮地說。

這是一個一百厘米見方的板狀物，喬把它從一堆雜物中拾起，拍拍絲質覆蓋物上的灰塵，然後小心翼翼地打開。

一幅芭蕾舞少女的油畫像躍入眼簾，筆觸很夢幻，除了粉紅色的芭蕾舞裙外，她的手上還拿著一把小提琴，赤足婆娑起舞……

"不錯，誰畫的？"我問。

"不知道，"喬的手指頭輕輕撫過畫中人的臉龐，"小時候父親經常打罵我，動不動就把我關在這個閣樓裏，不准我吃飯。當時年紀小，不懂得反抗，只能嗚嗚嗚地哭。後來我發現了這幅畫，感覺她就像活人一樣陪伴著我，以後即使我再被關，也就不那麼害怕了。"

Oh, 喬……

我心疼他，他卻像沒事似地問我有沒有發現這幅畫的特別之處？

"特別之處？"我湊上前仔細瞧，"没什麼特別的啊！"

"妳不覺得畫中人是妳？"

聽他這麼一說，我趕緊仔細觀察，那是一張女孩的側臉，大大的眼睛、高高的鼻子、尖尖的下巴，畫中人可以是任何人，喬卻說是我，這也太扯了。

我毫不留情地否認。

"是妳，"喬凝視著畫，喃喃自語，"是妳陪伴我度過了黑暗。"

這真不是我，等等，難道這就是他喜歡我的原因？

喬看著我，吞吞吐吐的，我又給予鼓勵，他才肯說。

"我真說了，妳可別嚇到。記不記得有一天我們在Tim的酒吧偶遇，妳急著回家,不小心撞上柱子……"

當然記得，誰不記得自己幹過的蠢事？

"就是那天晚上我做夢了，夢到畫中的女孩轉過頭來，是妳，妳開口要我來找妳。"喬放下油畫，抓住我臂膀，"貝貝，原來是妳，我終於找到妳了。"

~

" 天使又如何？現在他找到另一個天使，日本來的。"我自棄地說。

沙麗沒有反駁，她起身走向窗口，邊俯現外面的車水馬龍邊娓娓訴說她和喬之間的故事……

第二十九章/賭注

沙麗說她是個工作狂，經常加班；喬也是，甚至比她更晚。

有一天她好不容易把一個項目趕出來，時間已是夜裏11點。她匆匆走出辦公室，不巧和一個穿著暴露的女子撞個正著，她剛從喬的辦公室走出來。

爲了避免尷尬，她加快腳步離開，但還是被自己的上司趕上……

喬說太晚了，堅持送她回家。回到家，她禮貌性請喬進屋喝咖啡，遂有了第一次比較深入的談話。

"原來喬就是這樣陷入妳的情網裏。"我酸她。

" 不是這樣的，我承認我們的關係因爲那次談話而有了進展，但只能說喬把我當成心理醫生，當時他寶愛的還是妳。真正讓我起搶奪念頭的是妳的不知足，擁有喬這麼優秀且癡情的漢子，妳還吃在嘴裏看在碗裏，無視他的傷心難過。既然妳不珍惜，我也沒必要客氣，我相信我會給喬他該有的幸福。"

在沙麗的指控下，我一無是處，甚至是咎由自取。

“謝謝妳的點評，我收獲頗豐。”

“聽著，我並不想與妳爲敵，尤其妳還是艾米的母親，我希望扮演一個‘大度’的後媽及稱職的賢內助角色。妳可以隨時回來看女兒，但我不希望妳再騷擾喬，他需要一個穩定而正常的家庭生活。”

聽完沙麗的一席話，我一時角色錯亂，彷彿我才是小三，她是雷打不動的原配。

“沙麗，請妳搞搞清楚，我才是這個家的女主人，至少目前還是。妳的身份充其量只是喬的下屬、艾米的家庭教師，了不起還是一個私生子的母親，我不認爲妳有這個底氣和我談判。”

“我不是來和妳談判，而是要妳做出抉擇，如果妳選擇喬，明天下午他在巴黎戴高樂機場等妳。”

看著她遞過來的行程單，我驚訝到說不出話來，問她葫蘆裏賣的是什麼藥？

“我這麼做不是爲了妳，而是爲我自己。喬說了，如果妳没赴約，他會徹底對妳斷了念想，這才是我要的，因爲我希望獲得完整的他。”

我向她道謝。

“謝什麼？”她笑了，“我不是丘比特。”

接著她表示自己從來不下對自己毫無益處的賭注，如果最後我沒赴約，那麼必須服輸，答應盡快簽署離婚協議，並且和喬止於朋友關係。

沙麗小姐果然是塊tough cookie。

“Deal.”我答應了。

～

機場大屏幕上顯示飛紐約的全日空航空請到F櫃台，飛巴黎的漢莎航空請到A櫃台。一個在左，一個在右，我恨不得有兩個分身，各自奔向所愛的人。

"嘟……嘟嘟……"我的手機響了。

是林男的聲音，他問我在哪裏？我答Heathrow機場。

"哪個櫃台？"他又問。

"D櫃台。"

林男要我別掛機，一分鐘後，他重新接聽："貝貝，向後轉。"

我回過頭去，看到一位手捧玫瑰花束的瘦削男子，他就站在我身後五大步的地方。

"你……怎麼來了？"

林男答古時候有郊迎，所以他效法老祖宗的隆重精神。

"你真silly。"

"實話告訴妳，我來是爲了押妳回ZL音樂學院。不知爲什麼，我總感覺妳又會再次爽約，爲了消除疑慮，只好親自過來帶妳走。"

Oh no! 我還沒決定坐全日空航空還是漢莎航空，難道這就是命運的安排？在我不知所措時，上帝適時爲我指出明路。

"你……瘦了。"我說了風馬牛不相及的話。

"想妳想的。"

他告訴我爲了迎接我，他推掉了今晚和明晚的演奏會。報上說今晚這一場，奧巴馬總統會是座上賓，估計現在FBI全出動了。

"你竟然還能說笑？"

“好，不說笑。”他牽起我的手，“如果這次妳再脫逃，我會從全日空飛機上往下跳，一了百了。”

空服員過來收走餐盤，我把漢莎航空的行程單揉成一團塞進空了的紙杯裏。

“那張紙是什麼？”林男問。

“没什麼。”我對他微笑，心裏卻酸酸的。

喬在巴黎機場等不到我會是怎樣的心情？沙麗贏了賭注，她應該贏的，我是多麼憂柔寡斷的人啊！

林男握緊我的手：“別擔心，我們會好好的。”

我們真的會好好的嗎？

當我選擇往左走到F櫃台時，命運已轉了方向，我不知道橫在面前的是喜亦是憂，只知道我滿足了一個男人的宿願……

“我為妳寫了一首曲子，回家後彈給妳聽，嗯？”他問，眼神充滿愛意。

“好的。”

我轉頭看機艙外，大片的橘紅色雲彩像不小心被打翻的顏料，渲染了整個天空。幾道金光投射下來，很是刺眼，我索性閉上了雙眼，希望夜的黑趕快來到。

我們一走出關口就看到Angela，她翹首以盼，很焦急的模樣。當她看到林男，深鎖的眉頭瞬間舒展開來，眼睛也有了光彩。

“妳怎麼來了？”林男問。

Angela答紐約愛樂樂團的經理告訴她，臨時替代的鋼琴家得了急性腸胃炎，今晚上不了台，再找人不恰當，加上他昨晚缺席，網上有很多傳聞，這不是個好現象……

林男表示我剛到紐約，他得先安頓好我。

"貝貝小姐的事我來安排，你先到林肯中心彩排行嗎？今晚的佳賓是日皇伉儷，他們是你的忠實粉絲，外交部來電說希望能看到你上台。"

林男還想說什麼，被我攔住："還是去吧！我也想聽你的演奏。"

他想了想，又低頭看錶，已近中午，但來得及彩排。

"我直接上林肯中心排練，下午五點送演出服過來，順便替貝貝安排個好位子。"林男對Angela說。

"沒問題。"她答，很高興的樣子。

"對了，將貝貝載到我的住處。冰箱裏有檸檬水和千層派，貝貝喜歡吃。"

Angela的笑臉僵住了，問："她不是住校嗎？"

"不，貝貝和我住，"林男走向他的助理兼情人，不帶一絲情感地說，"別忘了我們的約定，我有權交朋友，妳無權干涉。"

他走了，Angela呆在原地一動也不動，像個木頭人似的。

"妳還好吧？"我問

她轉過頭來，面如死灰地答好，然後彎腰幫我提行李，我說不用，她仍把行李搶了去，用力過猛，倒像是和誰賭氣來著。

我很想告訴她，自己已付了學校住宿費，和林男同住不在計劃內，但她不給我說話的機會，腳步飛快地往停車場走去。

第三十章/改弦易轍

"妳放心，今晚我會找家酒店住下，只是林男給我的薪水並不高，想在紐約市區找房難如登天。"在車內，Angela對我大吐苦水。

此時的我終於有機會告訴她，自己已經付了學校住宿費，請她直接載我回ZL音樂學院即可。

"貝貝，妳確定要如此做？"Angela眼露欣喜。

"當然，凡事總有個先來後到，我不會做鳩佔鵲巢的事。"

Angela向我表達謝意，同時歡迎我一起回家吃夜宵，今晚她做了林男愛吃的滑雞粥和四喜烤麩。

"妳做的太多了，超過一個助理該做的範圍。"我說，順便很不禮貌地問林男給了她多少月薪？

Angela的回答令人大吃一驚，那是一個連單身女郎都得勒緊褲帶過活的數字，何況她還得負擔兩人的伙食費。

"這太過份了！"我說。

"其實也沒那麼糟糕，林男沒讓我付住宿費。"

聽她這麼一答，我更沒理由和林男同住了。

今晚是柴可夫斯基之夜。

這位十九世紀最偉大的俄羅斯作曲家用作品反映了人民的苦悶及對幸福生活的渴望，舉凡協奏曲、舞曲、歌劇……等無不涉獵，鋼琴曲雖不多，但足以撐起一場演奏會。

許久沒聽林男彈琴，讓我非常期待。他的表達方式一向豐富有層次，善於把握作品的風格和內涵，可惜今晚的他過於浮躁，沒有抓住深沈的意韻。

演奏會結束，我到後台找他，他正和日皇伉儷談話，通過肢體語言，我能感覺必是溢美之辭勝過實質點評。

送走貴賓後，林男注意到站在角落的我。

"妳來了。"

"是的，"我走向他，"演奏會很成功，恭喜！"

林男說內行人看門道，外行人看熱鬧，以我的專業水平，不需講外行人的客套話。

既然這樣，那我不客氣了。我直言他有些許錯音，但瑕不掩瑜，最大的敗筆是他把柴可夫斯基彈成了帕格尼尼，這很不恰當……

他聽完後悶不吭聲，我害怕自己過於耿直傷了他，畢竟音樂神童是在觀眾的掌聲中茁壯的。

"妳說的沒錯，"林男終於開口，"今晚的我不在狀態下，對於專業的鋼琴家而言，這是不可饒恕的過錯，我會汲取教訓，不再犯同樣的錯誤。"

我問他爲什麼不在狀態下？他答因爲我終於回到他身邊，所以心情一直處於亢奮之中，很難把柴可夫斯基憂國憂民的情懷表現出來。

我很能理解林男說的，同為音樂人，我太清楚環境的影響。

“我在第一排沒看到妳，妳坐在哪裏？”林男問。

我答坐在二樓E區。

他聽了很生氣，責怪Angela不會辦事，竟然安排那麼偏的位子。

“你的票一早就售罄，Angela還能幫我找到位子實屬不易。”

“也是，除非有人退票，但這個可能性極小。對了，想去哪裏吃宵夜？我請客。”

我想起Angela的滑雞粥和四喜烤麩，趕緊說不，自己想盡早回宿舍……

林男一聽說我沒打算住在他的別墅裏，很是惱怒。

“我來紐約是為了完成當年未竟的心願，任何讓我分心的事都應該盡量避免。”我解釋。

“我不會吵妳的。”林男一副可憐相。

“我給你課程表，任何時候你都可以在校園內找到我。”

“不是這樣的，我……我希望一回到家就能看到妳。”

我說他太貪心了，但答應週末和他見面。

“今天是週日，我還得等六天，怎麼辦？我現在就開始想妳了……”

他說得幼稚，卻感動了我。

我告訴他“小別勝新婚”，等待也是一種幸福。他說我強辭奪理，相愛的兩人何嘗不想朝朝暮暮？

啊！我也想要有朝朝暮暮的愛情，但我不得不考慮Angela的感受，我若和林男住一起，她何去何從？兩女一男同住一個屋檐下那就更可笑了，我不認爲Angela會如此大度，而我也做不到無動於衷。

"扣、扣、"

我和林男同時轉頭過去，是Angela, 她輕敲化妝室的門，即使門戶洞開著。

"男，走嗎？"她小心地問。

我想起Angela做好的夜宵，遂趕在林男前面說："我得走了，再晚不安全。"

林男提議一道走，讓Angela先載我回學校。

我一口回絕，說自己想試試紐約地鐵，這是快速認識一個城市的捷徑。

林男還想說什麼，我已拿起包迅速轉身，不給他說話的機會。

第三十一章/包養

我低著頭走出教室，一個大男生忽然橫在我面前，害我差點兒一頭撞上。

" What's wrong with you?"我很惱火，怒視著眼前這個没禮貌的人。

" Excuse me , where is the Big Ben?"他問我大笨鐘在哪裏？

" What?"

他閃著狡點的雙眼，有些捉弄人的意味。我上下打量他，很眼熟，說不上在哪裏見過面。

" A-ha, 我就說妳是學生，還騙我們妳已婚。"

噢！我想起來了，一年多前我和Mlle Martin上完一對一的法語課，在咖啡店裏遇到兩個中國來的大男生，他們用不流利的英語問我大笨鐘怎麼走？我馬上用流利的普通話指點他們……

"快告訴我那個幸運兒是誰，我馬上謀殺他！"男孩試圖喚醒我的記憶。

“没有什麼幸運兒，”我沈下臉來，“你也就讀這所學校嗎？”

“是的，我是大二學生，主修鋼琴，中文名何一凡。對了，妳是不是大一新生？以前没在校園內見過妳。”

我答自己剛從英國過來，是新生，對這裏很陌生，連餐廳在哪裏也不知道，到現在還没吃早餐……

“這怎麼行？”他低頭看錶，“現在肯定没早餐了，不過十分鐘後可以吃午餐，我帶妳去，嗯？”

我和何一凡在十一點鐘進入餐廳，人不多，幾乎不用排隊。

“凱撒沙拉看起來很清爽、南瓜湯黃澄澄的很綿密、勃艮第紅酒燉牛肉……這個應該燉很久了，嗯……我是要牛肉還是意大利千層麵呢？”我望著不鏽鋼台上的食物出神。

“貝貝，問妳話呢！”

“什麼？”

“我是中國同學會的副會長，人多熱鬧，妳也加入吧！”

我想了想，這種政治鮮明的組織總讓人生畏，還是免了吧！

他聽完大笑，說我想多了，會參加同學會的人都是爲了吃中國飯及講中國話，如此而已。

若真是那樣，倒是可以考慮考慮。

我邊想邊拿了焦糖布丁當甜點，一轉頭看見何一凡的托盤上只擺了個優格和香蕉。

“你該不會中午只吃這些吧？！”我問。

“從現在起十天是我的減肥期。”

何一凡一點兒也不胖，和傳統的中國男生不一樣，他的骨架大，胸膛突出，整個體型成倒三角形。再說長相，他的臉型有稜有角，看起來很剛毅，像從大山裏走出來的青年……

他笑問我這評論是褒還是貶？

"是褒，時尚圈正流行這種健康風。"

何一凡說我好眼光，他現在是VOGUE的兼職模特兒。

"真的假的？我現在正和超模用餐？"

他馬上撇清，說自己還是新人，和超模不在同一個級別，但他有信心能在紐約時尚界闖出一片天。

"那幹嘛學音樂？"我開始吃牛肉，果然入口即化，"你應該學體育。"

何一凡說我的認知出現了錯誤，超模不能光看外表，內涵尤其重要，他每天沈浸在音樂裏，久而久之能彰顯高貴的氣質。

我聳聳肩不予置評，那個圈子離我太遙遠，即使我一直用著他們代言的商品。

"妳學什麼專業？"他忽然問到重點了。

"主修小提琴，副修鋼琴。"

他提起有個認識的攝影家在找會拉小提琴的美女拍照，問我感不感興趣？時薪200美元，比他賺的強多了。

我馬上搖頭拒絕。

"妳拿獎學金嗎？"他問。

我答沒有。

"妳很有錢嗎？"

我否認。

這下子何一凡犯迷糊了，他問我要如何負擔一年七萬美元的學費加住宿費？他認識的人要嘛有過硬的身家，要嘛自食其力，早早加入打工大隊，我是屬於哪一種？

我用小勺挖著焦糖布丁吃，氣定神閒地答我被富商包養了，他負擔我的一切開銷。

何一凡的喉嚨發出"呃"的一聲，然後低下頭默默吃著他的香蕉和優格。東西少，沒兩下就吃完了，他請我慢用。

我對他微笑，他點了個頭起身走了，那樣子看起來倒像是落荒而逃，而我卻大大鬆了一口氣。

" Excuse me. May I have Latte and a piece of blueberry cake?"我要了拿鐵及藍莓蛋糕片。

" Certainly."餐廳服務員答。

我忽然感到胃口大開，打算在下午的第一堂課前，做一回"飽食終日，無所事事"的閒人。

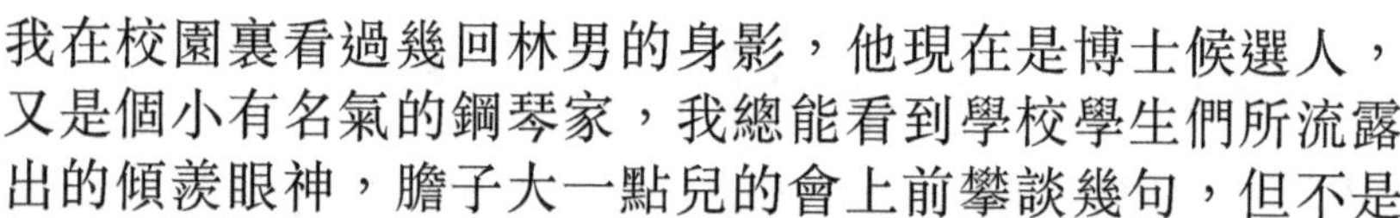

我在校園裏看過幾回林男的身影，他現在是博士候選人，又是個小有名氣的鋼琴家，我總能看到學校學生們所流露出的傾羨眼神，膽子大一點兒的會上前攀談幾句，但不是被Angela阻擋，就是吃了林男的閉門羹。

" 他叫林男，2005年日本賓松國際比賽桂冠的得主，眼睛長在頭頂上，高傲得很。"何一凡在我背後議論。

" 是嗎？"我轉過頭去，" 你跟他很熟？"

" 不熟，但他是本校的傳奇人物，想不注意都難，許多小道消息不徑而走。"他指著林男身後那個紅色的影子，" 看到那個矮個子没？她是林男的助理兼同居女友，但林男完全不把她看在眼裏，呼來喝去的，也難怪，本身條件差，活該被踩在腳底下。"

我對八卦不感興趣，聽男生講損人的八卦，更是厭惡。

“除了當狗仔，你沒其他的事情好做嗎？”我問。

他說他剛去指導教授那裏交暑假作業，踫巧遇見我，問我今晚能和他一起參加“中國同學會”舉辦的迎新派對嗎？會後有抽獎，最大獎是紐約Strand書店的50美元代金券。

“這倒不錯，有吃、有喝、有玩，順便還能贏大獎。”我說。

“大小姐，每個人得交20美元入場，‘中國同學會’不是慈善機構。”他毫不客氣地戳破我的幻想。

我答自己再想想，如果無聊再去。

他轉而嘻皮笑臉地游說我：“那裏有很多富二代，也許妳能再找個人包養妳。”

“好呀！我不介意再找個金主。”我轉身離開。

何一凡在我背後喊：“別忘了，晚上七點我在宿舍門口等妳。”

我把他的話扔到腦後，快步走向樂理教室。

第三十二章/管好你的嘴

"扣、扣、"

我看了一眼桌上鬧鐘，19:20，誰會敲我房門？

"我在樓下等了妳半小時了。"我一開門，何一凡就抱怨。

"頂多二十分鐘。"我糾正。

何一凡說他提早到，所以的的確確等了30分鐘。

我不想糾結那十分鐘，很嚴肅地對他說:"我没讓你等，你可以不等。況且我的意思是若覺得無聊才會去參加那個什麼會。很抱歉，今晚的我不無聊，正在聽音樂劇《貓》。"

"那正好，我也喜歡《貓》，我們一起聽吧！"

他作勢要進房，被我擋在房外。

何一凡嚷嚷："妳不能這樣，要嘛讓我聽音樂劇，要嘛跟我去那個什麼會，二選一，没有其他選項。"

我說他耍無賴，他答那是他的強項，他會將我的評價視爲讚美。

與忝不知恥的人多說無益，我馬上讓他吃閉門羹，沒想到他竟然在房外唱起音樂劇《貓》的主題曲-Memory.

MIDNIGHT, NOT A SOUND FROM THE PAVEMENT

Has the moon lost her memory

She is smiling alone

In the lamplight ......

我不得不承認他的聲音渾然天成猶如天籟，比起拗口的中式英語，他的英文歌唱得字正腔圓，少了濃重的中國腔。

" Be quiet."我打開房門要他安靜點。

何一凡沒降低聲量，反倒把走廊當成舞台，對我又唱又演的，我看見鄰居們紛紛把房門打開，對我們行注目禮，真要羞死人了。

" 快走！"我推他一把，順便鎖上門。

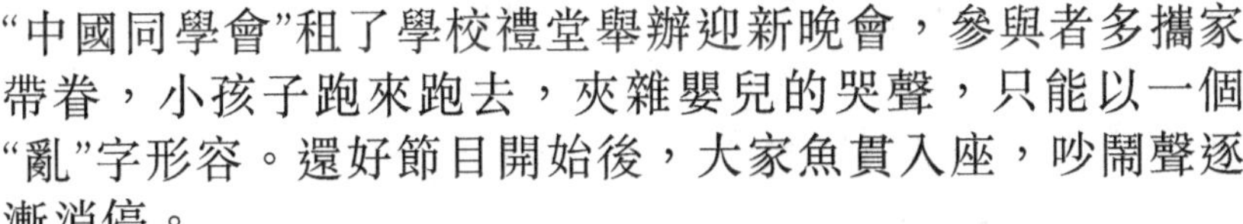

"中國同學會"租了學校禮堂舉辦迎新晚會，參與者多攜家帶眷，小孩子跑來跑去，夾雜嬰兒的哭聲，只能以一個"亂"字形容。還好節目開始後，大家魚貫入座，吵鬧聲逐漸消停。

" Ladies and gentlemen , tonight......"

主持人開始介紹"中國同學會"的宗旨和迎新晚會的意義，原來今晚上台的都是學長姐，表演的也多是家鄉情懷，不管唱歌、跳舞或小品，絕對要讓觀眾找到"家"的感覺。

前幾個節目圖個新鮮，我還能專心，後面就千篇一律，讓人哈欠聲連連。

"再忍忍，節目過後有中國菜吃。"何一凡壓低聲音對我說，彷彿我來就是爲了吃。

我又勉強自己幾分鐘，不行，太無聊了，現場收音不好，看小品像看默劇，不知爲什麼那個男的要甩女的耳光，而女的卻還笑臉迎人？

注意力一轉移，我很快將眼光放在會場上那個滿臉落腮鬍的攝影師身上，他來來回回，爬上爬下地拍照，像隻小猴子似的。

拍完陝北大秧歌，他鏡頭一轉開始拍起觀衆，被拍者不但不回避，反而舉起剪刀手，彷彿中了頭彩。幾番輾轉，他竟將長鏡頭對準我，讓我很惱怒，怎麼有人會如此孟浪？連徵求允許也沒有。

"張三，夠了，你的底片不用錢嗎？"何一凡開口了，明顯認識對方。

叫張三的人沒回應，轉身另外找目標，此時觀衆陸續起身往兩旁散去。

"節目結束了，"何一凡像拉警報似地喊，"快，動作慢的只能吃剩菜剩飯。"

我注意到禮堂兩旁的長條桌上已經擺滿了中式菜肴，有宮保雞丁、蠔油牛肉、紅燒大蝦、糖醋排骨、炒飯、炒麵、港式點心……等等，飲料則有軟飲、咖啡和豆漿。

何一凡幫我搶了蝦、排骨、炒飯，又拿來叉燒包，轉身再去奪雞丁和牛肉，把用餐當成打戰。

"你得快、狠、準，否則只能瘦成皮包骨。"他說。

我聽了噗嗤一笑，因爲這禮堂還真找不到他形容的瘦子。

"吃！"他遞給我筷子，"不夠我再去取。"

看著缺口的盤子上糊成一團的東西，我頓時失了胃口，將盤子遞還給他：“我不餓，你吃。”

“賣相是不好，但挺好吃的。”何一凡塞上一口炒飯，含糊不清地說。

望著眼前這一群饑餓相的男女老少，我彷彿進入截然不同的世界，這和我以前的生活大相徑庭，一個天堂，一個……不能說是地獄，只能說回到人間。

“妳沒見過這種場面吧？！”他問我。

“的確沒有，我的家境小康，但靠著自己的一點兒音樂天賦，一路入讀貴族學校，來往者非富即貴，嫁給喬後更是灰姑娘翻身，從此過上錦衣玉食的生活，完全不知民間疾苦。”

“由儉入奢易，由奢返儉難，人不可能永遠幸運。”

也許說者無意，但我聽者有心，不禁陷入長長的沈思中。

“告訴妳，前幾天我以中國同學會副會長的身份請林男為我們這個神聖的組織獻上一曲，他打官腔，說我必須和AMI公司談，沒經簽約公司的同意，他不能做公開演奏。媽的，他不說誰會知道？”

我站在林男這一邊，他的擔憂沒錯，毀約是很嚴重的事，誰能保證杜悠悠眾口？

何一凡放下啃得乾乾淨淨的骨頭，賭氣地說明星都是捧出來的，如果他站在林男的位置上，一樣能揚名立萬。

“那可不一定，台上十分鐘，台下十年功。你有時間忌妒別人，倒不如充實自己。”

何一凡漲紅了臉：“怎麼，說到妳的心上人不高興了？”

“什麼心上人？”這下子我真的不高興了。

"妳不是因爲老公不要妳才灰頭土臉地離開英國投向林男的懷抱？沒想到使君有婦，落得賠了夫人又折兵。"

誰？是誰紅口白牙地毀謗我，然後經過口耳相傳，成爲八卦愛好者的談資內容？

我憤而將手中的熱咖啡灑向他："管好你的嘴！"

在引來更多注目前，我怒氣沖沖地離開是非地。

第三十三章/人言可畏

回到宿舍，我氣憤依舊。

躺在床上，我把這幾天發生的事在腦中過了一遍。不對，我、喬和林男之間的三角關係是極其私密的事，外人不可能知道，就算何一凡道聽途說，始作俑者也必定是我身邊的熟人。

喬不可能、沙麗不可能、林男不可能、Angela......???

是Angela嗎？

"嘟......嘟嘟......嘟......"

我看了一眼桌上鬧鐘，23:00，一分不多，一分不少，是林男，他跟我約了每晚11點鐘的電話約會。

"今天過得如何？"他問。

"還行。"

然後他高興地宣佈"倫敦城市音樂節"邀請他在閉幕式做壓軸演出、CD也在錄製當中......

“AMI公司的要求很高吧？”我問。

林男答那肯定是，AMI是古典音樂界的龍頭老大,問我怎麼知道他簽約AMI的事？

我不敢說有關他的事，自有狗仔義不容辭地傳播著。

“報上說的。”我顧左右而言他，“聽說今晚中國同學會舉辦的迎新晚會曾邀請你上台演奏，被你回絕了。”

“嗯！根本是不可能的事，AMI在這方面規定很嚴，中國同學會即使請了Angela的表弟來說項也無補於事。”

“Angela的表弟？”

“嗯！他也是ZL音樂學院的學生，學的是鋼琴，去年被我教過，有點兒小聰明，但不夠努力。”

我緊張得全身發抖，問Angela的表弟是不是叫何一凡？

“妳怎麼知道？”

哈！我怎麼知道？今天一整天都被這個姓何的纏住，我還傻不楞登地被他牽著鼻子走。

大概受的驚嚇太大，我對林男接下來的問話只是嗯嗯呀呀地應付著。

“怎麼了？聲音聽起來無精打采的樣子。”他問。

我答我累了，林男很體貼地放我去睡覺。

掛上手機，我終於有餘力去恨那個虛偽的小人。何一凡，你給我等著！

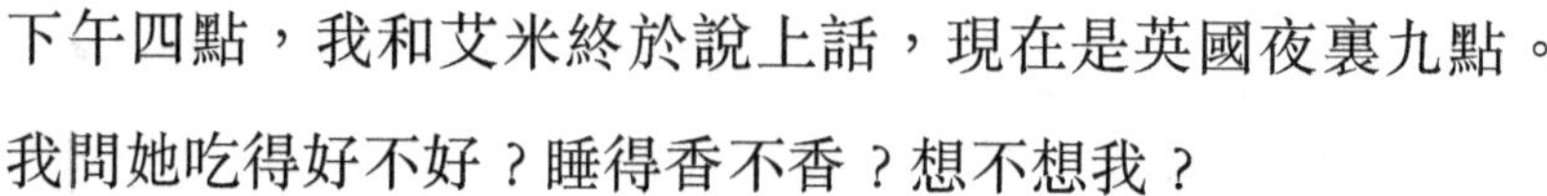

下午四點，我和艾米終於說上話，現在是英國夜裏九點。

我問她吃得好不好？睡得香不香？想不想我？

艾米答吃得很好，除了她不喜歡的胡蘿蔔之外；睡得很香，只是現在得比平常早半個小時起床；很想我，很想很想……

我說我也想她，無時無刻。

"媽咪，妳什麼時候回來？"

我該如何告訴她，我回不去了？

"爹地也很想妳。"艾米找來救兵。

不，喬不會想我，我傷他那樣深……

"我看見爹地偷偷看妳的照片，然後沙麗生氣了，好幾天不跟爹地說話。"

噢！不，我不願喬再因我而神傷。

"爹地現在在哪裏？"我問。

"他就在我身邊等著給我講床前故事，妳等等，我把手機交給他。"

我還來不及說不，手機那頭已傳來熟悉的聲音。

"好嗎？"喬問。

我答好。

"我在巴黎機場等了很久，直到下一班飛機也抵達，我才確認自己失敗，敗得徹底。"

除了"對不起"，我什麼也說不了。

"Hold on."喬突然要我別掛斷。

過了十幾秒……

"在嗎？"他問。

我答在，他說有些話不方便當著艾米面前說，他現在走到主臥室了。

“嗯！”

“妳別聽艾米胡說，真實情況是翠西把妳的東西全部收到儲藏室，我不小心瞄了一眼當時的婚紗照。沙麗沒有不高興，也沒跟我冷戰，我們三人現在是和樂的一家人。”

好個和樂的一家人，是我沒福氣，錯過了幸福⋯⋯

“妳錯過了幸福。”喬說。

“我知道，替我親吻艾米。”

喬還想說什麼，但我掛上手機，順便把眼角的淚水劃去。

“對不起。”

我還在傷悲，一句突來的道歉，讓我忍不住轉過頭去，是何一凡，他正站在我身後，畢恭畢敬的。

這個人是怎麼回事？老陰魂不散的。

“昨晚我口不擇言，就想跟妳當面道個歉。”他說。

“不必，我的確賠了夫人又折兵，但誰的人生沒有一點兒波折？你沒有嗎？你表姐沒有嗎？”

我又說他的家族都有“以自嘲來保護自己”的傾向，包括他說Angela是矮個子，又說她條件差，活該被林男踩在腳底下等等。

何一凡說我的消息真靈通，知道Angela是他表姐。我答彼此彼此，女人八卦起來不輸男人。

“老實說，我對妳沒意見，甚至有某種程度的好感，但我反感林男，因爲他欺負Angela甚深，只是我沒料到手中的槍桿子沒瞄準，擦槍走火傷了妳。”

“你怎麼可能對我沒意見？我是人人喊打的小三，老公不要我，轉而倒貼林男⋯⋯”

"別說了，"他把一張小紙片遞給我，"這是我中的一等獎，Strand書店的5○美元代金券，送給妳！"

什麼跟什麼？簡直是小孩子行爲，竟然以爲可以用5○美元收買我？！

他說我又誤會他了，他是把好運送給我，順便表達歉意。

"不要！"我把代金券往外推。

"我推薦妳買《FATES AND FURIES》這本書，我看的是中譯本，味道差了點兒。妳應該可以讀原文版，作者是 Lauren Groff。"

"我不看書。"

誰知他硬把券塞進我手裏，轉身逃之夭夭。

上完《Music aesthetics and criticism》，教室外面起了一些騷動，我把文具和筆記本掃進背包裏，信步走出教室。

我看見林男站在角落，幾個女生圍著他嘰嘰喳喳，他一臉的不耐煩，我正想轉身……

"貝貝，"林男忽然向我走來，"等妳很久了，走，吃飯去。"

在我做出反應前，林男已經抓起我的手，在衆目睽睽下，昂首而去。

一離開同學們的視線，我馬上放開他的手："你不該這麼做，人言可畏。"

"I don't care. 我又不是爲他們而活。"

"但我在乎，尤其初來乍到，若早早被貼上標籤，一輩子都洗不掉。"

林男問我被貼上什麼標籤？我很想把何一凡的評論原原本本告訴他，但我不能。

"你是有名氣的鋼琴家，我不想攀著你上位。"我答。

林男說早在他成名前我們就已認識，談不上誰攀附了誰，若我有顧忌，下次他會低調些。

看在他態度誠懇的份上，我勉強接受，也有了笑臉。

"現在有幸請妳吃飯嗎？我知道一家好味道的餐廳，它是紐約布魯克林地區唯一的一家米其林三星餐廳，廚房是開放式的，地方不大，只有18個座位，通常得提前6週預訂。"

"提前六週？那時你並不知道我會來紐約。"

林男的臉上出現一抹詭異的笑容。

"Oh no! 別告訴我那家餐廳的老闆也是你的粉絲。"

他開懷大笑。

我說他這輩子注定有好口福，他不置可否，轉而表示他的車子就停在學校停車場，我可以在他身後保持五大步的距離，夠低調了吧？

我笑而不答，然後緊跟在他身後五大步，一步不多，一步不少。

第三十四章/意外歸來

從 Chef's Table 走出來，已近夜裏11點。

"我得回宿舍了。"我說。

"今天星期五。"他提醒我。

我說我知道今天星期五，是週末狂歡的開始，但我有莫札特的作業要做，還有很多曲子要練習。

"別擔心，我幫妳。"

" 莫札特的早期作品受巴洛克時期的音樂風格所影響，"林男俯下身和我面對面，"中期作品則顯現出一種輕鬆、愉快和簡單高貴的特點。"

"晚期呢 ？"我問。

林男開始親吻我耳垂，然後在我耳邊呢喃："晚期受海頓的影響，作品更爲複雜，情節更加生動，音樂和舞台的結合更爲一致……"

“談談《費加洛婚禮》。”我丟給他另一份作業。

“《費加洛婚禮》是莫札特最具代表性的歌劇，它刻畫了人物的心理變化，也描繪出愛情的細膩差異，對推動戲劇的發展及強化喜劇效果起到至關重要的作用……”林男解開我上衣的鈕扣。

“男，”我的身體無端燥熱起來，“也許……也許Angela會突然回來。”

在失去理智前，我得趕緊踩刹車。

“不會的，我派她到芝加哥，芝加哥和紐約有一萬多公里的距離。”

“可是……”

他吻住我的唇，不讓我說話。

~

林男受邀爲一年一度的“芝加哥音樂節”拉開序幕，演奏地點爲千禧公園露天音樂廳。按理說音樂節比較輕鬆，只需在電話中談好，不必親力親爲，但林男故意將ANGELA支開，好和我約會。

“Dr. Watson很嚴格，”我躺在林男懷裏撒嬌，”我怕我的鋼琴過不了關。”

林男說Dr.Watson的確一板一眼，但爲人很正直，只要我把該做的都做了，他會給我相應的分數。

看來也只能這樣了。

“想不想聽我爲妳做的曲子？”林男忽然來了興致。

想，很想，但現在已經凌晨一點鐘，恐怕會吵醒鄰居……

林男不理會我的擔憂，一把將我拉起，我只好隨手將Angela的晨褸裏在身上。

～

我雙手支在三角鋼琴上，林男邊彈琴邊含情脈脈地看著我。

他的曲子很柔、很細緻，像風輕盈，像水溫柔，像霧朦朧，也像月浪漫……

一曲罷了，我給他熱烈掌聲。

林男起身俯首致意，讓我想起站在舞台上的他，即使致謝，他也一貫高傲得不得了，像施捨似的。

"你自卑過嗎？"我好奇一問。

"爲什麼這麼問？"

我說因爲他看起來從不自卑。

"我的確從不自卑，但六年前我曾經自卑過，覺得自己不夠好，所以心愛的女人嫁給了別人。"

噢！林男～

"但現在不存在了，那個自卑的理由已不再是理由，妳又回到我身邊。"他笑了，讓人如沐春風。

"叮咚～"

突來的門鈴聲讓我心驚，肯定是半夜彈琴擾人清夢，鄰居跑來投訴了。

我皺了皺眉頭，決定躲到房間裏，因爲Angela的晨褸透明如紗，我可不願嚇壞鄰居。

～

"她在哪裏？"是Angela的聲音。

我嚇得魂都飛了，趕緊跳下床，想在她破門而入前上鎖，可惜晚了一步。

"那是我的晨褸。"Angela帶著殺氣。

"我……我馬上還妳，請回避一下。"

可惜Angela等不及，她上前扒我的衣服，我雙手護胸，不想在她的面前光裸著身子。

林男沒遲疑，他像母雞護衛小雞一樣，甩了Angela一記大耳光。

"你……你打我。"Angela捂住臉頰，斗大的淚珠滾落下來。

林男說他不僅要打她，還要將她轟走。這個家只有一個女主人，那就是柯貝貝，任何人對她不敬就是對他的挑釁……

Angela聽完馬上撲倒在地："對不起，我錯了，別趕我走。只要讓我留在你身邊，你說什麼是什麼，全聽你的。"

林男怎麼也不同意，並且說到做到，把一個大號紅色行李箱拉出來，再將Angela的衣物一股腦地全塞進去。

"滾！越遠越好。"他對她嘶吼。

Angela哭得像個淚人似的，兩隻眼睛腫得像核桃，眼線也花了。她又哀求幾句，林男仍要她走，她遂轉移目標。

"貝貝，"她爬著過來，跪在我面前，"幫我說幾句，晨褸我不要了，送給妳！"

她嗚嗚嗚地哭得很淒慘。

依據我對林男的了解，他想做什麼，旁人根本無法左右，但我有他的軟肋。

"你們的事我不管，"我脫下晨褸，穿回自己的衣服，"我現在就走，如果有人因我丟了工作，我再也不回到這裏。"

林男過來阻止我離去，我表情嚴肅地說："你敢擋我的路，咱們就到此為止。"

那人知道我脾氣，讓開路來，我頭也不回地走了。

走出林男的別墅，我正想用女性專用打車服務叫車，但眼前那一輛未熄火的Honda卻引起我的注意。

"扣、扣、"我敲擊車窗。

駕駛員挪動一下身子，繼續裝睡。我用手去扳車門，發現上鎖了。

"何一凡，你開門，我知道是你。"

見他仍裝死，我憤而從地上拾起一塊巴掌大的石頭，打算讓他的車破相。

"別，"他終於開車門，"這是我貸款買的，錢還沒付清呢！"

我將石頭往地上一扔，坐進車裏。

"跟蹤我多久了？"我氣憤地問。

"從學校停車場開始……"

啊？竟然有大半天了。

我問是不是Angela要他這麼做的？他答不是，他之所以這麼做，是爲了讓他表姐死心，但顯然沒起到作用……

從何一凡口中得知Angela從小就是個內向又不自信的女孩，父母長期忽視她，兄弟姐妹間的感情也很淡薄。直到接觸到林男的音樂，Angela閉塞的世界才被打開一扇窗，她視他爲救世主，說是超級粉絲一點兒也不爲過，所以當Angela知道林男要雇用她時，樂得像中了頭彩，更不用說後來搬去和男神同居，她簡直高興到想跪下來親吻他的腳趾頭。

"真傻！"我搖頭。

“妳可以笑她傻，但不能抹殺她的癡情，她已經寂寞夠久了，林男是她活下去的希望。”

“他是她活下去的希望，那我呢？三振出局？”

“妳年輕貌美又有才華，放在哪裏都是發光的金子。”他話鋒一轉，“我不是嚇唬妳，再這麼下去會出人命，妳還是盡早離開吧！”

我說我以爲他不喜歡林男，不希望看他倆在一起。他答他是不喜歡林男，但Angela喜歡，他阻止不了犯癡的表姐，只好阻止看似比較明理的我，因爲不想看到有任何人受到傷害……

此時此刻，我寧願相信何一凡是真心爲我好，而不是Angela派來的說客。

“讓我好好想一想吧！說真的，我來紐約就是爲了學習，不想再兒女情長了。”

“那麼我代替Angela謝謝妳！”他顯得很高興，“夜深了，打車不安全，我載妳回學校宿舍吧！”

我默默繫上安全帶，車子搖晃一下便安穩地滑出停車位，我們一路向東。

第三十五章/也無風雨也無晴

Dr.Watson 說也許我的小提琴造詣不錯，但鋼琴實在有待加強，如果我不想下學期重修，勢必得加倍努力。於是下完課，我匆匆吃完晚飯便帶上琴譜直奔琴房。

我練習的是莫札特的《土耳其進行曲》，據說兩百多年前，每當土耳其國王訪問歐洲，總要帶上一支樂隊，把別具一格的土耳其音樂傳播出去，這多少影響當時的作曲家。莫札特也趕上這股潮流，寫出《土耳其進行曲》，由於具有非常通俗且流暢的旋律，成爲不朽的古典小品。

"扣、扣、"我剛彈完最後一個音，有人敲門。

透過玻璃門，我看見何一凡的臉。

"今天Dr.Watson是不是給妳苦頭吃？"門一開，他問。

"沒有，他很慈祥地建議我該撥出一點兒時間給鋼琴。"

接著他非常不見外地坐下來翻看我的琴譜。

"好久沒練這首曲子了，感覺有點兒生疏。"他說。

"是嗎？"

没想到下一秒，他纖細的手指在黑白鍵上來回飛舞，優美的旋律從指尖流淌出來，把《土耳其進行曲》彈得行雲流水、蕩氣迴腸，我則聽得目瞪口呆。

" 妳的問題出在主題更換不夠明顯，十六分音符的音速不是全然正確。還有，妳彈奏得不夠鏗鏘有力，以這種氣勢，根本不構成進行曲的要素。"

" 咳！"我死鴨子嘴硬，" 這個我老早就知道了。"

" 知道妳還没彈出來？該打屁股！"他站起身，" 現在換妳彈給我聽。"

我瞪大眼睛，哪有老師不請自來的道理？但再一想，自己的鋼琴成績正處於懸崖邊緣，分分鐘有可能粉身碎骨，讓鋼琴系的學長點評一下不無小補，於是依著他的指示，我坐下來彈琴，並且加強氣勢及音速控制。

" 好多了，但是......"這次他指出我曲風上的瑕疵。

" 扣、扣、"

如果不是琴房的下一位使用者催人，我還不知道兩個小時轉眼已過。

" 謝謝！我是不是該付你束脩費？"走出大樓，我問。

何一凡說那全憑我的良心，不管是五美元的熱狗還是米其林大餐，他都欣然接受。

" 好，等良心發現的那一天，我通知你。"我笑說。

天色已黑，晚風習來很是涼爽，加上我剛練完琴，收獲頗豐，原以爲這將會是愜意而舒心的夜晚......

" 聽說林男和拉小提琴的新生搞在一起。"

“真的假的？那他的同居助理怎麼辦？”

“什麼怎麼辦？一邊涼快去唄！誰讓學妹漂亮又有才氣。”

“聽說那個學妹爲了林男離婚，連親生孩子也不要，夠狠的了。”

“這有什麼，林男隨便開個演奏會就有上百萬的收入，更不用說**CD**的版權費，她算攀上高枝了，這種見錢眼開的女人多了去。”

……

幾名中國學生嘰嘰喳喳地邊談天邊往琴房走去，聲音大到足以讓我和何一凡一字不漏地全聽進去。

“真不關我事，”何一凡一臉無辜，“我什麼都沒說。”

“沒說才怪，有誰會像你一樣大嘴巴？”

“真的，貝貝，妳要相信我！”

我把他拋在腦後，小跑步起來。

23:00，林男打給我，響了十幾聲我都沒接，然後就是一連串的索命連環 call……

我不知道自己在氣什麼，反正就是覺得很煩、很無辜，怎麼我就成了見錢眼開的小三？

“嘟……嘟嘟……”我看了一眼來電顯示，這次竟然是賴音如。

我接聽，問她爲什麼這麼早起？

“沒辦法，被二表哥吵醒，他說妳沒接電話，怕妳出事。”說完，她打了個大哈欠。

林男也真是的，太小題大做了。

賴音如問我和林男是不是吵架了？我答沒有，只是爲了別的事心煩，想靜一靜。

"沒事就好，"她又打了哈欠，"可別像大表哥和沙麗一樣，我掛了。"

喬和沙麗怎麼了？我趕緊阻止她收線。

"說白了就那麼回事，沙麗催促大表哥和妳離婚，大表哥一直拖著，沙麗認爲他没誠意解決問題，存心讓她當未婚媽媽......"

我想起和沙麗的約定，其實只要喬擬好離婚協議，我會二話不說給簽了。

賴音如說重點不在這兒，沙麗是個工作狂，即使懷孕了還像拼命三娘，結果小產了。

"這是什麼跟什麼？怎麼又跳到小產了？時間順序簡直亂得可以。"

"哎！誰讓我現在睡意正濃，腦子不聽使喚，待會兒還得跟二表哥報平安呢！想到就累，再聊了。"她掛上電話。

雖然結束談話，但腦子裏我還在想喬和沙麗的事，久久無法釋懷。

～

下午四點我打給艾米，她說喬正在洗澡，待會兒會到她房裏，我趕緊抓住機會問個究竟。

"爹地和沙麗吵架，幾乎每天都吵，爹地說沙麗不管我，沙麗說她的baby死了，她没心情管我。"艾米答。

果然如同賴音如所說，沙麗小產了。

我要艾米聽話，把該做的功課做好，別理會大人吵架。

“可是他們吵架的聲音很大聲，即使我摀住耳朵還是聽得見。”女兒抱怨。

這可不行，大人經常吵架會給孩子帶來陰影，我得跟喬好好談談。

“爹地來了，妳跟他說吧！”艾米把手機交給喬。

我要喬到書房講電話，那裏相對“安全”些，然後把意思傳達給他，希望他考慮一下艾米的感受。

“知道了。”

我又等了幾秒鐘，手機那端仍無一點兒聲響。

“那……我掛了。”

“貝貝，”他終於開口，“如果……如果我把離婚協議擬好，妳會簽嗎？”

“……會，我希望你幸福。”

喬反問我，爲什麼離婚對他而言是幸福的？

“因爲……因爲沙麗義無反顧地愛著你，不像我，讓你没有歸屬感。”

喬說我矯情，明明希望獲得自由身，好和林男走在一起，卻把自己形容成殉道者。

我答這是兩碼子事，何況林男現在有同居女友，情況變得比較複雜。

“呵！如果當初……妳也不致於走到這一步。”

我謝謝他的咀咒，最後不忘祝福他和重組家庭幸福美滿。

面對喬的嘲諷，原來我已能做到“也無風雨也無晴”，那麼旁人再多的誤會和流言又算得了什麼？

掛上手機，我走向琴房，打算吃晚飯前再多彈幾遍《土耳其進行曲》。

第三十六章/道德綁架

上完Miss Jones 的《Music Guide》，我信步走出教室。

"貝貝～"

聽到有人喚我，我轉頭過去。

Angela小跑步過來，笑得一臉燦爛："我等妳很久了，我們一起吃晚餐。"

她帶我到學校附近的TavolaItalian Dining意大利餐廳, 雖是近在咫尺，但我是新生，壓根兒沒來過這第56街道。

餐廳裝飾得非常典雅，不論是手繪壁畫、古樸地磚還是拱形穹頂都流露出濃郁的地中海風情。

侍者告訴我們如果是初次到來，可以試試經典菜式中的牛肉和海鮮。

"還是妳來點，我上高級餐廳的機會不多，對食物沒有特別的喜好，妳是客人，主隨客意。"她把決定權交給我。

由於經常和喬外食，吃遍山珍海味，我很懂得食物搭配，所以欣然接受這個"任務"。

大致翻完精緻的菜單後，餐前酒我點了以蘋果白蘭地爲基底的Calvados，口味辛辣，很適合意式餐點的開場；冷盤選擇了炸鮮魷魚仔配香草醬汁以及芝麻菜香梨沙拉配帕瑪森乾酪；主菜我替Angela選了細麵“天使頭髮”，自己的則是蘑菇意飯配鵝肝和甜酒汁；甜品要了無花果拿破侖及提拉米蘇。

“還是妳見過世面，我只屬於大排檔。”Angela又開始自嘲。

我告訴她大排檔也有好滋味，她說我是坐在米倉裏說話，偶爾吃幾次大排檔當然滋味美妙，若經常吃就不是好不好吃的問題，而是把自己的層次給降低了，說白了就是掉價。

不知道爲什麼，和Angela說話很吃力，我們說不到一塊兒去，總覺得她憤世嫉俗，甚至有些恨我，除了林男的原因外，還有別的什麼，也許是我的好運氣，也或許是我的起點高。

“妳也可以選擇不掉價，聽說妳廚藝了得，天天開伙就不用上大排檔了。”我吃著鵝肝，慢慢地答。

Angela說她的確能做一手好菜，也很會收納，錢都用在刀口上，自認爲具備一切“好太太”的基本條件，可是我一來，什麼都不對了，菜嫌不夠味，衣服嫌沒燙出直線，晚上根本不蹴她，這樣的日子她不知道還能忍受多久？

我終於知道這場鴻門宴的用意何在，頓然失了胃口。

“我和林男很早以前就認識，並不是因爲他在紐約，我才到這裏學習，而是六年前我就已考上ZL音樂學院，因爲家庭原因，直至今年才入學。”我耐著性子解釋。

“我知道，”她低頭吃意麵，吃得很慢，細嚼慢嚥，“妳的故事我都能倒背如流。林男和我在一起，大部份時間都在談妳，簡直把我當成告解的神父。”

“我只能說妳太偉大，偉大到成了聖人，我猜想這世界上沒幾個人能忍受這種待遇。”

Angela答她一點兒也不偉大，相反的，正因爲她的渺小，只要林男一擊掌，她便會聽話地來到他跟前，任憑他處置……

我說人得先愛自己才能愛別人，這是亙古不變的道理。

"妳有顏、有才又有資源，當然夠底氣說這樣的話。我長得一般又没才氣，家世背景更拿不出手，像我這樣的女孩多了去，注定不是孤獨一生就是隨便找個水電工或貨車司機下嫁，而我不願這樣庸俗地過一輩子。不瞞妳說，林男是我的理想型，再怎麼委屈，我也要待在他身邊。"

這是爲了宣誓主權還是下戰書？我實在猜想不到她約我吃飯的目的，遂開門見山地要求她明說。

"別誤會，貝貝。我來是求妳和林男在一起，他已經三天不進食，兩週後有全美巡迴演奏會，我怕會影響演出。"

這是怎麼回事？林男鬧絕食？

Angela答因爲我不接聽他的電話，在校園內他又很難蹤見我，以致心情鬱悶，把氣都發在她身上，認爲就是因爲她死皮賴臉地待在別墅裏，讓我望而卻步的緣故。接著她求我搬過去同住，林男一天看不到我，渾身都不對勁，更別提現在想餓死自己……

我很迷惑，Angela才描述完林男對她的不凡意義，這廂卻將我往林男的懷裏送，這合邏輯嗎？

她答不是合邏輯的愛情才叫愛，林男若要她當小，她也願意，只要我不反對。

這更可笑了，我現在連正宫都談不上，有什麼資格同意林男納妾？何况我還没開放到不介意"三人行"。

Angela很失望，她原先的構想是別墅有三間房，林男和我住一間，她單獨住一間，另一間當書房。既然我不同意"三人行"，她只好收拾行囊……

"別搬，"我想起林男給她的微薄薪資，"讓我跟林男談談。"

～

Angela載我回別墅，隨即藉口拿林男的演出服，匆忙開車走了，想來是不願介入我和林男的談話之中。

拿著Angela給的鑰匙，我很輕易便打開黑櫸木大門。

林男並不在客廳內，那架白色三角琴顯得孤單。我轉開主臥室的門把，他背對我躺著，床頭櫃上的黃色小燈正亮著。

“滾，不想見到妳。”他說。

“你的壞脾氣什麼時候能改一改？也只有Angela受得住。”

聽見我的聲音，林男馬上坐起，開心地說：“妳來了。”

我坐下來開始說教，針對他的絕食舉動以及對Angela嚴苛到不近人情的態度。

林男說不是他殘忍，而是Angela讓人無法忍受，如果早知道她是這樣的人，打死他也不願和她有一點兒干係。

“什麼意思？”

“她比我媽更像媽，管我可嚴了。我越趕她走，她越粘上來，不管冷嘲熱諷還是拳頭相向，她就只會哀兵這一招，讓我覺得自己是壞人，而她是逆來順受的受氣包。”

我不是當事人，無法判斷誰對誰錯。

“對了，妳為什麼會突然來到，還知道我絕食，是不是Angela說了什麼？”

我告訴他，今晚我和Angela共進晚餐。

“就知道她找救兵去了，没用的，這次我是鐵了心要她搬，她不搬，我搬！”

“你給的那點兒薪水讓她搬哪兒去？”

“難不成妳要我加她薪水？”他瞪大眼睛，難以置信。

“回答我，如果我没來紐約，結果會不會不同？”

林男猶豫了，而我心如明鏡。

原來若不是因爲我，他依舊會吃她煮的菜、穿她燙的衣服，然後夜晚要她……

“讓她留下來吧！看在她勞苦功高的份上。”我感慨。

林男答讓她留下來可以，但我必須搬來和他同住，這是條件。他再也受不了和我兩地分離的痛苦，看不到我，他彈琴沒了熱情。

“兩女一男同居一屋？這成何體統？”我堅決反對。

“要不，花園裏有間工具室，把它騰出來再加蓋衛浴即可，不在同一個屋檐下就不會落人口實。”

怎能讓Angela睡工具室？這太不人道了。

正當我們爭得面紅耳赤時，Angela進屋了，一聽說林男的計劃，她忙不疊點頭。

“一切還和從前一樣，我煮三餐、打掃衛生、幫林男接洽演奏會及其他事宜，做一個助理該做的所有事。貝貝，”她面向我，“妳就安心住下來，我不會打擾妳和林男的生活。”

我還是覺得不妥，既然Angela願意搬到工具室，這給予林男更大的生活空間和自由，我就沒必要搬過來，住宿舍挺好的……

“妳還不明白嗎？看不到妳，我痛苦得無法彈琴，妳是我靈感的泉源。”林男說。

我還在猶豫，Angela突然噗的一聲跪倒在我面前：“請妳搬過來，我代林男懇求。”

這不是道德綁架嗎？我趕忙拉她起身，Angela死活不肯，她說除非我答應，否則她要長跪不起。

可氣的是我竟然同意了，因爲無意間看到林男失望的表情，那個表情六年前也曾出現過，當我告訴他自己懷孕了，不得不嫁給喬⋯⋯

"太好了，"Angela跳了起來，"擇日不如撞日，我現在就載妳回宿舍打包。"

就這樣，我莫名其妙地被趕鴨子上架，當晚搬進了林男的別墅。

第三十七章/陰陽怪氣的ANGELA

Angela幫我將行李搬進屋，隨即泡了咖啡，好讓我和林男能坐在客廳邊喝邊聊，自己卻像一陣風似地躲進廚房裏，沒兩下工夫就炒好兩盤麵。

"林男已經餓很久了，時間匆忙，我煮了肉絲炒麵，你們吃點兒。"她說。

林男是該吃東西，但Angela忘了我和她今晚才吃過大餐，現在肚子飽到不行。

"吃，Angela的廚藝很不錯。"林男邊吃邊說。

我拿起筷子，無聊地撥弄眼前的麵條，看林男吃得津津有味，加上撲鼻的香味，我忍不住吃上一口，天哪！這是我吃過最好吃的炒麵。麵條是一般的烏冬麵，肉絲是一般的里肌肉，青菜是一般的青江菜，Angela就是有辦法將普通食材化爲神奇，而且是在喝一杯咖啡的時間內完成，真是了得。

我正想當面讚美廚師，她拉著大號紅色行李箱從主臥室走出來。

“我把我的東西都帶走了，貝貝，妳可以將妳的東西歸位。”Angela 對我說。

這怎麼成？已近午夜，工具室裏連張床也没有，遑論衛浴還未加蓋，這多不方便！

“今晚妳就住客房吧！等一切就緒再搬出去。”我提議。

Angela將目光投向男主人，希望他表個態，孰料林男卻閃躲開，低頭專心吃麵。

“不了，像我這種出身的人什麼環境適應不了？別管我，你們繼續吃麵吧！”

“Angela～”我輕喚她，她彷彿聽不見，開門走了。

我掀開窗簾，工具室亮著，昏黃的燈光更顯凄涼。

“貝貝～”林男從後環抱我，“很晚了，該睡了。”

相較於林男的無關痛癢，我擔心Angela 連床被子也没有，她要怎麼睡？

林男答那不是我們的問題，是她自己願意去的，没人強迫她。

但我還是“強迫”林男給Angela 送去一床被褥。

隔天一早，我匆忙梳洗完畢，想趕9:00的樂理課。

林男從床上坐起：“今天早上我没課，妳等我一下，我載妳去學校。”

“没事，”我拿起包，“你繼續睡。”

走出房間，我看見Angela圍著圍裙從廚房走出來，手裏拿著一碟煎好的荷包蛋。

"早，貝貝，早餐準備好了。"她說。

"早，"我在找鞋，"我不吃早餐，快遲到了。"

Angela轉身又回到廚房。

"貝貝，"林男從房間衝出來，頭髮有些凌亂，"說了等我一下，妳現在乖乖去吃早餐，開車到學校只要20分鐘。"

此時Angela再次從廚房走出來，手裏拿著一個包好的三明治，轉頭對林男說："你待在家裏，我載貝貝去學校，她可以在車上吃。"

停頓了一下，她像想起什麼似的："男，鍋裏有粥，小心燙！"

其實真的不需要這麼勞師動衆，出門五十米就有公交站牌，很方便的。

我再次拒絕，Angela拿上車鑰匙，小聲對我說："咱們別爲難林男，嗯？"

～

"咱們別爲難林男"是什麼意思？一個早上我都在思索這個問題。

不僅如此，在載我去學校的路上，Angela重新提起兩週後林男有巡迴演奏會，他需要穩定的情緒才能有好的發揮……

"林男需要什麼，咱們就給什麼，不能扼殺了天才。"她進一步說。

這又是什麼意思？

顯然Angela將我拉到同一陣營，我們的存在是爲了成就才華洋溢的鋼琴家。在我看來，這種"燃燒自己，照亮別人"的思維根本是Mission Impossible.

雖然我愛林男，但我不願做他背後的女人，我有我自己的精彩。

和Angela話不投機，我快快地打開三明治外包紙，想在上課前草草解決早餐問題。沒料到車子突然緊急剎車，三明治就這麼滾落到座位底下……

"看來三明治不太合妳胃口。"Angela說。

如果我沒意會錯，她嘴角的微笑是帶有那麼一點兒勝利的味道。

～

"怎麼了？像吃了大便。"

我上完樂理課走出教室，何一凡又陰魂不散地粘上來，而且滿嘴"髒"話。

"沒吃大便，正確地說，一個早上什麼也沒吃。"

何一凡說他沒想到我那麼快就失寵了，連富商也不包養我，以致連早餐也吃不起……

"你說的沒錯，靠山山會倒，靠人人會跑，我現在得自食其力了。"

"既然要自食其力，何不考慮我提過的拍照機會？時薪200美元，況且攝像師妳也見過。"

"該不會是那個滿臉落腮鬍的人吧？！"

何一凡聽了很高興，他說我猜對了，就是張三。

我搖搖頭，話懶得說一句。

"貝貝，原來妳在這裏。"林男走了過來，刻意看了何一凡一眼，後者很識相地走開。

看何一凡走遠，我問林男怎麼來了？

"想買輛車送妳，這樣上下學方便些。牌子、款式、顏色都由妳挑，如果沒課，現在就可以上車行轉轉。"

我告訴他買車錢我有，他現在該解決的是Angela的住房問題，床、寢具、還有衛浴設備是必需的……

"不用妳提醒，我已經這麼做了，"他再次問我，"妳確定不要Angela搬走？"

想起Angela今天早上的表現，雖然讓人心寒，但我還是在柔弱面前低頭。

林男說的没錯，如果我有一輛車，上下學、購物什麼的，都會方便許多。

趁著沒課，我獨自一人上車行，走了一圈，停在一輛小車前。

售車員說我好運氣，這是前面一位顧客訂下的，收車時抱怨顏色不對給退了，如果我喜歡，八折賣給我。

我看著眼前這輛藍綠色小車，雖然顏色不是我最喜歡的粉紅色，但也差強人意，何況公里數爲。，代表是新車，既能馬上開走又打了折扣，爲什麼不呢？

我刷了喬給的信用卡副卡買下Mini, 没辦法，我還是喜歡開好車。其他牌子的太招搖，只有Mini相對低調些，雖然它的價錢比起大車有過之而無不及。

我開車回林男的別墅，恰巧踫上Angela購物回來，後車廂打開著，裏面有好幾袋日用品及食物。

"貝貝，這是......妳的車？"她問。

我答是。

她眼睛盯住Mini, 若有所思："林男對妳真好。"

噢！不，她誤會了。我正想告訴她這不是林男買的車，但是......

"不用解釋，優勝劣敗，林男喜歡妳沒錯，妳的確比我優秀。"

她悶著頭把車子裏的東西全搬進屋裏，連我想幫忙也被冠冕堂皇的理由給回絕了。

"好好保護妳的雙手，妳是拉琴的，手很重要，萬一受傷了，林男不怨死我？。"她說。

這是怎麼回事？連這麼點兒小事，她也能編派出一堆是非來？

想到未來的日子都得和陰陽怪氣的Angela打交道，我頓時像朵枯萎的花，沒了生息......

第三十八章/回不去了

上完上午的課，下一堂課是四個小時以後，我想也許可以回家煮碗拉麵吃，於是開上Mini。

回到家，林男和Angela正在吃午餐，我放下包到廚房煮水。

"怎麼，還沒吃？"林男關心地問。

"嗯! 忽然想吃韓國泡麵加蛋。"

林男說那多沒營養，我應該吃均衡的食物。

"偶爾吃吃不礙事。"我笑說。

沒想到他轉頭要Angela幫我煮麵，說貝貝哪會煮？天生五穀不分。

Angela聽了怔了一下，隨即帶笑說："當然是我煮，我天生勞碌命。"

她走了過來，我答不用了，她說一定要，又說我的水放多了，得放掉一些，於是在我沒料到的情況下，她拿起鍋子往後退，而我的手卻往前想倒掉一些鍋中水，就這麼湊巧地蹬到一塊兒，我忍不住哀叫一聲。

林男立馬衝過來，將我的手放在水龍頭下沖水，然後轉身對Angela咆哮：" 看妳幹的好事！"

Angela滿臉委屈地衝出屋外。

" 男，這是意外，你知道的。"

" 音樂人的手很重要，她應該更小心點兒才是。"他答。

我起床走到窗口，陽光正好，院裏的草坪綠油油的，讓人心情舒暢。

沒多久，我看見Angela從工具室裏走出來，樣子有些鬼鬼祟祟。她左右看了一下，又往主臥室的方向望，我趕緊躲到窗簾後，等我再把頭探出去，剛好看到她把什麼東西倒進游泳池裏。

" 怎麼了？貝貝。"林男從浴室走出來。

" 沒什麼。"我離開窗口。

從明天起，林男將開始做爲期一個月的全美巡迴演出。身爲助理，Angela當然如影隨行，一個早上都能見到她邊哼歌邊做家務。

林男吃完早餐就在客廳裏練琴，我沒打擾他，拿上Lauren Groff 寫的小說到花園看。沒錯，就是用何一凡硬塞給我的代金券買來的。

《FATES AND FURIES》是今年的熱銷小說，內容從丈夫和妻子的角度各書寫一段"金玉其表、敗絮其中"的婚姻，當真相揭開的那一煞那，真令人觸目驚心……

闔上書，我不禁想著：故事難道說的是我和林男？

我們相識在少年懵懂的青蔥歲月，有一段"純純之愛"，後來我雖然嫁給了喬，但心裏一直有個位置留給他。再後來，我的婚姻出現問題，隻身離開倫敦來到紐約，以為從此可以和初戀情人在一起，但是……林男變了，他變得刻薄且喜怒無常，大概成名過早的關係，大家追捧他，造成他"恃寵而驕"的性格。

我和他的關係不一般，他還不至於衝著我發脾氣，饒是如此，有幾次他幾乎要失控，只是在最後一秒鐘踩剎車，維持了表面的和諧。

張愛玲曾說"人生是一襲華麗的袍子,上面爬滿了虱子"，說的一點兒也沒錯。

我和林男雖然擁有許多共同的回憶，那些甜美的時光也的確支撐著我走到現在，再看如今，那個被粉絲寵壞，變得毫無耐心和同情心的男人真的是林男嗎？還是一個長得像林男的男人？

"貝貝，今天下午我和林男上飛機，家就交給妳了。"Angela打斷我的臆想。

眼前的她一身園丁打扮，頭上戴了一頂寬邊大草帽，腰上繫著用帆布做的圍裙，腳踩黑色膠底鞋，右手拿著鬆土的鏟子，左手提著一隻紅色水桶。

面對她的委以重任，我當然無條件接受。

"噢！順便一提，今天早上我已經幫泳池加了消毒粉，妳若想游泳，可以安心使用。"

原來今晨Angela給游泳池加的是消毒粉，我微笑道謝。

～

林男和ANGELA走後，諾大的房子只剩下我一人，我突然感到寂寞。

“對了，”我靈機一動，“何不做法國土司當晚餐，順便打發寂寞？”

於是我推開門，想到附近印度人開的便利商店買我要的牛奶、土司和雞蛋，這才發現外面已下起雨來，正想回屋拿把傘時，我看見何一凡了。

他穿著白T恤加牛仔褲，全身濕透。我趕緊拿了傘跑過去。

“你怎麼來了？”

“想來看妳，另外有要務在身。”

要務？什麼要務？

我打了蛋、加上牛奶和糖，然後把切片麵包浸在裏面。

平底鍋被我抹上黃油加熱，等到黃油融化後，再把浸好的麵包煎到兩面金黃便大功告成。

“沒想到妳還會這一招，恭喜妳不會餓死了。”何一凡吃著我做的法國土司，嘴裏卻不饒人。

“即使不會這一招，我也不至於餓死，再不濟還能上街拉小提琴賣藝。”我答。

講到小提琴，何一凡趕緊把嘴巴裏的土司咀嚼完畢，然後搶著說：“張三願意提高時薪到一小時250美元，只要妳願意當他的模特兒。”

我看過很執著的人，但沒看過這麼執著的。

“我不是明顯拒絕過嗎？”

“沒辦法，張三說他小時候看過一幅油畫，從此深印在腦子裏，想著有朝一日一定要把畫中的影像拍出來。他面試過很多人，都不是他兒時的記憶，直到遇見妳……”

聽他這麼一說，勾起我的好奇心，到底是什麼樣的畫讓張三久久不能忘懷？

"他說⋯⋯"何一凡皺起眉頭，似乎在回憶張三說過的話，"那是一幅少女的油畫，整個畫面很夢幻。她穿著粉紅色的芭蕾舞裙，手上拿著一把小提琴，赤腳婆娑起舞⋯⋯"

聽完，我的心喀噔了一下，那不是喬一直念念不忘的畫嗎？他甚至把畫掛在辦公室裏。

"怎麼樣？答應吧！張三說要不是妳的側臉很像畫中人，他不會一而再，再而三地請求，連帶我也不好受，吃人的嘴軟，他已經請我吃了五回重慶火鍋了。"

我把髒了的杯盤放進水槽，再把抹布弄濕拿來擦桌子。

"好，我答應。"我邊擦邊說。

其實我也不清楚自己爲什麼要答應，也許那幅畫一直是我喉嚨裏的一根刺，唯獨面對它，我才能得到解脫。

何一凡有些意外，他以爲我又會找藉口拒絕。

"這樣你就不會再來煩我了。"我輕描淡寫。

此時的他有些吞吞吐吐，我知道還有事。

"請理解接下來的談話是站在妳的角度說，不是爲了偏袒我表姐。"

"Go ahead."

他說我何苦把自己逼入一個死胡同？家裏有老公和孩子，卻跟一個性情乖張的人攪在一起，偏偏這個怪人旁邊還跟著一個有受虐傾向的女人，我是身陷在暴風眼中而不自知⋯⋯

說得太好了，人有時連自己也無法了解，我不是不想跳出來，只是如同陷入泥沼中，越陷只會越深⋯⋯

"如果妳真的有心離開這場風暴，何不趁著林男離家的這個月做出抉擇？即使搬家也無人阻擋妳。"

他的這番話算是給這幾天的陰霾帶來一線陽光。

“ 我的確該做點兒什麼，因爲林男和我已越走越遠，回不去了。”

“ 那好，有事找我，我兩肋插刀在所不辭。”

我微笑，慶幸自己終於在形色匆匆的紐約交上一個真心的朋友……

第三十九章/顫抖

我依約來到張三的工作室，它位於倫敦的唐人街，即威斯敏斯特市的蘇活區。

前台小妹請我稍候片刻，因爲張師傅正在幫一對新人拍照，估計快拍完了。

趁著等待的當口，我把牆上的照片和得獎證書都流覽一遍，發現張三的頭銜還真多，譬如中國攝影協會資深會員、倫敦美學學會研究員、英國攝影俱樂部指導員……等等。這些頭銜對事業推廣也許有幫助，但對藝術本身毫無意義，任誰都知道，美院博士的畫作不見得比一個目不識丁的人畫得好。

由於掛在牆上的照片商業氣息太重，我難以判斷張三是藝術家還是匠人，希望他別把我拍得太庸俗才好。

沒多久，一對男女走了出來，臉上都帶著氣。

"新娘禮服就只穿那麼一次，沒必要訂做，二手的不也挺好？"男的說。

"既然這麼小氣幹嘛結婚？我又不是二手新娘！"女的氣呼呼地答。

對了，張三的店還做禮服租賃生意。

"妳來了，柯小姐。"張三從裏間走出來。

我向他道了聲Hi，他一句廢話也無，直接帶我上更衣室。

"妳把這件衣服穿上。"他遞給我一件細肩帶粉紅色芭蕾舞長裙，腰間有紫色腰帶，和那幅油畫裏的服裝非常近似。

穿好後，他遞給我一把小提琴，一看就知道是便宜貨，不過當道具還行。

" 請赤腳拿著小提琴跳舞，動作不需要大，慢三步會嗎？"他說。

張三不知道我看過那幅畫，根本不需要他指導。

" 我現在的髮型對嗎？"我問，其實是提醒他－我的髮型不對。

那幅畫中人挽了一個髮髻在腦後，臉側的髮很凌亂，有種頹廢的美感。

" 這個嘛～"張三似在回憶，" 我讓助理幫妳紮個辮子吧！"

我告訴他不是辮子，而是黑色發髻，然後留些碎髮在臉頰兩側，別紮太緊。

他有些錯愕，不太確定我說的髮型是否和他腦中的印象相吻合。

" 隨便你，我只是認爲跳芭蕾舞的女孩應該會有那樣的髮型。"我說。

張三思考了一下，還是決定按照我說的做，他喚來助理幫我挽髮。

挽好了頭髮，我從假飾品當中選了一對金色環形耳環，面對鏡中人，總算有點兒"似曾相似"的感覺。

準備妥當後，我走向攝影區，張三正在調燈光，看見我來，他像觸了電似地看直了眼。

"妳……妳真像畫中人。"他感嘆。

雖然看過原畫，但想把感覺找回來還是花了我一些時間。

我赤腳踩著舞步，讓左側肩帶往下滑，雙手提著小提琴的琴頭，側面往下看45度……

"卡！"張三喊。

他回看拍過的照片，欣喜之情溢於言表："太棒了！這就是我要的效果，簡直和兒時的印象一模一樣。"

我莞爾一笑。

張三把250美元交給我，說："原以爲會大出血，沒想到一個小時就拍完，省了不少底片。"

我收下錢，問他拍照做什麼用？

"'倫敦城市音樂節'對外徵求海報，必須跟音樂扯上一點兒關係。我想起小時候看過的油畫，畫中人手裏拿著一把小提琴，這總跟音樂扯上關係吧？！於是我打算將畫拍成硬照後做成海報參加比賽，這是個成名的好機會。"他解釋。

原來如此。

我想起林男曾說過，這次的"倫敦城市音樂節"邀請他做壓軸演出，既然他答應了，代表這個音樂節大有來頭，否則高傲的林男是不會參加的。

"那好，祝你旗開得勝！"我祝願。

張三答但願一切如我金口，還說照片洗出來後會送我一張。

~

已是秋末，但秋老虎的威力還是不容小覷，我把家裏的空調全開足，總算沒有大汗淋漓。

"嘟……嘟嘟……"是林男打來的。

他問我一個人在家可好？有沒有按時吃飯？他現在在邁阿密，天氣熱得要命。

"紐約也很熱，都十月底了，難道這是地球的暖化現象？"我問。

林男答他不清楚，如果我覺得熱，到泳池泡一泡也許會好些。

他又和我聊了些家常才說拜。

掛上手機，我走向落地窗，泳池藍色的水正向我招手。

~

換上Speedo的粉紅色泳裝，我走向泳池。

躺椅上放著我的白色浴巾，飲料則被放進冰桶裏。

做完暖身運動，我正想噗通一聲下水，恰巧看見一隻綠色蜥蜴正在泳池旁邊爬步。

童心一起，我躡手躡腳地走過去，想和它打聲招呼，誰知它受到驚嚇，一躍跳進泳池裏。

哎！這下子得跟蜥蜴一起游泳了。

我懊惱著，然而……等等，那是什麼？

水中的蜥蜴竟然變色了？我聽說蜥蜴在逃避天敵的侵犯或接近獵物時會迅速改變身體的顏色，藉以融入周圍的環境之中，但……它爲什麼會呈橘紅色？這和周圍的顏色完全不搭嘎。

我湊前看個仔細，蜥蜴不僅變了色，表皮還焦掉。我拿起撈網去撈蜥蜴，上岸後它一動也不動地躺在陽光下，和幾分鐘前的活潑樣貌完全不同。

再看手中的網子，原本白色的棉線，部份已成了黑色，這是怎麼回事？

放下網子，我把躺椅上的浴巾扔進水裏，不一會兒，浴巾竟成了熊貓身上的毛色，黑的黑，白的白。

即使再蠢的人也看得出這水有問題，我一通電話打給泳池專業清潔公司。

" ARE YOU SURE YOU DON'T WANT TO CALL THE POLICE? "泳池清潔員問我。

我告訴他不需要通知警察，也許是我心不在焉，錯把濃硫酸當成消毒粉了。

清潔員狐疑地看著我，也許心裏想著液體和固體怎麼會搞錯？但我管不了那麼多，請他將水放掉，徹底清洗泳池後再放入乾淨的水。

他嘟囔了幾句，我塞給他50美元當小費，他這才心甘情願地工作起來。

趁著清潔員在清洗泳池，我回到屋內關緊房門，然後躲進被窩裏發抖，不住地抖著、抖著……

第四十章/不速之客

我連夜搬回學校宿舍，並且如驚弓之鳥般地過了兩天。

"貝貝～"

聽到有人喊我，我嚇了一跳。

"怎麼了？一副看到鬼的模樣。"何一凡小跑步過來。

我答沒什麼。

何一凡遞過來一份《The New York Times》，說："妳的高傲王子這次倒大霉了，樂評說他江郎才盡、黔驢技窮了。"

聽他這麼一說，我趕緊翻開報紙的文藝版，果然差評如潮，偶有一篇中立點兒的言論，對林男的讚美也很含蓄。

怎麼會這樣？林男一直戰戰兢兢、如履薄冰地對待他的音樂事業……

我忽然想起每天都要和我說說話的他，已經兩天沒打電話給我了，肯定是受輿論的影響，我趕緊拿出手機。

"妳想幹嘛？"何一凡問。

我說打給林男，他馬上阻止：「林男現在在飛機上，打了也沒用，他的下一站是西雅圖。」

原來即使芝加哥的演出失利，既定的演奏還是要履行。

「Angela有沒有說林男為什麼會失常？」

「為什麼？這只能問當事人。對了，待會兒妳上哪兒？」

我答回宿舍，他很訝異我的動作這麼快，說搬就搬。

「動作快？呵！我是不得已而為之。」

「什麼意思？」他問。

何一凡和我在學校附近的咖啡廳喝咖啡，他點了摩卡，我要了拿鐵。下午三點，只有兩桌客人，另一桌是個老奶奶，有點兒耳背，服務員問了她好幾次，她才答要起司蛋糕加一壺茶。

至於服務員，一個是中東裔，另一個是韓國人臉孔，也就是說，我與何一凡的談話會非常「安全」，不會有第三個人知道。

於是我告訴他，自己差點兒被毀容，他聽了，表情很複雜。

「我知道對你而言，這件事很匪疑所思，但是我真的看見Angela把什麼東西倒進游泳池裏。」

「別誤會，我不是不相信妳，而是我以為表姐不會再重蹈覆轍，沒想到……」

「怎麼回事？」

他看著我好一會兒，終於決定全盤托出。原來Angela曾和前雇主，也就是書店的老闆不清不楚，被老闆娘知道後，鬧了很長一段時間，後來老闆選擇回歸家庭。沒多久，那對夫妻就在上班途中莫名其妙地開車撞上前面的油罐車，當場爆炸起火，人也一命嗚呼。書店易主後，新老闆是個精明的猶太人，操起員工來從不手軟，Angela受不了，工作不到一個禮拜就辭職了。

"這就是她來紐約之前的故事？那麼那場車禍……"

"妳是不是懷疑車禍有蹊蹺？"

我點頭，他答車子的刹車的確出了問題。

"刹車怎麼會出問題？這實在太奇怪了。"

"奇怪歸奇怪，這件事已成了無頭公案，因為車子被燒得面目全非，什麼指紋也採集不到……"

又是另一個驚嚇來自Angela，我的腦筋一片空白。

"呵！本來一心想保護表姐，現在看來應該受保護的是妳，"何一凡苦笑，"還好妳搬出來了，算是遠離災難。"

我是遠離了災難，但林男呢？他豈不是和隨時會引爆的炸彈共處一個屋檐下？不行，我得搬回去。

"妳要搬回去？"他驚呼，"我有沒有聽錯？"

"你沒聽錯，我打算在林男身邊守護他！"

何一凡無奈地捶打自己的腦袋，似乎這個決定不在他的理解範圍內。

說要打電話給林男，但因忙著"搬家"，糊里糊塗把這件事給忘了。

"嘟……嘟嘟……"

我剛把小提琴拿進屋裏，林男的電話就打來，他問我在忙什麼？我答剛到家，沒忙什麼。

他說他剛抵達西雅圖，那裏的天氣溫和，空氣十分濕潤，天空藍得像寶石，草地綠得像翡翠，還有還有，及時雨來得快去得也快，短短兩小時就下了兩回……

林男像是故意表現好心情的樣子。

我問他演奏會的時間，他答今、明兩晚各有一場，在Benaroya音樂廳。

"別管別人說什麼，好好準備接下來的演出就行。"

林男聽出我的話中話，他要我挑明了說，我只好把報紙的樂評拿來說事，安慰他偶爾的失誤在所難免，況且藝術的東西沒有一個標準，不能一言以蔽之。

"芝加哥那一場我的確不在狀態內，樂評人沒說錯。"

我問詳情，他選擇守口如瓶，只說接下來的演出會努力保持應有的水準，不讓樂迷失望。

我們又聊了些別的才匆匆道別，因為Angela提醒他該上演奏廳排練了。

一掛上手機，所有的煩心事排山倒海而來。林男不在身邊，我愛莫能助；學校的課業重，壓得我喘不過氣來，加上又回到這棟詭異的屋子裏……

"嘟……嘟嘟……"手機又響，肯定又是林男。

我喂了一聲，手機那端竟是久不見面的賴音如。

"我失戀了，"她嘆了一口氣，"這次是辦公室戀情，我沒辦法每天面對他還能無動於衷，簡直分分鐘要人命。"

這應該是賴音如的第二次失戀。

"有了上一次的經驗，這一次應該駕輕就熟了，不是嗎？"我問。

"妳是站著說話不腰疼，誰會對失戀駕輕就熟？又不是花癡！"

我邊承認失言邊轉頭看牆上的鐘，時候不早了，我得趕緊掛，因爲二十分鐘後有大師課。

"等等，貝貝，"她阻止我掛機，"八個小時後能不能來接我？"

"接妳？"

"嗯！我跟大表哥請了一個月的失戀假，沒地方去，只能找妳，我還沒去過紐約呢！"她答。

第四十一章/過河拆橋

清晨五點，我打著大哈欠到肯尼迪機場接賴音如。屏幕上顯示飛機已著地，但我等了近兩個小時還不見她出來，不禁心浮氣躁。

"貝貝～"一個頭頂金黃色瑪麗蓮夢露髮型的東方人向我奔來，"等很久了吧？誰讓海關人員大姨媽來了，把我的行李全翻出來找違禁品，害我成了最後一個出關的人。"

我盯著眼前這位"似曾相識"的女人好一會兒，她戴著銀色環形大耳環，眼影是螢光藍，唇色是黑紫色，胸前有一大串非洲彩石項鏈，手腕套了好幾圈金屬物，身著野獸派风衣，腳踩紅色恨天高，叫人一時目不暇給，不知該把眼光放在哪裏。

"我要是海關人員，我的大姨媽也會來。"我冷冷地說。

賴音如推了我一把，問我什麼時候變幽默了？

上了車，這個俄羅斯套娃開口了："妳換開 Mini 了？沙麗也換車，她開銀色 Koenigsegg。"

賴音如提起沙麗，讓我心情鬱悶，但她一點兒也没察覺，仍自顧自地說話。

"大表哥和沙麗現在是相敬如冰，冰塊的冰，能不說話就不說話……某次開會，大表哥抨擊銷售部業績不理想，然後沙麗不淡定了，她說是公司的掌舵人偏離了航道，卻要前線衝鋒陷陣的士兵送死，這是極其不負責任的誣陷，然後的然後，整個開會現場成了他們小倆口互相指責的平台，好個家醜外揚！"

賴音如以"小倆口"稱呼喬和沙麗，聽起來很刺耳。

她吧啦吧啦地繼續說，話鋒一轉，突然站到沙麗那一邊："哎！其實也不能全怪她，好好一個大閨女，卻只撈到一個同居人的身份，對驕傲的她而言，不啻是一大打擊。"

原來沙麗私下向她抱怨喬和我言而無信，說好的離婚，前者一直不肯提出，後者也假裝無事，她是被徹底忽悠了……

其實我也很納悶，喬口口聲聲說要和我離婚，卻遲遲沒有採取行動。我是被動方，他不出拳，我如何投降？

"說穿了，大表哥還愛著妳，當初是鬼迷心竅，加上沙麗懷孕的壓力，讓他一時衝動接納了她，現在冷靜下來，想結婚的念頭就沒那麼強烈了。"

聽到喬還眷顧我，我的心五味雜陳。

"艾米好嗎？"我轉話題。

不知何時，艾米學會了報喜不報憂：學校功課都得A，老師對她很好，同學也對她很好，家裏很溫暖，爹地關心她，沙麗也關心她……

"我很久沒見艾米了，聽翠西說，有一次艾米發高燒，不巧大表哥到東歐出差，沙麗也回日本探望父母，艾米就這樣燒了兩天，身邊一個親人也沒有。"

聽說我的寶貝受那麼大的苦，我當場落淚。

"別哭了，妳若想她，我的失戀假一過就跟我回英國吧！那時是聖誕假期，妳有大把時間。"

我收起眼淚，没錯，等學校一放假，我就飛回英國看我的小心肝。

～

賴音如很訝異我已經跟林男同居了，她以爲我來美國是爲了學習。

"的確是爲了學習，我也付了學校的住宿費，只是後來計劃趕不上變化。"

我順便告訴她Angela的存在，她吐了吐舌頭，說我們真前衛，能在這麼複雜的三角關係中生存下來。

"情非得已呀！"

" 也就是說，妳現在是皇后娘娘，Angela被貶爲宮女 ？"賴音如問。

說得一針見血，我無奈點頭。

" 然後這個宮女現在正和皇帝視察民情 ？"她又問。

我還是只能點頭。

" 妳就不怕他們藉機偷食 ？"她再問。

這次我搖頭了。

我說自從我來了之後，他們兩人的關係已經變回雇傭關係，林男還一度想炒了 Angela，所以我相信那兩人不會上床。

賴音如笑說天下没有絕對的事，當初她男友不也把前女友罵得狗血淋頭，讓她以爲就算全世界的女人都死光，他也不會跟這個小賤貨有一丁點兒瓜葛，誰知道小賤貨一回頭，他們就在床上和解了......

～

我幫賴音如把行李搬進客房裏，告訴她冰箱裏有牛奶、雞蛋和果汁，櫃子裏有麥片和餅乾，她自己看著辦，我得上課去了。

"今天幾點回來？"她衝出大門問。

我邊答午餐時間邊跳上Mini，快速往學校方向駛去。

上完上午的課，我特意繞回家載賴音如去吃飯。

"我想吃牛排，也想吃烤肉，海鮮也可以，再不然廣式點心也成。"賴音如替自己在紐約的第一餐畫下美麗的藍圖。

"很抱歉，下午我還有課，現在只能吃三明治裹腹。"

賴音如哀嘆聲連連，說她命苦。我沒空理她，將駕駛盤一轉，停在 Katz's Delicatessen前。

這家看似大衆食堂的簡食店，最出名的要數他家的熏牛肉三明治。牛肉用鹽水滷過，再以辛香料熏過，麵包可選粗麥或芝麻的，醬料有拿坡里紅醬、芝士醬或美乃滋。

"哇噻！隨隨便便一家三明治店就能做出這等美味，看來紐約還是值得期待的。"賴音如咬了一大口三明治，心滿意足地說。

我正想告訴她，這不是"隨隨便便"的店，正確地說，它是三明治界的愛馬仕時……

"哇噻！隨隨便便走進一家店，就能看到宇宙無敵大帥哥！"賴音如又驚嘆。

我循著她的視線往後看，排隊的人群很多，我不知道她指的是哪一位？

"貝貝～"何一凡剛拿到三明治，一轉頭看見我，好像溺水的人找到了浮板。

賴音如趕緊把口中的食物嚥下肚，又拿餐巾紙擦拭嘴角的麵包屑。

"還好看見妳，不然我又得站著吃。"何一凡把托盤放下，毫不客氣地與我們拼桌。

我問他點了什麼？他答"本日特選"，是用嘴豆泥、素炸丸子、中東麻醬、捲心菜及以色列沙拉（黃瓜、番茄、洋蔥、薄荷、蒜）等混合而成。

"我不知道你吃素。"我說。

何一凡答他從上禮拜開始吃素，因爲這是一種健康的生活方式，也算是修行。時間久了，即使不唸經咒，也能改變壞脾氣、增長善心、化解霉運，所以如果想改變自己的命運就得從吃素做起……

賴音如聽了噗嗤一笑。

"Excuse me."何一凡很不高興。

"對不起，沒忍住，"賴音如捂住嘴，把笑聲嚥下去，"你讓我以爲眼前坐著的是一位佛法高深的老師父。"

我趕緊介紹彼此不認識的兩人給對方。

"噢！你就是那個陰陽怪氣的Angela的表弟。"

"噢！妳就是那個趾高氣昂的林男的表妹。"

兩人橫眉豎眼，頗有山雨欲來之勢，我不禁暗自叫苦，沒想到……

"你和Angela完全不一樣，很陽光的樣子。"賴音如討好地說

"妳也不像林男，倒像是洋人，頭髮是金色，眼珠子是藍色。"

賴音如聽了呵呵笑，她說何一凡孤陋寡聞，有種東西叫染髮，還有種東西叫美瞳。

"什麼是美瞳？"

"就是具有美容效果的隱形眼鏡，能遮蓋眼睛的瑕疵，而且有多種顏色可選，紅色的戴起來像吸血鬼，哪天我戴給你看。"

當場兩人就敲定下次約會時間，把我拋諸腦後，速度之快，猶如跑奧運百米。

"你們繼續聊，我趕著上課。"我起身。

那兩個談興正濃的小弟弟、小妹妹便對我擺擺手，算是道別。

好個過河拆橋！

我笑著搖頭，轉身推開 Katz's Delicatessen 的大門，往路邊停車位走去。

第四十二章/沒媽的孩子

我在客廳裏拉琴，賴音如躡手躡腳地開門進來，Franz Schubert 的《聖母頌》被我拉得面目猙獰。

"妳去哪裏？"我還是中斷了曲子。

"我回房間。"

賴音如與何一凡約了中午12點見面，直到現在才進門。

我告訴她，我不是她媽，無權管她，但第一次約會就待得這麼晚，何一凡恐怕要讀出她的心思了。

賴音如聽了呵呵笑，說這是個講究速食的時代，那些費盡心思要人猜的作女在洋人世界裏吃不開，況且她和何一凡沒做逾矩的事，只是去看紐約夜景而已。

"妳忘了何一凡是中國人，中國男人還是比較喜歡含蓄內斂的女孩。"我說。

她垂頭喪氣地承認她的第一個中國男友就喜歡作女。經過那次慘敗的教訓，她活潑、口不擇言的個性收斂了許多，遇上盎格魯撒克遜人後便一心想給異邦人東方柔情，沒想到藍眼珠的前女友一回歸，賴音如敗退到只有哭的份上。

"所以你認為何一凡同樣喜歡作風豪放的女人？搞不好他喜歡作女。"

"他是不是喜歡作女？我不清楚，但我知道他比我小四歲。"

"So what ?"

"我不喜歡姐弟戀。"

不喜歡姐弟戀還跟人約會到半夜，我問這豈不是存心玩弄人家的感情？

"哎呀！話不能這樣說，我這是刺探軍情。"

原來賴音如一聽說Angela的神秘過往，突然興致勃勃地想當福爾摩斯，那個她從小到大深深著迷的書中人物。

"難不成妳想用美人計去套何一凡？據我所知他可不是省油的燈。"

"妳說的對極了，他油滑得很，這樣也好，我喜歡有難度的遊戲。"

我暈！賴音如的"異想天開"真讓人無言以對。

"睡覺睡覺，我承認自己老了，玩不起遊戲。"我說，然後把小提琴收起來，打算明天早上再練習。

兩天的考試一考完，賴音如便忙不疊告訴我，她想看自由女神像，我這個名義上的表嫂只好捨命陪君子，即便紐約對我而言依然不夠熟悉。

自由女神像位於美國紐約自由島的哈德遜河口附近。是法國於1876年贈送給美國的禮物，爲的是紀念美國獨立戰爭期間的美法聯盟。

這座雕像無疑是紐約的地標，不巧的是，自由島現在在做例行的維護工作，遊客只能坐在渡輪上遠距離欣賞。

被河風吹亂了頭髮後，我問她接下來想去哪裏？帝國大廈、大都會藝術博物館還是中央公園？

賴音如把頭搖得像波浪鼓：「那些都挺沒意思的，還是帶我去時代廣場吧！」

時代廣場是紐約的另一個地標，在第七大道與百老滙大道交會形成的三角地帶，高樓聳立、店鋪雲集，聚集了近40家商場和劇院。不分白晝黑夜，這裏遊人如織，各國語言穿插其中，隨處可見的街頭表演更是熱鬧非凡。

一看到櫛比鱗次的商店，賴音如像個爆發戶似的，東西一件一件地買，卡一張一張地刷，看得我觸目驚心。

「別告訴我，妳中了彩票。」

「中什麼彩票？」她拿起一件針織衫，「不過是花前男友給的分手費罷了。」

「哇！我以爲低眉順眼的東方女子，即使分手也會傲然地淨身出戶。」

「妳以爲我是窮街陋巷裏走出來的裹小腳女人？哼！當然得補償，不說青春損失費了，光是墮胎，我就爲他墮了兩次。」

我的表小姑子說得雲淡風輕，我卻瞠目結舌到說不出話來。

「這也沒什麼……」見我不豫，她低下頭呐呐地說。

這沒什麼？那什麼叫有什麼？如果這是她的致富之道怎不早說？我可以幫她登報賣淫，還有，時代廣場算個屁！我應該帶她上第五大道購物，那裏更高檔、錢可以花得更凶、更痛快……

我喋喋不休地罵，誰知賴音如突然把手中的大大小小購物袋往地上一扔，人也蹲下去，很好意思地哭哭啼啼：「妳……妳就不能對……對我好一點兒？人……人家不……不要我了，我……我心痛死了。"

看過往行人開始對我們行注目禮，我趕緊把地上的袋子一一拾起，然後拉起哭成淚人的賴音如躲進路旁咖啡廳裏。

"他說他不喜歡用套，又說懷孕了結婚，結……結果就成了這個樣了。"賴音如喝了熱紅茶後，冷靜許多。

都說戀愛中的女人智商爲零，果然没錯。

"給了多少分手費？"我嘆了一口氣問。

賴音如比了個剪刀手，一開始我以爲是"勝利"，也就是"很多很多錢"的意思，後來才知道是2，兩萬英鎊的意思。

這個數不上不下，估計時代廣場還能刷一刷卡，第五大道就別想了。

"東西都買齊了嗎？不夠我們再殺回去。"我說。

賴音如答她想買對黃金耳釘，還想買幾件性感內衣。

我告訴她紐約也有周大福，成色比較足，至於性感內衣，一般人會上Victoria's secret 買。

"好，"她擦乾眼淚，" 等我吃完巧克力布朗尼再走。"

拿著大包小包，一回到家，我們立馬癱在沙發上像兩條死魚。

"購物好累人啊！"她感嘆。

" 知道就好。"

" 嘟……嘟嘟……"手機響了，我接聽。

"貝貝～"那端傳來喬的聲音，我的精神爲之一振，趕緊回房接聽。

"什麼事？"我問，順便關上房門。

喬說賴音如失戀了，狀況很不穩，所以他放她一個月的長假……

我很納悶，賴音如已來美國五、六天了，他這時才想起來打電話通知我？

"她好嗎？"喬問。

我答好，我們剛剛才從時代廣場購物回來。

"噢！那……妳好嗎？"

這是自從我們"分開"後，喬第一次流露出關懷。

我答很好，謝謝關心。

當我還在懷疑喬打電話來的用意時，他開口了："我剛和沙麗吵完架，她說我還愛著妳，她再也受不了當別人的備胎。"

原來喬是來找我傾訴的，我只好盡傾聽者的義務給意見："那麼你就向她表明心跡，女人哄一哄就沒事。"

"可是……我的確還愛著妳。"

聽喬這麼一說，我差點兒喜極而泣。

"我當時生著氣，加上沙麗没有拒絕我，所以糊里糊塗上床了。後來兩人的確有過一段美好時光，讓我誤以爲可以繼續走下去，没想到現在狼煙四起，每天都生活在槍林彈雨之中，苦不堪言。她不僅在家裏鬧，到公司還扯我後腿，反正怎麼讓我不舒服就怎麼來，我已心力交瘁。如果結婚能解決煩心事，我早結了，問題出在沙麗的個性上，她太好強，把事業擺第一，忽略了家庭。"

不對不對，喬明明說過沙麗這輩子最大的願望就是待在家做做薄餅，教教小朋友ABC,然後接送孩子上下學……

他聽了笑岔了氣，直言這是沙麗的作戰策略，和商場上的爾虞我詐同出一轍，没想到他全信了，還好後來她肚裏的孩子没了，否則這世界上又多了個没媽的孩子。

没媽的孩子？說的可是艾米？

" Who is that?"在電話中，我聽到沙麗厲聲質問喬。

" My wife , Beatrix."喬竟然大方承認與我講電話，並且刻意說我是他太太，可想而知，沙麗會有多生氣。

" Joe, I need to talk with you now."聽得出她強壓住怒火。

喬答他看不出有談話的必要，而且他一向不和歇斯底里的女人對話……

接下來手機便無聲了，想必歇斯底里的女人做了歇斯底里的事。

掛上手機，我的思緒飄向老遠的英國，他們還在吵嗎？我的小寶貝聽了會有多傷心？

喬說的没錯，艾米成了没媽的孩子，而這正是我賜與的，我是個多麼自私又不負責任的母親啊！

" 嘟……嘟嘟……"

我還在自責當中，手機又響了，該不會又是喬吧？！我按下接聽鍵。

第四十三章／重磅炸彈

"今晚的演奏會我漏彈了一大段，熟悉舒曼《A小調鋼琴協奏曲》的人一定聽得出來。我完蛋了，明天一早的樂評肯定不樂觀，那些劊子手正磨刀霍霍，等著將我開腸剖肚。"林男的聲音很遙遠。

我正想安慰他，卻傳來Angela的聲音："没事的，你彈得很好，即使有一點點兒的瑕疵，但你掩飾得很好，我相信大多數人都聽不出你曾經漏彈過。最後的莫札特《第二十四號鋼琴協奏曲》，你不也彈得接近完美？觀衆起立鼓掌達一分多鐘，獻花的人這麼多，花都不知道該往哪裏擺，你是最棒的，知道嗎？"

"是嗎？"

"絕對是。"

現在我知道了，林男不小心按到手機鍵，一通電話打給了我。

基於禮貌（偷聽別人的談話畢竟不光彩），我應該立馬掛斷，但不知爲什麼，我遲遲不行動，也許骨子裏我很想知道那兩人的關係是否還藕斷絲連著？

" **TEDDY BEAR,** 你太緊張了，你需要放鬆。"

" 我不知道該如何放鬆，這次巡迴演奏太不順了，我是不是該上柱香或到教堂禱告？"

" 都不需要。那次芝加哥演奏失利後，我幫你放鬆，結果到了下一站西雅圖你便如常發揮了，也得到樂評人的肯定。"

" 是的，但……不，我不能，這樣做太對不起貝貝，我必須停止……"

" 噓～我不會告訴貝貝，你大可放心。來，乖， **Angela** 正等著**Teddy Bear,** 嗯……啊……**Come on, Baby……**"

在淫聲穢語衝破我的最後防線前，我啪的一聲關上手機。

原來……原來林男和Angela還保持著性關係，更深一層地講，她是他的身體與心理治療師。

別看林男一副高高在上的姿態，他的軟弱比一般人更甚，所以需要一個仰慕者不斷地搖旗吶喊說著好話，顯然，Angela成功地扮演了該角色。

這麼說林男根本離不開 Angela, 難道這輩子我都得和人分享愛情？

這時的我又打起了退堂鼓，忘了當初留下來的原因是因為Angela有可能加害林男，然而她會嗎？

我看到的是一個瘋狂粉絲對男神毫無保留的溺愛，如果林男要她跪下來學狗叫，我想她大概也會照辦。

" 扣、扣、"

" What?"

"貝貝，我得睡了，明天別叫醒我，我打算睡到自然醒。"

真好，還能睡到自然醒，ZL音樂學院的學生是沒有這個福分的。

等我從學校開車回來已近下午三點，賴音如在冰箱貼下方給我留言："當線人去。"

我當然知道她和何一凡見面去了，所以泡了壺玫瑰茶，在陽光房裏慢悠悠地啜飲著。

"叮咚。"

沒想到賴音如那麼快就回來，我趿著拖鞋去開門。

" Are you Angela Xu ?"快遞人員問。

我答我不是Angela, Angela目前不在家。

" Whatever, could you receive the parcel ?" 他 問 我 能 否代收包裹？

這真令人爲難，我請他打電話給 Angela, 問她願不願意讓我代收。

快遞人員撥打後說Angela關機了，我還在猶豫，那個年輕小伙子看了一眼快遞單後，笑著說不過是三個玩偶罷了，既不是槍械，也不是毒品，我大可放心。

既然只是玩偶，我代收應該沒問題，於是大筆一揮給簽了名。

賴音如是傍晚進的門，一進門就嚷肚子餓，而且指定要吃火鍋。

“家裏没火鍋料。”我正寫著功課，頭擡也不擡地說。

誰知賴音如的大手遮住我的課本不讓我看，我正想發火，一擡頭看見她那張加菲貓式的笑臉。

“ William Street 路口有家亞洲超市，我逛過了，牛肉片、魚丸、粉絲、茼蒿、火鍋湯底、蘸料……應有盡有。”她說。

我把錢包扔給她，賴音如說她缺的是交通工具不是錢，於是我把車鑰匙掏出來。

“現在煮水去，我馬上回來。”她像個女王似地對我發號施令。

火鍋湯底化開後，賴音如先把肉類放進去，再把鵪鶉蛋、花枝丸、豆腐一一放入。

“那家超市真的什麼都有，連活雞也有。”賴音如興致勃勃地說。

“妳都快成老紐約了，我連最近的地鐵站都還搞不清楚。”

“哈！這妳得向我學習，我不僅把方圓五百里的建築及各項設施都摸得一清二楚，連你們學校哪個教授好過關，哪個教授是殺手也了若指掌。”她驕傲得很。

於是我把上課老師的名單列出來，賴音如果然點評得頭頭是道。

我說她作弊，她的信息肯定是何一凡給的。

“他給的又如何？他越來越對我交心也是我的錯？”賴音如把肉片放進醬料裏，然後三兩口吞進肚裏，如果我没看錯，才幾天的工夫，她竟然有了雙下巴。

“妳得留意了，有發胖傾向。”

“怕什麼，何一凡說他喜歡豐腴之美。”

什麼？！何一凡竟然喜歡胖子？

"這真超乎想像，他本人可是健美先生。再說了，妳不是不喜歡姐弟戀？"

"我的確不喜歡姐弟戀，但何一凡說他不介意女大男小，又說一看到我就聯想到海綿蛋糕，既柔軟又有香草的氣息，很想咬上一口⋯⋯"她摀住嘴吃吃地笑著，完全是戀愛中小女人的嬌態。

"既然這樣，怎麼今天這麼早回家，害我沒法兒寫功課。"我趁機抱怨。

賴音如答不是她想提早回家，而是何一凡接了個通告，不得不走，再說她已得到想要的情報，樂得放人。

"情報？"

"嗯！猜猜Angela幾歲了？"賴音如把青菜放入鍋內，"告訴妳，她已經40好幾了。"

這真是驚人的消息，Angela竟然大到可以當我和林男的媽？果然個頭小、身材細溜的人顯年輕。

"真看不出她的年紀這麼大了。"我感慨。

"看不出的還在後頭，她結了兩次婚，兩個男人都是非正常死亡，如果再把書店老闆和老闆娘算進去，死亡人數已達四人。"賴音如丟了顆重磅炸彈給我。

第四十四章/驚愕鋼琴曲

賴音如說Angela的第一任老公Abel是個小學體育教員，一百九十幾公分的身高，有暴力傾向。結婚後，Angela這隻小雞就沒少挨打過，後來Abel酒醉駕車，衝進河裏淹死了。

第二任老公叫Eric,是個好脾氣的老人。前任老婆死後，他單身很久，直到遇見小他很多的Angela，據說他對她言聽計從。某天，Angela從車庫倒車，不慎撞到行動緩慢的他，慘爲車下魂，Angela爲此傷心不已，很久都不敢開車。

"看情形，這是個命運多舛的女人，值得同情。"

"同情個屁！Abel的母親跳出來說她兒子對酒精過敏，從來不蹾酒；Eric的女兒也說自己的父親耳聰目明，雖然行動不若年輕人敏捷，但避開低速的倒車綽綽有餘。"

這消息聽著驚悚，原來何一凡老早知道自己的表姐是隻披著羊皮的狼，話卻說得好聽，什麼保護他表姐，我看他表姐不害人就謝天謝地了。

"都說犯罪得有動機，Angela的第一任老公家暴，這的確可

253

以構成護己的動機，但第二任老公是個老人，按理說不會對Angela動粗才是。"我提出疑問。

賴音如聽完神秘一笑，她說Eric是不會對Angela動粗，但他有人身險及幾十萬美元的存款，這就構成了動機。

"難不成Angela因此成了小富婆？"

"可不是嗎？何一凡說Angela在香港和廣州都分別置了業，現在是包租婆，即使不工作也能過得很好。"

"看來我可憐她没錢，真是愚蠢至極。"

"知道就好，"賴音如把烏冬面麵放進火鍋裏，"妳是叫化子給穿西裝的人捐款，後者恐怕心中竊喜。"

賴音如說我是叫化子，實在誇張得可以，我當笑話一則。

"吃吧！賴氏烏冬麵好吃得不得了。"她說，然後吃上一大口白色的粗壯麵條，臉上有了幸福的笑容。

天氣越來越冷，我到星巴克外帶一杯摩卡，刷卡時出了問題。

"What's wrong?"我問。

那個有著滿頭小辮子的黑女孩聳聳肩說也許我破産了。

我知道她在說笑，從錢包裏掏出3美元給她。

没想到在超市的收銀台前，同樣的事情再度發生，我只好把消化餅乾、橄欖油、雞蛋、果汁......等從籃子裏拿出來，只留下一串香蕉。

"拜托車箱裏的油可別用光啊！我已經没有錢加油了。"我暗自祈禱。

回到家，我一通電話打給TSB銀行，工作人員告訴我，我的信用卡是副卡，主卡持有人已經注銷了我的使用權。

喬注消我的信用卡？

第二通電話我打給喬，他正在開會，聽得出他也很著急，還說查明真相後給我答覆。

掛上電話，我望著香蕉發愣，總不能這幾天就靠它過活吧？！

兩個小時後喬打給我，他說已經恢復我的副卡功能了，估計24小時後可以使用，問我能忍忍嗎？

我答沒問題，花旗銀行裏還有少量現金。

本來通話至此便算結束，但喬沒掛，所以我等著。

“那個……上個禮拜艾米的聽寫得了滿分。”他說。

聽到我的小心肝專心在課業上，我感到欣慰。

“昨晚翠西烤了杯子蛋糕，是香草口味的，味道很不錯。”他繼續說。

我不知道翠西會烤蛋糕，這事一向是廚子的工作，也許下次有機會嚐嚐。

“我買了新床單，是妳喜歡的粉紅色……”

喬到底想講什麼？我請他明說。

“我和沙麗分床睡了，她睡客房。”

“爲什麼？”

“因爲沙麗睡覺打鼾，害我睡不好。”

我不認爲這是主因，但沒細問，倒是讓我聯想到什麼。

“分床睡是不是造成我的副卡被注銷的原因？”我問。

他在電話那頭支支吾吾。

這麼說沙麗能上他的網銀，這暴露了很多安全上的隱患，我提醒他留意。

喬答他會的，又叮囑我這個叮囑我那個，把我當成了小小孩。

"喬，我不是艾米。"我冷冷地說。

他一時無語，我藉機説拜拜。

掛上手機，以前的種種又回來了，我再度成爲喬呵護備至的小女孩。

我搖搖頭，把喬強加在我身上的保護殼卸下，我現在是獨立自主的女性了（當然，除了喬還負擔著我的學費和生活費這件事之外）。

～

經過Angela的"放鬆"治療，林男的巡迴演奏沒再出現重大失誤，報上的樂評一面倒地給予好評，即使偶有差評，也是三兩句帶過，瑕不掩瑜。

離開西雅圖後，他倆沿著海岸線南下，再從加州往回走，現在到了內華達州。

"不知道妳表哥會不會去拉斯維加斯看秀或小賭一把？"我放下報紙說。

沒想到一向喋喋不休的賴音如卻沒接話，安靜得出奇。我轉過頭去，看見她正拿著望遠鏡趴在窗口，樣子很詭異。

"妳幹嘛？"我問。

"刺探軍情。"

又來了，花園裏哪來的軍情？

賴音如說 Angela 現在和林男正在十萬八千里外，可是工具室內卻有小燈亮著，這點很可疑。

我笑答也許她出門前忘了關燈。

"隨妳怎麼說，"賴音如放下望遠鏡離開窗口，"反正我覺得怪怪的，而且燈光是紅色的，看著挺嚇人，哎呦～"

她跌坐在地上，手捂住膝蓋，沒好氣地質問是誰把箱子擱在這裏？

我一看，那是 Angela 的包裹，前幾天送來的。本來我把它放在工具室外面，讓 Angela 一回來就能看見，但晚上濕氣重，半夜還會下小雨，所以我又把包裹搬回到室內牆角，沒想到因此絆倒了賴音如。

一聽說是 Angela 的包裹，我的表小姑子馬上忘記疼痛，上下打量起這個褐色紙盒，眼睛亮得好像有鬼附身。

"妳可別輕舉妄動，那是別人的包裹，不是妳的。"

拋下這句話後，我走向林男的白色三角琴。明天得上台彈琴，我選的曲目是海頓的《驚愕鋼琴曲》，該樂曲充滿了生機盎然的民間歌舞氣息和明快歡樂的情緒。

打開琴蓋，我按下第一個鍵……

第四十五章/詭異的紅光

海頓是奧地利著名的作曲家，又被稱爲"交響樂之父"，G大調第九十四號交響曲《驚愕》是他的代表作之一。

關於《驚愕交響曲》的創作，還有一個有趣的故事。從前聽音樂會是王公貴族、紳士淑女們的一種社交活動，不管喜不喜歡，爲了面子都要出席音樂會，以致每每有人在樂團演奏中打起瞌睡。

幽默的海頓知道後，寫出了這部《驚愕交響曲》，故意在第二樂章安祥柔和的弱奏之後加入一個全樂團合奏的屬七和弦，讓那些睡著的紳士貴婦們從睡夢中驚醒過來……

此時的我正進入樂曲第二樂章的鋼琴部份，當彈到屬七和弦時，賴音如竟然驚叫出聲，恰恰呼應了海頓當時創作此曲時的捉狹意味。

我微笑著繼續彈奏，直到第四樂章以歡快的舞曲結束。

鍵音甫歇，我沒有聽到賴音如的掌聲。也難怪，剛剛被我的音樂給嚇了一跳，現在肯定還沒從驚嚇中清醒過來。

我又彈了幾段音階和琶音後，才起身小憩一下，這才發現賴音如不在起居室內，而牆角的紙箱已開封過，上面的膠帶是二次粘貼的，明眼人一看就知道。

我氣得去敲她房門，質問她為什麼亂開別人的包裹？

她很好意思地給我來個相應不理，而且未雨綢繆把房門上鎖了，讓我連面對面指責的機會都沒有。

吃了優格又看了一會兒報紙，等休息夠了，我走向鋼琴，但也許心中還有疑問，我又踅了回來，重新站在紙箱前面。

"紙箱裏到底有什麼？"我心想，轉頭看了一眼賴音如的房間，依舊靜悄悄，"箱子已經開了，開一次和開兩次没什麼差別，Angela若要追究，道歉是免不了的。反正伸頭一刀，縮頭也一刀，倒不如死得明白些。"

於是我蹲下身去撕膠帶，吱吱吱的聲音聽起來格外刺耳。

開了箱，我把防止包裹擠壓的氣泡膜取出，看到塑料小手，忽然憶起快遞員曾說過箱子裏裝著三個玩偶。

原來Angela玩起塑料娃娃，真是童心未泯。

我拉出第一個，那是個男娃娃，有高鼻樑和瘦削的臉頰，身穿燕尾服，猛一看還真像林男，我不禁莞爾。

聽說現在有玩偶公司能根據顧客提供的相片造出形似的娃娃，看來果真不假。

第二個是個女娃娃，有黑皮膚和緊抿的嘴，頭戴白紗，身穿蕾絲白禮服，不用說，這是Angela。

把這兩個娃娃配在一起就是一對結婚娃娃，Angela簡直想結婚想瘋了。

箱子裏還有第三個娃娃，我動手去取，終於發現賴音如避不見面的原因（不全然是私自開人包裹所帶來的愧疚感）。

這個娃娃不僅没穿衣服還少了四肢，没有眼珠子，鼻子被削了一半，看著像豬鼻子，嘴巴被撕裂開直到耳朵，臉頰不知被什麼東西給腐蝕了，像有無數隻小蟲在爬，偏偏背後還背了個包。我將娃娃翻轉身來，才知那不是包，是琴盒，小提琴琴盒。

這娃娃造的可是我？

我不禁怒火中燒，Angela太可惡了，怎能這麼咀咒我？

整個晚上我都睡不好覺，半夢半醒間，我回到了漢朝。

漢高祖劉邦寵幸戚夫人，他駕崩之後，呂后開始了她的報復行動。她下令砍斷戚夫人的雙手雙足，挖出她的眼睛，用煙把她的耳朵熏聾，又強迫她喝下啞藥，然後扔進豬圈裏，讓戚夫人求生不得，求死不能……

猛一驚醒，我嚇出一身冷汗，莫非我的前世是戚夫人，Angela是呂后，而林男是漢高祖？

"不要，我不要當人彘。"我摀住臉拼命搖頭。

這夢也太逼真了，我甚至還能聞到豬圈裏傳來的陣陣惡臭。

由於過度驚嚇，害我口乾舌燥，只好起身到廚房找水喝。

撺開小燈，我邊喝水邊將目光投向屋外，皎潔的月亮和星星在天幕對我眨眼睛，我不由自主地往外走去。

院子裏的石榴樹和桂樹在晚風中搖擺，伴隨蟲鳴聲，一切是那麼的靜謐，我緊繃的心頓時得到解放。

啊！日子不該是如此嗎？爲什麼把自己逼成了驚弓之鳥？

然而我沒能放鬆很久，在一片黑暗之中，那紅色光源還是刺了我一下，讓我又緊張起來。

賴音如說的沒錯，Angela屋內的紅光的確很詭異，誰會用紅光做室內燈？又不是站街女。

我走過去，把頭往枕頭大小的窗口探去，毛玻璃後除了紅光，其他都很朦朧。我很快放棄探索那個部位，轉而專注唯一的出入口，銀色的鐵門上有個古銅色的旋轉門把，我伸手過去轉了一下，發出嗑的一聲，它……竟然沒鎖。

此時的我猶豫了，該不該一探Angela的神秘世界？她正在新奧爾良市，離這裏有一千多公里，行車起碼得花十多個小時，這是個絕佳的機會，然而……

"貝貝，這是非法入侵，妳無權進入別人的領地。"內心的小天使對我發出警告。

哎！誰讓我是好公民？

雖然有遺憾，我還是無奈地關上門，悻悻地回到屋內。

第四十六章／妳的眼睛像星星

這一天上完早上的課，我匆匆趕回家想替自己做一份水果沙拉，只因在學校附近的超市看到垂涎欲滴的大草莓。

車一轉入巷內，我就看到一個西裝革履的背影站在家門口，真是糟糕！推銷員又來訪了。這兩個月已經來了不下十個，有推銷保險的、有賣保健食品的、有介紹兒童書籍的、有展示廚房用品的......不一而足，很是煩人。

我用遙控器打開車庫門，聲音驚動了推銷員，他轉過身來......

那人剪了頭髮，臉很瘦，留了落腮鬍，但依然是如假包換的喬。

我驚訝到喉嚨發不出聲音來。

"貝貝～"還是喬先喚我，並且向我走來。

我按下車窗，說："Sorry，保險買了，你試試別家吧！"

他聽不出我的幽默，有些錯愕："貝貝，This is Joe."

我笑了笑，把車子開進車庫。

下車後我對喬招招手，他這才鬆了口氣，跟隨我從車庫進入屋內。

" Tea or coffee? " 我問。

" Coffee."

我用咖啡機幫他蒸餾了黑咖啡，不加糖和奶精。

"謝謝！"喬接過咖啡，有感而發，"還是妳了解我。"

哎！都分開了，我還記得這些小事幹嘛？記憶真是個可怕的東西。

沒等我問，喬主動交待這次來紐約是爲了開年會，把行李放在酒店後便匆匆趕來看我，他只有半天好停留。

"你留鬍子了，差點兒認不出來。"我給自己泡了杯茶。

喬放下咖啡解釋："嗯！這幾天和沙麗熱戰、冷戰不斷，早已心力交瘁，所以連著好幾天沒刮鬍子。"

我說把鬍子刮了吧！看起來清爽些。

"好，聽妳的，"他微笑，"什麼都聽妳的。"

我和喬靠得很近，他的鼻子下方塗滿了白色的刮鬍泡，只露出嘴唇。我拿著剃刀小心翼翼地幫他刮鬍子，洗手台的水龍頭開著，方便我隨時清洗。

"別講話，否則一個不穩，可能會劃傷你。"我提出警告。

此時的喬坐在浴缸邊緣，我站著，即使他坐我站，我也沒高出他多少。

"妳換香水了？"喬吸了一口氣問。

"嗯！"我正刮人中部位的鬍子，"最近喜歡紫羅蘭的香氣。"

“不喜歡玫瑰了？”

“也喜歡，換著擦，”刮完人中，我轉移陣地到左臉頰，“噓～別說話，我怕傷到你。”

喬果然安靜了，但……

我能感覺到喬的手摸著我的大腿，從下到上，我試著不讓那小小的悸動影響心情。

將剃刀置於水龍頭下清洗後，我現在刮喬的右臉頰。

我慢慢地、小心地刮，但不論再怎麼專注，我還是劃破了喬的臉頰，留下一個小口子。

“對……對不起。”我伸手想去拿小方巾，被喬阻止了，“別理它，血一會兒就乾。”

我之所以失手是因爲喬來回撫摸我的臀部。

“那麼……讓我把剩下的刮完，你……把手拿開。”我命令著。

這次喬聽話照做，我得以順利完成工作。

“好了，這下子你成了刀疤王子了。”

我把創可貼貼在喬的臉頰上，他像個從戰場上撤退的士兵，兩頰凹陷，臉上有傷，眼帶憂鬱……

“ Come on, 又不是世界末日，過兩天依舊是美男 。”我開著玩笑。

喬說他不在意自己是不是美男，因爲再怎麼美也美不過我。

“謝謝，能得到前夫的讚賞是莫大的榮耀。”

我試著一語帶過，但喬不讓，他抱緊我，把頭深深埋入我的長髮裏。

"貝，我不是妳的前夫，我依然愛妳，很愛很愛，讓我們重新來過，我會彌補對妳的虧欠。"

經過這幾十天來的分居，加上與林男同居後的不適，不用喬說，我也後悔自己曾經的魯莽。

"喬，我……"

一陣急促的門鈴聲忽然響起，我趕緊離開喬的懷抱去開門。

"對不起啦！又忘了帶鑰匙，"賴音如一腳跨入，"何一凡回學校上課，我……大表哥，你怎麼來了？"

賴音如看見喬，聲音立即高八度，馬上給久違的他一個熊抱："說，是不是來押我回去的？我警告你可別掃興，我玩得正好。"

喬笑答他不是來抓人的，IM公司在紐約開年會，他今天剛到。

"今天剛到就來找貝貝，莫非……"賴音如看看喬又看看我，明顯是對號入座了。

"没錯，我是來求復合的。"喬竟大方承認。

"別亂說，沙麗在家等你呢！"

喬還想說什麼，我驚呼一聲自己上課快遲到了，藉以堵住他的嘴。

"能送我一程嗎？"他問，"我的酒店離妳的學校不遠。"

我把視唱課上得七零八落，接連錯了好幾個音，連上課教授都迷糊了。

"Beatrix, are you ok? You have made a couple of mistakes."

"I know. Sorry, I was absent of mind."我紅著臉解釋。

之所以"心不在焉"是因爲喬要我下課後去找他，他住在洛克菲勒中心附近的半島酒店，離我的學校就一公里遠，開車不到五分鐘。

我告訴他今天課多，下課恐怕會很晚。

"多晚都等妳。"他說。

該不該去？這是我今天煩惱的課題。

一會兒覺得該去，因爲我還是他名義上的妻子，再見亦是朋友；一會兒覺得不該去，我和林男早已同居，喬和沙麗也住到一塊兒，兩個人變成四個人，如果我再和喬牽扯不清，對誰都是傷害……

"怎麼了？"有人從後點擊我的左肩，我轉過頭去，没人，再往右看去，赫然發現是何一凡。

"能別這麼幼稚嗎？"我没好氣地說。

"好凶啊！剛被教授罵還是考試没通過？"

我答都不是，然後往停車場走去。

"載我回妳家，我答應賴音如下課後找她。"何一凡像塊橡皮糖似地跟在我身後。

"不行，我不回家。"一開口我就後悔。

"不回家？……妳去哪兒？"

我一時語塞，難道能告訴他，我去找分居兩個月的老公嗎？

"不關你事，反正不能讓你搭順風車。"

何一凡嘀咕著若不是自己的老爺車故障，他才不會死皮賴臉的……

我不理會他，跳上車，很快發動引擎。

∼

"扣、扣、"我輕敲2613房。

喬很快開門，因爲前台已事先通知他有訪客。

"妳來了，"他側身，留下一個通道，"快進來，我有驚喜給妳。"

我進到房內，它和所有五星級的酒店没什麼兩樣，只是多了個小客廳。

喬要我在客廳的沙發上坐好，然後打了個電話，没多久便有人來敲門。

"Are you ready?"喬問我。

我不知他葫蘆裏賣什麼藥，很是好奇，遂答："Ready."

開門後，一位頭戴白色高帽子，腰繫褐色半圍裙的師傅便推著小車子進來，車上擺滿了巧克力盛宴，有核桃巧克力蛋糕、黑森林巧克力蛋糕、巧克力布朗尼、巧克力慕斯、巧克力溶岩蛋糕、巧克力奶昔、巧克力布丁、巧克力樹莓蛋糕、巧克力雪糕、巧克力提拉米蘇、巧克力甜甜圈......看得我眼花繚亂。

"這......這是幹嘛？今天不是巧克力節。"我說。

"不是巧克力節，是我愛人的生日。"

生日？我的嗎？不對，還有十天。

喬答他知道，但那時他早已不在紐約，所以提前慶祝。

Well, 難得他如此用心，這的確算得上驚喜，我謝謝他的精心安排。

"讓我們玩個遊戲。"他從口袋裏掏出一條手巾，"妳矇上眼，我餵妳吃，然後妳告訴我吃了什麼，OK?"

這遊戲也太無聊了，但爲了不破壞歡樂的氣氛，我勉爲其難地答應。

於是他走到我身後，用手巾將我的眼睛矇起來。

我咬下第一口：" 溶岩蛋糕。"

"答對了。"他說。

"慕斯。"

" Correct."

"甜甜圈。"

" That's right."

"布朗尼。"

" Yes......How about this ？"

他給了我一個長長的吻，有一個世紀那麼久......

" 提拉米蘇。"我答，然後摘下手巾看著他。

"錯了，是巧克力布丁。"

他竟然還有心情開玩笑？

" 喬，告訴我，我們在做對的事。"

他答我們本來是對的，後來錯了，現在正在更正中，然後開始吻起我的前額、我的鼻、我的下巴、我的頸、我的肩胛骨、我的......

" 不可以。"我提醒他。

"女孩子說不可以就是可以。"

喬的手開始不安份地到處遊走，這次我真的生氣了，用力推開他，然後起身......

" 別走，"他從後抱住我，" 我愛妳，貝貝，always......"

我能感覺背部濕了，遂轉身過去，可憐的喬像個孩子似的淚流滿面，他的眼睛紅紅的，像兔子的眼睛。

“你的眼睛像兔子。”我說。

“謝謝，妳的眼睛像星星。”

“猩猩？太可惡了！”

“不是那個猩猩，是那個……”他把我的手舉起來指向窗外，“那兩顆，看到没？”

天上果然繁星點點，我看到喬說的那兩顆最明亮的星星。

“從這裏望出去，看得不是很清楚，因爲被兩旁的建築物擋住了。如果從房間的陽台往外看，妳還可以看到銀河。”

“真的？”

“真的。”

我們没有在陽台待太久。

第四十七章/復合之路

突來的鈴響把我從睡夢中驚醒,我踉蹌跳下床,就著朦朧的月光,在一堆隨地扔下的衣物中找到它,這才發現響的不是我的手機,是喬的,我把手機遞給他。

" Hello."喬迷迷糊糊地答。

幾秒鐘後,他驚坐起,大喊:" What?"

然後又是好幾秒的沈默。

" Yeh,Yeh, of course I am happy."

電話那頭似乎不願放手,又喋喋不休地講了N多分鐘才收線。

" 怎麼了?"喬一掛機,我問。

" Nothing."

怎麼可能没什麼?没什麼講這麼久,又是大半夜的……

等等,紐約現在是大半夜,倫敦的上班族卻已開始工作,難道這電話是沙麗打來的?

我又看了一眼喬，他正睡得香甜，側臉和裸胸像極了米開朗基羅的大衛像。

喬去開會，他說我可以待在酒店裏等他回來。

"不，功課壓力大，好多曲子還得練。"

"隨妳。妳可以繼續睡懶覺，餓了就到樓下用自助早餐或者叫Room Service，報我的房間號即可。"

喬走了，我還賴床著。

人生四大喜事：久旱逢甘霖，他鄉遇故知, 洞房花燭夜, 金榜題名時。我這算是"久旱逢甘霖"還是"洞房花燭夜"？

答案其實不重要，重要的是昨晚我和喬非常契合，他邊吻我邊說想和我復合……

我還在做著美夢，手機的鬧鐘忽然響了。糟糕！今天早上有課，還是殺手Dr.Watson的鋼琴課，我得趕緊出門了。

電梯門一開我便急著衝出去，不巧撞上一位手裏拿著大包小包的摩登少婦。

" You need to be more careful."她没好氣地說。

"Sorry."我立即道歉，並且把散落一地的購物袋一一拾起。

少婦收下她的東西，瞪了我一眼，然後踩著高跟鞋進電梯。

"真是晦氣！一大早就出狀況。"我犯嘀咕。

" Good morning, Mrs. Lin. Your husband's room number is 2613. Please follow the doorman. He will show you the room."

聽到"林太太"，又聽到喬的房間號，我趕緊躲到大柱子後。

那身鵝黃隨著門僮走向電梯，是……沙麗。我驚嚇不已，她怎麼來了？

想到我若晚幾分鐘離開房間，兩人豈不踫上？

雖然我是正宮，她才是小三，我卻像做錯事似地想夾著尾巴逃走，這種心理真是難解。

哎！也許是對她的承諾沒有兌現，讓我心生愧疚吧？！

車子駛入學校停車場，我才想起鋼琴譜子還留在家裏，又風風火火地往回開。

我把Mini停在車道上，一下車就瞅見草坪前停了輛紅色Honda.

"何一凡的老爺車修好了？這麼快？"我心想。

由於上課時間快到了，我沒空猜測，趕緊進屋。

開了門，裏面靜悄悄的，我忽然很想知道那兩人是不是正在做壞事，所以像做賊似地踮起腳尖走路。

經過廚房，我瞥見流理台上狼藉一片，水槽裏堆滿小山也似的碗盤，才一個晚上的功夫，賴音如就把廚房給毀了。

我往右手邊的客房走去，門關著，裏面發出唏唏嗖嗖的聲音，然後是床撞擊牆壁的聲音，接著是賴音如的聲音……何一凡的聲音……

乖乖，那兩人把林男的屋子當成免費的賓館了。

拿上課本，我匆匆出門，臨出門前忽然想惡作劇一把，遂踫的一聲甩門出去，聲音之大竟然嚇到鄰居的小狗，汪汪聲此起彼落。

"貝貝，妳回來了，我煮了綠豆湯，還燙著，妳要現在喝還是待會兒？"

一回到家，賴音如就像隻小哈巴狗似地對我搖首擺尾，熱情得不得了。

"我討厭綠豆湯，有沒有銀耳百合蓮子湯？"我故意給她出難題。

賴音如回答真是不巧，家裏剛好沒這三樣東西，不過待會兒吃完晚餐，她會從中國城帶回來。

"也太誇張了吧？！早上兩人才如膠似漆，晚上又約著見面，以這個速度，妳很快就能披婚紗了。"

"才不是呢！晚上是大表哥請吃飯，不是何一凡，"賴音如吐了吐舌头，"沙麗來紐約了。"

說話的人以爲我會大驚失色，不料我卻答自己早知道了，今早離開半島酒店時，在大堂看到沙麗的背影。

"難道她是來抓奸的？"見我有不豫的臉色，賴音如馬上改口，"呸、呸、呸，抓什麼奸？妳和大表哥是光明正大地巫山雲雨，沙麗才應該躲起來，不是嗎？"

"没什麼應不應該，是我先棄船的。對了，以後妳和何一凡還是在外面約會，林男快回來了，他不喜歡家裏有外人。"

"好啦！本來也是個意外，我還沒準備好，他就進來了……"

賴音如竟公然和我談論她的床上事？我趕緊喊卡，並且催促她出門，因爲晚高峰時段，地鐵可擠了。

"貝貝，"賴音如笑得一臉燦爛，"晚上妳若不出門，車子能借我用用嗎？"

原來賴音如的熱情是爲了借車，而不是因爲我撞見了她的好事。

我睨了她一眼，交出車鑰匙。

～

賴音如近午夜才進門，並且聒噪地表示本來要去"牛若丸"吃刺身和壽司，臨時改去Peter Luger Steak House 吃牛排，席間只有她喝酒，挺掃興的。

賴音如說話時，嘴裏果然冒出濃濃的酒味，人也有些站不穩。

我忽然想到她是怎麼回家的？酒駕是危險的事。

"大……大表哥載我回來的，沙麗本來想進來和妳打……打招呼，結果被……被阻止了。"她跌進沙發裏。

還好喬沒飲酒，總算有人還清醒著，但我的車呢？

"在……在外面，沙麗幫忙開回來，喏！車鑰匙。"賴音如從褲兜裏掏出車鑰匙，將它擱在茶几上。

我提醒她下次別喝那麼多酒，喬沒喝，沙麗沒喝，就她喝，多沒勁？

"不……不是我愛喝，而是清醒時很……尷尬，倒……倒不如躲進酒精裏。"

"什麼意思？"

"知道爲什麼不……不吃刺身和……和壽司？因爲孕婦不能吃生食，尤……尤其是海……海鮮。"

"孕婦？誰呀？"

賴音如答當然是沙麗，還會有誰？她在餐廳一宣佈，喬便跌入無底深淵，一語不發，都是沙麗一個人在講，還說有預感這次會是個男孩，是她上個兒子來投胎的，又說寶寶的用品還在，來的正是時侯……

這麼說是真的，沙麗"又"懷孕了？這下子我和喬的復合之路恐怕遙遙無期，我不禁嘆息。

"別……別擔心，妳還……還有二表哥。"

賴音如提起林男讓我更心傷，他一直和Angela藕斷絲連著。誰說炮友不是友？它也是男女關係的一種，更何況Angela把它昇華了，類似自殺衝鋒隊般的絕決付出，想想就令人害怕。

"喬又當爹了，我怎麼辦？本來我們想復合的……"我喃喃自語。

賴音如沒接話，鼾聲大作。

真好，什麼時候我也能無憂無慮地大睡一場？

我從客房拿來被子，賴音如閉著眼笑出聲來，我以爲她醒著，結果她翻了個身又沈沈入睡……

第四十八章/回到從前

原以爲喬再怎麼樣也會爲這個突來的消息跟我解釋，没想到船過水無痕，幾天過去了，無消無息，想必已經回倫敦了吧？！

他走了，另一個男人卻回來了，還是以一種迅雷不及掩耳的方式。

我正沈沈入睡，雖聽到一些瑣碎的聲音，但不以爲意，繼續好眠。突然一個軀體鑽進我的被子裏，並迅速趴在我身上，一切發生得太快，我下意識想叫，那人捂住我的嘴，另一隻手去扯我的內褲，我拼命反抗，又是踢又是抓的……

"貝貝，是我。"

聽到林男的聲音，我伸手去開床頭櫃上的燈。

"怎麼是你？不是後天回來嗎？"我問。

他答巴爾的摩正在下暴風雪，飛機無法降落，在天空盤旋一陣子後轉降紐約，他想了想還是放棄最後一站直接回家。

"行嗎？票不是都賣光了？"

"退票唄！反正我也累了，巡迴一個月真不是人幹的事。"他躺在我身側。

我們沈默了一會兒，還是我先開的口："Angela呢？"

"回她的別墅了。"

林男把鐵皮屋戲稱爲"別墅"，既殘忍也不厚道。

"你的骨子裏有刻薄人的傾向，我以前倒沒發現。"我忍不住說出心裏話。

沒想到他非但不反駁，反而某種程度承認我的說法。

"我是看人發作，Angela是受虐狂，我只是迎合她的需求。"他說。

Angela是不是受虐狂？我不知道，但施虐者不該是我的枕邊人。

林男聽了來氣，突然一個大翻身用力掐住我脖子，我沒反抗，眼睛死盯著那個我曾經深愛，即使嫁給別人仍然心繫著的男人。

"聽著，這世界是我的，只能我負人，不能人負我，understood？"說完，他鬆開手。

我咳嗽了兩聲，差點兒喘不過氣來。

"扣、扣、"

聽見有人敲門，我和林男頓時緊張起來。

"貝貝，妳還好吧？"賴音如小心地問。

我告訴她自己很好，林男剛到家，不好意思吵到她了。

"那就好，我先回房了。"

她一走，林男問我怎麼賴音如的失戀假放這麼長？他以爲她早走了。

"也許她的前任男友是施虐狂，她需要長時間才能走出來。"我一語雙關。

"能結束這樣無意義的對話嗎？我累了。"他翻轉身去。

啊！如果不是從前愛的記憶太深刻，恐怕我要放棄這段畸型的戀情了。

～

"貝貝，早！昨晚睡得好嗎？"我一走出房門就看見 Angela 的笑臉。

我答好。

Angela邊打蛋邊說："林男這一個月夠辛苦的，咱們都體諒體諒他，畢竟這個家都靠他支撐著。"

我一時角色錯亂，以爲是林男的母親在對我說話。

"那個金頭髮的女生是林男的表妹嗎？她没吃早餐就出門去了。"Angela又說。

"她是林男的表妹。"我答，然後走進盥洗室。

等我出來，林男已經坐在餐桌前，一臉的起床氣。

"林男、貝貝，你們慢慢吃，我洗衣服去。"Angela一陣風似地走了，留給我們獨處的空間。

我和林男沈默地用著餐，Angela煮了粥，連米粒都少見，成了米湯，可見熬很久了。

林男夾了一筷子的青菜到我碗裏，很誠心地說："對不起，累過頭了，連自己都控制不了情緒，如果……請原諒。"

每當我有離開林男的念頭時，他總有法子讓我狠不下心來。

"今天上完課，我們去市區逛逛，順便看場電影，人不是機器，我也需要休息，妳能陪我嗎？"

我擡起頭來，他的眼睛像海一樣清澈，我又回到與他初相識的時刻，那時的我們愛得多麼單純、多麼義無反顧……

"好的。"我點頭。

這是個歡樂的夜晚，林男帶我去River Park餐廳用餐，這裏不僅能欣賞到哈德遜東河的寧靜美景，還能品味到由農場直接配送的最新鮮食材。無論從餐廳環境、裝飾設計還是菜品味道，都極富情調和美味。

"喜歡嗎？"林男問。

"嗯！喜歡。"我第一次露出久違的笑容。

用完餐，我們看了晚場電影《Furious 8》，那些驚險的飛車畫面很是震撼。

回家的路上，天空飄起細雪，這是今年的第一場雪。我高興壞了，趕緊打開車窗讓雪進來，我的手心因此多出好幾片雪花。

"瞧妳高興的！"林男難以置信我會如此孩子氣。

我告訴他，我喜歡雪，問他可記得我們曾經堆的雪人？他答不記得了，但他記得我們在雪中接吻，他還一併把我臉上的雪全給吃了。

"記得，"我笑了，"那時你很傻。"

"不傻，和妳在一起，做傻事也願意。"他說。

第四十九章/過河拆橋

難得今天的晚餐四個人都到齊，Angela煮了一桌豐盛的菜肴，有口水雞、紅燒肉、素炒三絲、冬瓜盅以及林男愛吃的上海熏魚。

"你們慢用，我回屋了。"Angela脫下圍裙。

"一起吃吧！"我說。

她看著林男，希望他有所表示，但後者假裝看不見，繼續低頭扒飯。

我感到既可悲又可氣。

"男～"我喚了一聲，聲音裏有太多要表達的。

他將嘴裏的東西咀嚼完畢後，才施恩般地說："要吃就吃，沒人攔妳。"

於是Angela開心地坐下來，她啃了雞、咬了五花肉、吃了胡蘿蔔、喝了湯，唯獨沒吃熏魚。

"該不會是熏魚有毒吧？！"賴音如衝口而出。

林男開口：" Angela知道我喜歡吃上海熏魚，她一向讓我獨享。"

這分明就是個被寵壞的小孩！

誰知林男的下一個動作竟然是把熏魚最大、最肥美的部份扯下來往我碗裏塞。賴音如見狀，捂住嘴吃吃地笑起來，我看見Angela的臉上青一陣紫一陣的。

我討厭現在的林男，他像在玩弄一隻可憐的動物，而且非常享受其中的樂趣。

"我不愛吃熏魚。"我沈下臉來，把那塊魚肉塞回林男碗裏。

"貝貝，"他放下碗筷，臉色很難看，" I need to talk with you."

說完，那個一臉寒霜的男人直接進房間，以爲我會跟進，但我紋風不動，繼續吃飯。

賴音如把林男碗裏的熏魚夾起，對著黑烏烏的魚塊說："可憐了，爹不疼，娘不愛，只好由我吃了。"

"慢慢吃，小心有刺。"Angela說。

沒想到一語成讖，賴音如真的被魚刺刺到，而且卡在喉嚨裏不上不下的，把我嚇得手足無措。

"報應！"Angela大笑兩聲走人。

經過一番折騰（又是大口吃米飯、又是喝醋）皆無效後，我用湯匙壓住她舌根，然後將鑷子伸進她的喉嚨裏，才把那根不長不短的刺給夾出來……

"可惡的Angela，一定是她施的魔法，這個老巫婆！"賴音如紅著眼睛說，疼痛讓她一把鼻涕一把淚。

"別怪她，是妳自己不小心。"

"不是這樣的，我肯定跟她八字不合，要不就是磁場不對，亦或我們天生就是鬥魚，不能放在同一個魚缸裏。"

我說再忍忍吧！她的假期即將結束，兩人不在同一缸，就是想鬥也鬥不起來。

"講到假期，何一凡想跟我回英國，因為那時放聖誕長假。"賴音如突然興致高昂地宣佈。

對於這個突來的消息，我的第一反應是何一凡住哪裏？

原本說好的，一放假我跟賴音如回英國探親，因為沙麗的緣故，我會住在賴音如租來的公寓裏，現在殺出個程咬金，總不能二女一男同處一室吧？！

"那個……只只妳有錢，何一凡是窮學生，所以……"

原來是我被三振出局了。

不說聖誕假期的酒店有多貴，在裏面住宿既不能洗衣也不能做飯，一點兒家的感覺也沒有，而這原本是我想送給艾米的禮物，包括一棵如假包換的聖誕樹。

賴音如笑說這有什麼難的？以大表哥的經濟實力……

"妳可別跟喬說啊！我正在一步步地離開他的庇護，否則永遠只能做一株待在玻璃房裏的玫瑰。"

賴音如反問我做玻璃房裏的玫瑰有什麼不好？省去風吹雨打。

"是沒什麼不好，只是我受保護慣了，想過不一樣的人生。我給自己規劃的藍圖是這樣的：畢業後開個音樂補習班，然後把艾米接過來，喬可以隨時探視她……"

"這叫瞎折騰，大表哥又沒說要離婚，妳倒先退卻了。"

哎！這件事叫我從何說起？

喬和沙麗回英國沒多久，我就接到沙麗母親發來的郵件，她說沙麗拉不下臉來，只好由她出面。老人家希望我放過喬，讓他們倆口子能重新出發，何況現在又有了寶寶……

我想起那個賭注。

"沙麗曾給過我機會，我放棄了，現在是我給她機會的時候。我願意投桃報李，這次回英國，我會主動和喬辦理離婚。"

賴音如說我笨，又說我傻，怎麼就不想想艾米？單親家庭的孩子多可憐？！

我也心疼艾米，但沙麗的寶寶怎麼辦？如果終究一定要有一個單親家庭，那麼就由我來承擔吧！人必須爲當初的錯誤抉擇付出代價。

我到房間拿課本，林男躺在床上背對我，我沒吵他，安安靜靜地出門。

等我上完兩堂大課回到家，發現林男坐在鋼琴前彈貝多芬的《暴風雨第三樂章》。

我倚在門口，不想中斷他的彈奏。

貝多芬在創作此奏鳴曲時耳病加重，個人的生活又遇到很多困難和挫折，他甚至絕望到寫下遺言，總之是首負能量多多的曲子，林男把它表現得淋漓盡致，可說是有過之而無不及。

"聽完都不想活了。"等他彈完最後一個音，我開玩笑地說。

"我是不想活了，"林男憤而蓋上鋼琴蓋，"妳變了，不再像從前那樣愛我。"

"我變了嗎？也許吧！但誰又能保證自己始終如一？"

"妳不能變，我愛的是從前的妳。"

我說這是個知識和科技大爆炸的時代，如果我還和從前一樣，那代表不思進取，即便是他，他也變了，琴藝當然是進步了，但脾氣也變得乖張、捉摸不定，尤其還有奇怪的性癖好......

"夠了，"林男大喝，"誰讓妳這麼多話？"

誰讓我？呵！我可不是Angela，能讓他呼之即來，揮之即去。

我憤而轉身入房，誰知他竟尾隨我，並將房門上鎖。

"這是幹嘛？"

"讓妳知道誰才是主子。"

他一步步向我走來，我則退到牆角......

"貝貝，妳怎麼了？"賴音如敲門。

我没回應，她便自己開門。

"没什麼。"我蜷曲在椅子上，看著窗外發呆。

"二表哥呢？"

我答林男今晚有個訪談，他和雜誌記者約了見面，Angela也跟去。

"看來又只剩下我們兩人了，要不一起看影碟吧！"

"不看。"我把頭埋進膝蓋。

"妳到底怎麼了？"她走了過來，"很奇......啊～"

賴音如尖叫一聲，像看到鬼似的，我知道林男下手重了。

"這是怎麼回事？貝貝，妳一定得說清楚。"

"有什麼好說的？林男把我當成了Angela，拿起家法伺候了唄！"

" 不可能的......"

哈！就知道她拒絕相信。

望著窗外的一輪明月，我自顧自地傻笑起來......

第五十章/遺像

如果不是左臉腫得像饅頭，我早跑回學校宿舍了。

知道林男晚上會回來，在他進門前，我慌忙地鑽進賴音如的被窩裏。

"貝貝，妳確定這樣做好嗎？家就這麼大，二表哥肯定會上門要人的。"

"我當然知道林男找得到我，但礙於有第三者在場，他應該不會再對我動粗。"

"好吧！妳想在這裏睡就睡，我可先知會妳一聲，本人睡覺會打鼾。"

就在賴音如的鼾聲中，林男回來了，他蹬蹬蹬地大力敲擊客房的門。

"誰？"賴音如被驚醒，一副丈二摸不著頭緒的樣子，"是誰？"

"貝貝在不在裏面？"林男喊。

我趕緊小聲提醒賴音如："說我睡了。"

“貝貝說她睡了。”

這個傻子竟然這麼回覆。

門外安靜了兩分鐘，我以爲警報解除了，沒想到林男拿來備用鑰匙，輕易地將門打開。

“貝貝，回房睡！”他下令。

“我偏不。”

見強硬不起作用，他決定來柔的：“回房睡好嗎？這不是妳的房間。”

我當然知道這不是我的房間，這個家也不是我的家，然而我家又在哪裏呢？它應該在英國，卻被我一手給毀了……我泣不成聲。

“對不起，貝貝，原諒我，我再也不打妳了。”看我哭，林男終於承認錯誤。

“別貓哭耗子了。”

“回家的路上，我還特地上藥房買了挫傷軟膏，妳看！”他拿出管狀物，“我幫妳擦。”

看得見的傷有藥擦，看不見的傷又該如何？

“不用了。”我撇開臉，再次拒絕。

“我已經道歉了，妳還想怎樣？”

我要他離開我的視線，至少今晚必須是。

他沈默了一會兒，終於嘆了口氣離開。

我特地用長髮遮住左邊臉，並且一下課就匆匆離開教室，跟誰都不說話。

本來我已經悄悄將個人用品一點兒一點兒地搬去學校宿舍，誰知一轉身又被Angela全給搬回別墅。

"其實我巴不得妳走，但聖誕節過後林男得參加'倫敦城市音樂節'的演出，妳這一走，他豈不是又要鬧脾氣？咱們別給他添堵，好嗎？"她說。

我受夠了Angela的"小媳婦"模樣，但這次我沒堅持已見，因爲考試快到了，我不想再"一心二用"，既然她上門來，我便順著台階往下走。

考試這一週，我總待在學校晚自習，直到圖書館和琴室都關上門爲止。

雖然每天都回林男的家，但"離開"的念頭卻越來越強烈，我不是指短暫回英國度假，而是永遠離開紐約，離開……林男。

這一晚我回到家，賴音如已經上床，鼾聲正大作。

我剛把包放下就聽到隔壁傳來床架搖晃的聲音，力道之大，以爲床就要因此解體。

這些天我和林男鬧彆扭，兩人已經許久不同床，連面也少見，他竟因此叫來Angela侍寢，一點兒也不避諱，是可忍孰不可忍？

我拉開落地窗衝向花園，大力吸了幾口氣後，總算緩過勁兒來。

林男，你還是當初我認識的林男嗎？我們是怎麼一步步走向萬劫不復的深淵？我要如何愛你？那個我深愛的男人不見了，化爲一縷青煙飄散在風裏……

待我哭完，大悲咒的梵音才鑽進我耳朵裏，也許剛才太激動，來不及接收其他聲音。

我擡起頭來，沒錯，它來自鐵皮屋。

" Shut up!"我對著屋子喊。

梵音依然持續著，讓我怒火中燒。

我大踏步走向鐵皮屋並且一腳將門踹開，在噪音讓我發狂前，我必須先拔掉電源，沒想到……

在詭異的紅光中，我看到我，一張黑框帶白花的照片被Angela供在案上，前面插了三柱香，那個"殘疾"娃娃則被一支箭射中，正懸掛在牆上……

我後退再後退，胃裏一陣翻騰，把晚餐吃的意麵通通吐了出來，嘴裏盡是酸臭的味道。

噢！老天，這日子還能過嗎？

顧不上深夜，我發瘋似地連夜開車回學校宿舍。

第五十一章/小星星變奏曲

不知道我是怎麼考的期中考，反正當鈴聲響起時，我有一種終於跑完馬拉松的感覺。

走出考場，不巧看見林男正站在走廊盡頭和Dr.White講話，我趕緊轉身往相反的方向走去。

"貝，"林男小跑步過來，抓住我的手，"考完了？我來接妳回家。"

聽到林男說來接我回家，我的眼睛忽然熱了起來。

"怎麼了？"林男撫摸我臉龐，"妳知道我是愛妳的，這幾天妳不在家，我……想念妳。"

噢！不，別再給我糖吃，好不容易我才狠下心來。（林男不知道我已辦理休學，明天凌晨離開紐約後將不再回來。）

"走，"他牽起我的手，"陪我去吃飯，我知道一家好味道的海鮮餐廳。"

我忽然有個錯覺，以為過去幾天不過是噩夢一場，林男還是那個林男，高傲、敏感, 而且……只取我一瓢飲。

林男帶我來到紐約的格林威治村，那裏有一家古巴餐廳 CUBA，現場有熱情奔放的古巴音樂及提供手工製作的雪茄，不僅氣氛好，餐飲更好，MOJITO飲品、燒牛尾、海鮮飯、CEVICHES……等，無不讓人允指回味。

短暫遠離不愉快的回憶，我總算露出笑容，這讓林男很欣慰，他以爲風暴過去了，直到……

"貝貝，妳怎麼才回來？還有四個小時飛機就要起飛了。"我們一進門，賴音如就衝著我喊。

"沒事，我載妳去機場。"林男無所謂地對自己的表妹說。

"貝貝，"賴音如一臉驚恐地看著我，"妳没告訴二表哥？"

"告訴我什麼？"林男狐疑地看著我們。

我吞吞吐吐地表示自己將回英國探視艾米，已經三個月不見她了。

林男很驚訝我上機前才告訴他，忙不疊說："妳等等，我跟妳一起回去。"

不，這萬萬使不得。

我提醒他別忘了聖誕假期過後得在"倫敦城市音樂節"做壓軸演出，況且賴音如的公寓小，容不下這麼多人。

"妳和賴音如住一起？"他問。

我答是，因爲喬正和他的懷孕女友住一塊兒，我去不方便。

"何時回來？"他又問。

我跟他約了在音樂節上見，林男這才放下防備之心。

一上機，賴音如便迫不及待地說：“貝貝，妳好屬害啊！把二表哥唬得一愣一愣的。”

何一凡問他女友，我如何屬害？

趁著賴音如“話說從頭”，我把自己埋進毯子裏，拒絕加入談話。

賴音如以爲她什麼都知道，其實不然，她不知道我已經預定了十天的ibis酒店，也不知道喬和我約了在法院離婚，當然更不會知道今天是我在ZL音樂學院的最後一天……

“呵呵! 貝貝，真的是這樣嗎？”賴音如笑問我。

“什麼？”我探出頭來。

原來我的同學曾捉弄Dr.Watson, 讓他收到錯誤訊息而走錯教室, 全班因此僥幸逃過一次小考。

有這件事嗎？我努力回想，好像……有，我還以爲Dr.Watson生病了或臨時有事，没想到……

“貝貝，妳還是ZL音樂學院的學生嗎？簡直跟不上節奏。”何一凡取笑我。

我哈哈兩聲掩蓋羞愧，的確，除了學校和林男的家，兩點一線外，我既不參加社團也不交朋友，我的大學生涯真是蒼白得可憐。

“親愛的，回英國後妳最想做的一件事是什麼？”何一凡忽然問起自己的女友。

那個幸福中的小女人附在他耳中低語，被何一凡怪嗔爲“色女”一枚。

想到這一路都要被迫分享他人的甜蜜，我陷入前所未有的低潮之中。

～

賴音如說還没做好介紹新男友給大表哥的心理準備，要我先走一步。

我一步出希思羅機場的關口，便聽見天籟之音：“媽咪～媽咪～”

那個穿著Burberry經典小風衣的甜美女孩可是我朝思暮想的女兒？

“噢! 我的小寶貝，想死媽咪了。”我跑向她，她的身上有嬰兒香皂的味道。

“媽咪，我也想妳，妳這次不會再跑掉了吧？”

“不會，I promise.”

依著艾米的要求，我又跟她勾了勾小指頭。

“能不能先上車？”喬很不好意思地打斷我們，“艾米還得趕著去參加明天音樂會的彩排，她現在是第二小提琴手了。”

原來我的小心肝現在也是學校樂團中的一員，讓我憶起自己的過往。

“那快走，”我對女兒說，“路上我還能跟艾米講講話，對吧？”

把艾米送進大禮堂，喬問我今晚住哪裏？我答 IBIS。

“妳打算這個假期就住在經濟型酒店裏？”他問。

我當然知道ibis 是屬於“麻雀雖小，五臟俱全”的酒店，但做爲“中轉站”,性價比還是很高的，運氣好的話，十天後也許我能找到短租房。

喬說別麻煩了，他已經幫我租好兩房一廳，是騎士橋區的“HD公園1號”，那個我們原來住的公寓。

“太貴了，那裏一星期的租金不低於一千五百英鎊，何況我已經預付酒店錢了。”

“反正我不可能讓艾米和妳擠在不到二十平米的酒店裏，況且我已經付了一個月的租金了。”

喬不知道我不回紐約了，我也不想點破他，一個月就一個月吧！租期到了再搬。

“你跟法院約了幾點？”我没忘記重要的事。

“什麼法院？”

“這麼說，放假前發的數封郵件算白費了？”

“別生氣，倫敦離婚率高，我没排上號，加上幾天後就是聖誕節了，法院也想早點兒關門。”

我提醒他這件事得趕緊辦，沙麗的肚子很快會大起來，不知道還能不能穿得下婚紗？……

“ Hi,Michelle. Long time no see.”喬找到前方的救兵。

我看見Michelle一身臃腫地走過來，她是Jenny的母親，Jenny和艾米經常玩在一起。

“ Who is this?”她很驚訝，“ Beatrix, how are you? It's really long time no see.”

我告訴她自己的學校放假了，我剛從紐約回來。

Michelle 馬上抱怨媽媽們的閒聊會太胡扯了，竟然有人說我和喬已經離婚，這不，兩個人還甜甜蜜蜜地在一起呢！

“ Yes, we are thinking to celebrate our marriage anniversary.”喬說。

我難以置信地看著喬，他是怎麼了？非但没有解開Michelle的誤會，反而加油添醋地說我們正打算慶祝結婚紀念日。

“Hum……so sweet!”她笑看我們。

我趕緊低下頭去，免得尷尬。

待 Michelle 走遠，我才表達心中不滿，指責喬不應該讓事情複雜化。

"不，我一直在讓事情簡單化，妳回來度假，開開心心地過一個月，然後回紐約繼續學業，一點兒也不複雜。"

什麼時候喬也學會貧嘴？

我没反駁，因爲禮堂裏正傳來莫札特的《小星星變奏曲》，那麼輕鬆、活潑，我也跌進歡快的音樂氛圍裏，並且跟著拍子哼唱起來……

第五十二章/愛的泥沼

我們上"Duck & Waffles"餐廳吃飯，這裏提供地道的歐式菜肴，它位於倫敦蒼鷹塔的第40層，是目前世界上位置最高的餐廳。

喬點了鴨肉批當冷菜，這道菜是在鴨肉肉醬內加入乾蔥和香草，再塞入已擀好的麵皮內，然後放進烤箱裏烤熟。待冷卻切片再填以魚膠凍，很有德國巴伐利亞地區的飲食風味。

熱菜則點了香橙鴨、油封鴨和啤酒鴨，甜點是藍莓華夫餅及椰香華夫餅。

"我不喜歡吃這裏的雞。"艾米皺起眉頭。

我笑著告訴她眼前的全是鴨肉，不是雞肉。前者的肉質比較嫩也比較油，後者比較乾也比較柴。

女兒說她吃不出來。

"早知道就上肯德基吃全家桶，可以省下好幾張紅票子呢！"喬感慨。

誰知艾米堅定地說她比較喜歡吃肯德基。

我和喬對望，無語。

~

回到“HD公園1號”，我切了冰箱裏的水果，然後坐下來玩 Jenga．

這是一款經典的益智積木遊戲，設計理念來源於漢朝的黃腸題湊木模，簡單易玩，作爲家庭遊戲再適合不過。

“啊～”艾米抽出一根積木，沒想到整座塔因此失去平衡，啪的一聲垮下來，她長嘆一聲。

“真可惜。”我說。

女兒不服氣，嚷著再來一次，被她父親制止了：“Enough, it's bed time.”

我的小心肝嘟著嘴說時間還早，如果非要睡，一定得媽咪陪。

我正想答好，喬再一次拒絕，他強調艾米是大孩子了，一向自己睡，沒必要打破慣例。

爲了緩解緊張的氣氛，我把艾米叫過來，又是抱又是親的，她才依依不捨地進房去。

“她才六歲，你對她太嚴屬了。”女兒走後，我忍不住抱怨。

喬說規矩就是規矩，如果壞了規矩，以後再建立就難了。

我也知道“規矩”對於孩子來說意味著什麼，不可諱言，我的“心軟”完全出自一顆沒空照顧孩子的愧疚之心，感性超過理性。

“十點半了。”我提醒喬。

他看了一眼牆上時鐘，說：“讓我把水果吃完。”

然後他吃了一片橙，又吃了一顆葡萄，花去五分鐘，而水果盤上還有小山也似的其他水果。

對於喬的"拖時間"，我無可奈何，只好請他慢慢吃，自己先睡了。

"貝，"他起身擋住我去路，"我們談談。"

"談什麼？"

"談……"喬撥開我左邊的髮，"臉怎麼了？一直想問。"

我趕緊用長髮遮住傷痕，苦笑著說："没什麼，不小心跌倒了。"

喬没聽進去，他說我們結婚六年，他從來没捨得打我，没想到他弟下手這麼狠，到底有什麼深仇大恨不能用言語溝通解決？

我很想告訴他另一個謊言，但話到嘴邊卻說不出口，反而將委屈堵在心頭，一臉哀戚。

"没事的，"他安慰我，"人生苦短，過去種種譬如昨日死，讓我們重新開始吧！"

我幾乎要抱住喬的軀體喜極而泣，但……

"別說笑了，誰要和你重新開始？我巴不得早日恢復單身，享受自由生活呢！"

我輕輕推開他，往主臥室的方向走去。

關上房門後，我捂住臉哭泣。

"對不起，喬，我也想自私，也想重新開始，但我不能，因爲……沙麗和她的寶寶需要你。"隔著門，我向喬做無聲告白。

～

“媽咪，”艾米小聲喚醒我，“我去學校了，今天是最後一天。”

我睜開惺忪的雙眼，時差讓我睡意正濃。

“對不起，媽咪睡晚了，我送妳去學校。”

女兒馬上阻止我，她說喬已經在客廳等她了，還不忘提醒我冰箱裏有牛奶，桌上有麥片，我若餓了可以吃……

“好。”我答。

艾米在我的額頭上留下愛的印記後，輕輕關上房門離去，我翻了個身又沈沈睡去。

直到晚上八點，我才被他們父女倆的談話聲給吵醒，雖然他們已經壓低音量說話。

“什麼事這麼開心？”我走進客廳，一身睡衣。

“老師說下學期讓我坐在第一小提琴的末座，因爲Megan回意大利了。”艾米高興地宣佈。

“一定是艾米表現得太好，不然老師爲什麼挑她不挑別人？”喬給女兒戴高帽子。

我也順勢加了一頂，說她是小提琴界的未來之星，把艾米哄得很開心。

“媽咪，妳餓了嗎？我們給妳帶外賣了，是Honest Burger的培根漢堡。”

難怪我聞到了麵包香和濃郁的牛肉味。

我邊吃外帶晚餐邊聽艾米唱作俱佳地給我講身邊發生的瑣事，她彷彿要把過去三個月沒講的話一次補齊，所以當喬又下令艾米上床睡覺時，我趕緊補上一句：“Sweetheart，明天妳可以繼續，媽咪洗耳恭聽。”

我的小棉襖二話不說地分別給我和喬一個吻，然後乖巧地進房間睡覺。她的懂事、順從讓我很感欣慰。

"我原以爲自己的離去或多或少影響她的性情。"

"妳是影響了她，孩子太早懂得察言觀色不是好事。"

"我知道，"我不得不承認錯誤，"這次回來，我會盡量彌補她。"

"怎麼彌補？一個月後妳又得回紐約了。"

我不想糾正喬的誤會，只說希望離婚後艾米能跟著我，他可以隨時探視她。

"我不明白爲什麼我們非得離不可？保留一個完整的家不好嗎？"

"因爲……因爲若不離，沙麗的寶寶就成了私生子。她給過我機會，我也承諾過，所以……"

喬嘆了口氣，焦躁得在客廳裏來回踱步。

"那孩子不是我的。"他終於停下腳步。

什麼？這是什麼意思？孩子不是他的，那會是誰的？

喬答他也不知道是誰的，沙麗流産後他們便不再同房，也許她是藉機讓他難堪。

我沒想到沙麗會做玉石俱焚的事，既然孩子不是喬的，大大降低了我的擔憂。

"没有孩子這一關，妳能回到我身邊嗎？"他問。

我能回到喬的身邊嗎？我擡起頭來，反問他是否還愛著沙麗？

"我……愛過。如果没有妳，和世界上的任何一位女性結婚，對我來說都一樣，但因爲有妳，我現在没辦法再愛別人。"

喬把責任推給我，但我樂於接受。没有什麼比無愛的結合更可悲的了，他的回答讓我的自私得到了支撐的力量。

"真的？妳真的願意？"喬一把擁住我，很是興奮，"謝謝，謝謝，我等這一刻等很久了。"

噢！喬，應該說謝謝的人是我，你大度地接受了我這隻迷途的羔羊，我……何德何能？

"妳知道復合有個儀式嗎？"他的眼睛亮了起來。

"儀式？什麼儀式？"

"讓我到床上慢慢告訴妳。"喬一把抱起我。

夜幕低垂，月兒高照，久違的感覺又回來了。我擁緊喬，沈浸在愛的泥沼裏……

第五十三章／以色列復國

迷迷糊糊當中我聽到窸窸窣窣的聲音，知道喬起床了。

他洗完澡，又在身上噴了古龍水後，才趴在我身上給我一個吻。

"小懶豬，我上班去了。"他說。

"嗯！路上小心。"我閉著眼睛說話。

他抱著我好一會兒，又在我的脖子上啃了一下才走。

我被東西掉在地上所發出的哐啷聲給驚醒，穿上睡袍，我到房外查看。

"媽咪，我想拿碗，不小心打翻鍋子了。"艾米站在高椅子上解釋。

我邊說沒關係邊抱她下來，順便問她要碗做什麼？她答家裏只有麥片，但冰箱裏沒牛奶了，只能乾吃。

哎！不知道的人也許要以爲我虐待孩子了。

"没事，等媽咪一下，我帶妳去吃早餐，順便採買東西，嗯？"

我三兩下梳洗完畢，臨出門前還偷噴了喬的古龍水，讓自己帶著他的香氣出門。

～

已近十點，我只能帶艾米吃 BRUNCH，把早餐和午餐都一併解決了。

要說倫敦最佳、最潮的brunch店，那非The Breakfast Club莫屬，它在倫敦有6家分店，因爲不能預約，所以總是大排長龍。

我們去的這一家在Soho, 是家老店，裝修風格爲80年代的美式懷舊風，牆上貼滿了顧客所留下的明信片及小紙貼。

我點了All Day Breakfast（就是整天都提供的餐點），把英式早餐的所有元素全加起來，一次吃個夠。艾米則點了煎餅及香蕉奶昔，怕她餓，我還把培根及香腸分給她吃。

"怎麼了，寶貝，不好吃嗎？"我問,因爲注意到艾米有些心不在焉，她的眼光總是飄向窗外。

"好吃。"女兒小聲地答。

我告訴她和人說話要看著對方的眼睛才算有禮貌，老師應該教過……

"爹地說外面那個女人是妳，所以我多看了幾眼。"

聽她這麼一答，我轉向窗外，人行道上人來人往，熙熙攘攘，哪個是我？

"在那裏。"女兒指向一棟約三十層的高樓。

順著她手指的方向，我看見樓身有一幅大型海報，一個女人穿著芭蕾舞裙，手裏拿著小提琴婆娑起舞，旁邊有一行藝術字，寫著：City Showcase（即"倫敦城市音樂節"的意思）。

沒想到攝影師張三的作品真的入選了，我就這麼俯瞰整個倫敦市而不自知。

"媽咪，那是妳嗎？"艾米問。

"寶貝，那的確是我，"我大方承認，"告訴媽咪，那幅海報是最近才有的嗎？"

她答已經掛在那裏好幾天了，不只這裏有，商場和超市也有，只是尺寸有大有小。

"原來如此。"

"爹地看了海報後告訴我，即使費盡所有的力氣，他也要幫我把媽咪找回來，沒想到妳真的回來了。"艾米笑了。

我忽然心疼起喬，那時的我正催促他跟法院約時間辦理離婚，當他看見海報時是何等的心情？

"媽咪回來了，讓我們三人永遠在一起，好嗎？"我試探性地問女兒。

她聽完歡呼一聲，像得到了一個意外的驚喜。

吃完早午餐，我們在市區隨意逛逛，我給艾米買了件Ted Baker的白色外套，又給自己買了皮手套，然後才上Whole Foods Market 採買。

這是一家來自美國的零售商，在英國算是最土豪級別的超市，主要出售純天然食品和有機食品。

採買完畢，我們搭出租車回去，短短十幾分鐘的車程花去20英鎊，難怪倫敦出租車的車費總被詬病。

回到家後，我們母女一起動手洗切。艾米把胡蘿蔔絲切成胡蘿蔔塊，我不計較，因爲我的廚藝也不好，下廚做飯成了親子活動，過程重於結果。

果然結果不太理想……

"媽咪，牛肉硬梆梆的。"女兒抱怨。

"Honey, 媽咪也不知道它爲什麼硬梆梆的，要不妳吃魚？"我把一塊魚肉塞進她碗裏。

艾米吃了一口後說我没放鹽。

是嗎？我趕緊也吃上一口，糟糕！真的没放。

"没事，"喬遞來鹽罐子，"灑點兒鹽就行。"

喬在没有事先通知的情況下又回到"HD公園1號"，而且帶來一隻大號的行李箱。

艾米嘟著嘴，拿起鹽罐子在魚肉身上灑鹽，我尷尬地笑了笑，自嘲自己的廚藝上不了枱面……

"人不可能全才，妳在音樂上有天賦，廚藝差一點兒又何妨？總得給別人留活路。"他安慰我。

此時艾米忽然報料沙麗也不會煮，有一次把麵給煮糊了……

聽到女兒提起那個女人，我很心虛，轉而問學校的事，她樂呵呵地告訴我新近發生在數學老師身上的糗事，我算是把表面危機給應付過去了。

趁著艾米在看 Cbeebies 頻道的 Alphablocks，我示意喬到房間說話。

"你來我這裏，沙麗知道嗎？"我問。

"我不知道她知不知道，我們已經不說話了。"喬邊答邊玩我胸罩上的肩帶。

這樣不行，我要他回家睡。

" 我是回家睡啊！"他翻了個身躺在床上成大字型，" 這裏就是我的家。"

我嘆了口氣，問他有没有聽過以色列復國的故事？猶太人走了，巴勒斯坦人來了。有一天猶太人想復國，回來把巴勒斯坦人趕走，後者當然不樂意，所以爆發後來無數次的中東戰爭……

喬反問我以色列是不是復國了？復國了就好，結果比較重要。

" 我可不想經過大小無數次戰爭後才復國，尤其還有恐怖自殺襲擊。"我答。

喬笑著過來擁抱我：" 妳的小腦袋瓜裏都在想什麼？妳不是猶太人，沙麗也不是巴勒斯坦人，所以問題不成立。"

我想告訴喬，這只是打個比方，道理是相通的，但他不感興趣，一使力，我跌入他懷裏……

第五十四章/抓痕

離聖誕節還有兩天，到處都是購物的人潮。

我帶艾米到牛津街，加入"最後一分鐘購物"的人群中。

牛津街是英國首要的購物街，位於倫敦西區，每年吸引成千上萬的遊客到此觀光購物。在長達1.25英里的街道上，雲集了超過300家的世界大型商場，我在老牌百貨店SeIfridges裏買了條鱷魚皮皮帶，打算送給喬當聖誕禮物。

" Honey, 媽咪給妳 £200, 妳可以去挑選送給我和爹地的聖誕禮物，但是記住只能待在這一層，買完後回來找我，OK?"

艾米拿上錢，很高興地購物去，我還能看見綁在她頭上的粉紅色蝴蝶結在人群中飛舞。

趁著她去買禮物的當口，我轉身要售貨員把玻璃櫃裏的水晶小熊包起來，女兒已經目不轉睛地看著小熊有好一會兒了。

" Are you ......that girl?"售貨員邊把繫上金色蝴蝶結的銀色小盒交給我邊問。

"What?"我一頭霧水。

原來售貨員問我香格里拉酒店旁邊那棟高樓上的海報女郎是不是我？

我大方承認。

她又問我是不是小提琴家？我答自己是ZL音樂學院的學生，主修小提琴，但離violinist還有一段距離。

接著售貨員便像那些遇到名人的普羅大眾，要求與我合影。我看她笑得一臉燦爛，不忍拂她的意，遂和她一起面對鏡頭。

照完相，艾米也購物完畢，她跑向我："媽咪，我買好禮物了，這是剩下的錢。"

望著手心上的 £123（等於她用£77買了兩個禮物），我很好奇是什麼寶貝？

"妳肯定是買了世界上最棒的禮物。"我說。

"嗯！"女兒點頭，"妳和爹地收到後會高興地跳起來。"

我告訴她很期待收到她的禮物，相信喬也是。

~

我和艾米剛走到黑白相間的Liberty百貨公司門口，喬來電話，要我馬上帶著孩子回家，理一個行李箱，不夠的東西路上買，打個出租車回去，快！

我正要問他理行李箱做什麼？他已掛機。

很少見喬如此"不淡定"，我的心裏七上八下的，馬上向路邊招手，一輛出租車行駛過來。

~

我剛閤上行李箱，喬就進門。

"快，現在就走！"他過來拉行李箱，另一隻手牽著艾米往外走。

我迅速檢查一下門窗及爐灶，然後匆匆鎖上大門。

"這麼急？帶我們上哪兒？"我繫上安全帶問。

"回我們的農莊度假。"

我和喬剛來英國時曾住在離倫敦有四個小時遠的大農莊裏，最近的鄰居與我們相距五十多公里。

"爲什麼？"

"爲了給妳和艾米一個不一樣的聖誕節。"他答。

車子開出"HD公園1號"，我看見公寓的小廝舉起禮帽向我們致意，我微笑回禮，不巧看見"我的車"正要駛入地下停車場，由於車窗上沒有貼停車標籤，開車的人被攔截下來。

我又看了一眼車牌號，没錯，那是我的寶馬i8，去年冬天喬買給我的。

由於車玻璃是深色的，我看不清楚駕車人的長相，但可以猜出是誰。

"艾米，到了農莊，妳可以學騎馬，我讓馴馬師替妳挑一匹性情穩定的老馬……"

喬興致勃勃地給女兒畫上未來鄉村生活的美麗藍圖，艾米高興地應合，只有我的心蒙上一層陰影，尤其看到喬捲起衣袖的右手腕上有清楚的三道抓痕，紅得刺眼。

"貝貝，還記得'星星之眼'嗎？"喬轉頭向我，"她生了馬寶寶，妳說叫什麼名字好？"

我想了一下，答："合家歡。"

我用麵包機做了全麥麵包，又照書做了鄉下濃湯，剛把火轉小，喬和艾米就進屋來，他們的身上有白色雪花，背後拖著一個重物。

"媽咪，快來看聖誕樹，是真正的樹喔！"艾米喊著。

我趕緊走過去幫忙，果然是棵真正的樹，樹根還抓著土壤，用一個綠色小盆包裹著。

"哪裏來的樹？"我問。

喬答是附近農民種的小松，他們砍了幾株在路邊叫賣。

"那快，把它擺在客廳窗戶邊。"我下令。

然後我們合力把樹擡到我指定的位置上。

"外面正在下雪，眼看會越下越大，恐怕來不及在商店關門前買到裝飾品。"喬很惋惜地說。

我要他別擔心，我和艾米會負責把樹打扮好。

吃完"湯配麵包"的簡單晚餐，我和艾米馬不停蹄地用以前留下的色紙折了無數隻動物和小紙盒，再把它們全掛在樹上，又拿來彩色小鈴鐺沿著樹身繞了兩圈，總算有點兒過節的氣氛。

裝飾完畢，我把送給喬和女兒的禮物放在樹下，艾米見狀也拿來她的禮物，現在樹下有四個禮物了。

"爹地，你的禮物呢？"艾米問。

喬抓抓頭，很懊惱地說他把這件重要的事給忘了。

我笑著說："你哪裏忘了？你不是要跟艾米一起做聖誕蛋糕嗎？"

艾米聽完，閃著一雙清亮的大眼睛，興奮地問："爹地，你真的要和我一起做蛋糕？"

喬看著我，我對他微微一點頭，他心領神會地對艾米說："沒錯，讓我們明天做一個世界上最棒、最好吃的聖誕蛋糕。"

艾米歡呼一聲，投進喬的懷裏。

我給艾米讀床前故事，她指定要聽聖誕老人的故事。

"聖誕老人是一位專門爲好孩子在聖誕節前夕送上禮物的神秘人物，每到12月24日晚上，他會駕著由9隻馴鹿拉的雪橇，挨家挨戶地從煙囪進入屋內，然後偷偷地把禮物放進好孩子準備的聖誕襪裏……"

"我很高興聖誕老人把妳送回來了。"艾米抱著我輕輕地說。

我的心因此被撩撥了一下，不禁低下頭親吻女兒柔軟的髮，感嘆自己差點兒就失去了幸福。

等到艾米睡著了，我才回到主臥室，喬正坐在床上對著電腦屏幕皺眉，看見我進來，他馬上關機。

"怎麼了？眉頭可以夾死一隻蚊子。"我問。

喬苦笑著答没什麼，不過是工作上的事，假期過後再煩惱。

他舉起手來抒了抒頭，心理學上說"抒頭"表示不自信或說謊，也有緊張的成份在裏面。

我撇開臉說自己洗澡去了，因爲喬抒頭的時候，我又看見他右手腕上的抓痕，它讓我感到心慌。

"天氣冷，兩個人一起洗溫暖些，嗯？"他試探性地問。

我没反對，逕自走向浴室，喬跟隨在後……

第五十五章／喬的聖誕禮物

剛吃完簡單的早餐，我就發愁。

今晚是聖誕夜，我應該準備豐盛的晚餐，好比香味四溢的烤火雞、甜蜜可口的薄餡餅、奶香味十足的土豆泥、加了紅糖的聖誕紅酒……等，然而此刻冰箱裏只剩兩瓶果汁、一盒肉餡、三枚生雞蛋及兩根胡蘿蔔，連一般的家常菜我都拿不出手。

喬和艾米正趴在地毯上玩"Ticket to Ride"，這是一款簡單的鐵路遊戲，玩家乘上一輛火車開始一段冒險的旅程，途中難免會遇到一些障礙（譬如自己的鐵路計劃被對手盯上或者隧道被破壞等），這些難度增加了遊戲的趣味性。

"叭……叭叭……叭叭叭……"急促的喇叭聲聽著就像在家門口。

"貝貝，去開門！"喬命令。

我睨了他一眼，喬很少這麼蠻橫，像個財大氣粗的爆發戶。雖然不悅，但我還是去開門。

"Merry Christmas!"翠西按下車窗玻璃高興地喊。

我太驚訝了，問她怎麼來了？

"没辦法，老闆一聲令下，我五點就得起床，現在睏得要死。"她打著哈欠下車，"還好現在天氣冷，不然從倫敦開到這裏，很多食物都要變質了。"

我看到後車廂有滿滿的食材，像要辦一桌的酒席。

這麼說，爲了聖誕大餐，喬把翠西從倫敦叫來幫忙？

"妳真是我的救星。"我開心死了。

"若不是看在不菲的加班費上，打死我也不幹。"她右手拎著火雞，左手夾著根大火腿，匆匆進屋。

感謝喬，聖誕晚餐有著落了。

忙了一整天，翠西終於在近六點時把所有餐點都準備齊，順便還指導喬和艾米烤出一個不算太難看的咖啡口味樹根蛋糕，上面灑了很多糖粉。

"我得走了，"翠西脫下圍裙，"男友還在倫敦等我呢！"

我們分別和她行了貼面禮，又互祝聖誕快樂，她才離去。

回到餐廳，此時長條桌上鋪上了星星圖案的桌布，上面有白色燭台及松果裝飾，紅葡萄酒在冰桶裏冰鎮著，桌子的正中央擺放著一隻烤得焦黃的火雞，肚子裏塞滿了洋蔥和鼠尾草，旁邊圍繞著煙熏三文魚、鹹火腿、烤土豆、燉蔬菜、甜果派、聖誕布丁以及用碎堅果、洋蔥、奶酪和蘑菇做成的烤堅果。

"哇！好豐盛。"艾米高興地鼓起掌。

喬招呼我和艾米入座。

屋裏的暖氣正好，留聲機播放著應景的聖誕歌曲，飯菜很可口，這真是一個既溫馨又浪漫的聖誕夜。

吃完大餐，我們切開喬和艾米合作的樹根蛋糕，雖然離專業水平還有段距離，但吃過甜死人的聖誕布丁後，任何蛋糕都成了美味。

"我認爲還是艾米做的蛋糕好吃，你認爲呢？"我轉頭問喬。

喬答當然，如果將此蛋糕出售，肯定供不應求。

我們一唱一和，把女兒哄得很開心。

"May I......"喬忽然興致一起，邀我共舞。

我起身與他跳起慢三步，艾米嚷著她也要，於是在白雪紛飛的夜裏，溫暖的燭光映照著我們一家三口的舞姿，既曼妙又歡愉。

～

當他們父女在做蛋糕時，有通電話打進來，看到來電顯示，我本來不想接，但對方非常有毅力，一通接著一通地打，爲了不讓喬起疑，我躲到房間裏接聽。

"貝，是我。"

聽到林男的聲音，我全身不由自主地顫抖。

我嗯哼兩聲，他問我喜歡他送的禮物嗎？國際快遞網站顯示我已經簽收了。

雖然我完全不知道林男送了啥，但還是答喜歡。

"我特地向荷蘭公司訂的，因爲別的地方産的顏色不純。對了，妳知道它的寓意嗎？"

"不知道。"

他很快告訴我，那代表"我的愛注定只爲你一人"。

"呵呵！很好，很好。"我笑得很不自然。

"貝，快告訴我，它是什麼味道？"

味道？我……我怎麼會知道？

爲了怕穿幫，我只好告訴他自己感冒了，鼻子不通，所以聞不出來。

“真是可惜，我一直想知道它是什麼味道，也許過幾天妳病好了，可以告訴我答案。”

我笑著答應。

講完禮物，林男又對我說起綿綿情話，諸如想我了、沒有我度日如年、希望假期趕快結束……等，我都一一接受，只求快點兒結束談話。

“妳沒有話對我說嗎？”他有些失望地問。

於是我祝他聖誕快樂。

“愛我嗎？貝。”

聽他這麼一問，我語塞了。換作從前，我會毫不遲疑地答Yes，但現在……我說不出口。

“這是什麼爛問題？到現在還問我這個。”我假裝生氣。

他乾笑兩聲，我藉機說賴音如做飯需要幫手，這才停止對話。

一掛上手機，我馬上撥給賴音如，問她林男送了什麼禮物給我？

她在電話那頭很興奮地表示是好大一束的彩虹玫瑰，漂亮得很。

彩虹玫瑰是由荷蘭花卉公司推出的一種玫瑰花，又稱幸福玫瑰，花瓣呈現多種顏色，讓人眼花繚亂。

“快幫我聞聞是什麼味道。”我問，不想以後在林男面前答不上來。

“好奇怪，什麼味道也没有，而且這花也太容易凋謝了，兩個小時前送到，現在花瓣邊緣都開始發黑了。”

看來還是自然的好，任何一種加工後的産物都有後遺症……

我還在侃侃而談，但賴音如比較關心我和喬的復合之路是否順利？

“目前看來很樂觀，但妳千萬在林男面前三緘其口。”我叮囑。

得到承諾後，我滿意地掛機。

早上六點不到艾米就起床，她到床邊喚我：“媽咪，我能拆禮物嗎？”

我把喬叫醒，兩個睡眼惺忪的大人加上一個興奮過度的小孩，我們一起走向聖誕樹。

昨晚女兒睡著後，我們在她的聖誕襪裏塞滿了糖果及文具，想必她已發現聖誕老人送了什麼，現在她好奇的是我的禮物。

“哇！是小熊，媽咪妳怎麼知道我就喜歡這隻水晶小熊？”艾米很驚喜。

我告訴她，是聖誕老人告訴我的。

於是她走過來擁抱並親吻我，也給了喬同樣的感謝。

“爹地，現在換你拆禮物了。”艾米催促著。

喬拆了他的禮物，皮帶是我送的，艾米則送了M&M巧克力糖果機。

“你想吃巧克力時，轉一下按鈕就有。”她驕傲地對喬說。

“糖果機？哈哈！”喬大笑，“這真是太⋯⋯太好的禮物，我做夢都想要。”

即使親完艾米，他嘴角的笑意仍未散去。

有了糖果機，我迫切地想知道艾米送我什麼？

三兩下拆開包裝紙後，發現是一個水晶球音樂盒，裏面有一對結婚娃娃。

我上緊發條，白色雪花便飛舞起來，兩個娃娃開始繞著軸心轉，伴隨的音樂是理察克萊德曼的鋼琴曲《夢中的婚禮》。

“一個是媽咪，一個是爹地。”艾米介紹那兩個娃娃。

有媽咪，有爹地，我問艾米在哪裏？

“我當然在妳的肚子裏。”她答。

我和喬相視而笑，這真是最好的答案。

在西方，聖誕節當天是家庭團聚日，不外吃吃喝喝地打發掉，然而喬不想這麼過。

早餐後他問艾米能不能把媽咪借給他兩小時？

艾米問為什麼？喬答因為要送我的聖誕禮物在很遠的地方⋯⋯

“没問題，反正電視上正在播我想看的Mr.Bean。”

於是我和喬手挽著手出門，回頭一望，一個小女孩站在窗邊向我們揮手，還一連送了好幾個飛吻。

“帶我去哪裏？”告別艾米後，我問。

“騎馬，好久没騎了。”他答。

第五十六章/尋找那女孩

我們在馬廄裏看到生產完不久的"星星之眼"及她的可愛寶寶"合家歡"，我撫摸著這對母子，和它們說稚氣的話。

喬和馴馬師在一旁交談，後者指著太陽升起的方向。

待馴馬師離開，我問他們都談了些什麼？

喬答他讓馴馬師幫我挑一匹性情穩定的馬。

沒多久，馴馬師牽來兩匹漂亮的馬，說"漂亮"是因爲馬兒的體格健壯，飄逸的鬃毛在陽光下閃閃發光。

"哪裏來的好馬？"我問。

喬說是拿"星星之眼"參賽以來奪冠的錢買的。

我知道在馬賽中奪冠能贏不少錢，但沒想到有這麼多，多到能買兩匹成年馬。是這樣的，一匹有優良血統的成年馬，其價格是很貴很貴的，所以馬主人通常買幼馬，再加以培育訓練，那些會買成年馬的，一來資金不缺，二來有即時參賽的打算。

“這兩匹馬是不是很快會參加比賽？”我問。

“是的，因爲‘星星之眼’剛生產完，需要休養生息，暫時不可能出賽。”他答。

從這一點不難看出喬有做生意的頭腦，先買一匹所費不貲但能得到名次的馬匹，再把贏來的錢買更多的好馬，原來的那一匹便做傳宗接代的工作，等馬寶寶長大了，又是馳騁馬場的好手……

良性循環，焉有不勝的道理？

我上了白馬，喬上了棕馬，我們往馴馬師手指的方向騎去。

一路上，喬訴說著和我分離後的痛苦。

“艾米想妳，我也想妳，不僅想妳，我還不停的自責，爲什麼……”喬住嘴了，可見有多後悔，待心情平復，“妳要我去找妳，找到了，我應該用世界上最柔軟舒適的布料將妳包裹起來，給妳瓊漿玉液，給妳雕欄玉砌，不讓妳受到一丁點兒的傷害，可惜……可惜我沒做到……”

我想起法國作家埃克蘇佩里寫的《小王子》，書中的主角也是這麼對待他那略顯矯情的玫瑰。

真不知該說什麼好，犯錯的人是我，猶豫不決的人也是我，喬卻把過錯攬在身上，讓我很慚愧。

“喬，我……我已經辦理休學，不再回ZL音樂學院，也許轉到倫敦的其他學校。”雖然痛苦，我還是說了，“這幾年我疏於練琴，長江後浪推前浪，換個專業，譬如作曲，應該會好些。”

喬說無論我做什麼決定他都支持，他很高興我又回到倫敦。

“可是……”

“我會快刀斬亂麻，妳也是，嗯？”他對我微笑。

我了解"快刀斬亂麻"的意思，喬也許能做到，我……哎～

"翻過那個山丘就到了。"他忽然指著前方說。

我不知道喬要帶我去哪裏，這附近我沒來過，他說是聖誕禮物，難道他大老遠跑來這裏藏禮物？

喬"喝"的一聲將腳跟踢向馬腹，馬嘶鳴一聲後奔跑起來。我雖沒踢馬腹，但白馬看到同伴跑起來也跟上，害我心驚膽戰的。

越過山頭，我終於看到我的禮物，那一片藍啊！像寶石一樣清澈，我不禁低嘆："太美了，真不似浩瀚人間。"

"這就是英吉利海峽，游過去就是法國了。"喬說。

原來這就是英吉利海峽，我從來不知道我們住的農莊離海這麼近。

"現在知道了，我們可以經常來看海。"

雖然再過幾天就得回倫敦，而喬的工作一天都不能落下，但我還是答："好的。"

因爲知道假期短暫，我們格外珍惜相處的每一時刻。

早上通常以室內的親子活動開始，譬如：下棋、畫畫、說故事……到了下午就是戶外活動時間，有時散步，有時騎馬，有時做園藝，有時……甚至如同喬所說，我們一家三口翻過山丘去看海。

"媽咪，"艾米指著前方，"海的那一邊是什麼？"

我正想回答法國，孰料喬搶答："海的那一邊是天堂，有吃不完的珍饈，有看不完的美景，還有享受不完的天倫之樂。"

艾米說她好想到海的那一邊瞧瞧，喬答應了，他說當快刀斬亂麻的那一天，他會放自己一個長長的假，帶我和艾米到海的那一邊……

"什麼刀？又什麼麻？"艾米皺起眉頭問。

我笑著擁緊艾米，告訴她那表示我們全家又在一起了，有爸爸、有媽媽、還有艾米。

女兒聽完歡呼一聲，說這才是她想要的，她每天都向上帝禱告，這下子總算靈驗了。

假期一結束，我們回到倫敦，喬也開始上班，只是他的笑容越來越少，人也顯得疲憊。

"怎麼了？"我遞給他一杯香濃的奶茶。

"没什麼，工作压力大，休息一下就好。"

喬現在已經不回"家"了，他搬過來和我們同住，尤其知道我不回紐約，索性在"HD公園1號"又租了個更大的，有四個房間，能俯看繁華的肯辛頓商業區。

"爲什麼租四居？我們才三個人。"我問。

喬答一間當主臥室，一間給艾米，一間充當書房，最後一間給翠西。

翠西？喬竟然要翠西過來？沙麗會怎麼想？

他答沙麗有阿四，不夠還能請人，但翠西不一樣，她知道我的喜惡，現在好的僕役難找。

我遲疑了一下，還是問了："沙麗是什麼態度？"

"能有什麼態度？想拖死我們唄！不過最近她冷靜多了，在公司也不再故意唱反調。"

我說那就好，又問他沙麗的肚子多大了？

"看不出來，因爲她總穿寬大的衣服，除了臉有些浮腫外，實在看不出是個孕婦。"

我要他 Be patient, 孕婦總是比較情緒化。他答他知道，自從接受了沙麗，他每天都在Be patient, 早已習慣了。

艾米的學校假期結束了，我送她去上學，回家的路上，我看到路邊開了家小巧的咖啡館，窗台上有可愛的小花，每張桌子的玻璃墊下還有個小型沙盤，裏面盡是海沙、貝殼及玩具小船，讓人不禁莞爾。

我走進去要了杯黑咖啡，順便上網（我已經許久沒上網，因爲農莊網絡時有時無），然後 " Looking for that girl"的廣告便鋪天蓋地而來，著實花了我半小時的時間才將事情的前因後果搞清楚。

原來聖誕節前夕，當我在做"最後一分鐘購物"時，水晶飾品店的店員認出我就是懸掛在大樓上的巨幅廣告模特兒，還拉著我拍照。一轉身，她把照片發到Face Book 上，還說我是ZL音樂學院的高材生，琴拉得一級棒，"倫敦城市音樂節"怎麼只找我拍照，不找我上台表演？

就因爲這段溢美的留言，在網上掀起千層浪，好事者甚至發起連署，請願的人目前已多達三萬人，而且人數還在不斷增加中，逼得音樂節主辦方不得不出面表態，只要海報上的女主角願意，他們會安排我做開幕嘉賓。這一來，整個倫敦啓動了"尋找那女孩"的活動。

由於看到新聞，我忍不住擡起頭察看四周，該不會有人正在尋找我吧？！

早上十點多，小咖啡館裏人不多，角落有兩個老人在談天，入口處有個阿飛正抖著腿看店外，挺無聊的樣子。

噓～還好，没人發現我。

此時，那個胖胖的西班牙裔老闆端來一盤餅乾，說是剛出爐，請我試吃。

我拿了塊曲奇嚐上一口，果然奶香味十足，甜而不膩，遂對他伸出大拇指：“It tastes good . Thank you.”

没想到本該走的人卻坐了下來，端詳我一會兒後，他問我是不是海報上的那個女孩？

我馬上否認，偏偏電腦屏幕上正播放有關海報女郎的報導。

“ Don't be shy. We are looking forward to your performance.”他笑著對我說。

我趕緊又表示自己不是害羞，而是他找錯人了。

說 了 聲 “Excuse me.” 後 ， 我 匆 忙 拿 起 包 和 電 腦 ， 快速離開咖啡館。

“ LOOKING FOR THAT GIRL.”的活動如火如荼地展開，加上咖啡館主人的報料，全城的目光開始鎖定騎士橋區，逼得我出門不得不戴口罩。

“媽咪，妳感冒了嗎？”艾米問。

“是的，有點兒。”我牽起她的手。

此時Michelle 小跑步過來，旁邊跟著一個書生面相的大男孩，她介紹那是她的表弟，正在泰晤士報當見習生。

“ I told my cousin you are that girl.”Michelle 開心地說。

完了，被出賣了。

那個仍有大學生氣質的男孩腼腆地問我能不能做個簡短的採訪，讓他回去好交差。

我支吾了半天，Michelle 轉而問艾米想不想跟Jenny 一起去溜滑梯？艾米答Yes。

没了女兒，我找不到藉口拒絕，只好和Michelle 的表弟就近坐在花台上，回答他早準備好的問題。

那個大男孩問我拍照的動機，我說老公小時候看過一幅油畫，他覺得畫中人像我，剛好有個攝影師想拍類似的畫面，所以一口答應下來。

" Will you give a performance on City Showcase?"他問我會不會在"倫敦城市音樂節"上亮相？

我答不會，一來我的琴藝一般，怕貽笑大方；二來我不想要平靜的生活起波瀾。

" Do you know Lin Nan? He will appear on City Showcase."他提起林男，讓我很心虛。

我答不認識林男，還反問他那人是誰？

他笑了笑說 Never mind，因爲他也不喜歡那位高傲的鋼琴家。

採訪完畢，我以爲事情已經翻篇，没想到Michelle的表弟因那篇報導而聲名大噪，因爲文章被推上頭版頭條，和英國首相的移民政策聲明擺在一塊兒。

"原來我老婆現在成了名人了。"喬看完報紙後說。

"哎！我挺難爲情的。"我攪拌了一下色彩繽紛的盤中物。

今天翠西做了羅勒葉雞蛋配意大利西紅柿丁醬，一款既好看又好吃的西式早餐。

喬問我是否真的不參加音樂節？很多唱片公司或音樂製作人會到那裏尋找新星。

我答我早已不是新星，只想過簡單的家庭生活。

“不去也好，免得看到……不想看到的人。”

我知道他指的是誰，但假裝没聽懂，轉頭催促女兒快吃，免得又遲到了。

第五十七章/逼上梁山

"倫敦城市音樂節"還是找上我了，通過攝影師張三。

"早上五點多打給我，人還在睡夢中，我以爲自己的作品又得獎，白高興一場。"

說完，電話那頭的張三給了我一個人名和手機號，說是音樂節的導演留的。

"謝謝！"我隨手記下。

"我要是妳早毛遂自薦了，這麽好的機會，別人求還求不來呢！"

我不是不知道"機運"對一個學藝術的人來說有多重要，大部份的人終其一生都在等待這麽一個機會。

"去吧！那件細肩帶粉紅色芭蕾舞長裙我還留著，導演說如果妳願意穿那件衣服上台就更好了，衆望所歸嘛！"張三仍試著游說。

我仍然無法下決定，於是他說了，不論我決定去還是不去，他都會把衣服寄給我，順便附上一張24吋的彩照供我留作紀念,算是感謝我讓他揚名立萬兼財源廣進（現在想找他拍照都得提前半年預約）。

我開口恭喜他，也謝謝他給的禮物。

"還是那句話，妳現在是網紅了，機會難得，得好好把握。"掛機前，張三補了句。

~

我没帶口罩上街，每個人都對我微笑，開場白永遠是那幅美到極致的海報，結尾永遠是想看我上台拉琴，連艾米的班主任都發話了，她說每個人都問她海報上的女郎是不是她班上的學生家長？艾米也成了學校紅人，連高年級的學長姐都來找她說話。

果真如此？艾米回家倒没提起過。

" We are looking forward to your performance on stage. Don't let us down."班主任帶笑說。

如果道德有綁架，期望也有，此時眾人的期盼正排山倒海而來，讓我騎虎難下，最糟糕的是喬也站在群眾那一邊。

"如果......還是去吧！"他在晚餐桌上說。

今天翠西煮了蔥油拌麵加幾道涼菜，看書做的，味道差了點兒，但看在她竭力爲我們煮家鄉菜的份上，一端上桌，我和喬都不吝給予讚美。

"我以爲你不樂見我在音樂節上亮相。"

喬答他的確不想讓我拋頭露臉，但山姆大叔開口了，他不得不賣這個面子。

"山姆大叔？他不是在紐約？"

"是啊！'尋找那女孩'的活動也飄洋過海到彼岸，實際上這已成了國際新聞。"

我沒想到無意的一個舉動會造成這麼大的連鎖反應，突然被聚光燈打在身上，真讓人無所適從。

倫敦有很多音樂學院，譬如皇家音樂學院、皇家音樂專科學院、三一音樂學院……等，但無一例外都是秋季開學。想到將有大半年閒賦在家，不免有些惆悵，我的學習之路怎麼就這麼波折？還好最近我對作曲感興趣，想寫一部交響曲，需要投入大量的時間和精力，暫時轉移了注意力。

"夫人，有您的包裹。"翠西敲門後說。

看到郵戳顯示來自紐約，我心裏有數了。

打開包裝盒，我看到那張無所不在的相片，又看到久違的"道具服"，粉紅色的細紗長裙加紫色腰帶，喚起我塵封已久的記憶。

"真是漂亮，"翠西撫摸著裙子，"好想看您穿這條裙子上台表演。"

"這麼說，妳也知道了？"

"不僅我知道，整棟大樓的人都知道，總抓著我問東問西。夫人，您現在像Rowan Atkinson一樣有名。"

我聽了呵呵笑，Rowan Atkinson是"憨豆先生"的扮演者，早已家喻戶曉、全球知名，我怎能和他比？

"是真的，"翠西一臉嚴肅，"連八十歲的老太太也知道您，說很想聽您拉琴。"

是這樣的嗎？我又陷入兩難。

考慮再三，我還是撥通了電話，是導演本人接聽的。

他聽到我說Yes, 鬆了一口氣，接著告訴我現在每個人都認為他辦事不力，頂著輿論的壓力，讓他想死的心都有，天知道我根本不在表演名單上。

他的心塞，我了解，半路殺出個程咬金不說，還被扣上一頂大帽子，這擱誰身上都覺得堵得慌。

"I don't expect you can perform well on stage, anyway, it doesn't matter. People only want to see you , not your performance."他說。

我能理解導演的擔憂，畢竟我還沒沒無名，但他的鄙視還是傷了我。

放下電話，我馬上把琴找出來，邊擦拭琴身邊思索該拉哪首曲子讓導演刮目相看。

～

我在房間裏練琴，讓翠西去接艾米放學。

女兒回家後看見我又拉琴了，很是驚喜。她問我是不是參加"倫敦城市音樂節"？我答是。

"妳要好好表現喔！記得幫我的朋友簽名。"她說。

我笑著答沒問題，她滿意地回到自己的房間。

班主任說的沒錯，因為我，艾米也成了紅人。

～

在床上，我告訴喬我決定參加音樂節，需要他的支持，翠西也必須接手艾米上下學的工作⋯⋯

"那當然，音樂節什麼時候舉辦？"他問。

"兩個星期後。"

"來得及嗎？"

這也是我擔心的，但事情已經這樣了，我只能"死馬當活馬醫"。

我為音樂節選的曲目是俄羅斯作曲家柯薩科夫的名曲之一：《野蜂飛舞》。

這首曲子原是柯薩科夫為歌劇《薩旦王的故事》第二幕第一場所做的插曲，描述王子變成大黃蜂，攻擊兩個反派角色的情形。

此曲的旋律極快，後人常選用作為展示鋼琴、小提琴等樂器的演奏技巧。換言之，我給自己找了個"不可能的任務"。

時間不多，曲子又難，這是作死的前奏啊！

當我正進入備戰狀態，導演忽然打電話來，通知我從開幕嘉賓變成壓軸演出，林男反倒第一個上場。

我問為什麼？導演答他不清楚，是林男主動要求的。

任何人都知道開幕嘉賓的作用主要是暖場，衆人也不太會去苛責；壓軸就不一樣了，尤其這種大型的音樂節，絕對是由響叮噹的人物坐鎮。

我告訴導演我還不夠資格當壓軸，他同意我的說法，但這是林男提出的，他若不照做，那個脾氣乖張的鋼琴家恐怕會缺席。

我完全了解導演的難處，廣告打了，節目單也印出來，這個時候若起變化，是要逼死工作團隊......

" Let me speak to him."我說。。

他問我是不是認識林男？我不置可否。

我打電話給林男，是ANGELA接的。

"林男現在和誰都不說話，只是練琴、練琴再練琴，連我也只能在指定的時間內進入屋子做打掃及煮食的工作。"她說。

我知道林男練起琴來六親不認，但不知道他已走火入魔。聖誕節前夕，他曾打過一通電話給我，至今再無任何消息，我還因此大鬆一口氣。

" 請傳個話給他，說我還沒準備好拉壓軸，請他別太擡舉我。"

"妳答應在音樂節上演出 ？"Angela問。

看來她也知道海報的事，我無奈答是。

聽她在電話那頭嘆息，我也想跟著嘆息。

午飯過後我收到短信，是林男發的，就四個字：" 妳拉壓軸。"，再無一句廢話。

看來我是被逼上梁山，退無可退了。

第五十八章/山姆大叔

我焚膏繼晷地練習約莫十天後，主辦方給我派來一位伴奏，我們配合了幾次，轉眼就到了彩排時間。

根據林男的要求，他成了開幕嘉賓，然而……

我看見Angela匆匆上台和主持人咬耳朵，後者皺了一下眉頭，沒說什麼，彩排繼續進行，由第二位上場，他是來自挪威的聲樂家，演唱的是意大利獨幕歌劇《鄉村騎士》。該劇改編自韋爾加的短篇小說，由馬斯卡尼譜曲，內容描述意大利西西里島的兩位農民爲愛爭風吃醋的故事。

我是第35個上場，不知爲什麼，緊張得要命，拉著伴奏在後台練了又練。

" Don't worry. You will be fine."

那個和我年紀相仿的男人試著讓我定下心來，然而我還是浮躁得很，於是他推說自己需要抽根煙，會在我上台前回來。

啥？抽四、五個小時的煙？那豈不成了老煙槍？

他笑了笑，推開門走了。

没了伴奏，我一個人練也沒意思。冷靜過後，我決定學伴奏出走，到附近的商場逛逛，買了雙細根高跟鞋，又爲艾米買了各色圓珠筆，足夠她用兩、三年了。

～

伴奏說的沒錯，我表現得如預期的好，連導演都走過來讚美我，他說如果以這種狀態出現，旁人就不好說什麼了。

我明白他的意思，毫無預兆地成了壓軸，後台已經有人議論紛紛（不懂我這個N線外的新人爲何從天而降），如果我再表現不佳，無疑把導演送上風口浪尖。

"I will do my best. Don't worry."我安慰他。

我是最後一個出場，但直到工作人員收拾好大小音箱及將施坦威三角鋼琴推離舞台，我仍沒看到林男，他去了哪裏？明天會如約到場嗎？

～

我一回到家就看到喬在打包行李。

"沒辦法，臨時被山姆大叔派到中國公幹，什麼時候不好派，偏偏選在這時候，害我無法到現場看妳演出。"

我答沒事，回來後他可以看錄像帶。

"那差多了，"喬走過來擁抱我，"我想上台爲妳獻花。"

我笑他送的花還不夠多嗎？現在家裏到處都是花，特殊節日送、逢週末送、出大太陽送、鐵路罷工送……連首相就職日也送。喬總找得到各種理由送我花，而且清一色是玫瑰，有紅玫瑰、粉紅玫瑰、藍玫瑰、白玫瑰……

"上台獻花的意義不一樣。"他說。

"不打緊，有這份心意足矣。"

喬在我的額頭上留下一個愛的印記後，轉身拉著行李走了。

披上羊毛披肩，我開著喬的車趕赴音樂節，後座坐著翠西和艾米。

“媽咪，今晚妳好漂亮，像電影明星。”女兒說。

“那麼待會兒記得幫我拍照。”

“No problem.”

到了現場，我和翠西約了演奏完畢後在化妝間見面，然後放她和艾米去觀看其他音樂家的演出，自己則走向練習室，伴奏正在那裏等我。

主持人介紹我出場，我拿著Stradivari琴上台，耳中傳來如雷的掌聲，拍照聲和閃光燈齊發，彷彿我是巨星登場，逼得主持人拿起話筒要觀眾自律。

待安靜下來，我對伴奏點個頭，他彈了四小節的前奏後，我開始進入。

這首極為快速的曲子很考驗演奏者的功力，還好我和伴奏合作無間，在三分鐘後畫下完美句號，迎來另一波的如潮掌聲。

許多人上台為我獻花，認識的和不認識的，但都不及看到女兒時來得激動。她送我一束紫色郁金香，代表“無盡的愛”。

“Mummy, well done.”她在我耳邊低語，

“Thank you, sweetheart.”我彎腰親吻她。

當我目送她下台，同時落入眼底的卻是一身白色燕尾服的林男，他的手裏捧著紅玫瑰，奕奕然向我走來。

"Well done, 貝貝。"他送花給我。

我接了過去，然而接下來的一幕卻嚇得我目瞪口呆，他竟然……竟然單膝跪地，從口袋裏掏出一個精緻小盒，裏面是一枚熠熠生輝的鑽戒。

" Will you marry me?"他説。

我傻眼了，加上現場起閧的聲音，我的驚訝很快轉爲憤怒，這是什麼跟什麼？我還是喬的妻子，女兒甚至在現場，他鬧的是哪一齣？

"夠了，趕快起來。"我低喝，說的是普通話。

他卻像千年巨石般紋風不動，還是Angela機警，她跑上前跟主持人耳語一番，後者馬上上台說這是爲了給音樂節製造娛樂效果的演出……

觀衆席有了騷動，我趕緊就著麥克風證實主持人的說法，還強調剛才上台獻花的小女孩正是我的女兒。

此時角落開始出現稀稀落落的掌聲，接著像骨牌似的越來越大聲，最後震耳欲聾，果真達到娛樂效果。

我氣呼呼地下台回到化妝間，喝了好幾口水才算把憤怒壓下去。林男早已不見蹤影，實際上我不關心他去哪裏，今晚的他太任性了，我根本不想再見到他，所以當工作人員進來喊我，說有個"紳士"找我時，我一口回絕。

没多久，那位工作人員又進來，手裏拿著一張名片，我低頭一看，是喬的頂頭上司Sam,他怎麼來了？

懷著狐疑的心，我走出化妝間……

山姆大叔一看到我，立馬送上一大束的火紅郁金香，我接過後還能感覺手上的熱氣，火燙火燙的。

"You are the best violinist in the world."他說。

我謝了他，心裏七上八下的，這人到底想幹嘛？

果不其然，他提出想和我敘舊，就在附近的千禧國際酒店咖啡廳裏。

想起曾經和他的肌膚之親，到現在還令人作噁，趕緊表示女兒等著和我一起回家，她早過了上床時間。

山姆大叔遂提議讓他載我和艾米回家。

噢！不，家是堡壘，我不允許它有一點兒骯髒，想上門？門兒都沒有。

"媽咪！"女兒忽然向我跑來，後面跟著翠西。

"Is this your princess?"Sam 蹲下身和艾米對望。

女兒很害怕，向我傳來求助的眼神，我立馬把車鑰匙塞給翠西，吩咐她讓艾米梳洗完畢後再上床。

"夫人，妳呢？"她看了一眼年近半百的壯漢，"很晚了。"

我答我知道，喝完咖啡就回去。

待她們走遠，山姆大叔竟然恬不知恥地說障礙物掃除了，這下子我們可以安心喝咖啡……

我恨不得搧他兩耳光，但回歸理性後，我還是努力保持淡定和優雅，問他："Where is your car?"

他做了個"請"的動作，我無奈隨他走向停車場。

第五十九章/斷後路

千禧國際酒店是一家有些年份的酒店，位於肯森特區，也就是富人區，且在著名的奢侈一條街上，離我住的"HD公園1號"不過十幾分鐘車程。

說要喝咖啡，Sam卻帶我去大堂旁邊的酒吧，因爲咖啡廳馬上就要關門，而酒吧可以坐到凌晨兩點……

" We won't stay so late, isn't it? "我問。

山姆大叔笑而不答。

沒多久，服務員端來我要的"螺絲起子"和他要的"長島冰茶"（"長島冰茶"和茶一點兒關係也沒有，只是色澤很像紅茶。由於酒精濃度能達到40%，它還有個不雅的名稱，叫"失身酒"）。

Sam說我不應該點"螺絲起子"，加了果汁的雞尾酒有什麼好喝？應該點"長島冰茶"，和他一樣。

我答如果酒吧裏有賣檸檬水或西袖汁，我會點來喝，因爲和他談話必須保持清醒，免得"失身"。

他聽了呵呵笑，說我真風趣。

我轉而問他爲什麼來倫敦？又爲什麼派我老公去中國？不會是湊巧吧？！

他答不是湊巧，他飛來倫敦看我演出是計劃中的事，喬在這裏很礙眼，掃除障礙物是必須的。

" Since ......that day, I know you're the one I had searched for years."他說。

"那天"代表我的"屈辱日"，然而在他的精心包裝下卻成了浪漫愛情的紀念日。

我問他是不是對每個上過床的女人都說同樣的話？

他指天發誓他是有原則的人，不隨便和女人上床，除非對方有才氣。接著又說當他在紐約時報上看到我的照片時，有個聲音告訴他，一定得飛來倫敦，等到真的看到我站在台上拉技術性要求極高的《野蜂飛舞》時，瞬間就有"東西"不乖了......

這是公然的性騷擾！我憤而起身，告訴他沒有繼續談下去的必要。

" Sit down. Sit down."他招呼我坐下，"I know Joe bought 2 pretty horses not long time ago."

Sam知道喬不久前買了兩匹漂亮的馬兒，So what?

他緊接著報料，說喬不僅買了兩匹馬，還買了五十萬歐元的歐洲債券，因爲他把公司的極機密數據賣給了他國，口袋裏有的是錢。

我氣得又坐下來，指責他無中生有、惡意栽贓！

山姆大叔說他不是無中生有，更不是惡意栽贓，他的消息來自一個可靠的人物。

" Who ？"我問。

" Sally."他答。

沙麗？竟然是沙麗？不可能的......

Sam反問我該不會不知道自己的老公和沙麗之間的風流韻事吧？！

我的沈默成了一種態度。

他接著坦言本來對沙麗不感興趣，後來聽說她會彈三味線，一種緣自中國，經過改良的三弦琴。看她穿著日本和服出場，低眉順眼地彈琴，讓他想起了日本藝伎，既然是伎，就沒什麼不可以......

聽到此，我驚訝到說不出話來，難道......難道沙麗懷的是他的孩子？

我還在懷疑，下一秒Sam便拿沙麗和我作比較，琴藝當然我居上，床上功夫嘛......沙麗的花樣比較多，但他天生比較喜歡"勉強"別人，像我這種"欲迎還拒"才對他的胃口，沙麗太激進了......

" Stop it."我要他閉嘴。

他不閉，反而提起已經在這家酒店訂了豪華大床房，也許我們可以在床上討論喬的未來。

老天！這個猥瑣男人又想故技重施，真令人作嘔。

我啐了他一臉："Go to hell."，然後起身離去。

我把沙麗約出來，她指定要吃金龍軒的燒鴨，我没意見。

雖然有著金碧輝煌的名字，金龍軒的店面走的卻是小清新，綠白相間的門面讓人感覺舒服，內部裝修也十分典雅，一派的中國古典風格。

我先到，選了個靠窗的位子坐下，又叫來一壺菊花茶慢慢品茗。沙麗晚了二十分鐘才到，看在她大腹便便的份上，我不計較。

服務員給我們皮面燙金菜譜，沙麗没徵求我的意見，逕自點了燒鴨、鐵板牛肉、廣式蒸多寶魚、椒鹽鱔段、沙爹牛肉煲、蒜蓉芥蘭以及芥菜鹹蛋湯。

當服務員轉頭向我時，我說：“請給我們來兩碗米飯。”

開場白總是最難，服務員走後，我又喝了兩杯茶水，依舊没想到要如何啓齒，還是沙麗先開口：“想見妳很難，喬將妳保護得很好，是什麼風將妳吹來？”

“昨晚Sam找我談話了。”

“是坐著談還是躺著談？”她問。

我說咱們的談話能不這麼低俗嗎？她想和山姆大叔搞七捻三是她的自由，我想談的是喬的未來……

“呵！低俗？”沙麗一副輕蔑的嘴臉，“多的是表面道貌岸然，背地裏使壞的人，到底哪個才是真低俗？”

我知道我背信忘義，說好的跟喬離婚卻拖了大半年，如今又灰頭土臉地回到倫敦，但我不承認低俗，至少我没有主觀意識想要傷害某個人。

沙麗說我臉皮真厚，光挑對自己有利的講，不過她也不是全然没有法寶，醫生查出她肚裏懷的是兒子，喬終於有接班人了。

“如果是喬的孩子，那自然是。”我喃喃道。

她問我說這話是什麼意思？我答她雖然是中日混血兒，但長著一副亞洲人的臉孔，喬就不用說了，地地道道的中國人長相，如果她的孩子生下來有外國人的高鼻子和深邃的眼睛那就不妙了……

我看見沙麗的嘴唇在抖動，噢！不，別動了胎氣。

“我……我胡亂說的，妳別放在心上。”我趕緊加了句。

“是誰告訴妳的？”

我要她別管誰說的，把孩子安全地生下來才是要緊的事。

“和老傢伙的事不是意外，”她竟然作實我的猜想，“就想讓喬知道，他不珍惜我，自然有人珍惜，還是他的頂頭上司，沒想到……”

“I am sorry.”我說。

沙麗問我爲什麼要說“遺憾”？我答不是遺憾，而是道歉，如果我能不這麼優柔寡斷，也不會波及到她。

那個驕傲的女人說我的確該道歉，她來自書香門第，自己又爭氣，學習上一路過關斬將，求職又順風順水，没想到最後栽在情感上，既没名份又懷了個私生子，無端惹來一身騷，讓父母蒙羞……

“I am sorry.”我再次道歉。

“我不接受妳的道歉，也不會再留戀一個心不在我身上的人，我……另有計劃。”

“妳的計劃是毀了喬的事業嗎？”

她答蒼蠅不叮無縫的蛋，是喬親手毀了自己的事業，她不過是選擇說實話罷了。還有，別以爲跟老傢伙上床就能挽救喬，像我之前做的一樣。爲了防止我走這一步，她已經把證據交給董事會，一人一份，就不信我能一個個睡去……

沙麗以不急不徐的語氣陳述，彷彿說的是別人，與我一點兒干係也無，我卻冷得發抖，宛如冬天降臨。

菜陸續送上來，“孕婦”的胃口極佳，每道菜都吃了，尤其是燒鴨，連骨頭都啃了。

“告訴我，我跟老傢伙的事是誰說的？還有，妳没真的做了不利於喬的事吧？！”

"妳跟老傢伙的事當然是老傢伙親口說的，能睡到喬的美麗妻子，他還挺自豪的，至於那件事……當然做了。"

"這是斷了喬的後路啊！"我都快哭了。

"他已經斷了我的後路，我不介意也斷了他的。"

說完，她對我微笑，彷彿贏了一場難分軒輊的棋賽。

第六十章/喬不回家

音樂節過後，有個華裔音樂製作人Devin找上我，他說我有姣好的外貌及不俗的音樂底子，想走大師之路也許有難度，但打造一個通俗音樂明星卻指日可待，何況我的身上已經自帶光環: ZL音樂學院肄業，老公是IM歐洲分公司的執行官，小叔子則是當今炙手可熱的鋼琴家，他甚至在剛結束的"倫敦城市音樂節"上，爲了娛樂效果演出下跪求婚的戲碼......

"我對演藝圈不感興趣，上音樂節純粹'盛情難卻'。再說，一介平民的家務事完全不值得公諸於世。"我說。

"炒作只是臨時手段，一旦站穩腳跟就用實力說話，我已有長遠的計劃，先出一張短曲MV試試，走的是浪漫曲風......"

" Devin, 我想你沒聽清楚，我對當明星不感興趣，不—感—興—趣—, Got it? Bye."

掛上手機，我替自己泡了杯玫瑰茶，在花茶的香氣中，坐等喬的歸來。

∾

喬進門的時候，我正在聽韓裔美籍小提琴家張莎拉所拉的《愛的憂傷》，此曲由克萊斯勒作曲，是一首充滿維也納情調的沙龍小曲，在浪漫的琴聲中細數愛的故事。

"好美的曲子，"他給我一個吻，"應該由妳來拉。"

我笑說張莎拉是大師，我的琴藝還不及她的十分之一……

"No.No.No.樂評可不是這樣寫的。"喬從他的手提袋中拿出好幾份報紙遞給我，"《The Times》、《Express》、《Financial Times》、《The Guardian》、《The Independent》、《The Daily Telegraph》都對妳的演出給予高度評價，反倒我那可憐的弟弟無人理睬。"

"原來你也知道那鬧劇。"

"隔天的晨間新聞就有報導，幾秒鐘閃過，算是無聊的插曲吧！"

看他的臉色沒有不豫，我暫時鬆了一口氣。

"艾米呢？"喬左顧右盼，"我給她買了件小旗袍，漂亮極了。"

我答艾米還沒放學，已經交待翠西去接了。

"我以爲音樂節過後，妳會親自接送女兒上下學。"他坐了下來。

"沒錯，但今天特殊，我有話對你說。"

喬問什麼事？我答讓我先泡杯咖啡給他喝。

家裏有一個滴漏式咖啡壺，平常爲了省麻煩，我通常使用現成的咖啡粉，但今天的我需要醞釀情緒，所以把喬在哥倫比亞買的咖啡豆放進磨豆機裏研磨，現磨的咖啡粉在口感上更滑潤，是一種完整而不厚重的味覺體驗。

"貝貝，妳要寵壞我了。"喬笑說。

"沒事，待會兒你需要用腦。"

避開他詢問的眼神，我將磨好的咖啡粉倒進咖啡機裏，等熱水濾過咖啡粉，再滴下咖啡油脂以及香醇的咖啡液，濃烈的咖啡香瞬間漫延開來，久久不散。

端著用WEDGWOOD咖啡杯盛裝的黑色液體，我走到喬跟前。

"謝謝！"他啜飲著我精心做的咖啡。

"那個……'星星之眼'總共贏了多少錢？"我坐下來，打算先旁敲側擊。

喬給了答案，那個數字買下兩匹血統良好的成年馬綽綽有餘。

"最近買理財產品嗎？譬如……債券。"我繼續問。

"沒有，最近忙，錢都放在銀行裏。"

問題到這裏卡死了，到底喬是真沒買還是刻意隱瞞？

看我陷入沈思，喬問我是不是有什麼小道消息？他不介意我理財。

我趕緊表示自己不是理財的料。

他再次投來詢問的眼神，琢磨再三，我還是說了，當然只包括"販賣極機密數據"這件事。

"妳從哪裏聽來的？"他垮下臉來。

"山姆大叔說的，現在董事會也知道了，沙麗報的料……"

"沙麗？！"喬氣得將杯子擱桌上，用力過猛，咖啡濺得到處都是。

我要他冷靜，他不聽勸，氣呼呼地走了，甩門的聲音震耳欲聾。

～

當晚喬没回家，打電話給他，他没接，我的心裏七上八下的，該不會真和沙麗打起來了？

第二天，直到晚上十點多，他還是没進門，手機依舊不接，我這才感到事態嚴重，一通電話撥給賴音如。

“大表哥？昨天和今天都上班了呀！”她說。

聽到喬安全，我鬆了一口氣。

“可是……”賴音如欲言又止。

“可是什麼？”

“可是公司裏有傳言，說大表哥的地位不保，因爲誠信問題……”

這麼說，流言已傳開？

“貝貝，大表哥真的做了吃裏扒外的事嗎？”

我答這也是我想知道的，可惜喬甩門出去前没有給我明確的答覆。

“還有……二表哥來找過妳，知道妳不住我這裏，怒不可遏，還問起妳住哪裏？老天，我也不知道。他以爲我故意隱瞞，對我惡聲惡氣的。”

音樂節那一跪，我心裏有氣，後來林男打了好幾通電話給我，我都没接。

“別理他，我這裏亂成一團，不想再添麻煩事了。”我說。

喬現在草木皆兵、腹背受敵，他需要我，可惜我見不著他。

到了第三天，我不淡定了，臨下班前我打給賴音如，她說喬還在辦公室裏，不知道幾點會走。

“沙麗呢？”我問。

“她昨天到美國出差了。”

知道沙麗不在公司裏，我交待翠西盯著艾米寫功課，晚餐時間我若沒回來，她們可以開飯。

“夫人，一切還好吧？！”

“很好。”我對她微笑，但誰都看得出這笑容帶著苦澀。

正值下班時間，大樓陸續走出歸心似箭的人群，還好IM前台尚有接待人員（不是從前那一位，自然不知道我是喬的太太）。

“Do you have a reservation?”那個仍帶學生氣質的女生問。

我答沒有預約，但事情很緊急，我是艾米的老師，需要跟林先生說話。

她也感受到緊張的氣氛，馬上撥打電話，得到肯定的答覆後，她帶我到裏面的辦公室。

“This is Miss Ke，your daughter's teacher. She needs to speak to you.”學生妹不明所以地介紹我。

喬直挺挺地看著我，似有千言萬語。

“Thanks, Megan.”他說。

叫Megan的女生走了，還不忘帶上門。

“你沒回家，我很擔心你。”我說。

喬示意我坐，我們同時在他的小型會客室坐了下來。

一坐下，那幅令喬念念不忘的油畫又和我打上照面，同時落入眼底的還包括那張被我視爲可恥的大辦公桌。

我將臉撇向一旁，避開那張桌子。

“最近忙。”喬解釋。

“你好幾天没回家，在忙什麼？”

“忙著寫申訴材料，希望還有轉圜的餘地。”

這麼說他是無辜的，我就知道，但喬爲什麼不回家呢？

“有人以我的名義購買了歐洲債券，我猜是沙麗，但我没辦法證明公司的極機密數據也是她賣給俄羅斯的，除非她破解了我的密碼。”

原來是沙麗的緣故，她的確有做案動機，但喬爲什麼不回家呢？

“孩子不是我的，是山姆大叔的。”

我没想到沙麗連這個也說，看來是破釜沈舟了，但……

“你爲什麼不回家？”我終於問了。

“呵！我爲什麼不回家？”他忽然起身走向那張大辦公桌，邊撫摸邊說，“柚木大班台，結實；1米乘以1米半，夠大。妳說，躺在上面做愛是什麼滋味？”

“這……這是什麼意思？我……不懂。”我感覺自己的心跳加劇、手心出汗，連說話也在顫抖。

“柯貝貝，妳真不懂嗎？”

“我……”彷彿有人掐住我的脖子，讓我再也吐不出任何字句來。

第六十一章/分手儀式

我告訴喬事出必有因，當年他挪用公款給我買Stradivari琴，雖然一個星期後就補上，但仍被眼尖的財務給抓個正著，董事會認爲他已經不適合再擔任英國執行官一職，特別交待山姆大叔上倫敦了解情況……

"我知道你對公司事務案牘勞形，也知道歐盟國執行官對你的意義，腦子一熱就……喬，我是爲了你。"我哽咽了。

"我没有挪用公款，那筆款項是爲了某種特殊原因必須轉出再轉進，Sam完全知情。"

這麽說，我被山姆大叔給算計了？我的心跌至谷底。

"貝，"喬走過來，"即使妳犯再大的錯，我也會原諒妳，只是……我需要時間去消化。"

噢！喬，你如此大度讓我無地自容，但既然選擇原諒，爲什麼不回家？

他答他正處於艱難時刻，前有斷崖，後有追兵，分分鐘會要他的命，等事情解決了，他自然會回家。

這完全是兩碼子事，不是嗎？

我還想說什麼，喬在我的額頭上蜻蜓點水式一吻。

"路上小心。"他苦笑著對我擺擺手。

我只能黯然離去。

接下來的日子很離揺，沒有了喬，我像失去了雙手和雙腳，只能宅在家裏禱告，祈禱喬這次能化險爲夷、否極泰來。

"爹地呢？好久沒看到他了。"

我正給艾米讀床前故事，她又問起喬，我依舊給她一個冠冕堂皇的理由。

" Marry 的爸爸每天回家，Jack 的爸爸也是。"女兒嘟著嘴抱怨。

我親親她的臉頰，說她的父親是重要人物，很多人仰賴他，等這段時間忙完後，他會帶她出去玩。

"真的？"艾米的眼睛發亮,"我想去迪士尼樂園。"

我替喬答應下來，然後將書翻頁，繼續唸童話故事。

"媽咪～"艾米覷了個空喊我。

"什麼事？寶貝。"

"我……看到他了。"

我問她看到誰了？

"妳的老朋友，在音樂會上送妳花和戒指的那一個。"

說來可悲，因爲我的關係，喬和林男交惡，兩人老死不相往來，以致於艾米到現在還不知道那個高高瘦瘦的鋼琴家是她的親叔叔。

"Dear，花和戒指都是開玩笑的，別當真。"

女兒答她知道那是鬧劇，我已經在台上解釋過了。

"妳後來在哪裏看到他？"我直指問題。

"音樂節過後，連續好幾天的上午茶時間，他都站在學校滑梯旁邊等我，給我一瓶果汁。我已經有自己的點心，但他說那果汁是現打的，好喝得不得了……"

没等艾米說完，我立馬抓住她的雙肩："妳没喝吧？他還跟妳說什麼？妳没跟他去任何地方吧？"

大概我的語氣過於急躁，艾米將身體往後縮，非常害怕的樣子。

"Oh dear, 對不起，"我把她擁入懷裏，"媽咪太緊張，嚇到妳了。"

然後我爲她唱《Brought me a cat》，這首兒歌段落較多，每段都會有一隻不同的小動物發出可愛的叫聲，聽到艾米配合著學各種動物的叫聲，我知道自己已成功轉移她的注意力，這才放下心來。

等女兒入睡後，我輕輕關上房門，同時決定明天一早到艾米的學校一趟。

～

我送艾米去學校，没看到林男，反被幾個認識的媽媽圍住，不得不虛應一下，然而口水沫吐完，那個高高瘦瘦的人仍未現身，我只好到學校附近的咖啡館喝咖啡，坐等 10:20 的鐘聲響起，那是上午茶時間。

"Hi, could you give me a bottle of kiwi juice? Please."

聽到有人要奇異果汁，還是熟悉的聲音，我轉頭過去，果然是林男。

"待會兒想去哪裏？"我對著他的背影喊。

林男一看是我，有些驚訝，但很快穩住。

"給自己的侄女帶瓶果汁，"他手裏拿著綠色果汁走過來，一屁股坐在我對面，"妳教育得很好，艾米沒喝，最後都是我喝掉的，但不給她帶點兒東西就沒理由去看她。"

"你不是真的想看她，所以請別再做無濟於事的事。"我極度不高興。

林男答我是對的，他不是真的想去看艾米，但他去看艾米，我才會來看他，所以不算無濟於事。

我問他到底想幹嘛？一次說完。

他答我傷他太深，音樂節後他成了衆人的笑柄。

"我從來沒想過要傷害你。"我說。

"我以爲我們的感情已經水到渠成，那麼好的機會，想不明白妳爲什麼要拒絕？而且對我的態度也有了180度的轉變，彷彿避之唯恐不及。"

林男說的沒錯，我變了。

面對我的初戀以及曾經認可的"唯一摯愛"，我躊躇著該如何開口。

"如果是Angela的原因，妳大可放心，她去了美國西海岸，再也不會回來。"

聽他這麼一說，我實在難以接受，那個把林男當神一樣供起來的女人，竟然拍拍屁股就走，一點兒留戀也無，太匪夷所思了。

林男強調是真的，他又請了新助理，是個吹小號的男生。

“ Angela走了也於事無補，她不是主因，我不愛你了，那才是重點。”

“ 妳......不愛我了 ？”他嚇到了，但隨即被另一波情緒掩蓋住，“ 不帶這麼開玩笑的，貝貝 。”

我答不開玩笑，是真的。小時候我曾經很喜歡玩芭比娃娃，某天當我拉開窗簾，看到一個男孩子騎自行車從我窗前經過，那麼瀟灑自在，我回頭望了一眼昨晚還被我摟在懷裏睡覺的娃娃，才一晚的功夫，我竟覺得自己幼稚。那種感覺很奇妙，好像憑空就產生了，從喜歡到厭惡不過彈指之間......

林男聽了邊笑邊搖頭，邊搖頭邊笑，那樣子像是得了失心瘋，我才意識到自己說話太直白了。

“ 對不起，我只是打個比方，你......還好吧 ？”

“ 好，很好，好得不能再好。”說完，他把手中的果汁一飲而盡。

我看自己的咖啡也喝完，加上氣氛不對，就想走人。

“ 別走，”林男抓住我的手，“ 分手得有個儀式，妳陪我24小時，明天早上十點過後，妳走妳的路，我過我的橋，咱們互不相干。”

“ 還得過夜 ？不太好吧 ？女兒等我講床前故事。”

“ 行，”他放開我的手，“ 那麼我就待在倫敦不走了，天天跟妳耗。”

林男的犟脾氣我領教過，擋也擋不住，何況喬一時半會兒不會回家，若趁接下來的24小時將這段不倫之戀做個了斷，不挺好的 ？

“ 我給翠西打個電話吧 ！”我說。

第六十二章 / WHITSTABLE

林男帶我來到林肯中心，他告訴那裏的工作人員，他需要借用琴室練琴。

雖然林男是熟面孔，也多次在林肯中心演奏過，但他目前不在排練名單上，工作人員左右爲難。

“ Are you sure? Jeffrey Cohen was ill. He can't perform tonight. I have received a massage to replace him.”林男說 Jeffrey Cohen 病了，今晚無法上台，他接到通知將取代他演出。

“ I am sorry.”

工作人員不知是對生病的Jeffrey Cohen 表示遺憾，還是因不知林男取代演出而感到抱歉，反正他已經轉身去取鑰匙。

林男不能使用演奏廳，那是與管弦樂團一起排練時才能用上，現在他帶我去的是後台的琴室，裏面有一架白色的施坦威三角鋼琴。

“接下來的一個小時，我將為妳演奏最好的音樂。”他說，然後煞有介事地躲到角落。

我給予掌聲，他才出場。

一坐下，他彈的是貝多芬的《獻給愛麗絲》。我知道他為什麼選這首曲子開場，因為當年他就是以這首甜到爆的曲子成功吸引到我。

是這樣的，學音樂的人往往認為悲哀、深沈的曲子更容易引起共鳴及表現高超的功底，偏偏當時的我還是情竇初開的少女，喜歡花和驚喜。

林男曾對我說他是如何處心積慮地想引起我的注意，所以不斷練習那些艱深的曲子，可惜都無功而返，直到技術性要求不高的《For Elise》奏起……

如今我早過了做夢的年紀，也懂得欣賞各類曲風的音樂，但我從沒忘記過這一首，想必林男也是。

彈完《獻給愛麗絲》，林男又把知名大師的作品節選後重新演繹一遍，有快有慢，有激昂有壓抑，有快樂有悲傷，而且銜接得天衣無縫，不知道的人還以為是首長曲子呢！

看著台上專注彈琴的林男，我忽然理解Angela的粉絲情結。音樂這個東西很個性化，它往往彰顯表演者的內心世界，如果恰巧觸摸到某根敏感神經，的確很容易讓人產生崇拜心理。好比現在，彈琴的林男無疑有個美麗的靈魂，和現實生活中的他判若兩人。

最後的最後，林男說他要彈一首曲子給今生最愛的女人……

然後他的手快速在琴鍵上滑過，以高超的技巧彈著大跳，重複音，長顫音，雙音顫音，雙音刮奏，高擡指……等，替“手指舞蹈”做了很好的詮釋。

外行人看熱鬧，內行人看門道，同為音樂工作者，我不僅看到華麗的外在，也看到了內裏。這首曲子不似一般作品沈穩，隱隱有些不安和煩躁，像暴風雨來臨前的寧靜。

等他彈完，我給予熱烈掌聲。林男起身致意，就像他所做過的無數次演奏會後的答禮一樣。

“這首曲子寫了多久？叫什麼名？”我問。

“即興創作，叫……《滅頂之愛》。”

林男能即興創作，底子之深厚可見一斑，但……什麼是“滅頂之愛”？聽著很怪異，還有些許恐怖。

他解釋“滅頂之愛”就是“愛到深處無怨尤，死了也要愛”的意思，還反問我這難道不是愛的最高境界？

“起伏過大的愛消受不起，還是細水長流走得長遠。”

“那有什麼意思？人只有一輩子。一輩子只愛一個人，而且用盡全力去愛，才不枉此生。”

我同情即將失戀的他，也許過一陣子，當他又遇上一個可人兒，這個“唯一論”很快會灰飛煙滅。

林男問我中午想吃什麼？我答三明治。

除了炸魚和薯條，英國還有很多“國菜”，“三明治”便是其中之一。

三明治的發明據說與13世紀的三明治伯爵四世（4th earl of sandwich)有關，他嗜賭,往往在橋牌桌上賭得廢寢忘食,爲了服侍他的飲食,他的跟班們只好把火腿、蛋、菜夾在兩片麵包裏,讓伯爵拿在手上邊賭邊吃,“三明治”因而得名。

“爲什麼想吃三明治？”他問。

“因爲不太餓，所以想吃。”

說完，我覺得有語病，但林男似乎不在乎。

“走，”他牽起我的手，“帶妳去吃好吃的三明治。”

這樣大喇喇地和林男手牽手走在路上，實在太冒險了，但一想到這是倒計時，我也願爲這段戀情畫下完美的句號，所以沒有拒絕。

～

英國倫敦泰晤士河上有一座幾經重建的大橋，地處倫敦塔附近，人稱"倫敦橋"。橋附近有個美食市場Borough Market，裏面都是一個個獨立的攤位，從德國大香腸、英國"肉夾饃"，到自製甜品蛋糕、鮮榨果汁……應有盡有，絕對是吃貨們的天堂！

林男熟門熟路地帶我走向其中一個攤位。

"Kappacasein的攤主原來是開芝士店的，所以這裏的烤芝士三明治絕對是倫敦最棒的。"他說。

我心想，不就是三明治上放片芝士嘛！有什麼好吃的？後來發現他家的三明治果然不一般，把塞進五種不同洋蔥的焦黃麵包連同Cheddar芝士吃下肚，那感覺像走在雲端裏。

"這三明治的確好吃，但我以爲最後一天的追悼日，你會帶我去昂貴的三明治餐廳。"我邊吃邊說。

"就想和妳回到從前，還記得當年我們常去的那些美食小店嗎？"

林男提起從前，讓我有些心酸，那些美麗的回憶像一幀幀舊黃的投影片，在我的腦海中不斷放映著，我開始反省放棄這段感情是否過於草率？畢竟我對他不是全無眷戀。

"林男～"

"什麼？"他咬了一口三明治，嘴唇上粘上一小塊粘稠的芝士。

我拿餐巾紙幫他擦拭，順便問他怎麼知道這個好地方？

"Angela帶我來的。"

講到Angela, 勾起我的好奇心。

"她爲什麼走了？去的還是美國西海岸，她在那裏有親人或朋友嗎？"我問。

"天涯若比鄰，誰說一定要有親人或朋友在那裏才能去。"

"話說得没錯，但她突然拍拍屁股就走⋯⋯"

"如果妳一定要提這個人，那我們把追悼的時間延長吧！我可以爲妳開一個Angela的專題討論會。"

聽林男要把時間延長，我馬上住嘴，畢竟我們腳踩倫敦地，分分鐘很可能和熟人打上照面。我已經做了許多令喬失望和傷心的事，不想再多上一椿，只想快快結束這個追悼日。

~

離開Borough Market, 我們坐上遊輪遊泰晤士河，沿途經過幾個主要景點如聖保羅大教堂、倫敦塔、塔橋、市政廳、金融區等，船上還有專門的導遊進行講解。

到了終點站格林威治，運氣好，讓我們逢上週三市集。

林男見我在玩偶攤上多看了布藝貓頭鷹兩眼，遂將它買下來送給我，殊不知是因爲貓頭鷹的眼睛縫歪了，左右不對稱，我才多看了兩眼。

手上多了個"殘疾"貓頭鷹讓我哭笑不得，但我没點破，怕傷了送禮人的心。

這樣走走停停，很快到了傍晚，林男問我晚餐想吃什麼？

我說想去Whitstable吃生蠔。

Whitstable是英國東南部肯特郡的一個濱海小鎮，以出産生蠔而聞名, 離倫敦有兩個小時車程遠。

"妳確定想吃生蠔？Whitstable有點兒遠。"他說。

其實我並不想吃生蠔，但是漫漫長夜要如何度過？如果不巧又讓熟人撞見我和林男走進酒店開房，豈不死路一條？所以離開倫敦才是明智之舉。

"是的，我想吃。"我答。

於是林男二話不說，伸手招出租車......

第六十三章/永別了，我的愛人

林男連續攔了好幾輛，都因路途遙遠而被拒，他索性上Hertz租車，租的還是輛別克商務車，帶導航系統。

"這下子就不怕找不到地了。"他說。

一路上，林男喋喋不休地說著過往，我也沈浸在曾有的甜蜜當中……

"如果我不帶妳回家就好了。"他感慨。

我知道此話的意思，因爲他帶我回他家，剛好和很少回家的喬踫上面，引發後來一連串他所認爲的不幸。

"從小我哥就心理不平衡，覺得父母多愛我一些，所以但凡我有好東西，他就想搶。他搶走妳是我最不能原諒的，更難以接受的是妳竟然不愛我了，轉身又投向他的懷抱，女人的心思啊！真難猜……"

呃！這是開批鬥大會嗎？想著自己是否該說些心靈雞湯之類的話……

“什麼都別說，我想開了，明天早上十點整，我準時放手。”
他轉頭對我微笑。

～

WHITSTABLE由於優良的地理形勢及營養豐富的海水，給當地的生蠔提供了非常理想的生長環境。這裏出產的生蠔是全英國最大、最多汁且風味最佳的極品，很多法國人慕名而來，他們跨過海峽，用冰桶將生蠔一桶一桶地運回國。

當天色漸暗，星星和月亮都出來時，車子抵達了Whitstable。

按照GPS的指示，我們找到一家靠海的小酒館，據說他家的生蠔是整個肯特郡最好的。

下了車，眼前的維多利亞式建築讓我眼前一亮，雖然有些年份，但突兀的窗戶、削尖的屋頂和隆重的鐵質裝飾，還是讓人聯想起當年的奢華景象。

我們點了蘇格蘭產的Newcastle啤酒、新鮮生蠔及油炸生蠔，服務員說他家的海蟹不錯，我們叫來了十磅。

東西很快端上桌，生蠔又肥又大，入口爽滑；油炸生蠔鮮脆爽口、味道鮮美；海蟹則相對沒那麼出彩，但不過不失。

我告訴林男生蠔富含大量的蛋白質和人體所缺的鋅，因此被稱爲“海裏的牛奶”。

“我不懂這些營養學，只知道吃生蠔能壯陽。”他說。

真是糟糕！林男該不會以爲我提議吃生蠔另有目的吧？！

“這……我倒沒聽說……”我囁囁地答。

他没接話，只是悶不吭聲地啃著海蟹，沒多久蟹殼便堆成一座小山。

～

這家酒館的樓上有房出租，算民宿。林男要了一間大床房，我低著頭隨他上樓，木製樓梯吱吱作響。

沒帶換洗衣服，洗完澡後，我赤裸著身體鑽進被窩，林男也是，這家民宿不提供浴袍。

"貝，"林男從後擁抱我，"覺不覺得吃生蠔像吃舌頭？滑溜滑溜的。"

聽他這麼一說，還真像。

"其實今晚我不是真的想吃生蠔。"我主動承認。

"我知道，一路上妳的眼睛便四處打轉，肯定是害怕在倫敦遇見熟人，所以想出逃。放心，明天早上十點過後，妳不需要再害怕了。"

不知道爲什麼，"明天早上十點"像一句警鐘，時時提醒我有事發生。

"明天早上十點過後，你打算做什麼？"

"我打算繼續寫《滅頂之愛》。"

我說我以爲那首曲子已經寫完了，他答還早著，只完成一小部份。

夜深了，林男擁著我入睡，什麼事都沒發生，看來生蠔並沒有發揮作用。

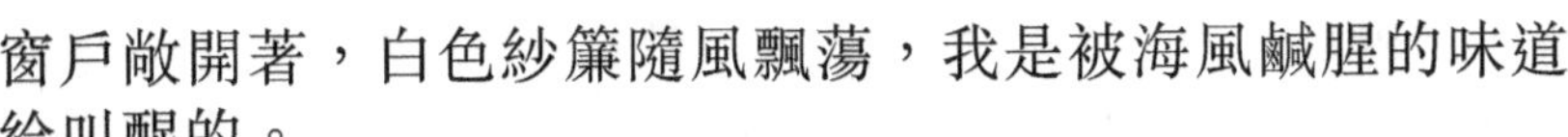

窗戶敞開著，白色紗簾隨風飄蕩，我是被海風鹹腥的味道給叫醒的。

"早，貝貝。"林男梳洗完畢，正對鏡整裝。

"你去哪裏？"

"沒去哪裏，等妳準備好，我們下樓吃早餐。"

於是我起床洗了個戰鬥澡，順便刷牙。當我頂著濕漉漉的頭髮走出來，踫巧撞見林男跪在床邊，樣子像在禱告。

"我以爲你是無神論者。"我邊說邊用浴巾擦乾頭髮。

林男站了起來，口氣很隨意地說他信教了。

"什麼時候的事？"我問。

"剛剛。"他答。

~

酒館提供大陸早餐，只有麵包、果醬和熱飲，既沒培根、土豆，也沒穀物、水果。

"好簡單的早餐啊！"我說。

林男問我要不要換一家吃？我答不用，已經九點了。

我看見林男的臉部肌肉抖動了一下。

"呵呵！時間不用卡得那麼死，"我趕緊做危機處理，"晚一點兒也無所謂。"

"不，說好十點就是十點，一分不差。"

由於是簡單早餐，十分鐘就吃完，林男提議去海邊走走，我答好。

~

水是藍的，天也是藍的，水天相接處重合成一條線，海水宛如被一隻無形的大手源源不斷地推進，形成一個接著一個的浪頭來到我們跟前……

"我從沒料到結局會是這樣，我以爲我們會攜手到老。"林男面對大海發表離別感言，"這輩子我什麼也沒做對，什麼也没做好，就只會彈琴，希望下輩子我的人生能平衡一點兒。"

我答不用等下輩子，這輩子他也能做到。

他笑了笑，不發一語，又面對大海好一陣子才問："貝，幾點了？"

我答還差四分鐘就十點了。

"那麼，差不多了。"說完，他轉身給我一個長長的吻，把舌頭伸進我嘴裏，並且拼命吸吮，像是用盡生命去接吻。

因爲是吻別，我也熱情回應，是林男主動停下來的。

"貝，讓我告訴妳一些事，妳聽好了。"

然後他在我耳邊低語，說是低語，倒像是告解，一字一句像釘槍打進我心坎裏，頓時鮮血直流。

"永別了，貝貝。"林男終於放開我。

我還没從驚嚇中覺醒過來，一塊布從天而降捂住我口鼻，我掙扎幾下，很快失去意識……

第六十四章/消失的喬

是聲音先鑽進我腦子裏，男聲、女聲、低沈的聲音、細高的聲音、語速慢的聲音、語速快的聲音……

我慢慢地睜開眼，突來的光亮讓我隨即又閉上。

"Are you okay?" 一位身穿綠衣服的救護員對我說。

我掙扎著起身，頭很重，但還能思考。

"I think so."我答。

圍觀的人群見我沒事，像退潮的海浪，各自散去。

"What happened to me?"我問那個綠色精靈。

救護員說我在海灘上昏倒了，一位路人打來求救電話。

路人？我問是誰？

他答不知道，但肯定是好心人。

好心人？我忽然想起林男，他去哪兒了？

記憶快速倒退到我昏倒前，沒錯，有一塊白布摀住我的口鼻，沒多久我就不醒人事，而那個下毒手的人竟然是……林男。

" I was with my brother-in-law. Where is he?"我問我的小叔子在哪裏？

果然無人知曉。

此時不遠處有了騷動，有人飛奔過來要救護員速速前去。

兩位救護員見我沒事了，撇下我往海的方向奔去。

我的視覺還沒有完全恢復，但在有限的視力下，我看見前方有好幾個人圍在一起。救護員跑過去後，人群自動讓開一個缺口，那兩人蹲了下去，像在做CPR.

"該不會有人溺水了吧？！"我心想。

然後一個聲音鑽進我腦海裏："永別了，貝貝。"

噢！不，不要……

我沒命地向前跑去，推開圍觀的人群，我……看見他了。

濕濕的頭髮粘在頭上，雙眼緊閉，臉色蒼白，像被吸血鬼吸去了所有的血液，他的雙腿微弓起來，手像枯枝一樣細……

" Do you know him?"一位陌生人問我，大概見我的眼神不對。

我搖搖頭答不認識，那人的樣子雖然有點兒像林男，衣服也像，但不是他。林男的臉色沒那麼白，手臂也沒那麼細，彈鋼琴的人，雙手絕對是結實的，而且他不說話，我的林男話雖不多，但他是動的，不像眼前的這個人，活脫脫就是個人形模特兒。

我從人群裏退出來，但眼睛仍像看教程一樣地盯著救護員做心肺復甦術，直到一把鑰匙從"人形模特兒"的褲袋裏滑落出來……

那是一把Hertz租車的車鑰匙，上面還有道路救援電話。我看過這把鑰匙，它原本在林男的口袋裏，這麼說……噢！不。

我衝上前去，拼命喊著他的名字，一個胖女人拉住我，怕我影響救人行動。

想到林男正站在生死交界處，我太害怕了，不，他不能死了，他死了我如何活？我生命中的一大半都和這個男人有交集。是我的錯，一定是我說了不該說的話或做了不該做的事，才讓他生無可戀。噢！林男，你回來，只要你回來，什麼我都聽你的。

然而爲時已晚，救護員放棄急救，當衆宣佈死亡。即使我承認林男是我的愛人，也承認他在我生命中的重要性，上帝依舊帶走了他。

“ No ~ ”我推開胖女人衝到林男身邊，一邊捶打他的胸膛，一邊對嘴呼氣。林男的嘴巴已僵硬，失去原來的柔軟，胸膛也像皮鼓，蹚蹚蹚的擊打聲聽起來很刺耳。

“ Calm down.Calm down.”救護員抱住我要我冷靜，然後將我往外拖去。

我對他們拳打腳踢，喊著他們是劊子手、殺人魔王，我要到法院起訴他們......

“ Go ahead, young lady. He is dead, completely dead.”一位群衆看不下去，仗義直言。

不，林男沒死，他沒死，沒多久前還活蹦亂跳著，怎麼可能說沒就沒了？

我泣不成聲。

～

警察問我話，我一概不理，像失聰了似的。他們問我可有人能聯繫？我在紙上寫下賴音如的手機號，幾個小時後，她終於趕到。

“貝貝，怎麼回事？”她急急問。

我沒說話，只是流淚，還是警察將情況向她簡述一遍，又讓她問我爲什麼來Whitstable？只有兩人嗎？爲什麼我會在海邊昏倒？林男爲什麼落海？……

我一概答不知道、不知道、不知道……

" Can you leave us alone for a while?"賴音如問警察能否讓我倆獨處一下？

警察走後，詢問室只剩下我們兩個女生。

"貝貝，我知道妳很傷心，我也很傷心，但傷心解決不了問題，妳能告訴我這究竟是怎麼回事嗎？"她放低聲量說。

"怎麼回事？我也不清楚，一切發生得太快。等等，我想起來了，在最後的倒計時裏，林男曾經附在我耳邊說話，他說……"

"他說什麼？"賴音如眼露迫切。

我如何告訴她音樂節過後林男心情大壞，還因此遷怒Angela，沒想到下手過重，她竟然再也沒醒過來。

" King's Cross車站後的公園裏有個池塘，我把Angela推進去，怕她浮起來，又搬來一塊大石頭，"林男停了一下後，說，"貝貝，我現在是殺人犯了。"

我難以接受那樣優秀的人會犯下如此大的罪行。

"他……他說永別了，貝貝。"

"還有呢？"賴音如問。

"沒有了，什麼都沒有了。"我慢慢地說。

林男死了，我唯一能做的就是保留住他的名聲，他是傑出的鋼琴家，意外落水身亡。沒錯，就是這樣。

然而警察並不弱智，他們很快發現我和林男是叔嫂關係，昨天夜裏還同住一宿……

没有任何人的鼻子比英國狗仔隊更靈敏，林男是有名的鋼琴家，而我，剛在"城市音樂節"亮相過，又因"looking for that girl"而小有名氣，加上"叔嫂關係"的標題極具煽動性，他們蜂擁而至，就爲了給表面道貌岸然而骨子裏卻以偷窺爲樂的英國人挖掘出更勁爆的消息。

如今林男已死，我無疑被推向風口浪尖，"HD公園 1 號"樓下，24小時聚集大批狗仔，我已經失去人身自由，跟"軟禁在家"無異。

～

"媽咪，那個死掉的人是妳的老朋友還是我的Uncle?"艾米問。

我沒想到風聲傳得這麼快，連艾米也知道了。

"那個人既是我的老朋友也是妳的uncle."我困難地答。

"爲什麼你們一起去那麼遠的地方？"

"爲什麼他死掉了？"

"爲什麼樓下有那麼多人在拍照？"

爲什麼？爲什麼？爲什麼？……

我不知道該如何回答一個七歲小孩的提問，只好推說頭疼，讓翠西將艾米帶走。

接下來的日子艾米不再發問，但時不時將眼光落在我身上，像機關槍似的，我已被她掃射得體無完膚。

"夫人，這很影響艾米，那些狗仔成天對著她拍照，艾米害怕極了。"翠西說。

我怎麼會不知道？但讓艾米整天待在家又不妥，除了耽誤學習，我還害怕她的眼神。別人入我罪可以，我不在乎，但艾米無聲的控訴是我的軟肋，讓我羞愧、讓我抓狂！

"先生若在家會好一些。"翠西提醒我。

是嗎？

我既想要喬回家，又害怕他回家，連小小的艾米都有話要說，喬豈不是更有資格審問？直到……

"沙麗從美國回來了。"賴音如打電話給我。

我"噢"了一聲，表示知道了。

"她進了大表哥的辦公室。"

我還是"噢"了一聲。

"大表哥今天下午走了。"

"去哪裏？"我不再"噢"個不停。

賴音如說沙麗取代大表哥的位置，成了IM公司歐盟區執行官，喬被掃地出門，她也不知道他去哪裏了。

"什麼？！怎麼會這樣？"

"貝貝，妳的醜聞鬧得太大，IM的股價已經連續跌好幾天，我若是董事會也會壯士斷腕。"

原來又是我的錯，我簡直就是喬的掃把星！

"快！幫我打電話給喬，告訴他，我和艾米需要他，請他趕緊回家。"我急得快哭出來。

賴音如說她早打了，喬的手機關了。

果然又玩失蹤，我該怎麼辦？失去了林男，我不想再失去喬。

"貝貝，有句話我不得不告訴妳，大表哥他……"

“他怎麼了？妳倒是快說呀！真要急死人了。”

“大表哥有一把槍，前幾天我不小心看到他在把玩。我問他，他說是玩具槍，但看起來不像，沈甸甸的。”

聽她這麼一說，我幾乎要握不住話筒，命運怎能如此待我？

掛上電話，我轉身去拿車鑰匙。翠西問我去哪裏？我答去找喬。

“樓下至少有一打的狗仔。”她說。

“ I don't care.”

推開大門，我往電梯走去，高跟鞋扣、扣、扣的聲音在走廊顯得格外孤獨與響亮……

第六十五章/再見金鳳餐廳

我在倫敦街頭轉了幾圈，"當然"沒看到喬，車屁股後面倒是跟著幾輛車，我往左，他們跟著往左；我向右，他們跟著向右；我減速，他們跟著減速；我加速，他們也跟著加速……

毫無疑問，狗仔隊跟上我了。

這樣無頭蒼蠅似地尋找一個影子，簡直比登天還難。我失望地把車停在Finest, 然後進去抱了一堆吃食及日用品出來，至少減輕了翠西的工作量。

我替林男在教堂舉辦告別式，以嫂子的身份。

他的朋友來的不多，因爲他獨來獨往慣了，倒是見到薛佳仁和薛佳琪出席，讓我頗感意外。

" We brought nothing into this world, and it is certain we can carry nothing out. The Lord gave, and the Lord hath taken away; blessed be the Name of the Lord. Amen!"

牧師講完悼詞後，我把一束紅玫瑰丟在林男的白色棺木上，當墓園的工作人員開始把土鏟進坑穴時，我忍不住放聲大哭。

都說"長嫂如母"，我的婆婆已仙逝，喬又不知去向，我責無旁貸成了"未亡人"。

告別式後，親朋好友一一過來向我致意，順便要我節哀順變。

"我表姐不見了，也許……妳知道她在哪裏？"何一凡竟然出現在隊伍裏。

看他一臉哀戚，我知道這表情絕不是因爲林男。

我正發愁要如何回答，賴音如把他拉向一旁，解了我的圍。

他倆離開後，換上的是一身黑衣的薛佳仁，他的身旁跟著一個小男孩。

"現在說什麼都没用，妳……多保重！"他表情凝重地説。

我點了個頭，默然不語。

他身旁的薛佳琪則一句話也無，更別提看都不看我一眼。

葬禮結束後的一個禮拜，翠西開門進來，她剛送艾米去學校。

"夫人，樓下管理員問妳還續不續租？如果要續租，得重新簽合同。"

我擔心的事還是發生了。

家裏的經濟大權一直由喬掌控，現在住的"HD公園1號"是租的，租金爲一星期5000英鎊。牛頓街的公寓雖然是喬的名字，但我不能動，因爲沙麗住在裏面（由於心懷愧疚，我不願與她起正面衝突）。

倫敦郊區的大農莊，我和艾米倒是可以居住，但它離最近的學校有70公里遠，遑論那是所公立的"小"學校。

車子有四輛，喬開走奔馳，留了輛九五年的林肯給我。我的寶馬i8和蘭博基尼，現在換沙麗在開，同樣的，我也不想開口向她要，加上林男的葬禮花去不少錢（我買了昂貴的檀香木棺材給他，還在有名的海格特公墓爲他覓得一席之地，這是我能爲他做的最後一件事）。也就是說，如果哪天喬叫停信用卡，我立馬淪爲窮人。

“不續租了，”我捂住臉，“喬不知道何時回來，我怕坐吃山空。”

翠西很難得地坐下來和我面對面。

“夫人～”

相處久了，光聽聲音就知道對方有話要說，我請她直言。

“六樓住戶在找管家。”她輕聲地說。

“妳想過去幫忙？”

她答眼瞅我有經濟問題，再“打腫臉充胖子”下去，情況只會更糟，是時候“壯士斷腕”了。

我很高興離職由翠西先提出，省去由我裁人的尷尬。

“去吧！希望妳在新雇主家工作愉快。”我說。

翠西過來擁抱我，一時離情依依。

哎！我原以爲我們的雇傭關係會更長久些。

我和女兒搬到QUEENSWAY，租金仍然昂貴，因爲在中心城區，但我不想要艾米的心理落差太大，畢竟她就讀的是昂貴的私校。

“媽咪，我們原來住的是大房子。”

“寶貝兒，我們現在只有兩個人，一個房間足夠了。”我把紙箱裏的東西拿出來歸位。

“Barry住大房子……Helen住大房子……Mark住大房子……Tyler住大房子……Carol住大房子……”艾米細數她的同班同學。

我把女兒拉過來，整理一下她的髮辮，心平氣和地說：“等爹地回來了，我們再住大房子，因爲一個房間不夠三個人住。”

“真的？爹地什麼時候回來？”她滿懷希望地問。

這也是我想知道的。

“快了，他還得帶妳去迪士尼樂園玩呢！”

聽我這麼一說，艾米笑開了，我卻想哭，不知道這個承諾什麼時候能兌現？

∽

用信用卡取現很不划算，但我没辦法，有些地方不能刷卡，譬如艾米學校發起的捐款活動（爲了給非洲窮苦孩子買糧食）。

我給了艾米20英鎊，她面有難色，我問怎麼了？

“去年爹地給我200英鎊。”她答。

我不記得去年喬給了多少，但此一時彼一時……

看艾米流露出失望的表情，我想到我們已經搬到小房子住，不能讓她再背負大人的經濟壓力，遂改口待會兒取款給她。

我拿起包下樓，計劃回來的路上買漢堡包當兩人的午餐。

∽

我盯著ATM機上的屏幕老半天，這已經是今天的第四台機子，上面無一例外顯示無法取款，我不得不走進TSB銀行問個清楚。

櫃台人員告訴我主卡人的銀行賬戶被凍結，我的副卡首當其衝被腰斬了。

我問主卡人是否還能繼續消費？行員告訴我只要對方解除被凍結，仍能繼續使用，但我的副卡顯然已經失效，必須由主卡人重新提出申請。

這可怎麼辦？學期即將結束，我已收到艾米學校的下學期學費賬單，不只學校賬單，房租、水費、電費、瓦斯費……乃至每天的日常開銷，我要如何支付？

經濟壓力如同一座大山壓著我，讓我舉步維艱。

我空著手回家，煮了簡單的水煮蛋和薯泥當午餐。艾米見我臉色不好，沒再提捐款的事。

～

從艾米的學校回來後，我把家裏值錢的東西全找出來，百達翡麗手錶、結婚鑽戒、胸針、金項鏈……

這些東西往典當行一送，也許能支撐一陣子，然後呢？

翠西說的沒錯，再"打腫臉充胖子"下去，情況只會更糟，是時候"壯士斷腕"了。

隔天我跟學校說下學期艾米將不再回來，校長很惋惜，問我喬被派往哪裏工作？我答中國。

他接著問我是否確定去那裏？聽說中國的空氣污染很嚴重。

我肯定地答Yes。

～

“媽咪，我們爲什麽要去中國？”艾米問。

我答喬在中國等我們。

“真的？太好了，好久没看到爹地了。”她開心地拿起書包進房。

我不知道自己的謊言還能撐多久。

下禮拜艾米的學校放暑假，我有兩個月的時間緩衝，希望在這兩個月裏喬能回來或者讓我覓得一份好工作，否則艾米注定得入讀公立小學，與她公主般的學校生活漸行漸遠。

我的傲骨終因“無米之炊”而崩潰。

喬没回來，自己投的求職信也如同一滴水滴入大海裏，而家裏的冰箱早已空空如也。

我把身上所有值錢的東西都取下（除了婆婆給的粉鑽及小提琴外），全堆在枱面上。

“都是好東西啊！”那個帶潮汕口音的夥計説。

“好東西你就多俾點兒錢。”

夥計摇摇頭：“典當行就是變相的高利貸，我們不希望妳真的賣斷，而是希望妳贖回。”

我苦笑著說我可没錢贖回啊！

他依然没多俾錢給我，只說三個月後我能贖回寶貝。

三個月？我希望自己能撐到那時候。

從中國城的典當行走出來，我的心冷到不行，那樣少的錢，要我和艾米如何在物價高昂的倫敦生活？

“貝貝～”

我正犯愁，聽到有人喚我，忙轉身過去，竟然是⋯⋯
薛佳仁。

"你怎麼還在英國？不是應該回澳大利亞了嗎？"我問。

"半年前我們就移民至此，在林男的葬禮上，我原本想告訴
妳，但看妳太傷心，所以沒說。"

原來薛佳仁出現在葬禮上並不意外，他一直在英國，只是
沒打擾到我。

他轉而問我來中國城做什麼？我答想買塊豆腐回家
煮豆腐蒸蛋。

"你呢？來中國城做什麼？"我問。

他說他把金鳳餐廳開在中國城，趁著下午休息時間出來透透
氣，沒想到遇見我。

"噢！原來事業做大了，飄洋過海開起另一家，恭喜！"

"不，妳誤會了，澳大利亞的餐廳被我收起來，房子也賣
了，零零碎碎的錢加起來剛好夠我付商業移民的費用。"

我說他這個決定下大了，全家移民是大事，尤其彭妙珍還
生著病。

"妙珍⋯⋯死了，我父親和岳父住到養老院裏，只有我、我妹
及傑夫過來。"他答。

哎！滄海桑田，我只能表示遺憾。

"過去的事就別再提了，人總要往前看，"他突然開心地說，
"告訴妳，現在的金鳳不比以往，真的成了金鳳凰。"

原來換了個地，金鳳餐廳便不可同日而語，才開業沒幾個
月，每天的流水就破萬，食客絡繹不絕，薛佳仁想著要不要
到曼徹斯特再開一家？

看他的事業有起色，我也替他高興。

“再過半小時，金鳳餐廳又得開門營業，要不，到我店裏坐坐？我讓大廚給妳煮好吃的。”他說。

想到今晚艾米在同學家Sleep Over，我不用趕著回去做飯，加上我也想和老朋友敍舊，所以點了頭。

第六十六章/聖誕老人

倫敦的中國城坐落於西敏市的蘇活區，到處可見古色古香的牌樓及大紅燈籠，舉凡和中國有關的餐館、紀念品店、超市、按摩院、中醫館、律師事務所等，都能在這裏找到。

薛佳仁的餐廳就開在中國城的入口處，地點好，有上下兩層。下午五點，樓下有兩桌客人，他帶我上樓，特別爲我開了包間。

"待會兒若有客人要用包間怎麼辦？"我問。

"我就說包間被人預定了……英國的天氣怎麼老是下雨？"

薛佳仁以"天氣"開場，可見他不知如何開始談話。

"習慣就好，總比北京的霧霾好。"

他又問我住哪裏？我答搬了幾次家，現在住在Queensway.

"傑夫一直想找艾米玩。"他說。

我答若不是家裏小，一定歡迎傑夫來玩……

“家裏小？”他迷惑了。

我無奈承認因自己的醜聞，喬被公司開除，到現在還杳無音訊。我怕坐吃山空，及早從租金昂貴的“HD公園1號”搬出來……

“所以妳現在的經濟狀況是有出無進？”

我點頭。

薛佳仁陷入沈思，我藉機拜托他幫我留意招工信息。他説中國城有個45平米的小鋪正在招租，我可以拿來開個音樂中心，教小朋友拉琴，屆時傑夫第一個報名。

對呀！我爲什麼不利用自己的專長？只是這租金……

問清楚價錢後，我無奈打消主意，因爲剛從典當行換來的錢只夠付押金和第一個月的租金。

薛佳仁知道我的難處後表示願意代付租金，被我拒絕了，因爲不想再欠下人情債。

“妳太見外了。”他說。

哎！人活一張臉，没了尊嚴，與行乞者有何兩樣？

“扣、扣、”

大概是服務員送餐來，没想到門後站著的是薛佳琪。

“我說是哪個貴客能讓老闆親自接待？”她的身上穿著螢光綠唐衫，和餐廳服務員穿的一模一樣，“哥，樓下郭總找不到車位，要你去挪一下。”

薛佳仁知道我們兩人的心結，如臨大敵：“我馬上回來，妳倆可別打起來。”

老闆一走，薛佳琪馬上把叮囑的話拋諸腦後，竭盡冷嘲熱諷之能事。

我謝了她的嘲諷，說自己過得挺好的，同時被幾個男人愛著……

“我哥是笨，林男也笨，喬更笨，三個人都被妳玩得團團轉，妳這個不要臉的X貨！”

我知道薛佳琪恨我，但我不知道她是這麼的恨，像要把我“千刀萬剮、碎屍萬段”一樣。

“別告訴我，妳現在單身是因爲還在替喬守身如玉。”我說。

她聽了，臉部肌肉不由自主地顫抖著。

“我單身，我樂意，如果喬回頭找我，我會奉上處女之身。”她說。

我要她別做夢，喬現在人間蒸發了。

“怎麼回事？”她急急問。

我把林男墜海後發生的事告訴她。

“妳怎能這樣？吃在嘴裏，看在碗裏，什麼都想要，讓喬情何以堪？我要是他，早一槍斃了自己。”

我沒提槍的事，薛佳琪卻主動提起，讓我有了不祥的預感

“告訴妳哥，我走了。”我起身。

“妳這一走，豈不是要我們兄妹吵架？他肯定以爲是我把妳轟走的。”

“難道妳不這麼想？”

在薛佳琪做出反應前，我已下樓去。

走過轉角處，我發現中國城的步行街上有形形色色的街頭藝人在表演，或唱歌、或跳舞、或表演默劇、或吹各式氣球……無一例外的，每個藝人的前面都擺了個盒子供觀衆打賞。

聽說街頭藝人不僅工作時間自由且收入頗豐，因爲不用納稅。

"柯貝貝，妳何不把壓箱底的寶貝拿出來獻醜？"心中有個聲音對我說。

當下我決定明天起開始賣藝。

~

我告訴艾米，自己找了個PART-TIME的工作，從下午一點到五點，我要她吃完飯看電視或看書。

"没問題，我會照顧好自己。"她給我吃定心丸。

其實我應該找個baby-sitter來照看女兒，但我的錢只夠活到暑假結束（如果不申請社會救助的話）。

俗話說"佛燒一爐香，人爭一口氣"，一旦申請社會救助，不啻承認自己已"江河日下、虎落平陽"，而這正是我不願面對的。

~

雖然已做好了心理準備，但真要賣起藝來，我還是有些膽怯。

從路頭到路尾，我來回走了好幾遍，還是鼓不起勇氣。

" Are you going to play violin for us?"一個玩滑板的南美裔男孩問我是不是要拉小提琴？

大概他看到我手裏的琴盒了。

" I am thinking......"

" Come on, we can't wait to hear your performance."他邊滑邊爲我打氣，還接連變了很多花樣，讓人目不暇給。

想著一個毛頭小子都能在大庭廣衆面前表演，我身經百戰，何懼之有？遂放下身段，拉起自己的拿手曲子，沒多久，琴盒裏已收獲各色紙幣及銅板。

" See, you can make it."那男孩說。

我謝了他，打算再多拉幾首。

" Are you…… that girl?"一位妙齡女子問我。

真是糟糕！她該不會認出我就是"尋找那女孩"的女主角吧？！

" No, I am not."我趕緊收起小提琴落荒而逃。

艾米問我第一天賺了多少錢？我答23.5英鎊，夠買兩個漢堡包。

"媽咪，我們是不是變窮了？"

我答沒有的事，自己只是去體驗民間疾苦，因爲有錢慣了，不知沒錢的生活是什麼樣子，又順便問她願不願意和我一起體驗？

"不用了，我喜歡過公主的生活。"

她的回答讓我哭笑不得。

我又在家裏待了兩天，還是物業過來收管理費，被抽走兩張紫色票子後，我才驚覺事態嚴重。

硬著頭皮，我又回到中國城拉琴，只是這次豁出去了，不管別人怎麼議論紛紛，我充耳不聞，甚至看到有人拍照，也能做到處變不驚。

" Could you play 《Swan》 for my girlfriend? "一個大男孩把20英鎊放進我的琴盒裏，並且指定我拉《天鵝》送給他的女友。

《天鵝》出自聖桑的管弦樂《動物狂歡節》，由十四首獨立的短小樂曲組成，《天鵝》是其中第十三首，原是大提琴曲，後被改編成各種樂器的獨奏曲，甚至成爲芭蕾舞《天鵝之死》的插曲。

看在錢的份上，我不介意替男孩表達愛意。一曲罷了，收到四面八方的熱烈掌聲。

既然開始接受點曲，就沒什麼不可以，即使七〇年代動畫片《頑皮豹》的主題曲我也拉，那就更不用說中國的流行音樂了，只要是不太新的曲子，我"難易"通吃。

"能拉鄧麗君的《我只在乎你》嗎？"薛佳仁把好幾張五十英鎊面值的紙鈔放進我的琴盒裏，人群中傳來驚呼聲。

" Sorry, I don't know how to play that piece."我把錢取出來遞還給他，他沒接。

" Then play 《twinkle, twinkle, little star》."他轉而要求我拉兒歌《小星星》，引來訕笑。

我還是說不。

於是薛佳仁改口隨便拉首曲子吧！我索性收了琴。

"妳去哪裏？"他抓住我。

"去杳無人煙的地方拉琴，免得受你干擾。"

見我要離去，他投降了，轉身走人，錢忘了拿。

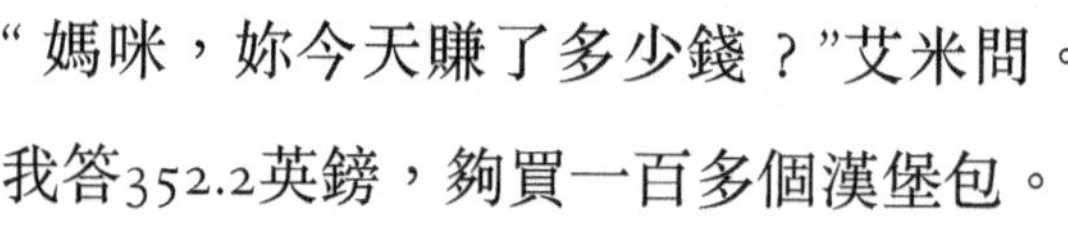

"媽咪，妳今天賺了多少錢？"艾米問。

我答352.2英鎊，夠買一百多個漢堡包。

女兒說我好厲害。

"不是我厲害，而是有聖誕老人給我送錢。"

“真的？聖誕老人在哪裏？”她睜著無邪的大眼睛，“現在不是聖誕節，也有聖誕老人嗎？”

我說我開玩笑的。

“我就知道，沒下雪怎麼可能有聖誕老人？”艾米正在玩芭比屋，她的娃娃正上到二樓。

“是，沒下雪不可能有聖誕老人。”我喃喃自語，順便打消繼續上中國城拉琴的念頭。

第六十七章/強勢回歸

當喬失蹤一個禮拜時，賴音如曾建議我報案，我不願意，因爲堅信喬不會拋下我們母女不管，然而眼睜著兩個月過去了，失蹤的人還是杳無音訊，我的信念開始動搖。

“貝貝，妳若没勇氣報案，我陪妳去。”賴音如正和艾米坐在地上玩《置地遊戲》。

“不用了，喬只是去散散心，過一陣子就會回家。”我仍然死鴨子嘴硬。

“妳和艾米屈居在這個小房子裏，表哥知道嗎？”她突然問。

對啊！萬一喬回到“HD公園1號”，豈不是找不到我們？我趕緊一通電話打到大樓管家處詢問，可惜自從我們搬家後，没有一位訪客，包括喬。

我留下自己的新住址，那個帶濃厚倫敦口音的Old Lady反覆確認後，才接受我搬到了一棟“中產階層”會住的公寓裏。

掛上電話，我很後悔自己的孟浪。

“我真是太魯莽了，喬有我的手機號，即使在‘HD公園1號’撲了個空，他還是找得到我，再不濟也能聯繫上艾米的老師，我總不會把她丟下不管吧？！”

“很快艾米也會換老師，難道妳真的要讓她入讀門口的公立小學？”賴音如問。

我答公立小學也没什麼不好，硬體當然差一點兒，但教師都是國家培養出來的，不會錯的……

“媽咪，我以爲我們要去中國，妳說爹地在那裏等我們。”艾米睜著大眼睛，用稚氣的聲音問。

真是糟糕！我和賴音如光顧著說話，忘了艾米的存在。

我趕緊告訴她，爹地的確在中國等我們，但是如果……如果飛機罷工的話，艾米就先讀附近的學校，樓下的Jimmy 不也在那裏上學？

“Jimmy髒死了，他會挖鼻孔，而且……爲什麼飛機會罷工？即使英航不飛，我們還可以坐荷航或阿聯酋航空。Jenny說阿聯酋的空姐送她玩具包，裏面有折疊式世界地圖、旅遊遊記、塑料水杯、知識卡片以及磁力畫板。”

“這個嘛！爲什麼飛機會罷工，爲什麼呢？”我喃喃自語。

“艾米，表姑告訴妳啊！”賴音如把哄孩子的工作攬了去，“飛機不一定會罷工，但是凡事都有意外，妳媽說的是萬一，萬一突然罷工了，妳和媽咪就不能飛去中國，而妳的爹地也不能飛回英國，這個時候暫時……暫時艾米就去讀門口的小學，因爲妳媽咪需要上班，没時間載妳去學校，妳知道‘聖保羅私校’離這裏太遠了。”

賴音如說得合情合理，但艾米不買單，她人小鬼大地表示這個好解決，只要我們搬回“HD公園1號”，翠西會帶她去學校，這樣一來，我們不用趕著去中國，爹地也不用急著回來了。

我和賴音如相視無語，艾米不知道今非昔比，而她的母親是這樣無用，離開喬這把保護傘後，肩不能挑，手更不能提。

"艾米，閱讀時間到了。"我打發她走。

假期裏，我規定女兒每天有兩小時的閱讀時間。

"好啦！"

得不到大人的回覆，艾米嘟著嘴回到"唯一"的房間內，那裏除了大床和簡易衣櫃外，勉強還擺得下一張書桌。

"還有三個禮拜開學，妳的口袋裏還剩多少錢？"賴音如壓低聲音問。

"不多，但夠用。"

說這句話純粹是自欺欺人，公立小學不用錢，況且就在家附近，省去交通費，但這個月的房租、物業費、水、電、瓦斯、寬帶和通信費，我都還沒繳，而口袋裏只剩下不到五百英鎊。

"不夠跟我說哈！雖然我也是月光族。"她吐吐舌頭，很不好意思地表示。

我想起薛佳仁也不吝對我伸出援手，但......欠下的人情債實在太多了，我不想再當依附大樹的藤蔓。

"好的，不夠我會跟妳說。"我苦笑。

打開冰箱，裏面除了鮮奶、雞蛋、胡蘿蔔和昨晚剩下的一碗白米飯外，什麼都沒有。

"我們出去吃吧！"我闔上冰箱對賴音如說。

"不，我還有事，先走一步。"她說得那樣急，倒像是想避開什麼似的。

我沒挽留她，現在隨便在外面吃一餐，至少得花掉一張紫色票子，難不成帶客人去吃麥當勞或路邊熱狗攤？

表小姑子離開後，艾米從房間裏走出來。

"表姑給我的。"她把四張50英鎊放在桌上。

這……哎！叫我說什麼好？

"媽咪，我想說句話，妳能保證不生氣嗎？"女兒小心地問。

我要她"放心大膽"地說。

"我不想去中國，我想搬回'HD公園1號'，我也想念'聖保羅私校'的小朋友。"

我了解女兒的心中想望，但……怎麼辦？加上賴音如給的錢，我的口袋裏只有不到700英鎊，連私校的制服費都付不出來。

看著艾米渴望的眼神，我不忍心將它用一盆冷水澆熄。

"讓媽咪想想辦法吧！"我說。

"哪～"女兒歡呼著過來擁抱我，彷彿我已達成她的心願。

警察把喬列為失蹤人口，並且提到上禮拜在泰晤士河下游發現了一具男性浮屍，問我要不要去指認一下？

我緊張得喘不過氣來。

那人面部已腐爛，身體腫得像打了氣，但……不是喬，呵呵！不是他，嗚嗚嗚……不是，真的不是他。

從太平間走出來，我像得了失心瘋，一會兒哭一會兒笑。

想到從今往後，只要一發現無名男屍，我都得過去指認，那是何等的折磨？大概只有當喬真真實實地站在我面前，我才有可能擺脫這個枷鎖。

“ Beatrix,”一個頭戴鴨舌帽的男人向我走來，“ Long time no see.”

我看了那個畫眼線的男人一眼，很確定自己並不認識他。

“ 我 是 Devin,‘倫 敦 城 市 音 樂 節’過 後 我 們 曾 通 過 電 話。”他提示。

Devin? 我想起來了，音樂節過後有個華裔音樂製作人找上我，他說我有姣好的外貌及不俗的音樂底子，想走大師之路也許有難度，但打造一個通俗音樂明星卻指日可待，何況我的身上自帶光環......

“你是音樂製作人。”我說。

“妳好記性，”他擡頭看了一眼醫院，“妳怎麼......”

我告訴他，我老公失蹤了，警察讓我來認屍。

“好消息還是......”

“ 不好不壞，那個無名屍不是我老公，但他在哪裏呢？我現在是窮途末路，連下個月的房租都付不出來。”

Devin聽完，從公事包裏拿出十幾天前的《The Sun》遞給我，我在娛樂版的角落又看到了自己，不知道是誰，把我在中國城賣藝的照片給出賣了。

“ 不瞞妳說，這幾天我一直在找妳，尤其是中國城，幾乎每天都去，就是見不到妳的身影。”他說。

我問他找我做什麼？

“ 有人自帶光環，即使在黑暗中，一眼就能看到，我的工作便是尋找那個帶著光環的明日之星。我有第六感，妳一定會火，瞧！音樂節都過去那麼久了，人們還是沒忘記妳。”

沒忘記我嗎？還是幸災樂禍地想見到“江河日下”的人？

Devin要我別妄自菲薄，自己是上帝的寵兒，難道不自知？

以前的我的確是上帝的寵兒，但現在……我已經不敢自誇了。

"妳仍能繼續被好運關照，只要做對了決定。"

我問他什麼意思？他答他想簽下我，打造另一個陳美。

陳美，中泰混血兒，10歲時與倫敦愛樂樂團合作，完成了處女秀。2009年獲得英國大本鐘獎，被喻爲具有莫札特式才華的音樂天才。

"我怎能和陳美比？"我自棄地說。

"妳的確和陳美不同，她是真正的小提琴家，而我要把妳打造成'會拉小提琴的明星'。"

會拉小提琴的明星？那很燒錢啊！

他說他不怕，因爲背後有人撐腰。

當我得知Devin的父親正是那位赫赫有名的賭場大亨時，倒吸一口氣，他的確有本錢燒啊！

"讓我考慮考慮。"我答。

我特意從醫院"走"回Queensway，當看到那棟灰撲撲的大樓時，心裏已經有了主意：我要搬回"HD公園1號"，把翠西叫回來幫忙，還有，重新向"聖保羅私校"提出入學申請……

這幾個月的"體驗"民間疾苦算受夠了，我要自己和艾米重新回到公主般的生活。

想到此，我像被打了雞血似的興奮不已。

第六十八章/失而復得

Devin全盤接受我開出的條件，包括租住"HD公園 1 號"三居室、有住家女傭、女兒回聖保羅讀書、足夠的生活費……等等。

"你就不怕肉包子打狗？"我問。

Devin聽完哈哈大笑，他說他老爸是賭場大亨，如果連這點兒下賭注的勇氣都沒有，簡直白混了。

既然花錢的大爺這麼有信心，我犯不著潑他冷水，於是大筆一揮把自己給賣了，然後趕回家向女兒報喜訊。

Devin爲我們租下的公寓能看到海德公園的大理石凱旋門及威靈頓拱門。

"媽咪，上了三年級，我還跟Jenny同一班嗎？"艾米問。

我答不知道，即使不同班，下課也能見上面。

"飛機是不是罷工了？"我正把衣服從紙箱裏拿出來，女兒又問。

"飛機罷工？沒有啊！爲什麼這麼問？"

"好久沒看到爹地了，所以我猜想是因爲飛機罷工的緣故，所以爹地留在中國回不來了。"

艾米提起喬讓我不勝唏噓，他走了近三個月，就像人間蒸發了，對我和艾米不聞不問，他……還活著嗎？

我搖搖頭，想把不好的念頭都揮走。

"夫人，晚餐想吃什麼？"翠西問。

翠西本來在六樓做，屋主是個有錢的老太太，怎麼也不肯放她走，Devin不知耍了什麼手段，我剛搬進新租處，五分鐘後翠西就來敲門，並且主動把搬家的活都接了過去。

看著家裏一團亂，也爲了讓翠西有足夠的時間和空間整理新家，我要她今晚別煮了，我帶艾米出去吃，順便幫她帶外賣。

女兒聽完歡呼一聲，說她想吃好吃的，但不吃漢堡，因爲我們居住在Queensway時吃了太多，現在想起來就做噁。

"好，不吃漢堡，"我摸摸她的長髮，"從今以後，艾米想吃啥就吃啥，把前陣子沒吃到的，通通補回來。"

艾米說想吃中國菜，我開著九五年的林肯在街上繞了又繞，沒看到特別的，方向盤一轉，往中國城開去。

金鳳餐廳就開在中國城的入口處，想假裝看不見都難。

門口小廝問我是否用餐？他可以幫我泊車。

想到在寸土寸金的中國城找車位是多麼困難的一件事，我給了那人五英鎊的小費後，和女兒一同下車。

"媽咪，妳看，"艾米指著前方，"那裏有兩隻金雞。"

和薛佳仁開在澳大利亞的餐廳一樣，兩隻巨大的金色鳳凰攀在紅色廊柱上，門楣有個斗大的銀色招牌—金鳳餐廳。

我告訴艾米那不是雞，是鳳凰，一種古代神話中的禽類，並不真實存在。瞧！它們有雞的腦袋、燕子的下巴、蛇的頸、魚的尾、還有五色紋，現在哪有這種動物？不過是人類想像出來的。

艾米噢了一聲，表示知道了。

"想不想吃叉燒？那種甜甜的肉。"我問。

她用力點一下頭，露出缺了門牙的笑臉。

金鳳餐廳賣的是廣式餐點，叉燒、燒鴨、燒鵝、燒肉等必不可少，爲了照顧喝早茶的人，廣式點心也是賣點。

我在一樓沒看到薛佳仁，穿螢光綠唐服的服務員將我們帶到大堂，周圍的食客很吵雜，扯著喉嚨講話，像在吵架。

"媽咪，好吵。"艾米捂住耳朵。

我說這家的東西很好吃，吃完咱們就走，順便打包乾炒牛河給翠西。

"乾炒牛河冷掉就不好吃了，再加熱也無濟於事。"薛佳仁走過來替我們倒茶水。

我要艾米喊人，她小聲地喊了一聲"叔叔"，旋即低下頭去，很害羞的樣子。

"艾米越長越美，像小時候的妳。"前面一句是對女兒說的，後面一句則是講給我聽的。

"小時候的我？你也太誇張了，我們認識時，我已經上中學了。"

"妳就不能對我寬容點兒？一定得逐字逐句校對？"他問，但看不出慍樣。

我聳聳肩，不置可否。

薛佳仁轉而問艾米想吃什麼？她答甜甜的肉。

我在旁下注解，老闆笑著說沒問題，甜肉、鹹肉都有。

他叫來服務員，點了滷味拼盤、檸檬雞、姜蔥焗花菇、鹹魚蒸肉餅、炒時蔬、廣式炒飯，點心則是流沙包及木瓜燉牛奶。

"外帶點臘腸煲仔飯吧！我們特別用錫箔盒打包，即使冷掉也很好吃。"他建議。

薛佳仁是飲食界的老大，他說什麼是什麼，我沒意見。

"抱歉啊！本來想開個包間給你們，但今晚的包間都客滿了。"

我要他別放在心上，兩個人開什麼包間？大堂的座位挺好的。

食物端上來後，艾米不再抱怨人聲鼎沸，一心一意在吃食上，腮幫子鼓得圓圓的，像餓了好多天。

"慢點兒吃。"我叮嚀她。

說完，我擡起頭來，不小心瞄到玻璃窗的倒影，薛佳仁到收銀台取錢，被薛佳琪搶了下來，兩人都刻意壓低聲音說話，但看得出來劍拔弩張。

"可不要爲了我吵架呀！"我心想。

滿桌子的菜再怎麼吃也吃不完，只能無奈放棄，我招手讓服務員上甜點。艾米不喜歡喝牛奶，她把木瓜燉牛奶推給我，自己拿起流沙包啃了起來，還說甜包子真好吃。

此時薛佳仁拎了外賣過來，我說買單。

"不用，我請艾米的。"他坐了下來，從口袋裏掏出一個紅包，"小美女，這是叔叔給妳的，不要亂花，交給媽媽保管。"

女兒怯生生地看著我，不敢伸手去接。

"別這樣，你讓我們以後還敢不敢再上金鳳餐廳用餐？"我老大不高興。

"當然還來，開店就是爲了客似雲來，不是嗎？"

我要他將紅包收回，現在誰都不容易，再說了，如果每個客人吃飯都不買單，生意怎麼做下去？

"看妳這麼辛苦，我也想盡點兒綿薄之力。"

我謝了他，順便告訴他，我們已搬回"HD公園1號"，運氣好，連聖保羅私校也爲艾米保留了位置……

"喬回來了？"他問，樣子有些失落。

我答沒有，而是找到工作了，經紀公司簽下我，給我不菲的待遇。

薛佳仁問是哪一家？有執照嗎？合同拿來看看！

"我是成年人，不是懵懂無知的小孩。"

"妳別被騙了才好。"他憂心忡忡，"經紀人是男是女？"

"男的，不過他只對男的感興趣。"

薛佳仁花了幾秒鐘才意會過來，他答這樣最好。

臨走前，他跟我要了Devin的聯繫方式，說找一天請他吃飯，順便探探虛實。

我給了他名片，他沒再嚕嗦，喚上泊車小弟，我的車很快開過來。

～

我把車子開出去不到五百米又趕回。

"我們怎麼又回來了？"艾米問。

“媽咪把東西落下了。”我邊說邊把車停在中國城的典當行前。

還不到期限，不知我的東西還在不在？

依舊是那個帶潮汕口音的夥計，看見我來，很高興地問：“又來照顧小店了？”

我問我的東西還在嗎？今天特意來贖回。

“當然在，被保護得好好的，我這就去拿。”隔著護欄，我看見他走回裏間去。

沒多久，他捧著一個花布巾回來。

“喏！五隻戒指、三副耳環、四條金項鏈、三條玉佩、兩隻胸針、兩隻百達翡麗，通通在這裏。”

望著自己的寶貝躺在一條有些破舊的花布上，我差點兒熱淚盈眶。

“還好妳來了，不然找下家也是麻煩事。”夥計說。

我拿出信用卡，他刷了五位數字，算是高利貸的費用。

終於贖回寶貝，讓我有種失而復得的喜悅。

“媽咪，爲什麼妳進店不讓我跟？裏面到底有什麼？”我回到車內，艾米問。

“裏面有吸血鬼，”我故意發出恐怖的聲音，“所以不讓妳進去。”

“真的？”艾米很興奮，“我想看吸血鬼。”

我笑而不語，腳踩油門，往家的方向駛去。

第六十九章/守株待兔

Devin說美國華裔花式溜冰好手G將在倫敦漢普頓宮前做一場慈善演出，所得捐助中東戰火中失孤的孩童。

"挺好的，我也喜歡G，她的創意和溜冰技巧，前無古人後無來者。"我答。

"那麼敲定了，她選中Celine Dion的《My heart will go on》，妳準備準備。"

準備準備？我問準備個啥？

他進一步解釋，當G爲慈善做演出時，我將站在溜冰場的一隅拉背景音樂，屆時英、美、歐洲各國，凡叫得出名字的電視台都會全程跟進。表面上我是配角，但who knows，也許配角的光芒會蓋過主角，我就等著一夜成名吧！

"這……太快了，在這麼重要的場合，別說黔驢技窮了，光站在那裏就足以讓人口乾舌燥、雙腿發軟，還是……還是推了吧！我還沒準備好。"

"妳該不會以爲我爲妳做的這些都是慈善義舉吧？！"他露出生意人的嘴臉，"光每月房租就抵得過金融區小白領的五倍薪資；那個女傭也没少要錢，一張嘴就是五千；妳女兒的學費是多少，妳清楚得很。再說，誰敢給妳一張信用卡的副卡？連自己的父母、老公都不見得做得到。"

Devin說的全是事實，聽得我難受極了。

"好了，話說到這裏，再說下去就没意思了，"他起身，"我走了，隨時聯繫。"

我的經紀人走了，也把我的"推諉塞責"一併帶走。

坐在諾大的客廳裏，我聽見牆上的掛鐘正一分一秒地流逝。

没錯，錢不是被大風刮來的，天下也没有白吃的午餐，拿人錢財就得替人辦事，這是亙古不變的道理。

我很快在網上找到Celine Dion的《My heart will go on》，那是電影《鐵達尼號》的主題曲。付費後，我下載了歌曲，同時也買到了琴譜。

爲了更好地詮釋曲子，我又重看了兩遍電影，直到確定自己已醞釀好情緒，這才開始没日没夜地練習。

Devin是個好的規劃師，在重磅出擊前，他安排我上電台接受採訪，還出了張單曲MV, 拉的是在音樂節上演奏過的《野蜂飛舞》。

"任何人都能在網上免費下載，這叫放長線釣大魚，已經有人在網上做出評論，毀譽參半。"

不用他提醒，我也看到評論了，罵我的人說連三腳貓的功夫也好意思拿出來獻醜；讚美的人則說我琴藝佳、容貌好，天生是塊做明星的料......

"你買了水軍，是嗎？"我問Devin.

他不置可否。

這下子我終於知道爲什麼網上評論一直把我往明星的道路上

推，而且重點都擺在美貌和東方女子的神秘色彩，拉得好不好反倒成了其次。

Devin是生意人，他可以不管我拉得像不像狗屎，只關心能不能賺錢，但我自己可不能懈怠，好歹也是ZL音樂學院的肄業生，曾師從小提琴名家，我的一舉一動牽動著母校和名師的顏面。

"媽咪，"艾米開門進來，"能給我講床前故事嗎？"

琴還沒練好，本來我想答不，但看到女兒渴望的神情，頓時心軟，再不陪她一段，艾米很快就會長大。

"好，妳選故事書。"我說。

以前艾米選的不外格林童話或伊索寓言，但今晚的她選了迪士尼出版的故事集《小公主蘇菲亞》。

蘇菲亞和母親米蘭達住在一個充滿神奇魔法的王國裏，每天過著簡單而快樂的生活。某天，她們被國王召見，國王與蘇菲亞的母親一見鍾情，很快結婚了，蘇菲亞也跟著住進城堡裏，學習如何當一名真正的公主……

"蘇菲亞有爸爸嗎？"女兒問。

"當然有了，Dear."我闔上書說。

"他在哪裏？爲什麼從不出現？國王成了她的新爸爸，原來的爸爸回來了怎麼辦？"

艾米的問話讓我張口結舌。

我告訴她，也許蘇菲亞的爸爸死了，因爲太過悲傷，所以書裏沒有交待，但蘇菲亞是幸運的，她的新爸爸對她很好，讓她過著公主般的生活……

"我的爸爸死了嗎？傑夫的爸爸會不會成爲我的新爸爸？"

聽她這麼一問，我心碎了，她怎會這麼想？

我抱緊艾米，告訴她喬還活著，只是一時回不了家。再者，傑夫的爸爸不會成爲她的新爸爸，因爲他不是國王。爲了加強可性度，我同時告訴她全世界國王加起來不到二十個，而且都已經結婚，基本可以排除我再婚的可能性。

艾米聽完，悶不吭聲的。

"別忘了妳的父親在中國，很快就會回來。"我給她希望，順便替自己打氣。

她依然不言不語。

我不知女兒心裏想什麼，也無力改變現狀，倒是她對薛佳仁的擔憂，給我敲了一記響鐘。

"我得和他保持一定的距離才好。"我心想。

"倫敦眼"座落在英國泰晤士河畔，是世界上最大的觀景摩天輪。

Devin給了我一整箱的五吋照片，那是我站在"倫敦眼"前拍的宣傳照，有種文藝女青年的味道。

"趕快簽名，我的助理等著寄出去呢！"他說。

我問爲什麼要簽名？照片又是寄給誰？

"寄給誰？呵呵，全世界的宅男呀！妳不知道自己被票選爲十大夢中情人嗎？"他問。

夢中情人？我還真不知道。

Devin說英國最具影響力的時尚雜志《i-D》辦了個票選活動，讓男性選擇自己的夢中情人，我排名第九。當獲悉結果後，Devin馬上在網上發佈消息，聲明只要關注Beatrix所在公司的臉書並留言，就能得到一張她的簽名照。

可想而知，留言像雪片般飛來，都是一些愛慕之詞。

“原以爲留言的會是英國本地人，没想到遠至非洲也有，看來妳是男人的收割機，黑白黄通吃呀！”他高興地說，順便又提醒我，這些人都是我的財神爺，得好好對待。

我冷冷地問他是不是又買水軍了？他答天地良心，這次他一分錢也没出，我的粉絲都是鐵桿的，趕都趕不走。

爲了強調所言不假，他告訴我有個叫Joe的人已經連續送我兩個禮拜的花，現在辦公室裏花海一片。他没告訴我，以爲發燒的人總有一天會退燒，没想到今天又送來九十九朵長莖紅玫瑰，好大一束，害送花小弟進門時差點兒跌跤……

“你說那人叫什麼來著？”我的心跳得好快。

“Joe. J-o-e.”

我捂住嘴，害怕一叫出聲，美夢就會幻滅。

“快告訴我送花小弟都是幾點來？”我急急問。

“幾點？不一定，反正是吃中飯前。”

聽他這麼一答，我已經下定決心明天一大早就到辦公室“守株待兔”。

第七十章/啞然失笑

《The Venetian Artists Agency》斗大的招牌就掛在前台接待員身後。

我很少上公司來，但接待員認識我，她對我做了一個請坐的動作，嘴巴仍滔滔不絕地講電話。我不急著打擾她，轉過身去瀏覽接待室的牆面，上面掛著不少影視明星及歌星的照片，有的已成名，有的半紅不紫，只有我是拉小提琴的。

掛上電話，接待員問我是否找Devin？很不巧，他去了華盛頓，要到下禮拜二才會回來。

我告訴她，我不是來找Devin的，而是等送花小弟，聽說他每天送來一束花。

"That's right. Your fan is very persistent."她說我的粉絲很執著。

我笑著要她去忙，自己則好整以暇地坐等送花小弟。

"I came again."

10:50，一個手捧白色雛菊的男孩推門進來，用爽朗的聲音宣佈他又來了。

接待員隨即站起身來，指著我說：" This is Beatrix."

那個有著瘦削臉頰，鼻翼兩側有大片雀斑的男孩有些不敢相信地看著我，問：" Are you Beatrix? "

" Yes, I am."

他邊把花遞給我邊說我的美麗超乎想像，難怪那名顧客會每天送我花。

我問送花的人是誰？住哪裏？

雀斑男孩答那人叫 Joe, 没見過，花是電話預訂再以信用卡支付。

聽完，我頓時洩了氣，喬到現在還跟我玩躲貓貓的遊戲，讓人身心俱疲。

" Oh, wait. He's left his home address."雀斑男孩說喬曾留下地址。

聽他這麼一說，我又重新燃起了希望，趕緊催促他說。

" Sorry, I've left the address in the shop."男孩歉然地表示他把寫著地址的字條留在店內。

在我的殷殷期盼下，他打電話回去問，幾番對話下來，我得到了一個STRATFORD鎮的地址。

STRATFORD鎮位於倫敦以西180公里處，是英國偉大戲劇家莎士比亞的故鄉。這位大師的故居在小鎮的亨利街北側，是一座帶閣樓的二層樓房，有斜坡瓦頂、泥土原色的外牆以及凸出牆外的窗戶和門廊，讓這座16世紀的老房在周圍的建築群中顯得十分搶眼。

喬的住處離莎士比亞的故居尚有一段距離，我上網查了一下，發現火車是最快速又便捷的交通工具，於是奔向火車站。

兩個多小時後，我從火車站走出來，坐進早等在一旁的出租車內。

那個有著Black Country口音的老紳士看了一眼我遞過去的地址後，問我爲什麼不和其他觀光客一樣去朝拜"英國靈魂"，反而去一個鳥不生蛋的地方？

他不僅發音短促，而且將所有帶"U"字母單詞的音都發成"霧"，這不打緊，他們還習慣說you am（不是you are），讓我一時錯亂，估計到中國，他連四六級的語法也考不過。

我告訴老司機自己不是來旅遊，而是找人。

" Joe is a weird person. I don't think you'll have a good time today."他說喬是個怪異的人，他不認爲我們今天的會面會很愉快。

我聽了倒吸一口氣，喬竟然這麼快就和當地人打成一片？

等等，司機還說他是個怪異的人，能夠怪異到人盡皆知，恐怕不是個好消息。

我還想多問一些信息，無奈老先生打開收音機，放的是古典鋼琴曲—門德爾松的《春之歌》。爲了表達對大師的崇敬，我閉上嘴巴。

STRATFORD小鎮的街道古樸而寧靜，車子行經一家餐館，我看到"含笑樓"的招牌，不禁莞爾，中國人"食的侵略"真是無所不在呀！再往前開去，我看到一棟漂亮的鐘樓，四個角都矗立著抱盾牌的獅子，讓我想起一鎊硬幣背面的圖案。

進入鎮中心後，路邊的小店明顯多了起來，我還發現三家銀行：BARCLAYS、TSB以及HSBC。

和別的小鎮不同，STRATFORD有涓涓細流的埃文河橫穿其間，我看到橋墩，也看到許多停泊的船隻，但有些船是不開的，因爲怎麼看都像是餐廳而非遊船。

繞過一個很老的大教堂後，車子改駛在一條泥石路上，兩旁是高聳的山毛欅，樹葉都掉光了，看起來有點兒磣人，此時如果不是司機老得能當爺爺，我的心估計要七上八下。

從門德爾松到李斯特，再從李斯特到舒伯特，這一路聽下來，我已經把西方音樂史上的浪漫主義時期走了個遍。

“ Here we are.”老司機說，然後把車子停在一處都鐸王朝時期的大宅前。

這房子有高高的塔樓和粗壯的煙囱，牆體用紅磚建造，但體形凹凸不平，窗口呈方額形，上面還有墨綠色的欄桿。

下了車，我仰頭看了一眼這座宅子，心想：“喬住在裏面嗎？”

老司機從車內探出頭來，提醒我別按門鈴，門鈴早壞了，最好打個電話給屋主，如果他肯接聽的話。

我謝了他，順便給他車資。

他善意地問我需不需要他等車？因爲這裏叫車不容易。我答不用，自己應該會在屋裏待一段時間。

“ Well……good luck!”司機祝我好運後，開車走了。

我感覺自己像被丟棄在沙漠中，前途一片迷茫。

門鈴果然如同司機所說壞了，我有喬的手機號，是舊號碼，仍處於停機狀態。

我敲了幾次門，無人回應，正不知該如何是好時，一個有著紡錘體體型的中年婦女緩步過來，她邊問我找誰邊將鑰匙插入門孔內。

我告訴她，我從倫敦來，想和喬見面。

她擡頭注視我好幾秒後，突然笑開臉。

" Are you that girl? Joe loves you so much."她問我是不是那女孩？又說喬非常喜歡我。

我承認自己正是那女孩，至於喬喜歡我……這是怎麼回事？

那婦人介紹自己是喬的看護，她的雇主一直悶悶不樂，也不喜歡與人交往，但自從在網上看過我的MV後，驚爲天人，他說我是他的天使。

原來此喬非彼喬，我是張冠李戴了。

緊接著她壓低聲音說老先生是有些古怪，也難怪，無親無故又坐擁萬貫家財，會懷疑別人居心叵測也在情理之中，可是他對我可大方了，一天一束花，就盼著能和我見上一面。她原以爲他癡人說夢，沒想到美夢成真，我真的上門了……

" Sorry, I made a big mistake. I got to go."我打退堂鼓。

誰知我們的談話聲驚動了屋主人，他坐著輪椅過來。

" Are you ……Are you Beatrix?"他問，神情很激動。

看見一位老人因我的出現而喜形於色，我只好點頭。

他啞著嗓子說歡迎，又說他等待這一刻已經等很久了。

" I ……"

" Maria, could you give Beatrix a cup of tea?"老人要看護給我一杯茶。

那個叫Maria的人笑著答馬上，然後將我引進門。

聽見背後木門關上的聲音，我有種進入死胡同的壓迫感。

哎！沒想到我的粉絲是個耄耋老人，偏偏我還自己送上門，想到此，不禁啞然失笑。

第七十一章/報案疑雲

這棟老宅的牆壁很特別，是用深色木材做的護牆板，板上還有淺浮雕。客廳的頂棚則是錘式屋架，由兩側向中央逐級挑高，每級下方有一個弧形的撐托和一個雕鏤精緻的下垂裝飾物。這種極富裝飾性的木屋架非常的富麗堂皇，是中世紀文藝復興過渡時期的風格，簡稱"都鐸風格"。

不僅硬裝有古風，連軟裝也不含糊。我在鑲著玫瑰徽章、四葉草以及仙人掌的傢俱間流連，它們個個雕功精細、華麗唯美，可惜顏色都偏暗，加上腳踩的波斯地毯呈暗紅色，要說有多壓抑就有多壓抑。

" Sit down, please."Joe請我坐下。

我在佈滿雕刻的橡木椅上坐了下來，Maria為我們沏了一壺茶，用的是皇家道爾頓骨瓷茶具，這也是英國黛安娜王妃生前最青睞的品牌。

我謝了Maria.

沒有什麼比在驚訝與失望之餘來上一杯熱茶更讓人舒心的了，況且天氣寒冷，我極需熱東西暖暖胃。

茶壺裏裝的是大吉嶺紅茶，有麝香葡萄的香氣，但除了這味道，似乎還有些什麼，是一種令人不快的油膩味，後來發現那氣味正是從老人身上發出的，我不禁屏住呼吸往後坐，盡量拉開和他的距離。

Joe對我說了很多溢美之詞，包括琴藝精湛、才華橫溢、技冠群倫等，又讚美我是千年難遇的美女，簡直是希臘神話中的海倫……

就我所知，海倫是眾神之王宙斯的女兒，從小就有沈魚落雁之姿，後來還引發十年的特洛伊戰爭，是真正的紅顏禍水。

然而再怎麼著，海倫好歹也是地中海人種，有高額頭和深邃的眼眸，與我的長相有本質上的差異。看來老人年歲大了，眼睛不行，腦子也不管用了。

我不知該如何面對一位年老粉絲的厚愛，只能微笑、微笑再微笑，心中想著茶一喝完就走人，也算是在不傷顏面的情況下對送花者表達了謝意。

“ Do you know Edward Elgar?”老人忽然問我認不認識一個叫Edward Elgar的人？

我搖頭表示不認識。

他介紹那是他的祖父，接著從他帶有鼻音的沃里克郡口音中，我了解到一二。原來Edward Elgar是英國有名的作曲家，曾和小提琴大師梅紐因合作過，他生於樂器商家庭，擅長多種樂器，並自學作曲。1904年因所做的國定頌歌《加冕頌》受封為爵士，其作品既有民族特色又飽蘊浪漫主義後期的內在熱情……

聽完Joe的解釋，不禁對他的祖父行最敬禮。啊！原來是同行，所以老人對我的關愛也算是對家人的一種投射吧？！

“ Maria, could you give me the violin? Please.” 老 人 要 Maria 把小提琴拿過來。

當看護將那把有著深紅色光澤面的小提琴從一個老舊的琴盒

裏拿出來時，我倒吸一口氣，光看琴身及材質，這絕對是把好琴。

Joe說我好眼光，這是一把GUADAGUININI琴，於1750年在米蘭製作完成。它的琴身稍長，上部較窄，很適合手臂長且骨架小的人使用。

" Is this your grandfather's violin? "我問這是不是他祖父的琴？

他答是，並且要我拉拉看。

我撫摸著這把飽含歲月痕跡的古董琴，雖然品相依舊完好，但琴弦鏽了，最細的E弦更是汲汲可危，估計拉不到幾個小節就會斷。

聽我這麼一解說，Joe很失望，但仍大方接受這個理由，還説我可以把琴帶走。

給我？爲什麼？這麼好的一把琴絕對能賣個好價錢。

Joe答他的年歲高了，身體又有病，什麼時候撒手人寰都說不定，還是趁早把有價值的寶貝給值得的人......

他說我是值得的人，讓我很動容。

" Thank you. One day I will come back to play the violin for you."我謝了他，並且承諾有一天會回來拉琴給他聽。

他笑著答一言爲定，又爲我斟上一杯茶。

回到倫敦剛好趕上吃晚飯，翠西煮了西餐，有香腸土豆泥、奶油花菜和康沃爾餡餅。

"媽咪，今天妳去哪裏了？我以爲妳會到校觀看我的合唱團演出。"女兒説。

哎呀！真是糟糕，前兩天我還信誓旦旦地表示一定會排除萬難參加，沒想到一轉身就忘了。

"艾米，對不起，媽咪真的忘了，因爲有重要的事情，所以……"

"好啦！誰叫我有個明星媽媽，哎～"她嘆了口氣，不知道是啥意思。

我又承諾下次一定去，女兒没接話，專心吃起餡餅。

～

飯後，我把老人送的琴用琴油擦拭一遍，再把舊弦取下換上德國Evah Pirazzi 琴弦。調好音後，我試拉了幾個音階，果然音色寬廣有穿透力，即使是要求嚴苛的音樂家也無可挑剔。

內行人都知道，名琴是很昂貴的，喬爲我買的Stradivari琴可以抵得上倫敦市中心的一間豪華公寓，至於老人的琴……雖然不知市場價，但肯定也不便宜，加上又是英國爵士用過的，恐怕在天文數字上又往上翻了兩翻。

啊！老天真是太善待我了，擁有一把好琴是每個小提琴家的夢想，而我卻同時擁有兩把。

～

"什麼？！No chance."我氣憤極了。

Devin從華盛頓回來後，馬不停蹄地安排我演出，大大小小的音樂節隔三差五就有一個，礙於"吃人的嘴軟"，我照單全收，這次他竟然安排我在拉斯維加斯的賭場登台。

"全世界最頂極的歌舞秀都在賭場裏，況且妳只是在Julio出場前暖個場而已。"我的經紀人說。

Julio是有名的拉丁歌王，我個人也很仰慕他，但拉丁歌曲和小提琴根本不搭嘎，兩者有天壤之別，誰進場看歌舞會想聽小提琴演奏？簡直貽笑大方。

" Beatrix,"Devin 發火了，" 我們是不是該把權利義務再釐清一遍？"

我答不需要，我的權利就是把不適合的演奏場地剔除掉，剛剛我已經成功做到了。

" 妳……妳別敬酒不吃吃罰酒，我已經收了錢，這次妳非去不可！"

我還想爭辯，但看見翠西在房門口探頭探腦的，知道有事，遂隨便找了個藉口掛上手機。

"什麼事？"我放下手機問。

"客廳裏有兩名警官，他們想問您話。"

警官？難不成喬有消息了？我趕緊步入客廳。

跟喬沒關係。

警官問我兩個禮拜前有沒有到過STRATFORD鎮？認不認識一個叫Joe Elgar的老人？

我承認到過STRATFORD鎮，也見過Joe Elgar.

" He accused you of stealing his violin."警官說那老人控告我偷了他的琴。

這怎麼可能？琴明明是他送我的。

警官問我是否知道那把琴的價值？又問我非親非故的，Joe Elgar爲什麼要把價值連城的寶貝送我？

他用了"priceless"這個字眼，讓我很好奇，難道老人的琴會比Stradivari琴貴？

那個印度裔警官反問我，梅紐因和愛德華爵士用過的琴該值多少錢？

我答不清楚，我又不是拍賣專家……

" Don't play game with us , young girl."警官警告我別耍花招。

我說我沒耍花招，是真不知道琴價，另外，我和老人是非親非故，但琴的確是他送我的，看護Maria可以作證。

警官冷冷地答正是Maria報的案。

這……怎麼可能？我徹底迷糊了。

第七十二章/情非得已

我將這件事報告給經紀人,他如臨大敵,說萬一處理不好,會成醜聞一樁,執意跟我一起去見老人,因爲保護旗下藝人,他責無旁貸。

Devin把我歸爲藝人,讓我有些受挫,我原以爲自己是走古典音樂路線的音樂人。

～

Maria說兩個禮拜前我曾探訪她的雇主,也親眼目睹我提著小提琴走了,但她不清楚那是贈與還是其他。昨天老人發現他的小提琴不見了,心急如焚,一定要Maria報警,才有了今天早上警方的到訪。

我坐在客廳的同一把橡木椅上,兩個禮拜不見,Joe Elgar彷彿不認識我似的,只把眼光落在琴盒上。

" Thanks God. It's here." 他很開心,眉間紋像瞬間被熨斗給燙平。

警官問他這可是他的琴?他篤定地答Yes.

警官又問他是否把琴送給了我？他看都不看我一眼，直接說No.

這下子我真的百口莫辯。

還是警官經驗老到，他問老人今年是哪一年？又問他認不認識站在一旁的另外一位女性？

老人答今年是1982年，黛安娜王妃剛生下小王子，至於那位女性……看著有點兒面熟，但叫不出名字，大概是鄰居吧？！他很少和鄰居來往……

Maria頓時尷尬萬分。

警官把老人留在客廳裏，示意其他人都到玄關處。

" Alzheimer's disease." 那警官給出答案，說老人得了老年癡呆症。

老年癡呆症是一種神經系統退行性疾病，初期表現為記憶力減退、對新近發生的事容易遺忘且時空交錯，判斷能力下降……

知道老人病了，我感到非常難過，兩個禮拜前他的思路還很清晰，沒想到一下子就迷糊了。

警官說既然誤會化解，我可以離開了。

" Can I play violin for Joe before leaving?"在走之前，我提出要為老人演奏一曲，那是之前答應過他的。

Joe聽說我要拉曲子給他聽，無可無不可地讓我使用他的小提琴。

我替老人準備的是他的祖父在1904年所做的國定頌歌《加冕頌》，Edward Elgar還因此受封為爵士。

因為時間的關係，我只拉了第一曲《National anthem》，並且以三種不同的風格來詮釋，分別爲傳統、爵士和浪漫。

我一拉完，收獲熱烈的掌聲。

" Well done, Beatrix."老人這會兒又認出我來，並且讚美我拉得好。

離去前，Joe不忘提醒我將小提琴帶走。

我很無奈，笑得很苦澀。

~

今天我難得提早回家。

站在窗邊，我一面喝著伯爵茶，一面看著樓下的熙攘人群。女兒開門進來，衝著我笑，嘴裏還哼著歌，我越聽越熟悉，這不是《加冕頌》中的第一曲嗎？

看我驚訝的表情，艾米得意極了，又分別唱了爵士版和浪漫版。

" Dear, 妳……妳怎麼會唱這首歌？"說完，真想搧自己兩耳光，這不是英國國歌嗎？艾米當然會唱。

女兒反問我誰不會唱？只是現在的唱法多了，因爲我，各種版本的國歌都出籠，甚至有搞笑版。

接著她唱了搞笑版給我聽，的確很Funny, 但是……爲什麼"因爲我"？

艾米答我替一位坐輪椅的老爺爺拉琴的錄相已經野火似地漫延開來，《英國國歌》成了當下的流行歌曲。

我一聽，趕緊上網。老天！真的如同艾米所說，觀看人數已破千萬，並且數字還在增長中。等我發現連英國最著名的男高音Alfred Deller也以花式唱腔詮釋國歌時，驚到不行，這已然成了"全民運動"。

我立馬打給Devin, 電話那頭的他很興奮。

"一下子多出很多邀約，電視台和電台都有，連BBC也給了訪談邀請，妳真是我的大福星啊！"他說。

我沒想到當我拉小提琴給Joe聽時，Devin錄下了視頻並且發佈到網上，毫無意外地讓我又火了一把。

"我累了，不想再成爲焦點。"我有氣無力地說。

Devin答這可由不得我，當我簽下合同時，就已經走上不歸路。等這一撥一結束，剛好接上G的慈善溜冰義演，讓我們聯手把全球的眼光都吸引過來……

大概我的沈默潑了他一盆冷水，他收起自己的一廂情願："好，我答應妳，聖誕假期不給妳安排任何活動。"

哎！也只能這樣了，誰讓我"人在屋檐下"呢？

我馬不停蹄地參加各個電視和電台的訪談，甚至美食節目《CHINESE Food in Minutes》也發來邀請，讓我在節目上做一道中國菜。

天知道這跟我的小提琴演奏有啥半毛錢關係？但我還是小小惡補一下，做了一道雞絲涼麵交差（翠西說我表現得不錯，除了芝麻油放多了之外）。

"媽咪，妳能在這上面簽名嗎？"這一天，艾米拿來一件8號的白T恤要我簽名。

"Sweetheart, 那是衣服啊！"

"我知道，但學姐要我這麼做，我不好意思拒絕。"

於是我大手一揮，簽了。

沒想到我這個下意識的動作，給自己和女兒帶來了麻煩。

那名"學姐"把T恤往e-bay上一送，拍出了100英鎊。艾米哭喪著臉回來，她說現在大到琴盒，小到卡片，學校學生都拜託她帶回家讓我簽名，令她煩不勝煩。

我只好出面向老師求助，這才扼止住這股歪風。

慈善溜冰義演轉眼來到，G用帶著南方腔的普通話拜託我別拉得太好，免得她相形見絀。

我笑著說她多慮了，今晚的主角是她，沒人會注意到站在角落的我。

話是這麼說，但爲了這場演出，我算卯足了勁兒，害怕稍有一點兒閃失而成爲國際笑柄。

Devin也戰戰兢兢，他要我"鞠躬盡瘁，死而後已"，因爲全世界有好幾百萬人會同時觀看現場直播，害我緊張得手心出汗。

" Don't worry. You will be fine."我的化妝師邊安慰我邊在我的眼皮上塗金粉。

今晚的G穿上水湖藍的緊身連衣裙，裙擺有小小的絨毛球，平添幾分俏皮；我則選了Vera Wang設計的粉色曳地長裙，上面有層層疊疊的蕾絲和水鑽，盡顯浪漫。

雖然我是配角，但不知Devin使了什麼招數，抓來了3個贊助商：MIKIMOTO提供了珍珠耳環、周大福給了頭頂上的鑽石皇冠，周生生則呈上了鴿子蛋。

"真好，有人贊助。"G走過來，上下打量我一番後說。

我告訴她自己也不想打扮得像芭比娃娃，無奈贊助商想搭順風車……

"別忘了這是慈善義演，不是維秘的天價內衣秀。"她冷冷地丟下一句後，走了。

我想了想，G說的對，便把身上的珠寶全摘下來，Devin還因此和我小吵了一架。

～

我一出場，全場便靜肅下來，彷彿進入錄音間一樣。

《My heart will go on》的前奏很長，一開始聚光燈全打在我身上，約莫20秒後，G出現了，此時大束光芒轉而跟隨她，但仍有一小束光圈圍繞著我。

就這麼著，我把蕩氣迴腸的經典情歌拉得淋漓盡致，G也毫無失誤地完成所有的動作，包括高難度的空中旋轉3周半。

曲子拉完，G也以燕式轉完美收官。我看到溜冰場上丟滿了花束，那是對溜冰者的禮讚。

拿好小提琴，我走下表演台，誰知一群年輕人蜂擁而上，爭著給我大大小小的花束和絨毛玩偶，讓我一時錯亂：“他們是不是給錯人了？”

Devin代我收下禮物，並讓工作人員當人肉盾牌，隔開我和粉絲。

回到後台，我馬上責問Devin是不是他搞的鬼？

“有部份是買的，但有一半以上是真愛粉。”

我老大不高興，一場義演成了個人秀，G會怎麼想？

果然G回到後台就沒好臉色，對我的祝賀愛理不理。

“I will fly back home immediately. Someone here makes me sick.”G對主辦單位說她想馬上飛回家，這裏的某人讓她覺得噁心。

我聽了，心中有說不出的苦楚，事情發展至此，並非我願。

～

G没參加義演後的小型茶會。

本來我也不想參加，但這一來讓主辦方很下不了台。在工作人員的苦苦哀求下，我只好勉爲其難地出席，没想到正因爲主角缺席，讓在場的記者們紛紛將攝像機對準我，我有了不祥的預感。

果然隔天的報紙頭條都是我的大頭照，G被擠到角落不起眼處。

"幹得漂亮！"Devin閣上報紙滿意地說。

只有我愁眉不展，像做了件醜事。

第七十三章/鳩佔鵲巢

Devin 實現他的諾言，慈善義演後，除了兩個以前約好的廣播節目外，不再安排任何活動，直至明年的一月五日。算一算，我有整整二十天的假期，怎不令人雀躍？

"夫人，Devin對您真好，放您這麼長的假。"翠西邊幫我打包行李邊說。

如果不是知道Devin很早就買好飛馬爾代夫的機票，打算和"男"朋友在海島做閒雲野鶴，我也會認爲他是個好人。

"媽咪，"女兒抱著她的絨毛玩具進到我房裏，"明天就能看見'星星之眼'了嗎？"

"嗯！"我將她抱上床，"我們到農莊過聖誕節，好不？"

艾米答好，去年我們也是在農莊過聖誕節，爹地還陪她玩《Ticket to Ride》的鐵路遊戲。

聽她這麼一說，我不勝唏噓，没想到時間過得這麼快，一年已悄然逝去，喬也失蹤大半年了。

"爹地今年會陪我們過聖誕節嗎？"艾米問。

這也是我想知道的。

我邊將她的髮辮打散邊答不清楚，即使會，喬也會不動聲色地給予我們驚喜。

"妳的意思是爹地正在農莊等我們？"女兒的眼中閃著光芒。

"呃……也許……可能……"我張口結舌。

她聽了歡呼一聲，說這將是最棒的聖誕禮物。

"艾米，妳媽媽說的是maybe, 不是definitely , 妳不要混淆了。"翠西出手相救。

誰知女兒答不是maybe, 是definitely, 因為她又接到爹地打來的電話。

"妳說什麼？"我抓緊艾米，"爹地什麼時候打電話給妳？說了什麼？"

我的緊張嚇到艾米，她支支吾吾地表示自從喬離家後，隔三差五會接到無聲電話，幾秒鐘後掛斷。某天她實在太好奇，問電話那頭是不是爹地？沒想到那人咳嗽一聲，聲音聽起來很像，從此她便認定無聲電話是爹地打來的。

"爲什麼不早告訴媽咪？"我責備她。

"我……我怕告訴妳，爹地就不再打來，我……我要爹地……我想爹地，嗚嗚嗚……"艾米哭了起來。

噢！小心肝～

我抱緊女兒安慰她，說自己也想念喬，所以激動了些，對不起。

待艾米平靜後，我要了她的手機並且回打過去，然而奇跡並沒有發生，電話響了好幾聲，依舊無人接聽。

"讓我看看是哪個號碼。"翠西走了過來，我將手機遞過去。

"這是Brighton的手機號，01273開頭，不會錯的，我姨媽也住那區，去年我到農莊幫你們煮完聖誕大餐還彎到她家打了聲招呼。"她答。

Brighton? 我們的農莊也在 Brighton, 難道……難道喬真的在農莊裏？

有了這個想法，我一刻也坐不住，恨不得插上翅膀飛過去。

翠西提醒我夜深了，鄉村小路不好走，還是隔天再上路吧！

也對，有艾米在，她的安全我責無旁貸。

吃完早餐，我開著林肯上路。

下了M25高速公路後換上鄉間小路，兩旁盡是掛滿枯葉的行道樹，天很藍，偶見遠方有一幢幢的石屋矗立在覆雪平原上……

這不是經常出現在繪本及童話故事裏的冬天景致嗎？

"媽咪，爹地會在家裏等我們嗎？"艾米問。

"I hope so."

當看到"Welcome to Brighton"的指示牌，我轉了個彎，往太陽升起的方向繼續前進。

剛停好車，我看見馴馬師慌慌張張從屋裏跑出來，我老大不高興，他怎麼會有家裏的鑰匙？

沒等我問，馴馬師主動交待前幾天有大風暴，橡樹壓壞了煙囪，他請人來修，修是修好了，但也因此得知煙囪裏積了太多灰，若不及時清理恐有消防隱患，於是他又約了人清理煙囪。剛剛聽到有車子駛入的聲音，他以爲是工人來了，所以急忙跑出來……

貌似完美的解釋，卻因說話者的眼神飄忽，外加額頭冒出斗大的汗珠，讓我心生疑竇。

"How did you get the key?"我問他的鑰匙從哪兒來的？

他答喬給了他一份備用鑰匙，以防有意外事件發生。

我又深深看他一眼，他低下頭去，很不知所措的樣子。

"You can go."我放一臉狼狽的人走。

他頭也不回地離去，還因走得太匆促，差點兒跌跤。

和想像中不一樣，屋內的灰塵不多且通風良好，得，清理時能少費點兒力氣。

"媽咪，有魚。"我剛把行李搬進屋便聽到艾米喊。

"魚？怎麼可能？"

"是真的，有好多條。"

沒等艾米說完，我已經看到角落有個中型水族箱，裏面有海草和十幾條觀賞魚，箱子上還擱著魚飼料。

我快步走向廚房，水槽裏有未洗的碗盤，流理台有使用的痕跡，轉身打開冰箱，裏面有滿滿的食物。

可惡！山中無老虎，猴子稱大王，馴馬師竟趁著主人不在，大喇喇地搬進來住，我氣不打一處來。

"嘟⋯⋯嘟嘟嘟⋯⋯"聽到手機響，我趕緊翻找我的包，不是，它沒響。

"艾米，是妳的手機響嗎？"我問。

"不是。"她掏出自己的手機以茲證明。

那麼是誰的手機響？我尋聲找過去，原來主臥室的床頭櫃上有一個沒見過的銀色手機。

" Hello."我喂了一聲。

電話那頭是煙囪清理工人，他說找不到路，我提示他怎麼走後，他答十分鐘後到。

掛上手機，我怒不可遏，馴馬師竟然睡在我和喬的床上，噁心死了！

我迅速把屋內所有的被套和床單都丟進洗衣機裏。

煙囪清理工人果然十分鐘後抵達，我把家留給他，轉身帶艾米出門，不想兩人都吸滿一肚子的灰塵。

" 媽咪，我們去哪裏？"女兒問。

我答歸還手機（實際上是"興師問罪"去）。

馴馬師看到手機，一臉茫然。

我責備他鳩佔鵲巢，和行竊者無異。

他幾次欲言又止。

" I don't want to see you again. You move out today."

見我炒了他，他只好答手機不是他的。

不是他的，是誰的？

馴馬師再次吞吞吐吐，話繞了半天，還在原地打轉，我決定打破砂鍋。

基於他有難言之隱，我只需他點頭或搖頭。

" Got it?"我問他明白不？

他點頭。

問題一：他是否住在大屋子裏？他搖頭。

問題二：是不是有人住在大屋子裏？他點頭。

"Is it Joe?"我問是不是喬？

他聽完後神色慌張，既不點頭也不搖頭，難道真的是喬？

我接著問："Where is Joe?"

馴馬師躊躇了一會兒，眼睛望向東方，那是海的方向。

喬在海邊？

我牽起艾米的手，快步走向馬廄。

第七十四章/久別重逢

還沒走進馬廄，我就聽到此起彼落的嘶鳴聲。

在那裏，除了"合家歡"，我還看到另外兩匹健壯的馬，獨缺"星星之眼"，誰騎了它？不言而喻。

我把白馬牽出來，其他兩匹馬因此有了騷動。

"媽咪，我喜歡小馬，我們騎'合家歡'好不好？"艾米問。

"我也想騎'合家歡'，但它才1歲多，我怕它承受不了兩個人的重量。"我答。

雪雖然停了，但冬天騎馬絕對不是一件浪漫的事。

我把艾米裹得嚴嚴實實的，並且盡可能地讓馬"慢跑"，雖然想見喬的心迫不及待。

奔馳在白雪皚皚的平原上，潔白的積雪銀光耀眼，風聲蕭蕭，倍感孤寂。我忽然心疼起喬，半年多以來我還有艾米相伴，他卻孑然一身，很難想像他是怎麼度過那些漫漫長夜。

當海濤聲由遠及近傳來，我知道翻過前面那座山丘即是大海，心開始撲通撲通地跳。

"前面就是大海了，艾米，快禱告爹地在那裏。"我喊著。

艾米隨即口中唸唸有詞："親愛的天父……"

我大喝一聲，腳跟踢向馬腹，一鼓作氣越過山丘。

陽光照在波光粼粼的海面上，像給水面鋪上了一層閃閃發光的碎銀。沙灘被雪覆蓋了，但海依舊是活的，潮來潮往，像人生互古不變的軌跡。

艾米跑向那個瘦高的人影，他戴著一頂黑色毛呢帽，身上穿著同色羽絨服，腳裏深褐色皮靴，正將眼光投向我們。

"爹地～"艾米喊道，撲向他。

那男人彎腰將她抱起，和她親了又親。

我像個木頭人似地杵在原地，不知該向前還是後退，倒是白馬踱步走向"星星之眼"，並在它耳邊廝磨。有那麼一瞬間，我懷疑白馬正在告狀，說我大冬天還把它牽出來，一點兒都不體貼。

那對父女敘舊夠了，我看見艾米用手指向我，心中頓時小鹿亂撞，喬……還會理我嗎？在我做了那麼多、那麼多的錯事後。

"媽咪，"艾米喘著大氣跑向我，"爹地要妳過去。"

喬要我過去而不是他走過來，爲什麼？

"快去！"艾米推了我一把。

我往前跨了兩步後停下。

"艾米，妳陪媽媽走過去好嗎？"

"不行，妳得自己過去，爹地有悄悄話告訴妳。"

悄悄話？什麼悄悄話不能當著艾米的面說？該不會⋯⋯

"別怕，爹地不是老虎。"

女兒說著笑話，我卻笑不出來，只能懷著忐忑不安的心往前走。

"Hi."我努力擠出一張笑臉。

喬不看我，他看著大海，所以不知道我的笑有多苦澀。

"妳現在是名人了，到處都有妳的影子。"喬說，聲音裏聽不出喜怒哀樂。

"那是因爲信用卡的副卡被喊停，而我和艾米得吃飯。"

奇怪，明明在描述事實，到嘴邊卻成了控訴。

喬顯然在意，他很快做出解釋。原來他看中一處高檔公寓，預備買下當我們的新家，後來他被解聘，風聲傳開後，原屋主怕他付不出房款，打算轉賣給別人。喬好說歹說，那屋主才沒變卦，但開出必須支付50%首付的條件，没想到信用卡開卡銀行因而懷疑他惡意套現，所以凍結了銀行賬戶⋯⋯

"不過是一棟房子，只要家人在，哪裏不是家？"我說。

"我現在是窮人了。"

"没事，"我握緊他的手，"錢再賺就有，只要你回來。"

他放開我的手說回不去了，是時候放我去尋找幸福。

"没有你，我還有什麼幸福可言？"

喬答有，薛佳仁就能給予我幸福，他是成功的商人，況且我和他走得近。

"喬，你聽我說⋯⋯"

"以前有錢時留不住妳的心，更不用說現在的我窮途末路、寅吃卯糧，當然更留不住妳的人，我累了，玩不起感情的遊戲。"他嘆了口氣，"沙麗說想要牛頓街的公寓及原本買給妳的兩輛好車，我全答應了，因爲心中有愧。至於妳......我把農莊留給妳，馬我已經賣了，明年初會有人上門取。賣馬的錢我留一半給妳，這是我能給予的最大限度。"

我拼命搖頭，說自己不在乎身外物，心中愛的人是他，不是別人，薛佳仁不過是"發乎情止乎禮"的朋友罷了......

"貝，"他捧起我早已淚花的臉，"相信我，妳不會愛一個無用之人，半年多來我的求職信石沈大海，沒有一家公司願意雇用一個有壞記錄的人，即使流言只是空穴來風。"

"不～"我抱緊他，"別人不要你，我要你，我可以拉琴養活你和艾米，求你，求你不要離開我們。"

我哭得聲嘶力竭、肝腸寸斷，而喬只是拍拍我的背，甚至連一個擁抱也沒有。

和去年一樣，喬向附近的農民買了小松當聖誕樹，裝飾品還在，沒一會兒的功夫便把樹打扮得有模有樣，很有過節的氣氛。

"我載艾米到鎮上採買食物和日用品，妳需要什麼？"喬問。

此時鍋裏的蔬菜湯正燉著，麵包機裏的麵包正在發酵，洗衣機裏的衣服正在洗，我一時走不開。

"買隻火雞吧！聖誕節總得應應景。超市的半成品也買一些，我的廚藝不佳，但弄熟食物倒不難。"我說。

他笑笑答好，又問我想要什麼聖誕禮物？

呃......這是怎麼回事？往日的浪漫哪裏去了？

我苦笑著說什麼都不要，買完東西早點兒回來。

聽見車子駛離的聲音，我走向窗口，福特的車尾巴噴出一長串的白煙，很像動畫片裏的情景。

我忽然憶起喬的奔馳車，他一向非好車不開，什麼時候換成了福特？

其實不用他明說，經濟上的窘狀我早已注意到。食物不再選擇昂貴食材，衣服不是H&M就是Marks and Spencer，都是大衆款式和平民價格，再也不是阿瑪尼或Boss品牌。

我給自己泡了杯黑咖啡，咖啡香加上麵包和湯的香氣，任誰都會覺得這是個溫馨時刻，而我卻像吸了霧霾，胸口悶得難受。

昨晚艾米膩著她的爹地，非要他講睡前故事不可。我趁機洗了個香噴噴的熱水澡，然後躺在床上等喬，半天沒等到人，我還因此小睡過去，等我醒來，已是凌晨一點多。

我下床走到女兒房間，她正睡得香甜。

沒看到喬，我逐個房間找過去，終於在朝東的房間內找到他，他正和衣而睡，眉頭緊鎖，像有什麼煩心事。

我躡手躡腳地鑽進被窩裏，從後擁抱他，再次聞到喬的體味，我感到幸福。

"貝，回妳房間睡覺。"他下令。

"我不要，就想和你睡。"

喬翻轉身來，將我往外推："太熱了，妳抱著我很不舒服。"

太熱了？這屋的設計是太陽能取暖，好處是節能，壞處是越到夜裏能量越顯不足。好比現在，雖然不冷，但離太熱還很遙遠。

"我很冷，抱抱我。"我一面說一面又靠近喬。

許久不見，我希望靠"主動示好"拉近彼此的距離。

没想到喬完全不留情面，他大力掀開被子下床，說他到向北的房間睡，那裏比較不熱。

被自己的老公拒絕，尤其在分開大半年後的第一個夜晚，我感到費解與受挫。

～

喝完咖啡，麵包也出爐了，我趕緊把它從機器裏拿出來放涼。此時的湯正好，熱氣噗噗噗地往外冒，讓人心生喜悅。

我轉身將洗好的衣服曬在陽光下，薰衣草的洗衣液味道很好聞。曬完衣服，一進屋就聽見車子駛近的聲音。

"媽咪，我們買了好多東西。"艾米一下車，興奮地喊道，小臉頰紅撲撲的。

我幫著把採買回來的東西一一歸位，喬果真買了半成品食物及日用品，獨缺我要的火雞。

"火雞呢？"我問。

"客人說會帶過來，所以我沒買。"他答。

客人？什麼客人？

喬解釋明晚是聖誕夜，他請了兩位客人和我們一起用餐。

他仍然沒說請了誰，讓我心生疑竇。聖誕夜通常是親人團聚的時刻，有誰會到別人家做客？難道……難道是賴音如與何一凡？

想到何一凡對他表姐的行蹤感到懷疑，我又知情未報，突然很害怕看見他。再說了，聖誕節晚餐不一般，一下子需要煮五個人的大餐讓我倍感壓力，不想佳節成爲夢魘一場。

"客人說了，明晚的聖誕大餐由他們準備，省去妳的麻煩。"喬彷彿有讀心術，讀出我內心的擔憂。

見賴音如與何一凡如此貼心，我頓時鬆了一口氣。

“媽咪，我肚子餓了。”艾米拉著我的衣袖說。

我趕緊招呼兩父女坐下。

英國的午餐通常很簡單，蔬菜湯加烘焙麵包，沒人會覺得寒磣，我也不用因此感到內疚，畢竟這是少數我拿得出手的菜肴。

第七十五章/急轉直下

我没想到喬口中的客人竟然是薛家兄妹。

當薛佳仁把大大小小的食材搬進屋，包括一隻中號火雞時，我著實愣了一下。

"我以爲中國城在聖誕節照常營業。"我撫著柚木大門問。

"的確照常營業，"他說，順便遞給我一瓶紅酒，"八二年的波爾多葡萄酒，我藏了好多年，一直捨不得喝。"

他依然沒回答我的疑問，倒是另一個人代答了。

"我哥一聽說要來見妳，馬上把餐廳撇下，也不管每年的這個時候生意正好，忙都忙不過來。"薛佳琪走過來，手牽著一個頭頂莫西干髮型的小男孩。

"Merry Christmas, auntie."那男孩說。

想不到一轉眼的工夫，傑夫已經長這麼大了。

"Merry Christmas."我也祝他聖誕快樂，並且喚來艾米。

艾米一看到弟弟，笑開了臉，主動接下保姆的工作。

兩小孩一走，薛佳琪也跟著進屋，對我視若無睹。

薛佳仁搬完最後一箱東西，他走過來祝我聖誕快樂。我也把同樣的祝福送給他，但眼光落在別處，因爲我看見薛佳琪給喬一個熊抱，整個人掛在他身上。

"昨天忽然接到喬的邀請，才知道你們團圓了，妳真不夠意思，找到人也不通知我一聲。"薛佳仁抱怨。

我解釋我們也是兩天前才重逢，來不及通知任何人。

說完，我再度回頭，那兩人卻不見了，不知上哪兒去。

"能當我的下手嗎？我一個人忙不過來。"他說，露出一口潔白的牙齒。

我答好，轉身去找圍裙。

~

農莊有個大廚房，鍋碗瓢盆俱全，辦一桌酒席綽綽有餘，而且視野開闊，從窗戶往外看，能遠眺群山。

我早知道薛佳仁有好手藝，今天總算大開眼界。

他把火雞洗淨後，在肚子裏塞滿餡料，然後送進烤箱裏。

"需要烤3～6小時，而且每隔一段時間要用特製的吸管吸取流在烤盤中的汁液，將之淋在火雞的表面上，接著再烤，這個步驟叫做 basting，重複幾次後，才算大功告成。"他說。

趁著火雞在烤，今晚的主廚開始擀麵皮準備做 Mince Pie, 同時交給我一個任務—把水果乾和堅果全切碎。

Mince Pie翻譯成中文是碎肉派，但實際上卻是甜餡餅，直徑約5到8厘米，是聖誕節的標配食物。

"好奇怪，Mince Pie裏面竟然沒有碎肉，既然沒有碎肉，爲什麼叫Mince Pie?"我提出疑問。

薛佳仁解釋以前的Mince Pie的確有碎肉，但到了維多利亞中期，碎肉便不再出現，反而以水果乾、堅果和香料替代，不過牛板油依然使用，算是保留了一點兒"肉味"。

我把切好的乾果上繳，薛佳仁又加入肉桂、肉豆蔻、丁香和果醬，然後放進小鍋裏熬煮。當然，攪拌及包餡的工作又落在我身上，因爲大廚得忙著做其他食物。

我邊攪拌邊往外看去，此時喬和薛佳琪已走到屋外，他們似在爭論什麼。

"我不知道你妹和喬有那麼多話可說。"

"自從他失蹤後，我妹急得像熱鍋上的螞蟻，找人成了最重要的事，而且神神秘秘的，不知葫蘆裏賣什麼藥。"

我忽然憶起喬曾說過薛佳仁是成功的商人，而我又跟他走得近……難道是薛佳琪告訴他的？

"媽咪，"艾米走進廚房，後面跟著傑夫，"傑夫說想玩遊戲機。"

我趕緊洗了手到客廳找機子，又應孩子們的要求，陪玩了一陣子，理所當然地把廚房的工作扔給客人。

薛佳仁發給每個人一頂聖誕小帽，並在水晶杯裏斟上他珍藏多年的紅酒，孩子們喝的當然是果汁。

"Merry Christmas!"薛佳仁領祝賀詞。

這讓我多少有些不舒服，雖然他準備聖誕大餐有功，但屋主是喬，理應由喬領祝賀詞才對，但顯然後者並不在乎，他和我們一起舉杯喊"Merry Christmas!"，非常賣客人面子。

此時長桌上擺放著垂涎欲滴的佳肴，除了烤得金黃的火雞及我做到一半臨陣脫逃的甜餡餅外，還有聖誕布丁、熏三文魚、蛋奶酒、球形甘藍、扇貝奶酪及醃製火腿。

"你開的是廣式餐廳，没想到西餐也做得棒！"喬讚美，看得出說的不是溢美之詞。

"不瞞你說，我打算在英國開家西餐廳，地點選好了，就在Belgravia區。"薛佳仁答。

Belgravia區屬於倫敦繁華地帶，租金非常昂貴，如果不是實力過硬，很難盈利。

薛佳琪不知是褒還是貶地說她哥賭性強，看準的事，砸鍋賣鐵也做。

"別說了。"那個有些尷尬的男人出口制止。

"有本事做，還怕人說？"薛佳琪轉而面向我和喬，"你們應該看看他在牌桌上的架勢，一出手就是一萬英鎊，把老英的眼珠子嚇得差點兒掉出來。"

原來倫敦有個"大使賭場"，採會員制，每年的年費高達25,000英鎊，出入者都是頂級富豪，薛佳仁也屁顛屁顛地繳了年費。

"這樣好嗎？十賭九輸，萬貫家財也禁不起豪賭。"我很擔心。

薛佳仁要我放心，他已訂下止損線，超了肯定不玩。

"貝貝，妳管管他吧！他現在就只聽妳的話。"薛佳琪難得肯定我。

我答我有什麼資格管？他若不自覺，旁人就算說破嘴也没用。

"妳怎麼没資格管？你們不是早已戳破那層窗戶紙了？"

我聽了心裏喀噔一下，馬上轉頭看喬，他正低頭用叉子戳著火雞肉玩，看得出心情不佳。

薛佳仁帶著怒氣要自己的妹妹別紅口白牙地亂咬人。

"我可没亂說，大嫂不是因此而加重病情嗎？"

“夠了，”薛佳仁氣呼呼地起身，“妳到廚房來，現在！”

薛佳琪鼓著腮幫子，心不甘情不願地跟著離席。

走了薛家兄妹，可怕的沈默像流沙似地漫延開來，只有孩子們還眉開眼笑地吃食，絲毫感覺不到大人間發生的風暴。

“那個……很久很久以前的事，在澳大利亞……”我困難地說。

“別解釋了，”喬舉起酒杯，“我說了放妳去尋找幸福，cheers.”

他一飲而盡。

噢！不，沒有你，我不會幸福。

然而喬聽不見我的心聲，他轉頭和兩小孩話家常，還說了個笑話，只見艾米和傑夫笑得人仰馬翻，而我卻笑不出來，心像被萬針穿過般的難受。

“爹地，媽咪說你前陣子去了中國，那裏好不好玩？”女兒突然問。

喬對我投來意味深長的眼神，謊言被識破，我羞愧地低下頭去。

“那裏很好玩，也許過幾天我還會再去。”

艾米問可不可以也帶她和媽咪一起去？喬答不可以，因爲那裏有會吃人的小矮人。

聽完，我的心跌入谷底，這是間接告訴我，他又將離我們而去。

噢！喬，千萬別把我想成人盡可夫的可恨之人，現在我心只有你，沒有別人，難道你看不出來？

夜深了，薛佳仁仍執意開車回倫敦，我們沒有挽留，連客

套話都沒說，倒是艾米不明所以地問：「能不能把弟弟留下來？我答應了給他講睡前故事。」

「那正好，我哥擔心餐廳，讓他先回去，我和傑夫留下來。」

「不，」薛佳仁虎著眼，「你倆都跟我回去。」

「我才不，」薛佳琪撇開臉，「這時候回去是笨蛋，你準秋後算賬！」

爲了緩和劍拔弩張的氣氛，我只好把闖禍的人留下，薛佳仁氣得拿上車鑰匙走了。

～

薛佳琪選了朝東的房間，那裏有張King Size的大床，她把兩個小孩都帶過去。

「你別走，」看見喬正往朝北的房間走去，我抓住他的臂膀，「讓薛佳琪發現我們分房睡，她會怎麼想？」

我的眼眶裏滿是祈求。

喬深看我一眼後，答：「那……好吧！今晚跟妳睡。」

我沒想到事情急轉直下，讓人驚喜。

見他主動走向主臥室，我趕緊跟上。

第七十六章/任性的玫瑰

喬問我能不能把時間倒退到遇見林男之前？

"我讀八年級時遇見林男。"我說。

"那麼就倒退到妳讀七年級時，那時妳幾歲？"

我想了想，答13歲。

喬說我13歲時，他正好23歲，日期就訂在情人節2月14日，地點在小閣樓裏。

我問他爲什麼選在閣樓裏？

"因爲油畫在那裏，"他手指房間角落，我轉過去，什麼都沒有，"天花板吊得很低，我們得傴僂著背行走。"

他牽起我的手，彎腰走了兩步後說："還是坐下吧！彎腰走路很不舒服。"

我感到迷惑，喬在玩情境遊戲嗎？雖然幼稚，但我不願在有轉機的情況下拂了他的意，所以非常配合地與他席地而坐。

"空氣有點兒悶。"我演得有模有樣。

喬說把窗戶打開就沒事，他站起身來還不忘彎腰，我因此判斷閣樓約有一米五高。

"好點兒了沒？"

"嗯！好多了。"

他重新回到我身邊坐下，我們一同凝視著不存在的窗戶。

"月亮很圓。"我說。

"嗯！的確很圓，星星也很亮。"

我說我看到獵戶座了，喬問在哪裏？我指向右手邊。

"我看到了，β星很亮，像鑽石般璀璨，但妳的眼睛更亮，像夜明珠。"

我呵呵一笑，說他太誇張了。

"一點兒也不誇張，妳的一切都是美好的，是我活下去的勇氣和動力。"

聽他這麼一說，我再次燃起希望，藉力使力，要求他帶我回家。

"我會的，"他握緊我的手，"我們一起回家。"

我又看到他眼中流露出的愛意，遂主動吻他，喬也給予我熱情的回應。

當他動手解開我的前襟時，我很想告訴他今天不是安全期。

"噓～別說話。"喬呢喃著，翻身將我壓在地上。

沒想到好時光不過是一宿的時間，隔天天一亮，喬又對我異常冷淡。

吃過簡單的早餐，他急著送薛佳琪和傑夫回去，即使那兩人表現出消極的態度。

"爹地，我也想和弟弟去倫敦。"艾米說。

"不行，"喬蹲下來親了她臉頰，"也許……下次吧！"

我等喬也給我一個吻，但他的眼光從我身上飄過，轉身去拿車鑰匙。

"昨天的火雞肉還在，中午吃火雞肉三明治可好？"我對著他的背影問。

喬答好，不知是不是我多心，他的聲音聽起來冷冰冰的。

福特車開走後，我趕緊入廚房做麵包，今天打算做全麥口味的，加入核桃更美味。

從 Brighton 到倫敦往返約六個小時，我預計喬會在下午兩、三點回到家。怕艾米等太久肚子餓，我先做給她吃，自己則等著喬，然而一直等到晚餐時間仍不見良人的身影，打他的新舊手機號都無人接聽，於是我一通電話撥給薛佳仁。

"薛佳琪到家了没？喬到現在還不見蹤影。"我說。

"我妹回來了，也許妳問她比較清楚。"

等了一世紀才等來一個不耐煩的聲音。

"我們中午就回到金鳳餐廳，我留他吃中飯，他說有事忙，一刻也没停留。"她答。

我問喬有什麼事要忙？她没好氣地反問："我怎麼知道？"

無端踫了一鼻子灰，正想掛斷，那個陰陽怪氣的女人突然說床頭櫃裏有喬給我的東西。

"妳怎麼知道？"我問。

"哈！我怎麼知道？因爲我有千里眼。"

我懶理脾氣乖張的人，匆匆掛上手機後，我往主臥室

的方向走去。

二十幾沓的粉紅色票子亮瞎了我的眼，哪裏來的這麼多錢？我又撥打喬的手機號。

"媽咪，"艾米開門進來，"妳在幹嘛？"

"我打電話給爹地，他許久還未到家。"

"不用打了，爹地去中國了。"

我一聽嚇得差點兒拿不住手機。

"誰告訴妳的？"我急急問。

"當然是爹地，他說如果媽媽問起，就答床頭櫃裏有錢，還有，明天有人會來取東西。"

原來喬上車前曾和艾米說悄悄話，還叮嚀她等太陽下山後才能轉告媽咪。

我聽了欲哭無淚。

昨晚喬還和我行周公之禮，今天卻人間蒸發，叫我情何以堪？

"寶貝兒，妳能把桌上的三明治吃掉嗎？媽咪累了想睡覺，不想做晚餐了。"我意興闌珊地說。

女兒答沒問題，反正冷掉的三明治也很好吃，還要我安心睡覺，她會刷完牙再上床。

我對她微笑，說她懂事，是個大女孩了。

等艾米一走，我馬上卸下武裝，哭得撕心裂肺、涕泗滂沱，又因害怕女兒聽見，刻意壓低聲音，其中的苦只有自己清楚。

前後三天，我從地獄到天堂，再從天堂墜回地獄。喬給了我三天的幸福，卻要我用未來無數個夜晚去思念他，這不公平，上蒼爲何待我如此殘酷？

我哭了又哭，把眼睛都哭腫了。

" 嘟......嘟嘟嘟......"聽到手機響，我慌忙去接，以爲是喬打來的。

" 喂，Hello, 喂，喂......"聽不見對方說話，我心急如焚。

" 喬回家了嗎？"原來是薛佳仁，我頓時洩了氣。

" 没。"我答。

他問我怎麼了？聲音怪怪的。

" 喬又走了，留給我一櫃子的錢，我不要錢，只要人。"

說完，我又淚如雨下。

" 別哭，我這就過去。"

我阻止他來，說自己想靜一靜。

他没囉嗦，讓我有些意外。

掛上手機，我又趴回床上，任淚水決堤。

艾米來喊我時，我才知道天亮了。

没心情準備早餐，我讓艾米吃穀物充饑，自己則忙著梳洗。

女兒問我爲什麼不吃早餐？

" Honey, 媽咪不餓，妳吃就好。我上馬廐一趟，待會兒回來。"

喬給我錢，又說今天會有人來取東西，顯然他給我的是賣馬所得，所以我想趁新馬主上門前和馬兒告別。

一打開門，寒風直撲而上，我看到不遠處有一輛披上雪衣的座駕，看樣子已經停在屋外好幾個小時了。

「早，貝貝。」薛佳仁下車和我道早安。

「誰讓你來了？」我一股氣上來，「不是要你別來嗎？」

他答沒人讓他來，是他自己想來，知道我難過，他一夜難眠。

「我一點兒也不感激，若不是你，喬不會走得這麼絕然，說到底，是你趕走了喬。」

「貝貝，妳得講講道理，當初我們……也是妳情我願，把責任全推到我身上，公平嗎？」

我當然知道自己才是趕走喬的罪魁禍首，之所以這麼胡攪蠻纏，無非想找個人墊背。

「我不管公不公平，反正你得負責。」

「妳真任性，」他搖頭，「換作別人，早拂袖而去。」

薛佳仁說的沒錯，我是任性，所以深受其害，如今喬和林男都離我而去……

「我就是任性，你走吧！我不介意再失去一人。」

他苦笑著說：「從小我和我妹就沒心平氣和過，不過她倒說對了一點，我看準的事，雖千萬人吾往矣。」

我問他什麼意思？

「沒什麼，」他打開車門，「妳想上哪兒？我載妳去。」

第七十七章/一曲訴衷情

馬廄不遠，走路就能到，但我不知道哪根筋不對，上了車便改主意，硬要薛佳仁帶我去找喬。

"我怎麼知道他在哪裏？"他很無奈。

"我不管，你肯定有辦法。"我把擔子一扔，讓別人煩惱去。

也許潛意識中我就想激怒不相干的人，因爲自己的鬱悶無處可發。

薛佳仁真是好脾氣，他没責備我，只是嘆了口氣，然後腳踩加油器上路。

我要薛佳仁帶我去找喬，他卻風塵僕僕地將車開回金鳳餐廳，此時正是中午用餐時間，等位的人已經排到大街上。

"你這是幹嘛？"我問。

"幫妳找喬。"他下車，排開人群走入餐廳。

約莫過了一刻鐘，他重新回到車上，扔給我一個手機。

"我妹的手機。"不等我問，他直接給了答案，"她一向將手機放進大衣裏，感謝餐廳內放足暖氣，她把大衣脫下放進員工衣櫃裏，我三兩下就開了衣櫃門。"

這麼說是哥哥偷了妹妹的手機，我問為什麼？

薛佳仁答他懷疑他妹與喬有聯繫，查看短信也許有助了解喬的去向。

說的也對，我趕緊查看。

"這……鎖住了。"看見輸入密碼的提示，我很氣餒。

沒想到薛佳仁報了個號，果真解鎖。我說他太厲害了，薛佳琪在他面前簡直毫無秘密可言。

"那個……是某人的生日日期。"他有些尷尬地說。

我愣了一下，原來薛佳琪一直難忘喬，連密碼也設定他的生日數字。

"呵呵！至少這個世界上除了我之外，還有另一人也記住喬的生日了。"我打哈哈。

～

偷看別人的手機是不道德的，但我別無選擇。

不看不知道，原來好幾個月前薛佳琪就找到喬。當喬無助時，她不僅扮演安撫的角色，也短暫接濟過他。

"你妹一定很開心看我焦急的模樣。"我邊翻看短信邊說，心中冒起無名火。

"也許喬不讓說。"

這也不無可能，但我更相信"最毒婦人心"這句話，即使喬沒阻止，薛佳琪也不會主動告訴我行蹤。

"找到了没？"薛佳仁問。

我答没有。

他轉而要我看微信，果然內容就豐富多了，我馬上找到兩人的對話。

琪：昨晚你住哪裏？

喬：隨便一家小旅館。

琪：錢夠嗎？

喬：夠。

琪：你不應該給貝貝錢。

喬：不用妳管。

琪：下午五點多的飛機，我兩點鐘能去送機。

喬：別來，來了也不見，就到此爲止吧！我們有緣無份。

琪：你好狠心……

以下是薛佳琪的獨白，像打出去的乒乓球無人接，因爲喬已不再回覆。

下午五點多的飛機，薛佳琪說兩點能去送機，那麼肯定是希思羅機場了。

"快，我們馬上出發！"我興奮地說。

相較於我的欣喜若狂，薛佳仁卻是一臉哀戚。

"希思羅機場有多大，妳又不是不知道，喬飛的是國內航班還是國際航班？搭的是哪家航空公司？下午五點多起飛的飛機多了去，妳這不是大海撈針嗎？"他皺起眉頭說。

我答即使大海撈針也得撈，因爲我不會放棄任何希望。

“那我呢？妳把我擺在什麼位置？”他痛苦地問。

我知道薛佳仁一向待我極好，但……如同喬對薛佳琪說的，我們兩人也是“有緣無份”。

“如果不願載我去機場，我搭出租車去好了。”

“當然是我載妳去，妳知道的，我願爲妳做任何事，即使是打落牙齒和血吞。”

希思羅機場是全英國乃至全世界最繁忙的機場之一，共有五個航站樓，薛佳仁問我去哪個？這真是個大難題。

“嘟……嘟嘟……”當我們舉棋不定時，薛佳琪適時打來電話。

“What？”薛佳仁按了免提，好讓我也能聽到彼端的談話。

“有沒有看見我的手機？”她問。

“没有。”他斬釘截鐵地答，“對了，氣象報告說今天傍晚有大暴雨，部份航班會因此延誤起飛，還好我們沒選在這個時候出遊。”

“延誤起飛？……包括英航嗎？”她突然問。

薛佳仁答不清楚，具體得看飛哪裏。

“飛中國。”

“中國有好幾個城市，妳說的是哪個？”

“算了，當我没問。”

薛佳琪大概聞到不尋常的味道，很快掛機。

知道喬將坐下午五點多飛中國的英航航班，我即刻上網查。

“五號航站樓。”我答。

五號航站樓是英國航空的專用航站樓，位於機場的西部，有
獨立的出入口，其候機廳有個巨大的拱頂，拱頂之下沒有一
根柱子，曾被評爲世界十大建築奇跡之一。

~

飛往中國的班機已經開始值機，分佈在好幾個櫃台，我和
薛佳仁以跑百米的速度找人，卻仍分身乏術。

“不，這樣不行，人群一直湧入，”他大口喘氣，停了一會
兒，突然靈光乍現，“對，關口，我們守住關口就行，他總
得入關口才能登機吧？！”

哎呀！怎麼沒想到？我們趕緊直奔關口。

~

時間一分一秒地流逝，都四點了，還不見喬的身影，難道
他不飛中國或者已經入關了？

我心急如焚。

“看樣子沒希望了。”薛佳仁首先舉白旗。

不，絕不能讓喬登機，他一登機，天涯何其大，叫
我如何尋覓？

“ Excuse me.”

看見一位女子提著小提琴走過來，我趕緊喚住她，說自己很
想拉一首曲子送給遠行的朋友，問能否借她的琴用用？

“ Are you ......that girl?”她問我是不是那女孩？

換作平日我會加以否認，但今日不同，我忙不疊點頭。

果然名人效應就是不一樣，我如願借到琴，那女子還站在一
旁，一副洗耳恭聽的模樣。

“借琴幹嘛？”薛佳仁在一旁小聲問。

“向老公訴衷情。”我邊答邊思考該拉哪首曲子。

喬曾說過我的眼睛像星星，那麼就拉《小星星變奏曲》吧！

該曲的作者是莫札特，他在法國歌曲《媽媽請聽我說》的基礎上創作了12段變奏，中國耳熟能詳的“一閃一閃亮晶晶，滿天都是小星星……”即爲此變奏曲的主題。主題的節奏和旋律非常質樸簡單，宛如兒歌，但變奏就豐富多了，有華麗、有莊嚴、有輕快、有柔緩，很考驗演奏者的功力。

聽見有人拉琴，群眾很快聚集起來，我邊拉邊祈禱喬能聽見並且向我走來……

“ Stop playing, young lady.”

喬沒來，反倒穿著深色制服的警衛來了，他們要我馬上停止拉琴，顯然在機場內拉琴是不被允許的，但我充耳不聞。

久聞挑戰英國公權力是極其愚蠢的事，果然馬上就嚐到苦果。只見警衛一把將琴奪下，並以擒拿術將我反手壓在地面上，我還能聽到手骨喀呲一聲，糟糕！是不是骨折了？

薛佳仁還來不及抱怨，另一人已抓起壓在我身上的警衛，一出手便擊中那人的鼻樑，頓時血流如注。

“ 喬～”我大喊。

第七十八章／甜蜜進行曲（完結篇）

在警衛室裏，喬像做錯事的小學生，輪番被幾個穿制服的人訓話。那位被擊中鼻樑的警衛已做了簡單的包紮處理，鼻頭上敷著一塊大紗布，像個小丑似地坐在一旁。

等他們都發洩完畢，喬才不急不徐地表示他不允許有人對他的太太動粗（即便只是一根小指頭）。他的反擊，正確地說是"正當防衛"，不是襲警，如果他們硬要以此罪名逮捕他，他只好上法院控告他們"不正當使用公權力"。

喬用 "An eye for an eye and a tooth for a tooth." 替 "正當防衛"下注解。

我看見警衛們開始交頭接耳，很快分成鴿派和鷹派，前者略佔上風。

見事情有了轉機，我靈光乍現，適時喊疼。

"怎麼了？貝貝。"薛佳仁關心地問。

我撫著右手手掌，嗚嗚嗚地哭起來。

"妳怎麼了？"喬還是站起身走向我。

"手骨骨折了。"我答。

其實這不算謊言，那個粗魯的警衛真的把我的手給弄疼了。

喬小心地將我的右手掌捧起，掌背果然腫了，他氣得想找那個小丑算賬，被我給攔住。

鴿派人員見狀，馬上像送瘟神出門似地要我們趕緊上急救中心，就在走廊盡頭左轉處。

～

走到走廊盡頭，我卻拉著喬往右。

"不是那裏。"他提醒我。

"跟著我就是。"

此時薛佳仁已不知去向，我和喬一直走到出租車等候區。

"貝貝，妳到底想幹什麼？妳的手需要看醫生。"

我答他就是我的醫生，只要和他在一起，什麼病痛都會煙消雲散。

"不行，我們已漸行漸遠，妳有妳的康莊大道，我有我的羊腸小徑，妳不會喜歡一個無用的丈夫……"

我要他別想太多，就算他當奶爸也OK，我能養活這個家，艾米也……

提到女兒，我煞時綠了臉，從早上出門到現在，我就沒回去過，把一個七歲小孩獨自扔在家裏長達十個小時。

"貝貝，快～"喬將我塞進出租車內，也不管排隊的人群已經鬧翻天了。

"Brighton, please."我急急對司機說。

那名印度裔司機聽了紋風不動，反而粗聲粗氣地趕我們下

455

車，因爲插隊可恥，而且 Brighton 太遠，不在他的服務範圍內。

喬立馬說加錢，他仍無動於衷，我只好以母親的身份哀求他，說孩子一個人在家，我們心急如焚……

"Fasten your belt." 那個面惡心善的好人立馬要我們繫好安全帶。

我和喬趕緊照做。

出租車一停妥，我馬上跳下往屋裏跑。

已是晚上九點，屋內漆黑一片，我開了燈，嘴裏喊著艾米，回覆我的卻是死寂一片。

我一個房間一個房間找去，樓上樓下狂奔，依舊沒有那個可愛的身影。

"Oh dear， where are you ?"我泣不成聲。

"貝貝，妳坐下，"喬將我扶坐在沙發上，"告訴我，最後看見艾米是什麼時候？"

什麼時候？

今天一早我没心情準備早餐，便讓艾米吃穀物充饑，自己則出門，想在新馬主上門前和馬兒告別，没想到在屋外蹓見薛佳仁，然後就有了然後……

"這麼說已經過去十幾個小時了，兒童保護組織完全可以控告我們疏忽照顧孩子。"喬深鎖眉頭。

"我知道，是我的錯，我是個多麼不合格的母親，千刀萬剮也不爲過。"我趴在沙發上哭得肝腸寸斷。

男人總是比較果斷，喬立馬拿上車鑰匙。我問他去哪裏？他答去找馴馬師，也許會有線索。

對啊！馴馬師也住在農莊裏，他的小木屋緊挨著馬廄。

"我跟你去。"我趕忙站起。

喬要我待在家，也許艾米會突然回來。

想想也是。

"把手機開了，有消息隨時通知我。"我叮囑他。

喬來電說馴馬師也不知情，但給了一條訊息：今天中午有人上門取馬，他要新馬主先跟我們打聲招呼，没想到那人一去不復返，四匹馬還好好地待在馬廄裏。

這麼說，馬匹的新主人很可能知道艾米的行蹤。

"買主是愛爾蘭人，爲了取馬，昨天晚上已經來到Brighton，我還推薦鎮上的酒店給他。"喬說。

"太好了，知道去處就好辦。"

"但是他爲什麼不接電話呢？"喬喃喃自語，瞬間又將我重摔在地。

"怎麼辦？"我坐立難安。

喬要我別擔心，他這就到鎮上走一趟。

等待像一把利刃，分分鐘凌遲著我。我很想打電話給喬，又怕得到不好的消息，不是說"没有消息就是好消息"嗎？我寧願懷著希望，也不願提早失望。

當車聲從遠而近傳來，我從沙發上跳起直奔大門。

"媽咪～"門一打開，女兒直撲我懷裏。

“艾米，”我高興地掉下眼淚，“妳去哪裏了？媽咪擔心死了。”

她答老爺爺帶她去湖上溜冰，還帶她去吃肋排，吃得滿嘴都是醬汁。

“Abel 把我罵慘了，”喬插話，“他說我怎麼捨得把這麼可愛的女孩丟在家裏？萬一被大野狼吃掉怎麼辦？”

我拭去淚水答：“那麼我們就拿上長管獵槍追狼去，再將它開腸剖肚救出艾米。”

女兒聽了，呵呵呵笑著，說大野狼真可憐，偷雞不著蝕把米。

“艾米怎麼知道那句諺語？”喬驚喜地問。

我將他身後的大門輕輕關上：“待會兒讓我在床上慢慢告訴你。”

~

如果時光能夠倒流，我會選擇少走彎路，然而生命無法重來，所以我一路跌跌撞撞……

在我的軟磨硬泡下，喬重新回到我們的小家，薛佳仁則拉著他的妹妹淡出了四人世界。

我們的馬一匹都没賣，錢退還給Abel，另外又付了違約金。雖然養馬的費用巨大，但只要它們能在比賽中勝出，這點兒投資還是值得的。

一切彷彿又回到了原點，只是每當夜深人靜時，我偶爾還會聽到鋼琴聲，忽遠忽近，如泣如訴……

~

“媽咪，我可以騎‘星星之眼’嗎？”艾米推開窗戶，望著前方的馬兒說。

“不行，妳還太小。”我答。

“可是……‘星星之眼’想要我騎它。”

我望向窗外，那匹馬兒果然像個過動兒，來回踱步，非常焦躁。

“那好，我們一起騎它。”

艾米歡呼一聲，蹦跳著去找她的騎馬裝。

我和艾米爬上馬背，“星星之眼”嘶吼一聲，似乎等待這一刻良久。我腳一蹬，它便風馳電掣地飛奔起來，跨過平原、涉過小溪、穿越叢林、爬上小丘……

女兒咯咯咯地笑個不停，我也心情舒暢，當下決定讓馬兒往左奔去，那兒有座玫瑰花園。

“我們又來這兒了。”艾米說。

“是的。”

“還是紅玫瑰？”

“Always.”

“因爲媽媽喜歡？”

“没錯。”

“爹地也喜歡？”

“嗯！”

我先下馬，再將艾米抱下馬背。

望著火紅一片，我問艾米：" 妳想爹地今天會高興收到幾朵？"

"十朵。"她伸出十個手指頭。

"十朵呀！我們可別把他寵壞了。"我邊說邊拿出隨身攜帶的花剪。

剪下十朵花兒後，我又耐心地將每根刺都去除。

" 這樣就不會刺到爹地了。"艾米滿意地說。

"嗯！也不會刺到妳。"

我把處理後的花交給女兒，她開心地捧著玫瑰往前奔去，邊跑邊喊：" 爹地，爹地……"

喬站在落地窗前，右手握著手機，左手向飛奔而來的艾米揮手。

" 好，就這樣，降到20元買進，耐心點。"他匆匆掛上手機。

" 爹地，今天又送你十朵紅玫瑰。"艾米呈上花兒。

" 謝謝，"喬接過玫瑰，" 我會把它插在桌上最明顯的地方。"

女兒說媽咪喜歡把花放在廚房的窗台上。

" 那麼我們聽媽咪的，Honey，妳能幫忙嗎？"喬柔聲問。

艾米答沒問題，然後接過花，往廚房奔去。

" 你又工作了。"我脫下頭盔抱怨。

喬在Barings投資公司覓得顧問一職，主要負責香港基金，可以遠程遙控，但薪水一般。

" 沒辦法，工作堆積如山。"他莫可奈何。

我說身體比工作重要，連Dr. Scott 都直言他勞累過度，得留意心腦血管疾病。

"醫生是不會說我健壯如牛的，這樣他就没藉口過來會會我漂亮的妻子。"喬擁著我。

"討厭！"我撇開臉，順便提到我的經紀人，"今天Devin給我下最後通牒,他要我馬上進錄音棚錄音。"

喬輕吻我的髮，問我回去嗎？

"不回。"

"妳會後悔。"

"不會。"

"貝，既然妳暫時不回倫敦，我們給艾米生個弟弟，好嗎？"

我答艾米想要妹妹。

"Whatever, 那還等什麼？"喬一把將我抱起。

起風了，風揚起了塵土，我們的農莊彷彿被灑上一層細細的糖霜，甜在心口。

就這樣吧！讓時間定格於此。我是幸福的，喬是，艾米是,"星星之眼"……也是。

《完結》

【看不够嗎？**B**杜的《愛在暹羅》正等著您，以下是前三章，先睹爲快。】

《愛在暹羅》

第一章/泰國之行

飛機一抵達素萬那普機場，一股熱浪便迎面襲來，我正想著該不該把一身臃腫給卸了？耳中傳來"沙瓦迪卡"的招呼聲。我轉過頭去，那是個約14歲的少年，有清亮的眼睛及黝黑的皮膚，襯托出一口潔白的牙齒。

"沙瓦迪卡。"我也學他雙手合十，這是來泰國之前事先學好的打招呼方式。

在印度支那半島上，這個由"暹國"和"羅斛國"組成的國家，被古代中國稱爲"暹羅"，主體民族爲泰人，信奉上座部佛教。自開國以來，它先後經歷了素可泰、阿瑜陀耶、吞武里、曼谷四個時代，而我……正在這個充滿異域情調的國度裏。

"言言小姐，瑪妮太太要我過來接妳。"少年說得很慢，腔調有些怪，但我聽懂了。

看來一路上的提心吊膽終於可以放下，我笑著請他帶路，順便問他是怎麼認出我來的？

他揚了揚手中的照片，說是瑪妮太太給的。

我探頭一望，那是畢業服裝展時，我以設計師的名義壓軸出場的照片，兩旁跟著前突後翹、臨時被抓來當模特兒的學妹。

"你好眼光，一眼就能在人群中找到我。"我說。

少年答不是他好眼光，而是我唇邊的痣洩了密，讓他找到要找的人。

哎～真不知該說什麼好，那顆痣是我的心頭痛，就長在嘴角邊，還黑不溜丟的，經常被誤會是芝麻或巧克力渣，我也順理成章成了"吃相難看"的人。

"我叫巴頌·宗拉維蒙，妳可以叫我巴頌先生。"他邊走邊自我介紹。

"好的，巴頌。"我心不在焉地答。

"不是巴頌，是巴頌先生。"他糾正我。

呵！一個十來歲少年也配得上稱呼"先生"？果真"非我族類，其心必異"呀！

也罷，既來之則安之，還是"入鄉隨俗"要緊，於是我問巴頌"先生"，鄭瑪妮女士的家遠嗎？

他答不遠，睡個覺就到了。

我，季言言，二十三歲，畢業於中國某個牛逼大學的服裝科系，學的是設計。相較於走在時代尖端的創意型同學，我的路線無疑是端莊、典雅的，這是比較保守的說法，講得難聽點兒，就是不思進取地照本宣科（這是我的指導教授給出的評語）。可想而知，我的大學生活過得有多慘淡，若不是對服裝設計還保有熱情，我早早打包回鄉下做保育員了。

～

當一個個模特兒踩著貓步在伸展台上搔首弄姿時，我躲在簾幕後偷看，除了幾張打著哈欠的大嘴巴外，我還看到前排教授們的面無表情，這還不算太糟（畢竟看不出好壞），但我的指導教授"適時"接了個電話，然後很自然地離場，那才叫個心塞，原來我的作品這麼不值，還抵不過一通電話。

"季大師，怎麼了？"安卓走過來，"我的模特兒可没得罪妳，她們一個個都像維秘天使般地走秀。"

安卓是我們這所牛逼大學的高材生，學的是理工，愛的是時尚，他自告奮勇地擔任此次畢業服裝展的模特兒經理，不僅指導走台步還拉來廣告贊助商，所得捐助弱勢團體，算是對社會雪中送炭，也替學校錦上添花。

"她們没得罪我，是我不好，再怎麼努力還是個大草包！"我感到悲傷，眼看就要淚流成河。

"拜托啊！我的小祖宗，千萬別哭，"安卓趕緊將我的下巴擡高，我不得不盯住天花板，"最後一個模特兒就要上場，眼看就該妳了，一場好看的秀不能敗在妳手上，忍住，千萬得忍住，來，深呼吸。"

他放開我的下巴，自己先深呼吸一口氣再吐氣，並且示意我跟著做，我聽話地依樣畫葫蘆。

"太好了，妳是我看過做深呼吸做得最棒的一個，"他看了一眼陸續上場的模特兒，語氣轉爲急促，"快，跟著琪琪和小雨上台。"

安卓在我身後用力一推，兩個高大的學妹便押著我上台，一左一右，彷彿左右護法，這才有了巴頌手上的那張照片。

～

鄭雇主的家在湄南河邊，如同巴頌所說，離機場並不遠，但壞在此時處於交通高峰期，車子一駛進市區便動彈不得。

"真的不遠，再過五個十字路口就到了。"那孩子給我希望。

没想到過一個十字路口花了十幾分鐘，長到足夠讓出租車司機翻兩頁報紙。既然閒著也是閒著，我問巴頌他的普通話跟誰學的？

"學校。"他從副駕駛座上轉過頭來，"雖然我媽是第二代台山人，但只會說一點兒粵語和普通話。由於瑪妮太太不會說泰語，我媽在家工作偶爾需要人翻譯，加上現在是中文熱，所以我選它當第二語言。"

"在家工作？"

"我們住在拔達逢家，我媽是廚子，她的中餐和泰餐都做得好，西餐也行。"他答。

拔達逢家？我以爲我的雇主嫁给華僑。

巴頌解釋泰國女性結婚後一律冠夫姓，外國新娘也一樣，所以瑪妮太太的全名是瑪妮·拔達逢，還反問我中國不這樣嗎？

我告訴他當代中國女子早已不冠夫姓，也許少數台港的豪門還有。

"其實冠不冠夫姓差別不大，通常我們直呼其名，不太記姓氏。"他說。

難怪他稱我言言小姐而不是季小姐，且以瑪妮太太替代鄭女士或拔達逢太太。

"中泰聯姻的現象多嗎？"我想起我的雇主嫁的正是泰國人。

他答是有一些，但不多，還說乍侖先生很疼老婆，瑪妮太太是第四個。

"天啊！我不知道雇主老公是回教徒，可以娶四個老婆。"

“不，不，不，”那孩子趕緊否認，“乍侖先生是佛教徒，他很可憐，前面的三個老婆全死了。”

這麼慘？

“一連死了三個老婆，他本人大概也已老態龍鍾，可惜了鄭女士這朵美人花。”我無限感慨地說。

“不，不，不，”那孩子又否認了，“乍侖先生只有一點點兒老，樣子還是很好看的。”

一點點兒老？那是什麼意思？是齒搖髮落還是行動遲緩？不管怎樣，運氣這麼背的男人還真不多見，難怪他疼老婆，因爲“得來不易”啊！

“快到了，”巴頌指著前方約五百米處的現代豪宅，“乳黃色那一棟。”

“&@#%*£......”出租車司機順著巴頌手指的方向望去，感嘆一句。

我問巴頌，司機說了什麼？

“他說那是女明星帕特里夏的房子。”他翻譯。

我想司機肯定是熱昏頭了，這是我未來雇主的家，不是什麼女明星的家。

沒想到巴頌卻說是帕特里夏的房子沒錯，她是乍侖先生的第三任太太。

我不是泰國的戲劇控，所以不知帕特里夏究竟爲何方神聖，但能擁有那麼一棟價格不菲的豪宅，肯定是位成功的演藝人員。

那孩子答我猜對了，她不僅演技好，人也長得漂亮，是很多男人的夢中情人呢！

這下子我更好奇了，乍侖先生的第一任、第二任太太是誰尚未知，但根據後兩位的長相，她們都是傾國傾城之姿，這乍侖先生簡直是美女的吸鐵石。

"乍侖先生是位紳士，還是個大慈善家，他給貧困兒童發放生活費，還開了好幾處養老院，免費照顧孤寡老人。"巴頌像讚美神一樣地讚美那位神秘男人。

一點點兒老、長相好看、紳士、心善、死了三個老婆……這就是目前對乍侖先生的描述。

然而正是這樣一位貌似正常，甚至值得爲他掬一把同情淚的男人，讓自己的老婆飄洋過海到中國找私人的服飾搭配師，只因她穿不出一身品味？

怎麼說都說不通。

"瑪妮太太很美，就是太容易憂鬱，我經常看見她哭。"巴頌繼續報料。

我正想問爲什麼哭？那孩子忽然要我待在車內別動，自己則跳下車對著豪宅的對講機說話。

當白色電動大門慢慢打開，我也跟著下車，把巴頌交待的事拋在腦後。

第二章/走馬上任

"巴頌～"

我一跨進前院便喊那孩子的名，没想到他因此受驚，手上的繩子一鬆脫，一隻土黃色大狗便像出了閘的猛獸般，眼露凶光地向我奔來。我下意識往回跑，但已太遲，它的利齒死死咬住我的左腳踝，我還能聽到"嗑呲"一聲，疼痛迅速爬上全身，我能感受到從微痛到巨痛的整個過程。

" Dui,Dui,……"巴頌大喊，並且隨手扳斷樹枝，趕來擊打狗的頭部。

這是非常危險的動作，因爲狗被激怒了，現在它的攻擊目標轉爲巴頌，從狗鼻發出的氣息判斷，那孩子就要大難臨頭了……

還好千鈞一髮之際，一位風韻猶存的中年婦女適時趕到，她將手上咯咯咯叫個不停的雞投向無人的空地，大狗迅速飛撲過去，一口咬住雞頭，當場血流如注。

我還在爲英勇救人的雞哀悼，踏踏踏的腳步聲從屋內趕來，幾名壯漢聯手將狗制伏，而那隻可憐的雞只留下一地慘烈的雞毛。

“妳還好吧？言言小姐。”巴頌關心地問。

“不好，腳很痛。”我答，淚水已爬滿臉龐。

“她的腿吾好⋯⋯醫院⋯⋯針打先。”那婦人對巴頌說。

還好出租車司機尚未開走，我搭上原車離去，躲過交通高峰期，車子不到十分鐘就抵達醫院，靠著巴頌居中當翻譯，醫生很快幫我清洗傷口、上藥及打狂犬疫苗。

“妳應該去拜四面佛，祂會保佑妳平安。”巴頌看著我的傷腿說。

我告訴他自己不信教，今天的事純屬意外。

“隨便妳，前些日子家裏來了個馬來工人，不小心把腿給砸傷了，我建議他去拜四面佛，他說他信奉真主阿拉，沒多久他就去見阿拉了。”

我花了幾秒鐘才弄明白巴頌的意思，嗯⋯⋯來到異國還是得拜一下當地的神祇才行，我可不想年紀輕輕就去見上帝。

“好吧！等我的腿好了，請你帶路，OK？”我說。

巴頌聽了很開心，大概因爲我認同他們的神。

這是一棟擁有五間臥室的別墅，由木頭和水泥混合建造，既有西方的現代化設備，也有傳統的泰式風情。全屋採用拋光木地板，牆壁貼上無紡布壁紙，四面採光，聽巴頌說二樓家庭房甚至開了天窗，大概夜晚也能數星星。

還有還有，庭院花木扶疏，草坪上到處是表情各異的紅瓦泥雕像，池塘邊甚至有個尖塔造型的亭閣可供乘涼。

我的房間被安排在樓下，它原本是個書房，現在加了張單人床及椰木做的衣櫃。

"動作好快呀！我什麼事都不用做。"我拄著拐杖進入，很是欣喜。

瞧！行李箱已被擱在床架下，衣服全進了衣櫃。

"我媽的動作是很快，她有強迫症，東西不擺放整齊不安心。"那孩子說。

我問他的母親在哪裏？來了還沒跟她打招呼呢！

"其實妳已經見過她了。"

"難不成是把雞奉送給惡犬的那一位？"

"正是，她現在忙著做午餐，瑪妮太太大概快起床了。"

已近中午，我問瑪妮太太都是這個時候起床嗎？

"嗯！她吃完午飯又接著睡，然後準下午五點醒來梳妝打扮，因爲乍侖先生快回家了。"

這麼說待會兒吃飯就能看到鄭女士，隔了半年未見，不知她的容貌變了沒？

畢業服裝展總共展出二十多位設計師的作品，所以整個過程幾乎全是急就章，上一位設計師的作品剛一結束，緊接著換下一位，中間沒有休息，若想將作品和人對上號，除非有過目不忘的本領。

換衣間也一團亂，模特兒下台後馬上扒掉衣服，一時春光無限、惹人遐思。如果把她們想成海邊著比基尼泳裝的女人倒也沒什麼，只是難爲了安卓，必須有紋風不動的過人定力才行。

"錯，"那人馬上否認，"一個女人輕解羅衫，男人的內心可能還會波動，但當一群女人都光著身子時就沒胃口了，跟吊在屠宰場上的牲畜没什麼兩樣。”

太可惡了！竟然把學妹比喻成牲畜，我問他是否忘了當初是怎麼涎著臉請人上台，否則就要切腹自殺了。

“妳真没幽默感，難怪設計出來的衣服毫無新意，一件件彷彿是民國時期的作品，激不起熱情的浪花。”他說。

這是第一次我從非專業者的口中知道自己作品的好壞，不禁洩了氣。原來我一點兒天份也無（不是我以爲的“懷才不遇”），當初就不該選擇這個專業，既勞民又傷財。

安卓安慰我，甲之蜜糖，乙之砒霜，也許有人就喜歡我這個調調兒。

我正想問有誰會喜歡，琪琪走了過來：“言言學姐，魏教授找妳。”

找我？完了，肯定又是一頓批評，我硬著頭皮走出去……

“言言，快過來，給妳介紹個貴賓。這位是鄭女士，我告訴她，妳是我的得意門生，她可喜歡妳的作品了。”

得意門生？喜歡？我用力眨一下眼，想確定這不是夢境。

“那個……我是季言言，季—言—言—”怕魏教授張冠李戴，我趕緊報上名來。

“呵呵！”他略顯尷尬，“瞧我這個學生，還以爲我没記住她的名字。”

相較於魏教授的多話，來者倒像座冰山。

“妳叫季言言？”鄭女士開口問。

我答是。

她又問我潑墨畫的圖案設計是不是我的原生構想？

“嗯！我喜歡古代服飾，它有一種含蓄之美，就想將古今結合在一起，換種穿法試試。”

不久前，我的創意剛在魏教授那裏吃了閉門羹，他說我是封建時代的產物，腦子食古不化，既得不到傳統的精華也趕不上時代的腳步，真不知我是如何考進這所大學，簡直是佔著茅坑不拉屎……

"這麼多設計師，我就喜歡妳的作品，其他都太另類了，估計穿在身上都會引人側目，以爲是哪裏來的怪物。"她說。

我看見魏教授的臉青一陣紫一陣，煞是好看。

"時尚需要時間去接受。"我的指導教授反駁。

"我沒時間，現在就要。"鄭女士毫不留情面地馬上打臉。

原來那個顏質爆表的美女是某個突然崛起的土豪之女，大概天生少了對美的搭配能力，嫁到泰國的上流社會後，馬上被批衣著無品，趁著回國探親之際，她想攜個服飾搭配師回泰國。

"妳想幫我做也行，不想做代買也可，實報實銷，沒有上限。"她對我說。

別看鄭女士的口氣很豪爽，問到薪水，她只願給25000泰銖，折合人民幣5000元左右，包吃住。

"不了，我想留在國內發展，畢竟成爲品牌設計師才是我的夢想。"我毫不猶豫地拒絕了。

那個遙遠的國家對我而言不過是地理上的一個名詞罷了，我對它很陌生，它對我也不冷不熱，加上薪水一般，缺乏吸引力。

沒想到夢想很豐滿，現實卻很骨感。畢業後我在一家很小的作坊找到設計師的職位，月薪￥3000，不包食宿，又因在郊區，還倒貼了不少交通費，幾個月下來根本入不敷出。更要命的是，我的工作竟然是拷貝大師們的作品。

"山寨懂不懂？做出有品位的山寨來。"我的老闆腆著大肚腩吸劣質煙，噴出的煙霧嗆得我半天緩不過氣來。

對於這份"雞肋"，我早已不太想啃，偏偏交往兩年的男友也在這時候"忘了我是誰"，還是接到小三的來電，我才知道他腳踏兩條船多時。

"你怎能這樣？我每天起早貪黑爲了啥？還好意思出軌，狗日的，你的良心何在？"我義憤填膺地責問他。

誰知那個渣男忝不知恥地表示我們每天見面的時間比同住的二房東還少，如果他的良心被狗吃了，也是我造成的，有哪個男人願意看著畫報上的女郎打飛機？

好呀！欲加之罪，何患無辭？我抓起桌上的水杯便往他頭上砸，他沒閃躲（可能是故意的），額頭因此劃開一道口子。

從醫院回來後，我們和平地分手，我帶走分期付款買的電視機，他則留下生日時我送的蘋果電腦，然後在一個陽光燦爛的午後，我瀟灑地坐上回故鄉的火車。

行屍走肉地過了大半月，某天母親說巷子口的幼兒園缺保姆，她已經口頭幫我答應下來，我這才發覺事態嚴重，非得做出改變不可，於是一個禮拜後我坐上飛曼谷的班機。

巴頌來喊我吃飯時，我剛好發出報平安的郵件，一封給家人，一封給安卓。没錯，就是那個理工男，他說他考完雅思，正在申請國外大學，女朋友也是。

我祝賀他，又說自己已不在國內，早一步到國外就業了。

不知他接到郵件時是驚亦或喜？反正事情已走到這一步，只能咬緊牙關往前衝。

"言言小姐，午餐時間到了。"巴頌說。

我答知道了，待會兒就去。

"不，妳不能讓瑪妮太太等，現在就得走，而且……穿短褲是不敬的，妳得穿長褲或長裙。"

其實本來我是穿長褲的，因爲被狗咬，牛仔長褲被醫生剪開，成了五分褲。

"好的，我馬上更衣！"

關上房門，我抓來最喜歡的雪紗紡長裙，誓讓我的雇主眼前一亮。

第三章/月已西沈

厚重的紅橡木餐桌上早已擺滿了令人垂涎欲滴的美食，有冬蔭功湯、青木瓜沙拉、炸魚餅、打拋肉及菠蘿炒飯。

我正襟危坐地等待雇主到來。

没多久，我聽到笨重的腳步聲從樓上傳來，越來越靠近也越來越清晰，到了底層，步伐聲戛然而止，那人好像不知該往哪裏走，試了幾次，終於走向餐廳。

"鄭……鄭女士好！"

我之所以猶豫了一下，是因爲來者和腦海裏的鄭女士形象完全對不上號。蓬鬆的亂髮、黃蠟蠟的膚色、無神的雙眼、乾燥的唇……這哪是我認識的鄭女士？加上身上的睡袍及腳上的棉拖鞋，我還以爲是哪個邋遢的女人正準備就寢呢！

鄭女士對我的招呼聽而不聞，她逕自坐了下來，喝了湯、吃了沙拉，然後抓了兩塊魚餅起身。我問她去哪裏？她答她的貓肚子餓了。

"妳吃飽了嗎？"我又問。

“吃飽了，妳可以把飯菜收一收。”

我一時迷惑，她該不會以爲我是女傭吧？！

“瑪妮太太，”廚子忽然出現，大概不滿意自己的勞動成果留下大半，“乍侖先生說……吃飯。”

“我吃了，吃了很多，不信妳問……”鄭女士的眼光終於落在我身上，“妳叫什麼名字？”

她果然没認出我來。

“季言言，我叫季言言。”我說了兩遍。

“來，姓季的，趕緊告訴Ann，我吃了很多。”

這真令人爲難，事實擺在眼前，湯還剩大半碗，青木瓜動了一些，魚餅倒是少了兩塊（還抓在手裏）。

“嗯……瑪妮太太喝了湯、吃了沙拉，也許待會兒會吃魚餅。”我小心作答。

“聽！我真的吃了。”鄭女士很滿意我的回答，笑得像個孩子似的。

誰知巴頌的母親根本不買單，她把女主人重新按回座位上，然後說了幾句泰語。

“聽不懂、聽不懂、聽不懂、”鄭女士捂住耳朵，“早告訴妳，我聽不懂泰語。”

“乍侖先生說吃飯……瘦……不好……生病……”Ann轉而說普通話，聽得出來那不是她的強項。

没有爭吵，面對Ann盛過來的滿滿一碗飯菜，瑪妮太太選擇大口大口地吃，彷彿和誰賭氣來著。

“好。”Ann看了，很欣慰地走人。

我們安靜地用著餐，没多久，瑪妮太太忽然停止咀嚼，問：“妳是誰？”

我嚇出一身冷汗：“季……季言言。”

“季言言？這名字聽起來很熟。”她又開始吃飯，很專心的樣子。

“那個……我是妳請來的服飾搭配師，記得嗎？”我小心翼翼地問。

她答她記得，我是魏教授的高徒。

噓～還好她記得，不然月底真不知找誰要薪水。

“白天我的記憶力不行，晚上好多了。”鄭女士彷彿有心電感應似地做出解釋。

我答這個可以理解，有人是夜貓子，越夜越精彩。

“没錯，”她忽然來勁，“我覺得自己是夜行動物，白天得養精蓄銳，否則晚上會没電。”

呵呵！真幽默。

鄭女士三兩下扒完飯後匆匆起身，她說自己得充電去。

“別忘了妳的貓肚子餓了。”我提醒。

她隨手抓起兩塊魚餅，對我巧笑倩兮。

啊！雖然不施粉黛，但美人一笑，我也醉了。

電影《國王與我》說的是家庭教師安娜和暹羅國王拉瑪五世的故事，通過安娜，國王接觸到西方文明的精華與內涵。起初這兩人是劍拔弩張的狀态，後來惺惺相惜，原以爲從此將相安無事，没想到又起齟齬，因爲新王妃愛上別人，被國王施以重刑……

我拄著拐杖回到房內，正是炎炎午後，落地窗迎來的清風很受用，本來想看本書或上網查資料，最後還是在懶散面前投降，打算先眯個眼再說，沒想到這一眯，我沈沈地進入夢鄉……

"我的女人只能愛上我，若有二心，殺無赦！"國王穿著傳統泰服背對我（好可惜，我以爲能看到他的尊容）。

安娜氣沖沖地走了。

"國王陛下，湯已煮好，現在喝嗎？"一位女僕畢恭畢敬地跪了下來。

"好的，呈上來！"

沒想到湯裏有三個人頭載浮載沈，看著像是女人，都留著長髮。

"國王陛下，請趁熱喝了。"女僕擡起頭，邪惡地笑了。

天哪！那女僕竟然是Ann，我嚇得從夢中驚醒。

巴頌開門進來時，我還一臉狼狽相，他問我怎麼了？

我實話告訴他，自己剛才做了一場可怕的惡夢（當然沒說他媽是劊子手）。

那孩子隨即上下打量我的房間，眼光很快落在鐵架床上，他恍然大悟地說："睡覺時頭不能朝西，因爲西邊是火葬場的方向，難怪妳會做惡夢。"

我笑他迷信。

"隨便妳，反正做惡夢的是妳。"他無所謂地答。

有句話"存在即合理"，既然在泰國有此忌諱，肯定不是空穴來風，我遂不恥下問："那麼頭朝哪個方向睡最好？"

巴頌答朝東好，東方是日出的方向，代表活力與希望。

在我的拜託下，那孩子幫我挪了床位。

“太感謝了，若不是腳受傷，我會自己挪。”

“没事，幫忙是應該的。對了，差點兒忘了，瑪妮太太要妳到她房裏，今晚她不知該穿哪件衣服好。”

我低頭看錶，原來已經五點多了。

“好的，這就去！”

巴頌說瑪妮太太的房門門把是金色的。

“記住，是金色的，不是古銅色，古銅色是乍侖先生的房間。”他提醒我。

原來拔達逢夫婦不同房，這還算夫妻嗎？總不能因爲房間多就任性吧？！

懷著疑問，我一拐一拐地上到二樓。

二樓有五間房，每間的門把顏色都不一樣，我很快找到金色門把。

“進来。”是鄭女士的聲音。

我打開門，看見落地鏡的倒影，那曲線完美的身段上無一絲長物，我趕緊退了出去。

“怎麼不進來？”她喊。

我只好又硬著頭皮進去。

“下午好，鄭女士。”我的眼光落在地板上。

“不好，”她像個擁有太多玩具的孩子，“這麼多衣服，叫我怎麼選？”

我没忘記我的任務。

“別擔心，我會幫妳挑件合適的。”我邊說邊往裏走。

這是我看過最大的衣帽間，大概有四十平米大，分門別類地擺放了衣服、鞋、襪、包、珠寶……樣樣齊全，光把所有的東西都瀏覽一遍就花了我不少時間。

"到底好了沒？"我的雇主很沒耐心，聲音粗巴巴的。

"好了，好了。"我胡亂抓了件。

回到房內，這才發現鄭女士連內衣褲也脫了，我又回到衣帽間選了紫色前扣式半透明胸罩及同色丁字褲。

著裝完畢，鄭女士原地打個轉，問我好看不？

我答好看。

是真的好看，淺綠的絲質緊身衣襯托出她玲瓏的曲線，顏色討喜，有春天的氣息，加上她臉上精緻的妝容，比起午餐桌上的人兒不知好看多少倍。

"可惜脖子空蕩蕩的。"她撫著細長的脖子說。

於是我找來深綠色的瑪瑙墜子。

"抽屜內還有瑪瑙耳環及手鐲，那是一整套的。"瑪妮太太提醒我。

我告訴她不是非得把一整套都戴在身上才算美，有時"畫龍點睛"會有更好的效果。

"是嗎？"她半信半疑。

"戴上這個吧！"我遞給她兩枚不比圓形飯粒大多少的鑽石耳釘。

"這麼小？戴跟沒戴一樣。"

沒想到往鏡子前一站，她的高雅氣質馬上顯現出來。

"如果想再貴氣點，我建議妳戴上伯爵表。"我幫她把附有黑色皮帶的鑽表戴在手腕處。

這次鄭女士沒說話，大概認同這樣的搭配。

"鞋呢？"她忽然想起。

我趕忙提著Jimmy Choo的黑色素面高跟鞋前來。

"我有選擇困難症，既然雇用妳就相信妳的眼光不會錯，我走了，不能讓我的灑咪等太久。"她接過我遞上去的Burberry銀色信封包後說。

灑咪？我問是貓的名字嗎？

"不是，"鄭女士笑了，"泰國女人稱老公爲Sami，這是我學會的少數泰語中的一個。"

"那麼今晚妳和妳的灑咪去哪裏？"

我的雇主答今天是小週末，她的灑咪隔天不上班，所以今晚他們上船狂歡玩通宵。

"那好，祝你們玩得愉快！"我說。

~

我一個人孤獨地用著晚餐，Ann除了送餐時露過臉外，再也没回到屋子裏。

據我的觀察，巴頌和他母親不住在大屋內，也許就住在庭院的某個角落吧？！我看到幾棟和房子格調明顯不搭的小木屋就藏在大樹後面。

"Ann……巴頌……"

我的呼喊聲在大屋裏回蕩，像擊出去的球，没有回音。

食不知味地吃完晚飯，我回房，同時反鎖房間。

鄭女士說他們夫妻要徹夜狂歡，代表今晚我得獨守空屋。

天哪！這是小女子我來到泰國的第一個晚上，尚來不及跟各路鬼神打好交道就被扔進黑暗之中，叫人情何以堪？

還好床已經挪好方位，但願今晚能睡個好覺。

我關了床頭燈，屋外的貓頭鷹正咕咪咕咪地叫，月已西沈……

作者介紹

在異國的背景下加入纏綿悱惻的愛情故事是B杜小說的一大特點，她的文筆清新、筆觸詼諧、畫面感很強，讀完小說有種看完一部愛情偶像劇的感覺，特別適合懷春少女及對愛情有憧憬的女性閱讀。

B杜創作了一系列異國戀情N部曲，包括《法蘭西情人》、《東瀛之愛》、《新西蘭之戀》、《英倫玫瑰》、《愛在暹羅》、《情定布拉格》、《獅城情緣》、《愛上比佛利》、《夢回楓葉國》……等作品，歡迎關注。

ALSO BY B杜

英伦玫瑰（简体字）Love in England (simplified character version)

《東瀛之愛》Love in Japan

《法蘭西情人》Love in France

《新西蘭之戀》Love in New Zealand

《愛在暹羅》Love in Thailand

《情定布拉格》Love in Prague

《獅城情緣》Love in Singapore

《愛上比佛利》Love in Beverly Hills

《夢回楓葉國》Love in Canada